Das Buch

Noras Tochter Charlie, 20, ist verhaftet worden, wegen der Blockade eines Castortransports. Unfassbar – schließlich war Nora doch gerade selbst noch 20 und wollte die Welt aus den Angeln heben. Atomkraft? Nein Danke, freie Liebe statt Zweierkiste, Wohngemeinschaft statt Spießertum, »Legalize« – alles, außer es tut weh. Als Nora ihre Tochter von der Polizei abholt, erntet sie keine Dankbarkeit, sondern Vorwürfe: Warum war sie nicht bei der Demonstration? Nora beschließt, ihre Tochter zu unterstützen – und trommelt die Kampfgefährten von damals zusammen. Während Charlie sich auf ihren Prozess vorbereitet, taucht Nora tief in eine heute exotisch anmutende Ära, voller Menstruationskalender, kalter Nächte in besetzten Häusern, Cannabispflanzen und dem unbedingten Willen die Welt anders, besser und glücklicher zu machen. Meistens amüsiert und manchmal fassungslos steht sie vor ihrer eigenen Geschichte. Doch die Schauplätze ihrer Vergangenheit sind nicht nur gespickt mit Demonstrationen und Aktionen, sondern auch mit Liebesdramen – und das hat, wie Nora plötzlich merkt, Folgen bis heute.

Eine turbulente und liebevolle Annäherung zwischen Tochter und Mutter, eine unterhaltsame Zeitreise durch die Achtzigerjahre im WG-Milieu, das Revival einer alten Liebesgeschichte – und die Frage, ob man zuerst die Welt retten oder das eigene Leben schöner machen soll.

Die Autorin

Kirsten Ellerbrake wurde 1959 in Bremen geboren. Nach dem Studium war sie Sprecherin der GRÜNEN/GAL in Hamburg, Ende der Achtziger leitete sie die kulturelle Filmförderung in NRW und seit den Neunzigern arbeitet sie als Film- und Fernsehproduzentin. »Guten Morgen, Revolution – du bist zu früh« ist ihr erster Roman.

KiWi
PAPERBACK
1335

Kirsten Ellerbrake

Guten Morgen, Revolution

du bist zu früh

Roman

Kiepenheuer & Witsch

FSC
www.fsc.org
MIX
Papier aus verantwortungsvollen Quellen
FSC® C083411

Verlag Kiepenheuer & Witsch, FSC-N001512

1. Auflage 2013

Umschlaggestaltung: Barbara Thoben, Köln
Umschlagmotiv: © plainpicture / Elektrons 08
Gesetzt aus der Albertina MT
Satz: Wilhelm Vornehm, München
Druck und Bindung: CPI – Clausen & Bosse, Leck
ISBN 978-3-462-04545-1

1.

Das kann nicht wahr sein. Zehn nach zwei. Wenn mitten in der Nacht das Telefon klingelt, kann das nichts Gutes bedeuten. Im Zeitraffer scanne ich Verwandte und Freunde: Papa, nee, habe gestern noch mit ihm gesprochen, Robert, nee, dem geht es immer gut, Charlie, verdammt, was ist mit Charlie?

»Nora Bergenhaus«, meine Stimme klingt noch nicht gut, aber immerhin bin ich wach.

»Polizeiobermeister Thomke. Haben Sie eine Tochter mit dem Namen Charlotte?«

Klar habe ich die, und zwar seit zwanzig Jahren, und sie hat mich ganz schön auf Trab gehalten und Herr Thomke wird mir jetzt gefälligst nichts von einem Autounfall auf der A24 erzählen. Ehe meine Gedanken weiter mit mir Achterbahn fahren, sage ich einfach »Ja«.

»Frau Bergenhaus, Ihre Tochter hat uns gebeten, Sie zu verständigen.«

Gott sei Dank, sie lebt.

»Ihre Tochter befindet sich in unserem Gewahrsam. Sie wurde bei der Castordemonstration in Gorleben festgenommen. Ihr wird Landfriedensbruch zur Last gelegt.« Herr Thomke gibt mir die Anschrift des Polizeireviers durch und ein Aktenzeichen, das ich dem Rechtsanwalt weitergeben soll.

»Wieso Rechtsanwalt? Ich komme natürlich selbst und hole meine Tochter ab.«

Nachdem mich der beflissene Polizist darüber aufgeklärt hat, dass Landfriedensbruch ein sehr ernsthafter Tatbestand sei und dass sie keineswegs gleich wieder auf freien Fuß gesetzt werde, versuche ich, einen klaren Gedanken zu fassen. Ich beschließe, Charlottes Vater anzurufen. Warum soll er gemütlich weiterschlafen, wenn seine Tochter in Not ist? Darauf, dass seine Freundin, meine Nachfolgerin, ein Recht auf ungestörte Nachtruhe hat, kann ich jetzt keine Rücksicht nehmen. Und wer weiß, vielleicht haben die beiden längst getrennte Schlafzimmer. Schade, dass mein Kopf jetzt mit Wichtigerem beschäftigt ist als dem aktuellen Stand von Roberts Liebesleben. Unter normalen Umständen würde es mir gut gefallen, dass die Frau an seiner Seite so oder so gleich ein Problem haben wird: Entweder sie wird um halb drei Uhr morgens von meinem Anruf geweckt und ist darüber nachvollziehbarerweise sauer, oder mit ihrem Sexualleben sieht es alles andere als rosig aus.

Robert glänzt nicht gerade durch konkrete Lösungsvorschläge, aber immerhin weist er darauf hin, dass wir einen guten Rechtsanwalt für Charlotte brauchen. Sobald er morgen im Büro sei, werde er sich von seinem Justiziar ein paar Empfehlungen geben lassen. Morgen, wieso morgen? Robert will unsere Tochter offenbar die ganze Nacht der Staatsmacht überlassen. Ich lege mehr als empört auf.

Staatsmacht? Wie komme ich denn darauf? Staatsmacht, Polizeistaat, Polizeiterror, das sind Begriffe, die seit mindestens zwanzig Jahren aus meinem Sprachschatz verschwunden sind. Ich erinnere mich dunkel, das letzte Mal habe ich sie – und zwar alle – benutzt, als die besetzten Häuser in der Hamburger Hafenstraße geräumt werden sollten. Und genau dieser Gedanke bringt mich auf die richtige Idee. Damals hat doch Klaus die ganzen juristischen Probleme der Hafenstraße geregelt. Was macht der eigentlich? Irgendwo muss ich noch seine Telefonnummer haben. Klaus Lohmüller, linker Anwalt, immer im Einsatz für die Unterdrückten und Entrechteten. »Immer« im Sinne von

»rund um die Uhr«. Da ist ja seine Nummer! Die Frage, was er macht, beantwortet sich schnell: Um kurz nach drei schläft er normalerweise und nun nuschelt er ein sehr übellauniges »Hallo« ins Telefon.

»Hallo, Klaus, hier ist Nora Bergenhaus, erinnerst du dich?«

Nach verständlichen Beschimpfungen wegen der unchristlichen Zeit meines Anrufs lässt er meine Geschichte über sich ergehen, schwört, dass er um diese Uhrzeit nichts machen könne, dass er aber, sobald er im Büro sei, alles in Bewegung setzen werde, damit Charlie im Verlauf des Tages wieder zu Hause sei.

Das ist viel, aber mir zu wenig. Ich setze mich in das Carsharing-Auto, das ich mir eigentlich für den morgigen Großeinkauf organisiert habe, und fahre nach Lüneburg, von wo mich Polizeiobermeister Thomke angerufen hat.

Erstaunlich, wie viele Leute um diese Uhrzeit schon auf den Beinen oder besser auf den Reifen sind. Was machen die alle? Wo wollen die hin? Die können doch nicht alle ihre Kinder aus dem Polizeigewahrsam befreien.

Das Klingeln meines Handys reißt mich aus meinem gedankenverlorenen Betrachten der Autobahn.

»Ich habe mir schon gedacht, dass du nicht zu Hause bleiben würdest. Ruf mich an, wenn du was Neues in Erfahrung bringst.«

Bevor ich ihm sagen kann, dass ich schon Klaus in Bewegung gesetzt habe, damit er unsere Tochter aus dem Knast holen wird, legt Robert schlaftrunken wieder auf.

Um 6.30 Uhr stehe ich ohne Brötchen, aber mit einer Zahnbürste für Charlie vor dem Tresen von Hauptwachtmeister Thomke, der mich sehr penetrant darauf hinweist, dass meine Tochter keineswegs verhaftet, sondern lediglich in Gewahrsam genommen worden sei. Der Unterschied ist mir vollkommen wurscht. Ich will nur, dass meine Tochter hier neben mir steht, und zwar in allerkürzester Zeit. Dem folgenden Kurzreferat entnehme ich, dass ich nicht mit Charlie sprechen darf und sie auch nicht sehen werde. Meine Tochter sitzt im Knast und ich kann nichts tun. Wie es ihr wohl geht? Ich kenne sie gut genug, um zu wissen, dass sie sich ihre Angst nicht anmerken lassen wird. Gut, wenn ich jetzt nichts machen kann, dann mache ich nichts, vor allem gehe ich nicht weg, obwohl das genau das wäre, was Herr Thomke gerne hätte. Ich bleibe hier so lange stehen, bis er meine Tochter endlich rausrückt. Es ist meiner schlagartig einsetzenden Müdigkeit geschuldet, dass ich mich an die Wand lehne und langsam auf den Boden runterrutsche.

Als Herr Thomke seinen Dienst beendet, steigt er gänzlich unbeeindruckt über mich hinweg, nicht ohne mir zu versichern, dass er, selbst Vater, mich ja verstehen könne. Meine Tochter sei aber nun mal alt genug, um zu wissen, dass Landfriedensbruch keine Bagatelle sei. Ich bin zu müde, um mit einem Vortrag über die Verhältnismäßigkeit der Mittel zu kontern, und denke stattdessen einfach »Blödmann«. Aber als mir seine Kollegin einen Kaffee anbietet, neige ich doch tatsächlich für einen kurzen Moment zur Aussöhnung mit den Vertretern des Schweinesystems. Wo, verdammt noch mal, bleibt eigentlich Klaus?

Als ich Charlie endlich in den Arm nehmen kann, bin ich unendlich erleichtert. Ein Anruf des Rechtsanwalts hat ausgereicht, um den Herrschaften mal einen bisschen Dampf zu machen. Ich weiß, dass das Kind nicht in einer Nacht abgemagert sein kann, aber so dünn und so blass habe ich meine Tochter nicht in Erinnerung. Natürlich mache ich ihr keine Vorwürfe, jedenfalls keine ausgesprochenen. Sie hört sie trotzdem und schläft einfach ein. Ob Charlie noch Lehrerin werden kann, wenn sie vorbestraft ist? Was für ein bescheuerter Gedanke! Sie studiert Chemie und will unbedingt in die Forschung. Es gibt bestimmt Naturwissenschaftler, die vorbestraft sind. Auf jeden Fall gibt es Naturwissenschaftler, die vorbestraft sein müssten, aber auch das ist kein Gedanke, der Charlie jetzt weiterbringt. Alle Mütter machen sich Sorgen um ihre Kinder, egal wie toll sie sind, egal wie alt sie sind. Als mein Handy klingelt, merke ich, dass Sorgen kein mütterliches Privileg sind. Robert beschwert sich, dass ich ihn nicht sofort angerufen habe. Da ich immer noch stinksauer auf ihn bin, lege ich auf. Ein bisschen Revolte steckt auch in mir. Später werde ich behaupten, ich sei in ein Funkloch gefahren. Moderne Technik hat doch viele gute Seiten.

Arme Charlie, ganz allein in einer Zelle. Mit Blick auf meine schlafende Tochter fällt mir plötzlich ein, dass ich das ja auch einmal erlebt habe. Das war alles andere als lustig – auch wenn es zum Glück ein kurzer Aufenthalt war.

Die Zelle war gerammelt voll mit jungen Revolutionären. Gut, dass sich Nora die Telefonnummer vom Ermittlungsausschuss auf die Hand gepinselt hatte. Da sollte man sofort anrufen, wenn jemand verhaftet wurde. Leider war nicht jede Zelle mit einem Telefon ausgestattet und diese hier war es definitiv nicht.

»Meinst du, die lassen uns hier wieder raus?«, jammerte Nora.

»Klar, Mann, die wollen nur unsere Personalien und dann lassen die uns gehen.«

»Sicher?«

»Sicher, du Schisshase.«

Da Nora dem Kämpfer an ihrer Seite sichtlich auf die Nerven ging, beschloss sie, die Zeit, bis die Zellentür endlich geöffnet würde, dazu zu nutzen, still vor sich hin zu leiden. Wieso war sie nur hier gelandet? Dass sie im Knast schmoren musste, obwohl sie doch für eine gerechte Sache eingetreten war, war so ungerecht!

Schuld an ihrer Misere war US-Vizepräsident Bush. Der war nach Krefeld gekommen, um mit 300 ausgewählten Bürgern der Stadt zu feiern, dass 300 Jahre zuvor die ersten Krefelder nach Amerika ausgewandert waren. Es kamen mehr als 300, ungefähr 20 000, und dass sie nicht willkommen waren, zeigten die zahlreichen SEKs noch vor Beginn der Feierlichkeiten. Bush hatte gerade im Gleichgewicht des Schreckens zwischen den beiden Supermächten USA und UdSSR durch seinen Beschluss, amerikanische Pershing-II-Raketen in Deutschland zu stationieren, einen neuen Akzent gesetzt. Im Falle eines Falles hätten sich dann russische und amerikanische Mittelstreckenraketen genau über Nordrhein-Westfalen getroffen.

Ehrensache, dass das Aktionsbündnis Südliches Münsterland Bush nicht einfach nett durch Krefeld bummeln ließ. Sie hatten sich in den alten Opel gequetscht und auf den Weg nach Krefeld gemacht. Nora hatte ihren Freund Michael mühsam überredet, Helm und Sturmhaube zu Hause zu lassen. Bei einem Germanistikstudenten sah das wirklich albern aus. Michael war groß und schlaksig, und mit dem Helm wirkte er wie ein Strichmännchen aus einer Kinderzeichnung. Sie waren etwas spät dran, weil Susanne noch ihr blödes Palästinensertuch suchen musste. Als sie endlich zu den ungeduldig Wartenden ins Auto stieg, lachte Berthold hämisch: »Typisch Jurastudentin. Riesen-Heckmeck und dann ist es nur das rote.«

Eigentlich war das schwarze Palästinensertuch das richtige, aber das rote passte einfach besser zu Susannes blonden Haaren. Christina verdrehte ein bisschen die Augen, ließ sich aber nicht aus der Ruhe bringen. Berthold setzte zu einem längeren Referat über die Symbolik politischer Accessoires an, wurde aber jäh unterbrochen, als Nora durch einen verunglückten Blitzstart das

Auto abwürgte. Kollektives Aufstöhnen beendete alle Diskussionen. Die Zeit drängte nun wirklich, schließlich hatte man Bertha versprochen, sie mit nach Krefeld zu nehmen. Und Bertha war bekanntermaßen streng, was pünktliches Erscheinen betraf.

Vor Ort angekommen, war Nora beeindruckt von der Größe des Schwarzen Blocks. Ganz gefährliche Jungs, faszinierend in ihrem martialischen Auftreten. Lederklamotten und Sturmhauben, aus deren Schlitzen die Augen hervorblitzen. Die würden sich nichts gefallen lassen, die nicht, die würden jede Pershing II höchstpersönlich aufhalten. Was konnte das übergroße Polizeiaufgebot ihnen da anhaben? Die martialischen Autonomen waren irgendwie sexy, die martialischen Polizisten, nee, Bullen hieß das natürlich, nicht. Schwarz war offensichtlich wesentlich kleidsamer als Grün. Das Aktionsbündnis Südliches Münsterland warf sich mitten ins Geschehen: Susanne aufgeregt, Bertha belustigt, Michael wild entschlossen, Christina nachdenklich, Berthold in sonnigster Debattierlaune, und für alle gemeinsam war es das Selbstverständlichste der Welt, sich in der Nähe des Schwarzen Blocks einzureihen: »Einer muss die ja vor den Polizeiknüppeln schützen.«

Blöd, dass den einen wie den anderen das Schutzschild aus dem Münsterland scheißegal war. Bei der erstbesten Gelegenheit stürmten Schwarz und Grün los. Teils aufeinander zu, teils voneinander weg, teils zu einem unangekündigten Irgendwo. Das geheime Startzeichen hatte Nora irgendwie verpasst. Die Autonomen rannten, die Bullen hinterher, es flogen Farbeier, Steine und jede Menge böser Worte. Berthold war noch an Noras Seite, alle anderen waren plötzlich weg. Sie mussten ebenfalls rennen, was am Rand des Schwarzen Blocks wirklich einmalig blöd war. Von der einen Seite flogen einem Steine entgegen, von der anderen drohten Polizeiknüppel. Wer da nicht einigermaßen durchtrainiert und schnell war, hatte schlechte

Karten. Zum Schutz vor der Staatsmacht wurden Barrikaden aus Autos gebaut. Da eine solide Luxuskarosse locker das Doppelte eines Kleinwagens wog und dementsprechend schwer zu bewegen war, blieben die teuren Autos weitgehend davor bewahrt, sich als Straßensperre bewähren zu müssen. Während Nora an den Barrikaden vorbeirannte, sah sie aus dem Augenwinkel Michael, der in einem Pulk von Autonomen einen R4 auf die Seite warf. Ein bisschen stolz auf ihren knallharten, revolutionären Geliebten hätte Nora gerne angehalten, zumal ihr langsam die Puste ausging, aber angesichts der nachrückenden Polizisten bestand Berthold darauf, beim Dauerlauf durch Krefeld noch erheblich an Tempo zuzulegen. Mann, war das anstrengend.

Das Aktionsbündnis Südliches Münsterland kehrte schließlich ohne Blessuren und ohne Verluste zurück. Mit Ausnahme von Bertha. Angeblich hatte sie einen Brandsatz auf die gepanzerte Limousine von George Bush geworfen und damit das Leben des amerikanischen Vizepräsidenten gefährdet. Wie kam die Staatsanwaltschaft nur dazu, die Qualitätsarbeit der deutschen Autoindustrie derart in Frage zu stellen? Gepanzerte Limousine gegen einen selbst gebastelten Brandsatz. Eine Wahnsinnsattacke mit ungewissem Ausgang. Wie sich – welch' Wunder – herausstellte, hatte George Bush den Angriff unversehrt überstanden. Wahrscheinlich hatte er gar nichts bemerkt, ganz im Gegensatz zu Bertha, die in U-Haft auf ihren Prozess warten musste.

Das war das Topthema der Demoauswertung. Über Sinn und Unsinn der Aktion wollte keiner reden, allerdings war klar, dass sofort eine Solidaritätsgruppe für die Freilassung von Bertha gegründet werden musste. Dabei durfte Nora allerdings nicht mitmachen, sie war einfach nicht radikal genug. Da kamen nur die ganz Harten rein, die, denen mindestens Kontakte zu den RAF-Gefangenen nachgesagt wurden oder zu deren Angehörigen oder zu irgendjemandem, der wenigstens jemanden kannte, der schon mal in irgendeiner Unterstützergruppe aktiv gewesen war.

Mitglied im Aktionsbündnis Südliches Münsterland, schwarze Fahne am VW-Bus und radikale Wohngemeinschaft – »sorry, aber das reicht nicht«, hatte einer der ganz radikalen Unterstützer Nora erklärt.

Immerhin, zum Prozess durften dann später alle.

Vor dem Landgericht hatte sich bereits eine lange Schlange gebildet. Alle mussten ihre Ausweise vorzeigen, die Taschen ausleeren und sich abtasten lassen. Wieso ging es denn nicht weiter?

»Den lassen Sie mal schön hier!« Der Polizist, der ein paar Meter vor Nora die Taschenkontrolle machte, hielt triumphierend einen Kugelschreiber hoch, den er einem der Prozessbesucher abgenommen hatte.

»Wieso das denn?«, fragten die Umstehenden wie aus einem Mund.

»Der kann zu einer Waffe werden«, antwortete der Beamte und erntete höhnisches Gelächter.

Nachdem Nora die Kontrollen über sich ergehen lassen hatte, ging es in den Verhandlungssaal. Die guten Plätze, das waren die, von denen man Bertha besonders gut aufmunternd zulächeln konnte, waren schon weg. Aber da war noch ein Platz, neben einem Typen mit Lederjacke, sehr lässig, sehr schwarz, sehr radikal.

»Noch frei?«, wollte sie wissen und gab sich mit einem Nicken zufrieden.

Gut, neben diesem Mann zu sitzen, so strahlte die wilde Entschlossenheit seiner Lederjacke ein bisschen auf Nora ab.

Bertha scherte sich nicht um den Prozessablauf. Sollte sie zuhören, rief sie dazwischen, sollte sie etwas sagen, verweigerte sie die Aussage. »Wenn Sie weiter den Prozessablauf stören, schließe ich Sie von der Verhandlung aus«, drohte der Richter in einem fast schon verzweifelten Versuch, das Verfahren in kontrollierte Bahnen zu leiten. Das Publikum grölte. Irgendwann reichte es dem Richter, und er ordnete an, den Saal zu räumen. Während die Zuschauer versuchten, durch lauten Protest dem Schweinesystem die Maske der unabhängigen Justiz runterzureißen, riss einer der in den Saal stürmenden Polizisten Noras Sitznachbarn einen Aufnäher von der Lederjacke. Oh je! Nora wurde gepackt und eine sehr enge, sehr volle Treppe runtergestoßen.

»Sind die denn völlig verrückt? Mann, hoffentlich fällt jetzt keiner, dann wird das hier ein totales Chaos!«

Aber der coole Typ hatte kein Ohr für Nora. Er lamentierte über den Verlust der Schulterdeko, was Nora angesichts der Tatsache, dass hier im Gericht gerade die demokratische Freiheit verloren ging, wirklich peinlich fand.

Beim Einbiegen in die Pasteurstraße, wo Charlies kleine Wohnung ist, klappt meine Tochter die Augen auf.

»Ich habe wahnsinnigen Hunger.«

»Gut, dann können wir uns beim Frühstück mal ernsthaft unterhalten. Hast du überhaupt was zu essen im Haus?«

»Mann, Mama, das war echt eine harte Nacht. Ich brauche dringend eine Dusche, etwas zu essen und dann nur noch mein Bett. Kannst du mich nicht erst mal wieder zu Verstand kommen lassen?«

Als ich »Verstand« aus Charlies Mund höre, runzelt sich meine

Stirn, ohne jede Absicht. Charlie ignoriert den ihr bekannten Gesichtsausdruck, verabschiedet sich mit einem Kuss und einem zuckersüßen »Danke, Mama« und ist weg.

Als ich 20 Minuten später in meiner Wohnung ankomme, ärgere ich mich immer noch über meine zutiefst naive Tochter. Sie versteht nicht, dass man nicht einfach mal so locker und ohne Konsequenzen eine Nacht bei der Polizei verbringt. Undankbare Göre. Immerhin bin ich ihretwegen durch die Nacht gegondelt, da kann sie mir ja wohl ein bisschen Rede und Antwort stehen.

Mir ist auch nach einer Dusche zumute. Um den Schrecken der Nacht abzuspülen, brauche ich viel heißes Wasser. Habe ich nicht irgendwo gelesen, dass es Quatsch sei, Wasser zu sparen? In der Kanalisation fehlt dann der Druck und die Wasserwerke müssen irrsinnige Wassermengen in das System pumpen, um die Rohre gut gespült funktionsfähig zu halten.

Den Vorsatz, mit Ressourcen sparsam umzugehen, lasse ich deshalb aus guten Gründen in der Berliner Kanalisation davonschwimmen.

Mit nassen Haaren, in ein Handtuch gewickelt, rufe ich Robert in seinem Musikverlag an. Seine Sekretärin flötet, dass er gerade im Gespräch sei, ob sie etwas ausrichten könne. Wenn ihre Stimme diesen ganz bestimmten Tonfall annimmt, weiß ich, dass Robert mithört, und prompt kommt die Bestätigung.

»Oh, ich sehe gerade, dass er aufgelegt hat, Moment, ich stelle mal durch.«

Ich hasse diese künstlich hergestellte Wichtigkeit, an der so viele Anliegen abprallen.

Robert versteht die Aufregung nicht. Vor allem findet es völlig übertrieben, dass ich die halbe Nacht in Lüneburg auf der Polizeiwache verbracht habe.

»Die hätten Charlie doch so oder so spätestens heute Morgen nach Hause gehen lassen.«

Er habe schon mit dem Justiziar der Firma gesprochen. Es sei alles nicht so wild, er habe einen sehr guten Strafrechtler empfohlen, falls es überhaupt zum Prozess kommen sollte.

»Ich rufe Charlie nachher mal an. Lass uns heute Abend zusammen essen und dann sehen wir weiter.«

Ich brauche nichts zu essen, denn ich bin schon pappsatt. Charlie ist wirklich die Tochter ihres Vaters. Wird schon alles nicht so schlimm sein, sehen wir nachher mal weiter, wird schon. Das treibt mich auf die Palme. Diese unbedarfte Leichtigkeit kenne ich. Von mir, von früher. »Früher«, das klingt, als würde ich demnächst meinen 80. Geburtstag feiern – und so fühle ich mich gerade auch.

Nicht grübeln, nicht jetzt. Ich sage als Erstes alle meine Termine ab. Mein Chef zeigt sich verständnisvoll; der Drehbuchautor, den ich zum dritten Mal versetze, deutlich weniger. Wieso habe ich mich überhaupt auf die Zusammenarbeit mit ihm eingelassen? Ich wusste doch, dass wir sowieso nie zu einem guten Drehbuch kommen würden. Meine Laune wird mit jedem Gedanken schlechter. Da hilft nur ein Spaziergang. Allerdings behauptet der faule Sack in mir, ein bisschen Schokolade tue es auch. »Muss ja nur ein kleines Stück sein.«

Jetzt ist die Schokolade alle und mir ist schlecht.

Das Ribaltone ist mein Lieblingsrestaurant, unter anderem, weil sie dort eins meiner Lieblingsgerichte haben: Spaghetti mit in Parmesan geschwenkten Trüffeln. Die werde ich heute aber ganz sicher nicht essen. Mir ist noch ein bisschen schlecht von der Schokolade. Salat am Abend ist auch nicht gut, also Fisch und Gemüse. Charlie bestellt meine Lieblingsnudeln, und ich schaue neidisch auf ihren vollen Teller und versuche, meine Tochter dafür zu lieben, dass sie einfach essen kann, was sie will. Robert bestellt Wein, nein, nicht den Dingenskirchensowieso, der auf der Karte steht, aber wenn Sie den 2006er hätten?

»Haben sie nicht, sonst hätten sie ihn ja auf die Karte geschrieben«, belehre ich unsere kleine Runde.

»Haben wir, gerne, kommt sofort.«

Ich konnte das noch nie leiden, dass Robert immer so ein Mit-Wein-kenn-ich-mich-wahnsinnig-gut-aus-Theater veranstaltet, auch wenn ich zugeben muss, dass ich in all den Jahren kein einziges Mal schlechten Wein mit ihm getrunken habe. Er kennt sich wirklich gut aus, während ich Wein nur fehlerfrei nach Farben sortieren kann.

»Dr. Heitmann wird das für dich klären«, teilt Robert zur Vorspeise mit.

»Moment mal«, interveniere ich sofort. »Ich habe schon längst Klaus organisiert. Aus dem Knast hat er Charlie ja immerhin schon mal rausgeholt.«

Das klingt deutlich dramatischer, als es war, aber vom Ergebnis her stimmt es.

»Das ist nicht dein Ernst! Doch nicht etwa *der* Klaus?«

Doch, genau der. Robert wird doch kein Fass aufmachen wollen, nur weil ich mit Klaus vor Hunderten von Jahren mal eine klitzekleine Affäre hatte?

»Ich bitte dich, der macht doch ein großes Politikum um diese Lappalie, statt Charlie da möglichst schnell rauszuhauen. Lass mich das mal machen.«

Ich koche! Robert gibt den Checker und ich soll die Doofe spielen. Während ich auf der Wache in Lüneburg campiere, kuschelt er schön mit Hasi im Bett – oder auch nicht –, und nun macht er auf großen Retter. Worte fliegen über den Restauranttisch, während Charlie in aller Seelenruhe ihre Nudeln gabelt.

Zwischen zwei Bissen erinnert uns unsere Tochter daran, dass das übrigens ihr Verfahren sei, über das wir uns gerade streiten.

»Eben«, sagen Robert und ich wie aus einem Mund.

»Und da werden wir gemeinsam zusehen, dass das glimpflich ausgeht.«

»Nein, braucht ihr nicht, morgen treffen wir uns …«

»Wer ›wir‹?«, unterbreche ich meine Tochter.

»Na, die Leute von der Blockade, wir wollen überlegen, was wir tun. Ich bin ja nicht die Einzige, die verhaftet wurde.«

Charlie findet Klaus als Rechtsanwalt gut, den werde sie auch den anderen Betroffenen vorschlagen. Einerseits kommt dumpfe Freude auf, ein bisschen sogar Schadenfreude, dass Charlie ihn als Rechtsanwalt in Erwägung zieht, andererseits wächst meine Sorge, dass sie den Ernst ihrer Situation immer noch nicht erkannt hat.

»Charlie, jetzt geht es darum, dass du dich auf dich konzentrierst und nicht mehr um irgendeine Solidaritätsromantik«, wirft Robert ein, und ich bin froh, dass er es sagt, dass er mir diesen unerhört spießigen Satz abgenommen hat.

Charlie lacht. »Ich habe aber gemacht, was ich gemacht habe, und zwar zu Recht. Ihr seid nicht da gewesen, aber Zigtausend andere und mit denen, die es betrifft, werde ich nun absprechen, wie es weitergehen soll.«

Ich schlucke, und zwar nicht nur, weil ihre Entschiedenheit mich trifft, sondern vor allem, damit ich nicht sage, »aber Charlie, wir wollen dir doch nur helfen«.

»Wenn euch das so brennend interessiert, warum seid ihr dann nicht da gewesen?«

»Mit meinem Rücken, da hätte ich gleich zwei Physiotherapeuten mitnehmen müssen«, antwortet ihr Vater.

Charlie verdreht genervt die Augen.

»Und ich konnte nicht«, verteidige ich mich.

»Ich weiß«, grummelt Charlie, »Bambiverleihung, das ist echt wichtig und ohne dich hätte die wahrscheinlich gar nicht stattfinden können.«

»Ach, du warst doch beim Bambi?«, ruft mein Exmann erstaunt. »Ich denke, du hast keine Lust mehr auf diesen Quatsch.«

Robert weiß genau, dass das zu meinem Job dazugehört, aber er liebt es, mich daran zu erinnern, dass ich mindestens hundert Mal beteuert habe, nie wieder zu diesen Branchenveranstaltungen zu gehen. Mein verständnisvoller Exmann hört sich gerne Klatsch und Tratsch aus meinem Job an, aber immer lächelt er süffisant, statt meinen Kummer ernst zu nehmen. Er weiß viel zu genau, dass ich meine Arbeit liebe. Ich werde mich auf dieses Thema nicht einlassen, wir haben Wichtigeres zu besprechen. Immerhin geht es um die Zukunft unserer Tochter, die mittlerweile beim Dessert angelangt ist und nun doch munter, wenn auch mit vollem Mund, von der Castorblockade berichtet.

»Das war wie eine riesige Party. Immer wenn die Polizei eine Zufahrt oder eine Straße abgesperrt hatte, sind wir eben durch den Wald gelaufen. Geschlafen haben wir in einem Zeltlager. Das war alles super organisiert. Und um fünf Uhr morgens ist dann jemand rumgelaufen und hat alle geweckt.«

»Du bist um fünf Uhr aufgestanden?« Alles, aber das glaube ich wirklich nicht.

»Doch, doch, und das war total lustig. Der Typ ist über den ganzen Platz gelaufen und hat gebrüllt: ›Guten Morgen, Revolution!‹«

»Und du bist dann aufgestanden?«

Ich kann einfach nicht fassen, was ich höre.

»Also erst mal habe ich zurückgebrüllt: Du bist zu früh, du blöde Revolution.«

Robert und ich müssen lachen. Charlie um fünf Uhr morgens im Wald – können wir uns einfach nicht vorstellen. Um elf Uhr total verschlafen und nur unter Protest aus dem Bett kommend: Das ist das Kind, das wir kennen.

»Eigentlich war alles cool und friedlich. Als wir endlich an den Gleisen waren, haben ein paar immer mal geschottert, klar, es sind auch ein paar Steine geflogen, aber die allermeisten haben ganz friedlich demonstriert. Da, wo ich war, hat sich keiner an die Gleise gekettet oder so was.«

»Hast du geschottert?«, frage ich und versuche, die Strenge in meiner Stimme in ernsthaftes Interesse zu verwandeln.

»Was ist denn schottern?«, will Robert wissen und offenbart damit seine Ignoranz den aktuellen politischen Brennpunkten gegenüber.

»Oh, Papa, wenn man die Steine unter den Gleisen wegmacht. Das haben wir aber nicht. Wir haben nur immer wieder die Strecke blockiert, und die Polizisten haben uns immer wieder weggetragen.«

Die taten Charlie wirklich leid, »die armen Kerle«, die konnten ja irgendwann nicht mehr.

»Tolle Musik war da, und wir haben sogar unheimlich viel getanzt. War arschkalt, aber echt lustig.«

Ich schüttele irritiert den Kopf. Robert denkt wahrscheinlich das Gleiche wie ich, hat seine Mimik aber besser im Griff. Das, was unsere Tochter erzählt, erinnert eher an einen Rave als an eine Anti-Atomkraft-Demonstration. Doch statt sich lautstark zu wundern, berichtet mein Exmann zu meiner Überraschung begeistert von seinem ersten Gorlebeneinsatz. Damals, als er noch mit der Grünen Raupe unterwegs war. Da kannten wir uns noch gar nicht, aber die Geschichte, die kenne ich, schließlich war auch ich in Gorleben. Das gehörte einfach dazu. Wir waren gegen Atomenergie und wir waren natürlich gegen ein Endlager für den radioaktiven Müll im Salzstock im Wendland. Gorleben war zum Symbol der Anti-AKW-Bewegung geworden. Zum ersten Mal waren Junge, Alte, Linke, Konservative, Studenten und die Bauern aus der Region gemeinsam auf der Straße unterwegs. Rund um die Stelle, wo die ersten Probebohrungen gemacht werden sollten, hatten die AKW-Gegner Hütten gebaut – ach, was sage ich, das waren keine Hütten, das waren Kunstwerke. Da wurde der Traum von einem anderen Leben gelebt.

Wir waren so jung, ungefähr so jung wie Charlie heute.

»Soll ich Badezeug einpacken oder ist das Wasser noch zu kalt?«

Noras WG-Genossen guckten sie fassungslos an. Tom hatte mit großer Mühe die schwarze Fahne an den Bulli montiert, und die machte ja wohl deutlich, dass hier nicht die Mission Badeausflug angetreten wurde. Das Hüttendorf im Wendland bestand seit drei Wochen, und immer wieder ging das Gerücht um, dass die Räumung unmittelbar bevorstünde. So auch an diesem Wochenende.

»Ich will fahren«, ließ Nora ihre Mitstreiter wissen.

Tom, Albert und Svenni wollten auch. Bella spielte die feministische Karte und katapultierte Nora damit auf den Fahrersitz. Wer fuhr, war Bella in Wirklichkeit völlig egal. Ihr ging es vorrangig darum, dass Tom neben ihr saß, dann konnte sie mit ihm rumknutschen, wenn die Fahrt langweilig würde.

Es ging flott voran, obwohl immer wieder Pausen gemacht wurden, weil der Hund oder die Menschen mal mussten, weil man auf den Raststätten andere traf, die auf dem Weg nach Gorleben waren und mit denen man kurz die Lage besprach. Tramper wollten ein- oder aussteigen, und irgendwann wollte dann wirklich mal jemand anders fahren. Allein aus Münster waren mindestens fünfzig Gruppen aus dem linksalternativen Spektrum unterwegs. Als Treffpunkt hatten sie einen Seitenarm der

Elbe kurz vor Gorleben vereinbart. Hier wurde das Lager aufgeschlagen. und von hier aus ging es dann zu Fuß weiter zum Hüttendorf.

Es war irre heiß, und da Nora ja kein Badezeug mitgenommen hatte, schloss sie sich einer Gruppe anderer Münsteraner an, die sofort das Hüttendorf erkunden wollte. Svenni war stinksauer, er wollte erst mal das Zelt aufbauen und alles organisieren. Nora hatte dazu keinen Bock, das sollte er schön alleine machen. Er wollte ja unbedingt im Zelt schlafen, Nora hätte der Bulli völlig gereicht.

Das Hüttendorf war ein wahr gewordener Hippietraum. Alles total tolle Leute, irre nett, unglaublich engagiert, und was die da gebaut hatten: Wahnsinn! Ihre Bezugsgruppe hatte Nora entgegen jeder eisernen Politregel schon verloren.

Im Frauenhaus war man sich gerade wahnsinnig einig darüber, dass die Machotypen jede Diskussion dominierten, und dass es deshalb wirklich echt wichtig sei, dass man keine Männer hereinlasse. Ziemlich heftig zur Sache ging es, weil ein paar Mütter ihre Söhne dabeihatten und frau sich nicht darüber einigen konnte, ab welchem Alter ein männliches Wesen ein Macho sei. Außerdem fanden es die Hardcore-Feministinnen sowieso bescheuert, dass Frauen sich als Mütter versklaven ließen, während die Mütterfraktion darauf beharrte, dass Frauen, die sich auf allen Ebenen auslebten, bessere Männer großziehen würden. Als nach einer Weile beschlossen wurde, die Diskussion abzubrechen, weil frau doch Anti-AKW-Sonnen aus Salzteig backen wollte, setzte Nora ihre Erkundungstour auf dem Gelände fort.

Den Pass der Republik Freies Wendland wollte Nora unbedingt haben. Der war super, richtig mit Stempel und allem Drum und Dran. Das Beste daran war der Aufdruck: »Dieser Pass ist gültig, solange der Inhaber noch lachen kann.«

Am Infostand wurde wüst darüber spekuliert, ob und wann wohl geräumt würde. Immer wieder schwappten Nachrichten herein, wonach jemand gesehen haben wollte, dass die Polizei sich bei Lüchow sammelte. Andere hatten Hunderte von Wannen kurz hinter Hamburg gesehen. Ob das etwas zu bedeuten hatte, wusste keiner, aber wenn, darüber waren sich alle einig, würde man auf jeden Fall friedlich bleiben.

»Wir lassen uns nicht provozieren.«

Die Jungs, die das anders sahen, waren deutlich in der Minderheit und auf den ersten Blick auszumachen. Trotz der Hitze hatten sie schwarze Lederhosen an, obenrum ärmellose Hemden oder gar nichts, und die besonders gut aussehenden Exemplare trugen Pferdeschwanz. Tolle Typen, blöd, dass Nora ausgerechnet für diesen Tag ihre lila Latzhose ausgesucht hatte.

Wer Hunger hatte, konnte Naturreis mit irgendwas essen. Alle lobten den Koch, und alle, bis auf ein paar Hardcore-Biofreaks, fanden, dass der Pamp echt furchtbar schmeckte. Egal, er machte satt, und mit vielen Leuten gemeinsam zu essen, war großartig.

»Wo kommst du her? Was machst du? Bist du schon lange hier?«

Rund um das Bohrloch 1004 war ein riesiges Kommunikationszentrum entstanden. Man saß ums Feuer, irgendwann tauchte die erste Gitarre auf, Bongos folgten, und der ein oder andere Joint kursierte. Zufrieden stellte Nora fest, dass sie sich rundum wohlfühlte im Widerstand.

Außerdem stellte sie sehr viel später fest, dass es stockdunkel war, und dass sie den Weg zu ihrem Schlafplatz nur noch sehr ungefähr wusste. Das war großer Mist. Erst nachdem Nora endlos über Äcker und Wiesen geirrt war, alle wilden Tiere, Kaninchen, Feldmäuse und was da sonst so kreuchte und fleuchte, durch dreitausendmaliges Singen »wehrt euch, leistet Widerstand, gegen das Atomprogramm im Land, schließt euch fest zusammen, schließt euch fest zusahamehen, wehrt euch ...« abgewehrt hatte, fand sie todmüde den Treffpunkt wieder.

Der Bulli war voll mit Leuten, die Nora nicht kannte, und sie sank selig auf die Isomatte in dem Zelt, das Svenni ganz allein aufgebaut hatte.

»Ich muss dann mal ins Bett.«

Charlie reißt mich aus meinen durchaus sentimentalen Gedanken. Was haben wir nun eigentlich ausgemacht? Wie geht's weiter? Meine Tochter lässt sich die Telefonnummer von Klaus aufschreiben und verspricht, ihn am nächsten Tag anzurufen. Robert zahlt und bietet an, uns nach Hause zu fahren. Ich laufe lieber, ein bisschen frische Luft wird mir guttun, außerdem sind's ja nur ein paar Meter. Aber Charlie nimmt das Angebot begeistert an, und ihr Vater nimmt den Umweg über den Prenzlauer Berg gerne auf sich.

Nach dem Abitur hat sich Charlie eine kleine Wohngemeinschaft im angesagten Bötzowviertel gesucht. Sie hat zwar immer noch ihr altes Zimmer in meiner Wohnung, schläft aber nur noch selten bei mir. Ihr Zimmer bleibt trotzdem ihr Zimmer.

Ich vermisse sie, bin aber gleichzeitig stolz darauf, dass meine kleine Tochter schon so groß geworden ist. Robert war und ist so großzügig, den Spaß zu bezahlen. Seine Tochter wickelt ihn nun mal in 0,0 Sekunden um den Finger. Zwischen die beiden passt kein Blatt. Ich kann mir nicht vorstellen, was passieren müsste, damit Charlie die bedingungslose Liebe ihres Vaters verliert. Umgekehrt genauso. Unsere Tochter liebt Robert vollkommen kritiklos, während sie an mir immer was zu meckern findet.

Es war nicht leicht für Charlie, als Robert und ich uns vor zehn Jahren getrennt haben, aber für mich war es die Hölle. Ich hatte nicht nur die Auseinandersetzungen mit meinem Mann, sondern auch noch ein stets vorwurfsvoll quengelndes Kind an den Hacken.

Genau zwei Tage fand Charlie es lustig, dass sie nun zwei Kinderzimmer hatte, eins bei mir und eins in der neuen Wohnung ihres Vaters. Dann ging der Terror los. Wenn Charlie in Hochform war, mussten wir mehrmals täglich zwischen den Wohnungen hin- und herfahren. War sie bei mir, wollte sie zu ihrem Papa, war sie bei Robert, wollte sie zu mir. Wenn wir ihren Launen nicht nachgaben, machte sie sich auf eigene Faust auf den Weg. Mit zehn Jahren kein Problem, aber unsere kleine Drama-Queen brachte ganze U-Bahn-Abteile zum Weinen, wenn sie lautstark und bitterlich jammernd von ihrem harten Schicksal als ungeliebtes Scheidungskind berichtete. Es ist nur dem beherzten Eingreifen der einen oder anderen erfahrenen und leidgeprüften Scheidungsmutter zu verdanken, dass nicht das Jugendamt bei Robert und mir auf der Matte stand.

Während ich die Treppe zu meiner Wohnung hochsteige, bin ich froh, dass Charlie erwachsen ist, und gleichzeitig wird mir bewusst, dass ich mir deswegen nicht weniger Sorgen um sie mache.

2.

»Was macht Christians Drehbuch?«, fragt Hubert, als ich das Büro betrete, »wird das noch was?«

Mit Christian von Geringhoff arbeite ich an einem neuen Stoff. Eigentlich hätte die erste Fassung gestern da sein müssen. War sie aber nicht, auch keine E-Mail, die das Ausbleiben erklärt hätte. So sind die Künstler eben, da kann man wenig machen. Das weiß ich und natürlich weiß das auch Hubert. Aber in regelmäßigen Abständen muss er einfach den Chef raushängen lassen. Das kenne ich schon, damit kann ich umgehen, einfach abperlen lassen und bei einem Kaffee darauf warten, dass er sich wieder einkriegt.

»Guten Morgen, kann ich wenigstens meinen Mantel ausziehen, bevor du mich anmoserst?«

Die Montagskonferenz zieht sich wie Kaugummi. Alle sind pünktlich um zehn Uhr angetreten und berichten brav über die Fortschritte ihrer Projekte. Statt einer Aufmunterung ist diese Konferenz der Downer zum Beginn jeder Arbeitswoche. Hubert ist Produzent, was seiner Meinung nach direkt nach Gott kommt. Seine Firma ist ziemlich erfolgreich darin, Filme und Serien für verschiedene Fernsehsender zu machen. Einige davon wurden mit Preisen ausgezeichnet, die Hubert in einer riesigen Vitrine in seinem Büro sammelt. Ich arbeite frei für ihn und entwickle Ideen, die er dann einem Sender anbieten kann. Meistens kommen Autoren mit einem Vorschlag, und mein Job ist es dann, ihnen zu helfen, daraus ein Drehbuch werden zu lassen. Ich liebe es sehr, etwas dazu beizutragen, dass Geschichten entstehen. Meistens jedenfalls. An Montagen wie diesem allerdings nicht. Als freie Mitarbeiterin bin ich zwar nicht im Rundum-versorgt-Modus wie meine fest angestellten Kollegen, aber ich habe das Privileg, den Quatsch der montäglichen Konferenz nur einmal im Monat mitmachen zu müssen. Selbst das überfordert meine Geduld regelmäßig. Die Ergebnisse stehen sowieso schon vor Konferenzbeginn fest:

1. Hubert ist der Größte.
2. Alle Projekte gehen zu langsam voran.
3. Die besten Filme sind die mit den höchsten Einschaltquoten.
4. Die Zukunft ist düster.

Selbst langsame Denker und Sprecher brauchen für diese bahnbrechenden Erkenntnisse höchstens fünfzehn Sekunden.

Als sich die Konferenz nach drei endlosen Stunden ihrem Ende nähert, knurrt mir der Magen und ich folge gerne Huberts Einladung zum Mittagessen.

»Du warst so komisch in der Konferenz, ist irgendwas?«

Soll ich ihm sagen, dass nicht ich komisch bin, sondern seine Konferenz blöd? Nein, das sollte ich ihm nicht sagen.

»Charlie ist in Gorleben verhaftet worden.«

Das kommt immer gut an, wenn man von irgendwelchen Problemen berichtet. Hubert hört tatsächlich genau zu. Es überrascht mich, wie nett er ist, fast schon fürsorglich. Ich bin gerührt und schäme mich dafür, dass ich ihn innerlich schon wieder so abgekanzelt hatte.

»Spannend, wirklich spannend, da können wir doch was draus machen. Bleib da mal dran.«

Sicher bleibe ich da dran, du Arsch, aber doch nicht, damit du Charlies Geschichte zu einem bescheuerten Fernsehbeitrag verwursten kannst.

»Danke für's Essen, ich muss dann mal …«

Zu Hause angekommen, lese ich als Erstes meine E-Mails. Vielleicht ist Christians Buch inzwischen da. Keine Nachricht von ihm. Auch nichts von Charlie, dabei wollte sie sich doch heute mit Klaus in Verbindung setzen. Ich beschließe sie anzurufen, erwische aber nur die Mailbox.

»Charlie, ich bin's. Ruf' mich mal zurück, mich interessiert, was Klaus gesagt hat.«

Wo die sich wieder rumtreibt? Ehrlich gesagt, bin ich nicht gewillt, stundenlang auf ihren Rückruf zu warten. Ist ja auch Quatsch, ich kann Klaus genauso gut selbst anrufen.

»Klar hat sich Charlie gemeldet. Wir treffen uns, noch diese Woche. Mach dir keine Sorgen«, sagt Klaus, »das wird schon alles nicht so heiß gegessen, wie es gekocht wird.«

Was soll das denn heißen, »diese Woche«, warum nicht heute, warum nicht jetzt? Die haben alle die Ruhe weg.

In den Nachrichten fordert der niedersächsische Innenminister, dass die Gorlebendemonstranten an den Kosten für den Polizeieinsatz beteiligt werden. Ich fliehe vor dieser Nachricht an den Schreibtisch, wo ich endlich die ersehnte E-Mail von Christian finde.

Er glaubt, dass seiner Geschichte noch eine entscheidende Dimension fehle, deshalb lese er gerade noch mal alle griechischen Mythen. Ich solle noch ein bisschen Geduld mit ihm haben.

Für eine Komödie über ein Paar, das sich im Alltagstrott verloren hat? Ich finde das zwar etwas überambitioniert, aber andererseits bin ich doch diejenige, die gerade für Komödien immer Tiefgang einfordert. Der Qualität zuliebe werde ich mich also weiterhin in Geduld üben und die Wartezeit dazu nutzen, mich ebenfalls in die griechische Mythologie zu stürzen. Bei der Drehbuchbesprechung werde ich dann damit glänzen. Irgendwo im Regal wird sich der gute alte Schwab doch finden.

Eine halbe Kanne Ingwerhibiskustee später liege ich auf dem Sofa und reise mit Odysseus von Troja zurück zu seiner Frau Penelope. Der Text ist schön wie immer, aber noch mehr begeistern mich die bleistiftgeschriebenen Randnotizen, die ich vor vielen Jahren zu Odysseus' Kampf gegen die Sirenen geschrieben habe: »Erkenntnisverzicht, um Weiblichkeit zu trotzen.«

Wann hatte ich denn diese großartige Erkenntnis?

Nora saß am Schreibtisch ihres WG-Zimmers. Zwei Wände waren tapeziert mit möglichen Ideen für eine Magisterarbeit. In den vergangenen Semestern hatte sie sich nicht gerade als akademischer Nachwuchsstar profiliert. In aller Seelenruhe hatte sie einen Schein nach dem anderen gemacht und sehr viel Zeit damit verbracht zu leben. Die Examensarbeit musste natürlich einen relevanten Beitrag zur Menschwerdung leisten, was bei einem Germanistikstudium nicht unmittelbar auf der Hand lag. Was hatte Nora im Studium interessiert? Mittelhochdeutsche Ablautreihen und generative Transformationsgrammatik eher nicht.

Also was? Exilliteratur, Anna Seghers' »Transit«, das hatte ihr viel bedeutet. Kritische Theorie war immer angesagt, aber das war Nora zu anstrengend. Außerdem gab es da klare Grenzen, das war den wirklich Schlauen aus dem Isabella-Wagner-Clan vorbehalten. Nora war das ein oder andere Mal in das Seminar gegangen, in dem sich Isabella und ihre männlichen Bewunderer versammelten, verstand aber schon die Mehrwerttheorie nicht und mokierte sich lieber über die Schlaumeier, die vor lauter Lesen den Bezug zum wirklichen Leben, also zu der Variante, die Nora bevorzugte, verloren hatten. Trotzdem musste jetzt ein anständiges Thema her, eins, mit dem man zur Not mal ein bisschen angeben konnte, am besten eins, das sogar den Isabella-Wagner-Clan vor Ehrfurcht erstarren lassen würde.

DDR-Literatur? Das mochte Nora, aber auf der akademischen Werteskala stand das nicht gerade weit oben. Strukturalismus ging immer, war aber wiederum eher anstrengend.

Da gab es etwas für Münsteraner Verhältnisse ganz Neues aus Frankreich, feministischer Poststrukturalismus. Kannte keine Sau, hörte sich gut an und man konnte herrlich vor sich hin bramarbasieren, ohne sich durch tausend Seiten Sekundärliteratur arbeiten zu müssen. Das nahm sie, warf es einmal in die Luft und schon hatte sie das Thema ihrer Examensarbeit: »Gibt es einen weiblichen Sozialismus?«

»Was hat die Odyssee damit zu tun?«, wollte Noras große Liebe Michael wissen, und genauso wie Odysseus in der Ägäis, kreuzte Nora orientierungslos durch ein Meer möglicher Antworten.

»Mit dem hat alles angefangen«, antwortet sie vage und weckte damit erstaunlicherweise sein Interesse. Eine kühne These, aber ausbaufähig.

»Odysseus steht für das männliche Prinzip von Ratio, die Sirenen für das weibliche von Erkenntnis durch Erfahrung. Und was macht Odysseus, dieser Trottel? Statt sich dem Unbekannten auszuliefern und einfach mal zu gucken, was passiert, verstopft er sich die Ohren, fesselt sich an einen Mast, um unbeschadet an den Sirenen vorbeizukommen.«

»Sonst wäre er abgesoffen.«

»Typisch.«

»Was?«

»Dass du das sagst.«

»Wieso?«

»Du hast doch auch Schiss vor allem, was fremd ist.«

»Quatsch.«

»Kein Quatsch, was soll denn das für eine Form von Erkenntnis sein, wenn man die Ohren verschließen und sich fesseln muss, um sie zu erlangen? Dir würde das auch guttun, wenn du dich mehr auf alles einlassen würdest.«

Eine laute Viertelstunde später war Michael sauer abgezogen und Nora sich sicher, auf der richtigen Spur zu sein.

»Ah, meine verschollene Tochter«, flöte ich ins Handy.

Charlie hört sich ausgesprochen munter an, ihre gute Laune springt aber nicht auf mich über, zumal sie sich darüber lustig macht, dass ich es nicht lassen konnte, bei Klaus zu kontrollieren, ob sie ihn schon angerufen hatte.

»Ob du es glaubst oder nicht, Mama, ich habe noch nicht vergessen, dass ich verhaftet wurde.«

Das ist zumindest schon mal ein Anfang.

»Sehe ich dich heute noch? Ich habe Berge von Gemüse im Kühlschrank, die ich heute Abend kochen könnte.«

»Sorry, aber ich bin schon verabredet. Ich gehe mit Malte …«

»Wer ist Malte?«

»Ein Typ, den ich in Gorleben kennengelernt habe.«

»Aha.«

»Nix aha.«

Also doch aha.

»… mit dem gehe ich zu diesem Auswertungstreffen. Habe ich doch gestern schon erzählt.«

Stimmt, ich erinnere mich. Da ich automatisch davon ausgehe, dass Charlie keine Nachrichten gehört hat, informiere ich sie darüber, dass die Gorlebendemonstranten an den Kosten für den Polizeieinsatz beteiligt werden sollen. Ich habe zwar nicht erwartet, dass meine Tochter schon ausgeklügelte Sparpläne entwickelt, um das bezahlen zu können, aber wenigstens ein klitzekleines Erschrecken, das hätte doch wohl drin sein können. Stattdessen dringt glockenhelles Lachen an mein Ohr.

»Na, da bin ich gespannt, was der DFB dazu sagt.«

Deutsche Finanzbehörde, Der Friedensbund, Dämliche Fußbewegung, rattert es in meinem Hirn.

»Wer?«

»Wenn ich für den Polizeieinsatz bezahlen soll, dann ja wohl alle anderen auch. Was meinst du, wie teuer das ist, dass die Polizei jedes Wochenende die Fußballstadien absichern muss?«

Das entbehrt zwar nicht jeglicher Logik, aber ich frage mich, von wem meine Tochter die Gabe hat, sich sekundenschnell vom eigentlichen Thema kilometerweit zu entfernen. Von mir jedenfalls nicht.

»Malte hat ein paar Leute zusammengetrommelt, die in Gorleben verhaftet worden sind und …«

»… in Gewahrsam genommen wurden.«

»Was?«

»Das ist ein himmelweiter Unterschied.«

»Mama!«

»Ja?«

»Ich habe schon einen Anwalt, aber danke für den juristischen Exkurs.«

Ich habe zwar quasi gar nichts gesagt, aber ich bin ein bisschen beruhigt, dass Charlie ihre Probleme nicht ganz aus den Augen verloren hat, und kehre zu den griechischen Mythen zurück.

Fertig. Nora hatte tatsächlich fast zweihundert Seiten geschrieben. Die konnte zwar außer ihr kaum jemand lesen, aber sie lagen vor ihr auf dem Schreibtisch. Ein fetter Stapel neuer akademischer Erkenntnisse. Es war ein Triumph, die meterlange, endlich abgearbeitete Gliederung von der Wand zu reißen. Jeder Punkt, jedes Kapitel hatte ein Häkchen, nichts war vergessen worden. Nun musste der ganze Erguss noch einmal leserlich abgeschrieben werden, damit er anschließend von einem Profi ordentlich getippt werden konnte. Auf Seite dreißig bekam Nora eine psychosomatische Sehnenscheidenentzündung im rechten Arm und konnte nicht mehr weiterschreiben. Die Einzigen, die ihre Handschrift lesen konnten, waren diejenigen, die durch die Lektüre Hunderter von Liebesbriefen erprobt waren, die sie zu unterschiedlichen und zu gleichen Zeiten von Nora bekommen hatten: Michael und Paul. Michael zu fragen, war kein Problem. Liebe machte schließlich hilfsbereit. Aber Paul? Nora hatte Paul wegen Michael verlassen und ihm damit das Herz gebrochen. War auch zerbrochene Liebe hilfsbereit?

»Das war Michael«, verkündete Svenni, nachdem er den Telefonhörer aufgelegt hat.

»Wir müssen sofort hinfahren, da stimmt was nicht. Michael hat sich total komisch angehört.«

»Der ist zwar komisch, aber der hört sich nie komisch an.«

Nora mochte Paul, aber Michael konnte sie nicht ausstehen. Er war ihr viel zu theoretisch, immer abweisend und steif.

Michael und Paul wohnten in einer typischen Jungswohngemeinschaft und waren beste Freunde, was niemand gedacht hätte, der sie sah. Paul war wie sein Name, rund und warm. Michael war das Gegenteil. Groß und dünn und auf diese Art schlau, wie Jungs es waren, die sich hinter Büchern versteckten. Gegensätze, die sich anzogen? Gegensätze, die sich brauchten. Die beiden wuchsen aneinander, jeder machte den anderen klein und sich selbst dadurch größer. Beste Freunde eben.

Svenni und Nora fanden die beiden im Garten vor ihrer Bruchbude. Offensichtlich hatten sie sich aus dem Haus geschleppt und lagen nun davor im Gras.

Nein, sie hatten nichts geraucht oder genommen. Irgendwas stimmte mit den Kohleöfen nicht. Trotz der unübersichtlichen Lage brach niemand in Panik aus. Svenni tippte auf Kohlenmonoxydvergiftung und rief sofort einen Krankenwagen. Er fuhr mit den Jungs ins Krankenhaus, und Nora blieb vor Ort, um auf die Feuerwehr zu warten. Außerdem musste jemand die Cannabispflanzen verstecken. Nora rannte wie ein Drogenspürhund über das gesamte Grundstück, aber die Feuerwehr war schneller. Nicht ein Wort glaubte der Brandmeister, als sie ihm das letzte, noch nicht gerettete Pflänzchen als Tomatensetzling verkaufen wollte, aber er hatte schon genug damit zu tun, Nora anzumeckern, dass die Kamine komplett verrußt seien, und ob sie denn noch nie was von einem Schornsteinfeger gehört hätte? Das Haus wurde sofort feuerpolizeilich gesperrt, und Michael und Paul waren obdachlos. Nora packte die Pflänzchen, die sie gefunden hatte, ins Auto und raste zum Krankenhaus. Paul stand schon wieder, wenn auch blass, auf den Beinen, Michael musste im Krankenhaus bleiben.

Das WG-Haus war wirklich klein. Svenni wohnte unten, neben der Küche, Bella oben, genau wie Nora. Die drei waren gemeinsam in das kleine Haus eingezogen, weil es in der alten WG Krach gegeben hatte. Das Haus war voll, voller ging nicht, außer in Notsituationen. Paul wusste nicht, wohin, also wurde er mitgenommen. Bis er wieder gesund war, konnte er in Noras Zimmer wohnen, Nora wollte so lange bei Bella schlafen. Kein Problem. Aber dazu kam es dann doch nicht, weil Paul erstaunlich schnell wieder zu Kräften kam.

»Tee?«

Paul lag wach in Noras Bett und strahlte sie an.

»Gerne, aber nur, wenn du bleibst.«

Zufällige Berührungen wurden absichtsvoll. Nora hatte geahnt, dass dieser Mann wunderbar küssen konnte, aber so wunderbar? Sie war zwar alles andere als krank, aber plötzlich lag sie ebenfalls im Bett, und mit Paul erfand sie die beste Therapie gegen Kohlenmonoxydvergiftung.

Als Michael aus dem Krankenhaus abgeholt werden konnte, ging es Paul schon wieder gut. Trotzdem blieb er. Michael konnte sein Bett fürs Erste, bis er wieder etwas Eigenes hatte, in den Flur quetschen. Es gingen ja sowieso alle durch die Küche. Wer brauchte schon einen Flur?

Eine Woche später wurde das Provisorium zum Dauerzustand erklärt. Die Wohngemeinschaft war um zwei neue Mitbewohner angewachsen und auf dem besten Weg, eine richtige Familie zu werden. Als Paul und Michael ihre Möbel ins neue Zuhause holten, wurde der Weg von Zimmer zu Zimmer zu einem regelrechten Hindernisparcours.

»Das Haus ist zu klein«, stellte Svenni fest und beschloss, den alten Hühnerstall im Garten auszubauen.

Kein Problem, wenn man davon absah, dass keiner der Mitbewohner auch nur den Hauch einer Ahnung vom Bauen hatte. Holzboden zu verlegen sollte ziemlich einfach und völlig ungefährlich sein, schließlich hatten alle schon mal irgendwas gesägt und zusammengehämmert. Die Devise war sowieso, dass alle alles konnten. Als die Bretter verlegt und alle Finger noch dran waren, wurde ein Schornstein gemauert, schließlich würde man irgendwann heizen müssen. Nora erinnerte sich an die Worte des Feuerwehrmanns und plädierte für einen Profi, aber nach einem Blick in die Haushaltskasse war auch sie von der versammelten handwerklichen Kompetenz überzeugt. Es funktionierte tatsächlich. Jeder Schornsteinfeger hätte zwar die Hände über dem Kopf zusammengeschlagen, aber der Ofen brannte, der Rauch zog ab und der alte Hühnerstall war das schönste Gebäude, das die Welt überhaupt jemals gesehen hatte. Jetzt fehlte nur noch ein Glashaus davor, damit man draußen sitzen konnte, wenn es eigentlich noch zu kalt dafür war, und natürlich damit die WG Gemüse anbauen konnte, wovon ebenfalls niemand etwas verstand. Ein paar Monate später zeigte sich, dass Tomaten- und Cannabispflanzen hervorragend miteinander harmonierten.

Die WG war auf dem besten Weg zu einer richtigen Kommune. Alle Bewohner warfen ihr gesamtes Geld in einen großen Topf, na ja, es war eher ein kleiner, und fühlten sich sehr fortschrittlich. Geld war immer knapp, und nun machten sie die überraschende Erfahrung, dass es nicht mehr wurde, nur weil man es zusammenschmiss. Unter den Kastanien im Garten saßen sie zusammen und zerbrachen sich die Köpfe darüber, wie sie die nächste Miete bezahlen sollten.

»Es wäre blöd, unsere Bank zu überfallen, die erkennen uns doch sofort«, warf Svenni in die Runde.

»Versicherungsbetrug geht immer«, schlug Paul vor, aber in Ermangelung von Wertgegenständen, die man der Haftpflichtversicherung in Rechnung hätte stellen können, fiel diese Aussicht auf Rettung schnell unter den Tisch.

Bella wollte gerne Marmelade kochen und sie auf dem Wochenmarkt verkaufen. Das fanden alle eine gute Idee, aber da das Obst im Garten noch nicht reif war und es keinen Sinn ergab, Geld, das man nicht hatte, für Früchte rauszuwerfen, musste weiter nach einer Lösung der finanziellen Misere gesucht werden. Nach langen Stunden der ernsthaften Beratung kam Nora mit einer ganz abgefahrenen Idee.

»Wir gehen arbeiten.«

Ihre Mitstreiter waren sprachlos.

Wenige Tage später hatte Nora für alle Jobs gefunden. Sie selbst ging als Sekretärin zum evangelischen Gemeindepfarrer, Svenni konnte im Lottoladen anfangen, Paul hatte sie bei der Schweinebesamung untergebracht und Bella sollte bei der Spargelernte mithelfen. Michael hatte sich selbst was gesucht, er würde in der Bibliothek des historischen Seminars jobben.

Die Sprachlosigkeit der Mitbewohner wich blankem Entsetzen, das nur durch einen Joint abgemildert werden konnte. In der einsetzenden Fröhlichkeit führte Paul schon mal vor, wie er seinen Job anlegen würde. Die Schweine würden viel zu lachen haben, das stand schon mal fest. Bella und Svenni waren sich einig darüber, dass sie die für sie vorgesehenen Jobs intellektuell unterfordern würden, aber sie sahen ein, dass eine leere Kasse für alle eine kulinarische Überforderung wäre. In einer langen Nacht wurden die kommenden Herausforderungen schon mal theoretisch erledigt und in den frühen Morgenstunden, als fast alle Probleme geklärt waren, gingen die WG-Bewohner müde ins Bett.

Als Nora gegen Mittag von ihrer neuen Halbtagsstelle nach Hause kam, waren Bella, Svenni und Paul gerade mit dem Frühstück fertig. Ihre Jobs hatten sie leider verpasst. Nur Michael hatte es pünktlich in die Bibliothek geschafft. Nora und er regten sich nicht auf. Das musste man eben akzeptieren, dass manche Leute nicht dafür geschaffen waren, Geld zu verdienen. Die brachten sich dann anders in die Gemeinschaft ein. Das Geld reichte ja fürs Erste, und irgendjemandem zu unterstellen, er würde auf Kosten anderer leben, würde dessen Freiheit ja auch irgendwie einschränken. Nora und Michael waren Helden.

In den Semesterferien arbeitete Nora wieder beim Radio. Wenn sie Journalistin werden wollte, brauchte sie praktische Erfahrung, und die Kollegen hatten ihr nach dem letzten Praktikum angeboten, dass sie als freie Mitarbeiterin wiederkommen könnte. Sie durfte eigene Beiträge machen und verdiente damit gutes Geld. Ein bisschen blöd, dass der Sender so weit weg war, aber Nora wohnte bei ihren Eltern und die Mitbewohner konnten sie jederzeit besuchen.

Nora fand, dass sie für die Arbeit ein Kleid brauchte, irgendetwas richtig Schönes. Aber wenn sie das kaufte, wäre die Kasse wieder leer. Stunden erbitterter Diskussion später hatte sich Nora davon überzeugen lassen, dass sie sich das Privileg ihres Traumjobs nicht auch noch durch ein neues Kleid versüßen lassen könnte, und außerdem wollten die Radiofritzen sie ja nicht wegen ihres Aussehens haben. Nora trat im Hippieoutfit beim Sender an.

Michael und Svenni besuchten Nora. Sie waren den weiten Weg mit dem Motorrad gefahren. Nora freute sich sehr, obwohl sie eigentlich Paul sehnsüchtig erwartet hatte, und führte ihnen stolz vor, was sie den Tag über machte.

Michael erzählte, dass er auch gerne mal gefahren wäre, aber Svenni lamentierte, dass er zu sehr an seinem Motorrad hing, um es in andere Hände zu geben. Das musste Michael akzeptieren. Eine Gemeinschaft musste auch Individualität verkraften und mittragen. Nach der langen Tour brauchte Svennis Motorrad dringend neue Reifen. Die waren teuer und wurden im Gegensatz zu Noras Wunschkleid umstandslos aus der Gemeinschaftskasse bezahlt. Die war dann wieder leer. So leer, dass Michael auch den Rest der Semesterferien in der Institutsbibliothek verbringen und Nora ihre Zeit beim Radio verlängern musste.

Nach den Semesterferien wurde die Gemeinschaftskasse aufgelöst.

Es ist dunkel geworden. Dass ich lange gelesen habe, merke ich aber vor allem daran, dass ich Mordshunger habe. Ich habe keine Lust, alleine zu essen, aber auch keine Lust, großen Aufwand zu treiben und spontane Einladungen zum Essen auszusprechen. Soll ich meinen Drehbuchautor Christian anrufen und ihn fragen, ob er am Abend schon was vorhat? Nein, zu aufdringlich, oder? Eindeutig zu aufdringlich. Vierzig Jahre Frauenbewegung hin oder her, bestimmte Bereiche sind und bleiben Männerdomäne.

Für das Verhältnis zwischen den Geschlechtern gibt es eine große Zahl ungeschriebener Gesetze. Die sind zwar erstens Quatsch und zweitens haben wir sie im Rahmen der Emanzipation längst überwunden, aber sie gelten immer noch, und mit zunehmendem Alter gelten sie strikter denn je.

Mit zwanzig war es sexy, wenn ich einen Mann zum Essen eingeladen habe, und wahnsinnig selbstbewusst, wenn ich auch noch die Rechnung bezahlte. Mit dreißig wurde darin schon die Absicht vermutet, ich würde einen Flirt neben der festen Beziehung suchen. Aber da muntere Flirterei sehr gut zur Zeit passte, wurde das eigentlich immer gerne angenommen. Mit vierzig fingen die Eingeladenen an sich zu fragen, was wohl hinter der Einladung stecken möge. Schließlich war ich die Lebensgefährtin des Vaters meiner Tochter.

Spätestens ab da wurden harmlose Begegnungen als Business-Meetings getarnt, als Wir-haben-uns-so-lange-nicht-gesehen-Treffen, als Ich-brauch-mal-deinen-Rat-Essen. Einige dieser Verabredungen bekamen durch ihre durchsichtige Tarnung erst das Verruchte, das sie auf keinen Fall haben sollten.

Heute bin ich eine alleinstehende Frau, in einem Alter, in dem sich jede Spielerei in tödlichen Ernst verwandelt. Einfach Hunger zu haben, ist in meiner Altersgruppe nicht mehr vorgesehen. Automatisch geht man davon aus, ich wolle nichts in den Magen kriegen, sondern einen Mann, und zwar mit Haut und Haaren. Stimmt auch, aber doch nicht immer und vor allem nicht jeden und sowieso nicht, wenn ich Hunger habe. Es gibt Männer, mit denen ich nur gerne arbeite, Männer, mit denen ich nur gerne rede, Männer, die mich inspirieren, und mit denen gehe ich manchmal gerne einfach nur essen. Essen. Mehr nicht.

Und ganz selten gibt es einen Mann, in den ich mich verliebe oder verlieben könnte oder gerne verlieben würde. Christian? Quatsch, mit dem arbeite ich zusammen.

Dann ist ja gut, sagt die alte Hexe in mir, dann ruf ihn einfach an.

Nein, entgegne ich entrüstet.

Aha.

Nix aha.

Also doch aha.

Prima, jetzt habe ich auch noch schlechte Laune. Ich kann mich nur im allerletzten Moment bremsen, eine dieser doppelt verbotenen Pizzen aus dem Tiefkühlfach zu holen, und besinne mich auf die Gemüseberge, die darauf warten, verarbeitet zu werden. Ich habe gelesen, dass Essen vor dem Fernseher automatisch dick macht. Da gedünstetes Gemüse aber so was von gesund und, wie ich mir erfolgreich einrede, lecker ist, pfeife ich auf diese Weisheit und knalle mich vor einen wirklich schlechten Fernsehfilm, der morgen mit Sicherheit das absolute Quotenhighlight sein wird.

Eine Überdosis Vitalstoffe im Magen und eine Überdosis Schrott im Kopf, beschließe ich, schlafen zu gehen und vor den Aufregungen um meine Tochter die Augen zu verschließen. Morgen wird sie mir berichten, was bei diesem komischen Treffen rausgekommen ist, und ich werde herausfinden, was es mit diesem noch komischeren Malte auf sich hat.

Das einzig Gute am morgendlichen Walken ist, dass ich auf dem Rückweg die Zeitung mitbringen kann. Die beim Sport ausgebliebenen Endorphine stellen sich erst beim Anblick des Honigbrötchens, das vor mir liegt, ein. Angesichts der Schlagzeile verwandeln sich die Glücks- allerdings postwendend in Stresshormone: Gegen die Castorblockierer soll rigoros vorgegangen werden! Ich sehe mich Knastpakete packen und zu regelmäßigen Besuchen in die Justizvollzugsanstalt pilgern. Meine kleine Tochter hinter Gittern? Ich weiß, dass Charlie bei dieser Fantasie genervt das Gesicht verziehen würde, aber ich weiß auch, dass jede Jugendsünde Konsequenzen hat. Mit zunehmendem Alter habe ich begriffen, dass alles seinen Preis hat.

Was erwartet Charlie besten- und was erwartet sie schlimmstenfalls? Da ich Klaus nicht schon wieder anrufen kann, wenn ich es mir nicht mit Charlie verscherzen will, fahre ich meinen Rechner hoch und google mich durch das deutsche Strafrecht. Naivität gibt es schon mal nicht als juristischen Begriff. Kindereien auch nicht. Groben Unfug gibt es, und der wird als Ordnungswidrigkeit gewertet. Das wäre okay, zumal er in der Regel nur mit einer Geldstrafe belegt wird. Charlie wird ihren heroischen Einsatz natürlich nicht als Unfug sehen, aber das haben Juristen zu beurteilen und zum Glück nicht meine Tochter. Sachbeschädigung? Haben die was kaputt gemacht? Nein, ein paar Steine von A nach B zu bewegen, kann keine Sachbeschädigung sein. Außerdem hat Charlie Robert und mir versichert, dass sie weder geschottert noch geworfen habe. Das glaube ich ihr und außerdem kann man die Steine, die geflogen sind, sicher auch wiederverwenden. Hat der Polizist, der mich angerufen hat, nicht von Landfriedensbruch gesprochen? Das hört sich gar nicht gut, aber ziemlich passend an.

»Wer sich an Gewalttätigkeiten gegen Menschen oder Sachen (…), die aus einer Menschenmenge in einer die öffentliche

Sicherheit gefährdenden Weise mit vereinten Kräften begangen werden, als Täter oder Teilnehmer beteiligt (...), wird mit Freiheitsstrafe bis zu drei Jahren oder mit Geldstrafe bestraft (...).«

Ich lese nur »drei Jahre« und versuche, die aufsteigende Panik zu unterdrücken. Vorstrafe, Ende aller Karriereaussichten, Knast.

Ach, wäre ich doch nicht in meinem kleinen Leben, sondern im Kino, dann wäre alles sonnenklar: Charlie muss abhauen. Ich müsste meine Tochter nicht für drei Jahre hinter Gittern verschwinden lassen.

Robert hat genug Kontakte in alle Welt, da wird ja wohl jemand seine Tochter aufnehmen können, bis Gras über die Sache gewachsen ist. Kriegen wir sie überhaupt noch aus dem Land raus? Sind ihre Daten schon in allen Computern erfasst? Würde sie direkt am Flughafen verhaftet werden, und würden wir durch den Fluchtversuch alles noch schlimmer machen?

Bei Leuten, die mich nicht so gut kennen, bin ich geradezu dafür berüchtigt, immer einen kühlen Kopf zu bewahren. Wenn nichts mehr geht, fragt man gerne mich, weil ich so sachlich und überlegt an alle Probleme herangehe. Also an die Probleme der anderen.

In privaten Fällen und wenn mir etwas direkt unter die Haut geht, sieht das ganz anders aus. Nachdem ich mich noch weitere bittere Minuten meiner Panikattacke hingegeben habe, Bruce Willis mir als Fluchthelfer abgesagt hat, ich die Idee, dass eine befreundete Künstlerin neue Papiere für Charlie fälschen könnte, verworfen habe und ich mich selbst wegen Fluchthilfe schon bei Wasser und Brot sehe, beschließe ich, den Tag noch einmal ganz neu anzufangen. Die Arbeit lasse ich Arbeit sein und verabrede mich mit Robert. Er ist nicht begeistert, dass ich ihn im Büro abholen werde.

»Jetzt komm aber mal runter!«

Das ist der Satz aller Sätze, den ich am allerwenigsten leiden kann, und Robert weiß das. »Wer bitte schön, hat denn in Gorleben wem Gewalt angetan? Sitzen, tanzen, singen und ein bisschen buddeln, was hat das mit Gewalttätigkeit zu tun?«

Kein Wunder, dass Robert kein Jurist geworden ist. Er schlendert ganz entspannt neben mir die Spree entlang und genießt das schöne Wetter, das sich endlich mal wieder in Berlin sehen lässt.

»Noch ist doch gar nichts passiert, oder hat Charlie schon irgendwas Offizielles gehört?«

»Machst du dir keine Sorgen?«, frage ich den Vater meiner Tochter, der sich natürlich Sorgen macht, aber eben keine unnötigen.

»Charlie hat einen Anwalt – den du ihr ausgesucht hast …«

Klar, dass diese Spitze noch kommen musste. Ich habe mich immerhin gekümmert, was hat Robert bisher unternommen?

»Unternommen habe ich noch gar nichts. Erstens, weil noch gar nichts zu unternehmen ist. Zweitens, weil unsere Tochter erwachsen ist und sich ganz sicher melden wird, wenn sie etwas braucht, und drittens, wer weiß, ob da überhaupt irgendwas kommt.«

Wehe, er sagt noch, ich solle nicht hysterisch sein. Robert kennt mich viele Jahre, und er kennt mich gut. Er sieht, dass ich koche und nur auf die Gelegenheit warte, zu explodieren und meine Wut an ihm auszulassen. Darauf hatte er nie Lust und heute schon gar nicht.

»Komm, wir trinken noch einen Kaffee und dann muss ich auch wieder.«

Tausendzweihundertdreiundzwanzig, tausendzweihundertvierundzwanzig, wenn ich ganz langsam bis fünftausend weiterzähle, dann werde ich ihn nicht erwürgen. Bei viertausendachthundertneunundneunzig habe ich einen Milchkaffee vor mir stehen und bin froh, dass mich der Vater meiner Tochter wieder auf den Boden der Tatsachen zurückgeholt hat. Dafür und für unsere wunderbare Tochter liebe ich ihn noch immer. »Soll ich dich nach Hause fahren?«

»Nein, lass mal, ich laufe noch ein bisschen.«

Als ich wieder zu Hause bin, erinnert mich mein Telefon daran, dass ich auch noch einen Beruf habe. Ich habe Hubert versprochen, ihm heute die Beurteilung eines Drehbuchs zu schicken, und die mahnt er auf meinem Anrufbeantworter an. Die zweite Nachricht ist von seiner Sekretärin. Sie will wissen, ob es bei dem Termin in Frankfurt bleibt, und siehe da, eine Nachricht von Christian. Er kündigt sein Drehbuch an.

»Da gibt es bestimmt noch einiges zu besprechen, aber ich freue mich darauf zu hören, was du zu der neuen Fassung sagst und auf unser Treffen. Tschüss, Nora. Viel Spaß beim Lesen.«

Der Subtext seiner Nachricht ist klar: Lies schnell, melde dich am besten sofort und schütte tonnenweise Lob über mein weises Haupt. Na, sehen wir mal. Ich nehme mir ganz fest vor, sein Buch heute nicht mehr zu lesen und ihn auf ganz und gar keinen Fall heute noch anzurufen.

»Christian, hallo, hier ist Nora.«

Natürlich hat er Verständnis dafür, dass ich das Buch noch nicht lesen konnte, hat ja keine Eile, vielleicht schaffe ich es ja heute Abend.

»Klar, ich bin neugierig.« Meine Kinoverabredung kann ich schließlich problemlos absagen. »Natürlich melde ich mich dann noch.«

»Bis später, Nora, und lass dir Zeit.«

Prima, wenn ein Autor so gar keinen Druck macht. Ich schalte also meinen Computer ein und lese Christians Drehbuch.

»Der Kuss – ein Drehbuch von Christian von Geringhoff für Nora Bergenhaus.«

Dieser Schmeichler, ein durchschaubares Manöver, aber es wirkt. Ich fühle mich geehrt, auch wenn ich meinen Namen durch den der Produktionsfirma ersetzen werde, bevor ich das Drehbuch weiterleite.

Der junge Werbetexter Moritz überrascht seine Langzeitfreundin Tamara damit, dass er statt des üblichen Toskanaurlaubs in diesem Sommer Rumänien gebucht hat. Abenteuer statt Routine, aber Tamara ist alles andere als begeistert, und natürlich geht von Anfang an alles schief. Bei der Ankunft in Bukarest steht der Leihwagen nicht zur Verfügung, die beiden müssen sich mit einer echten Schrottkarre begnügen, die mitten im Wald schlappmacht. Den daraus entstehenden Streit kenne ich: »Du wolltest ja unbedingt ..., du hast ..., warum hast du nicht ...«

Diese Form von Auseinandersetzung habe ich auf Reisen mit allen Männern geführt, mit denen ich länger zusammen war. Mit Freundinnen, mit denen ich verreist bin, übrigens nie. Da wurden Pannen immer als unerwartete Herausforderungen genommen, über deren Bewältigung man sich doppelt und dreifach gefreut hat. Alle Männer haben die Schuldfrage an der Panne so lange strapaziert, bis daraus ein handfester Krach geworden war, der unausweichlich auf ganz grundsätzliche Dinge erweitert wurde, die man sich am heimischen Herd so nicht gesagt hätte.

Wie bei Tamara und Moritz. Da lebt der Text, so schreibt man Figuren. Ich muss so laut lachen, als die beiden in einem abgelegenen Dorf eine Notunterkunft in einem Stall finden, dass ich die Klingel fast nicht gehört hätte. Meine Güte, es ist schon vier. Das Buch ist wirklich gut, wenn ich die Zeit darüber vergesse. Und nicht nur die, wie ich beim Anblick meiner Tochter feststelle. Beim Lesen habe ich glatt für einen Moment vergessen, dass Charlie in der Klemme steckt.

»Ich war in Mitte und da habe ich uns von diesem Bäcker, den du sooooo liebst, ein paar Schweinereien mitgebracht.«

Charlie kann so nett kann sein, ist sie aber normalerweise nur, wenn sie was will. Also?

»Nix will ich. Ich wollte einfach nur von gestern erzählen.«

Charlie weiß genau, dass der Kuchen dieses ganz speziellen Bäckers zu den modernen Todsünden gehört. Das ist der letzte Bäcker in Berlin, der seine Kuchen wirklich selbst herstellt. Sobald ich den Laden nur betrete, wiege ich schon zwei Kilo mehr. Die Nachbarschaft zu dieser Versuchung hat mir im wortwörtlichen Sinne die schwerste Zeit meines Lebens beschert: Bevor ich begonnen habe, freiberuflich von zu Hause zu arbeiten, konnte ich vom Schreibtisch meines damaligen Büros direkt auf das süße Teufelswerk schauen. Ein halbes Jahr später hatte die Büromannschaft strikte Regeln aufgestellt: Wer beim Kuchenessen erwischt wurde, musste fünf Euro Strafe zahlen, wer Kuchen mit ins Büro brachte, zehn. Wären wir noch länger dort geblieben, hätten wir problemlos einen Betriebsausflug in die Karibik finanzieren können.

»Ich mache mal Kaffee. Hast du Sojamilch?«

Habe ich nicht und werde ich auch nie haben. Man muss nicht alle Sünden der Prenzl'berg-Kultur mitmachen. Ich begleite Charlie in die Küche und sehe zu, wie sie mit Kuhmilch einen Milchschaum produziert, der ihr auf jeden Fall einen Platz im Latte-macchiato-Himmel sichert, falls Engel auf diesen modernen Schnickschnack stehen.

»Das Treffen gestern war richtig gut.«

Ich gucke etwas skeptisch, aber Charlie fährt ungerührt fort.

»Da waren fast 20 Leute. Alle begeistert davon, dass die Castorblockade so ein voller Erfolg war.«

»Großartig, habt ihr auch was Vernünftiges besprochen?«

»Sei doch bitte nicht schon wieder so.«

»So wie?«

»So verdammt negativ.«

»Entschuldige bitte, dass ich es nicht als Wahnsinnserfolg sehen kann, wenn der Castor ein paar Stunden später als geplant in Gorleben ankommt und du dich deshalb auch noch strafbar gemacht hast«, entgegne ich und ahne, dass ich die harmonische Stimmung zwischen uns damit aufs Spiel setze. Ich wechsele auf weniger heikles Terrain.

»Mhm, der Kuchen ist super. Danke, dass du ihn mitgebracht hast.«

Ein Versuch, aber keiner, der bei Charlie zieht. Ihre Replik beschränkt sich auf eine Lautkombination, die ich als »mpf« dechiffriere.

»Habt ihr euch auch mal damit auseinandergesetzt, was ihr machen wollt, wenn es zu einer Anklage kommt?«

»Klar.«

»Und?«

»Was und?«

»Lass dir doch bitte nicht jedes Wort aus der Nase ziehen. Wie ist eure Prozessstrategie? Habt ihr euch mit euren Anwälten abgestimmt? Welche Chancen gibt es, einem Verfahren aus dem Weg zu gehen?«

Ich habe genau die richtigen Fragen gestellt, aber statt sie zu beantworten, rollt Charlie genervt mit den Augen und haut mir einen Allgemeinplatz nach dem anderen um die Ohren.

»Die Sauerei ist doch wohl, dass die die Laufzeiten für die Scheiß-AKWs verlängern, ohne dass irgendjemand weiß, wohin mit dem ganzen Strahlenmüll. Die gehören alle in den Knast. Aber ich soll mich rechtfertigen?«

Ich bezweifele nicht, dass Charlie recht hat, aber ihre Naivität und die Vehemenz, mit der sie die möglichen Konsequenzen ihrer vermeintlichen Heldentat ignoriert, gehen mir auf die Nerven.

»Jetzt wird Gorleben wieder als Endlager in Betracht gezogen, dabei sagen alle Experten, dass der Salzstock überhaupt nicht geeignet ist für radioaktiven Müll«, setzt Charlie ihr Referat über die Schandtaten der Atomlobby fort.

»Hättest du nicht wenigstens weglaufen können, als die Polizei kam? Das habe ich schließlich auch immer gemacht, wenn es eng wurde.«

»Ich eben nicht. Ich drücke mich nicht. Ich haue nicht einfach ab.«

Charlie hat diesen beleidigten Tonfall aus ihren Kindertagen hervorgekramt, aber ich werde den Teufel tun, nun lockerzulassen.

»Was bitte nutzt es der Bewegung, wenn du in den Knast wanderst?«

»Niemand geht wegen so etwas in den Knast. Wenn man ganz viel Pech hat und tatsächlich ein Verfahren eröffnet wird, muss man vielleicht etwas zahlen oder irgendeinen Sozialdienst machen, und wenn man wirklich verurteilt wird, dann höchstens auf Bewährung.«

»Und wenn du Pech hast, versaut eine Vorstrafe dir dein ganzes Leben«, warne ich und höre meine Mutter sprechen.

»Quatsch«, entgegnet Charlie, und daraus spricht dieselbe Empörung, mit der ich mich vor Jahren gegen die Vorhaltungen meiner Eltern verwahrt habe.

»Weißt du was, Mama, wir tun wenigstens was. Papa und du, ihr schwatzt nur schlau daher, aber wenn's drauf ankommt, kneift ihr.«

Das muss ich mir nach Hunderten von Demonstrationskilometern gegen oder für alles und jeden nicht von meiner Tochter sagen lassen. Ich war schon in Gorleben, als Charlie noch gar nicht auf der Welt war. Mir muss man weder die Gefahren der Atomenergie noch die Argumente der Anti-AKW-

Bewegung erklären, aber Charlie setzt in ihrer unendlichen Selbstgefälligkeit noch einen drauf.

»Und komm mir nicht mit deinem alten Politscheiß, was ist denn davon übrig geblieben? Nix und noch mal nix.«

Ich würde Charlie gerne erklären, dass es völlig normal ist, dass man die Welt verändern will, wenn man jung ist, und mit zunehmendem Alter verschieben sich eben die Prioritäten, man hat plötzlich andere Sachen zu tun, aber die Tür zu Charlies Verständnis ist geschlossen.

»Zum Glück sind nicht alle so wie du«, triumphiert sie, »auf der Demo waren total viele Leute in deinem Alter. Es geht auch nicht darum, die ganze Welt zu verändern, sondern darum zu verhindern, dass Gorleben zum Endlager für Atommüll wird. Du drückst dich doch nur.«

»Ach, es ist Drückebergerei, dass ich dich großgezogen habe? Meinst du, dass das immer ein Spaziergang war? Kann es vielleicht sein, dass du einen großen Teil meiner Zeit und Aufmerksamkeit gefordert hast? Wie, bitte schön, hätte ich denn mit dir im Kinderwagen die Revolution anzetteln sollen?«

Ich merke, dass ich langsam richtig sauer werde, aber statt mir auch nur das kleinste bisschen Dankbarkeit zu zollen, mosert Charlie weiter.

»Wieso erwarte ich überhaupt Verständnis und Unterstützung von jemandem, der den Kopf in den Sand gesteckt hat? Du bist so was von retro. Das Einzige, was dich noch mit dem Heute verbindet, ist doch dein iPad.«

»Du meinst bestimmt das iPad, das du dir vor einem halben Jahr geliehen hast und das seitdem aus meinem Leben genauso verschwunden ist wie der Straßenkampf?«

Charlie hat sich mit den knappen Worten »Danke für den Kaffee« verabschiedet. Jetzt sitze ich da mit meiner Wut, zwei Kuchenstücken und der Idee, meine Tochter zur Adoption freizugeben. Da aber keiner diesen Teufelsbraten nehmen wird, mal abgesehen davon, dass sie, kaum zu glauben, schon volljährig ist, schlucke ich meinen Ärger zusammen mit dem Kuchen runter. Beim letzten Bissen erinnere ich mich plötzlich daran, dass mein Vater zwei Polizisten, die behaupteten, dass ich Haschisch in die Schule geschmuggelt hätte, wortlos abserviert hat. Ich bin ihm zwar mit vielem auf die Nerven gegangen, aber dass ich nichts mit Drogen am Hut hatte, wusste er besser als die Polizei. Ach Mist, ich weiß ja, dass Charlie genau das von mir erwartet. Damit kann man Kinder wirklich beeindrucken – ihnen zutrauen, dass sie wissen, was sie tun. Ich würde Charlie gerne genauso vertrauen, aber ich werde das Gefühl nicht los, dass ich mit siebzehn erwachsener war als Charlie mit zwanzig.

Bei dem Gedanken an meinen Vater wird meine Laune gleich wieder besser. Seine Aktion mit den Polizisten war cool, wirklich cool, vor allem weil er mir knapp zwei Jahre vorher noch verboten hatte, zu einer Schülerdemo zu gehen. Es ging dabei um einen Schulverweis. Ein Mitschüler hatte öffentlich das Klassenbuch verbrannt, weil er zu viele Tadel darin hatte. Das Verbot, an der Demo teilzunehmen, war unumstößlich. Ob ich etwa wolle, dass russische Panzer bei uns im Garten stünden, hat mein Vater mich angeschrien. Wegen eines Schulverweises? Wegen einer Schülerdemo? Nein, die Gleichung war eine andere. Protest war Kommunismus, Kommunismus war Russland und der Russe war der Feind, der mit Panzern kommt und uns alle in den Gulag steckt.

Nur zwei Jahre später war die Welt meines Vaters eine andere. Mit vier Jahren Verspätung war der Kniefall von Willy Brandt auch bei ihm angekommen. Die steifen Krawatten hatte er gegen offene Kragen poppiger Hemden getauscht. Mein Vater war locker geworden. Da durfte Protest auch Freiheit bedeuten, zumindest die Freiheit, daran zu zweifeln, ob alles richtig sei, was unsere Politiker so sagen und beschließen.

Heute fragt mich meine Tochter, was geblieben ist von dem, was wir damals wollten. Blöde Göre. Sie tut so, als hätten wir nichts erreicht, außer den Grünen in die Parlamente und einige Regierungen zu verhelfen und für eine flächendeckende Infrastruktur von Bioläden zu sorgen, von der, nebenbei bemerkt, sie selbst in ihrem Prenzlauerbergidyll sehr gern profitiert.

Ich rege mich einfach nicht mehr auf und lese weiter Christians Drehbuch. Eine SMS unterbricht das Vergnügen.

»Sorry, Mama. Hat der Kuchen geschmeckt? Komm doch mit zum nächsten Demotreffen! Übermorgen, 20 Uhr, Greifswalder 4.«

»Klar. Schön, dass du dich noch mal gemeldet hast, Kleine.«

Ich bin so froh, dass Charlie eingelenkt hat. Offensichtlich setzt ihr die Verhaftung doch mehr zu, als sie zugeben mag, sonst wäre sie niemals so ausgeflippt. Der Piepton meines Handys kündigt eine weitere SMS an.

»DU SOLLST NICHT KLEINE ZU MIR SAGEN!«

Aha, sie ist also wieder die Alte. Ich liebe dieses Kind. Und ja, ich werde mit zu diesem Treffen gehen.

Mit Christian verabrede ich mich ebenfalls für übermorgen. Hubert ist froh, dass die neue Fassung endlich da ist, und beleidigt, dass er sie nicht sofort zu lesen bekommt. Auch wenn das neue Drehbuch schon sehr gut ist, will ich erst mit Christian sprechen, vielleicht noch ein paar Kleinigkeiten ändern, und dann geht das Buch raus. Das macht man so, ich jedenfalls, außerdem würde ein Treffen mit Christian keinen Sinn ergeben, wenn sein Buch schon meinen Schreibtisch verlassen hätte. Und das will ich auf keinen Fall. Ich freue mich auf unseren Termin, und vor allem freue ich mich auf ihn.

3.

Um Punkt fünf Uhr klingelt es, und Christian steht wie verabredet vor der Tür. Eigentlich würden zwei Stunden reichen, aber es gibt so vieles zu besprechen, das nichts mit seinem Buch zu tun hat. Wie geht es dir? Hast du viel zu tun? Hast du »Hereafter« gesehen? Hast du den neuen Pynchon schon gelesen? Kaffee oder lieber Tee? Lässig verplaudern wir die Zeit, bevor wir endlich an die Arbeit gehen. Jeder Autor sagt, dass man kein Blatt vor den Mund nehmen solle, wenn man über sein Buch spricht. Und jeder Autor lügt. Mit jeder Kritik trampelt man auf der Seele des Schreibenden herum, und jede Anmerkung zu einer Figur wird persönlich genommen, was im selben Atemzug weit von sich gewiesen wird. Wenn es gut läuft, ist die Zusammenarbeit an einem Text ein sehr intimer Vorgang. Ich verliebe mich schnell in das geschriebene Wort, und von da ist es kein weiter Weg, sich auch in den Autor zu verlieben. Mit Christian ist es besonders. Er ist offen für jede Anmerkung, er nimmt Vorschläge gerne an, überlässt mir Formulierungen. Kurzum: Er gibt mir das Gefühl, dass wir zusammenarbeiten. Wir haben uns entschieden, Änderungen umzusetzen und so sitzen wir vor meinem Rechner und tippen abwechselnd, je nachdem, wer die Formulierung schneller und besser parat hat. Flüchtige Berührungen registriere ich als durchaus absichtsvoll, seine Hand auf meinem Arm, wenn ich zu schnell bin, seine Hände auf meinen Schultern, wenn ich zu langsam bin. Es ist schon fast eine Umarmung, als er hinter mir stehend in die Tastatur greift. Ein Spiel oder nur mein Spiel? Ich bin mir nicht sicher. Christian hat es wirklich drauf, jeder Berührung eine Unschuld zu geben. Er flirtet und tut so, als bemerke er es nicht. Meine Distanz ist dahin. Jede inhaltliche Diskussion über die Stationen der Liebesgeschichte, die er geschrieben hat, wird in meinen Ohren zu einem Bekenntnis. Persönliche Erfahrungen werden munter mit der Geschichte seiner Figuren vermischt, und ich genieße es, den Überblick darüber zu verlieren, ob er über sich oder den Mann in seiner Geschichte redet. Jedes Wort zu seiner weiblichen Hauptfigur nehme ich als Kompliment, Kritik oder Aufforderung wahr. Mit professioneller Drehbucharbeit hat das, was ich hier mache, nichts mehr zu tun. Da kann ich mir noch so verzweifelt einreden, dass nur Offenheit eine Geschichte authentisch werden lässt. Noch ein paar Seiten und dann kommen wir zu der Stelle, wo Tamara eine höchst leidenschaftliche Nacht mit dem unbekannten Rumänen verbringt. Ich möchte mich auf der Stelle in Luft auflösen und auf gar keinen Fall darüber reden, ob die erotische Szene unter dramaturgischen Aspekten an der richtigen Stelle ist. Es gibt keinen gnädigen Gott für Dramaturginnen, und Christian strahlt mich an, als wir endlich zu besagter Passage kommen.

»Hier brauche ich dringend deinen weiblichen Blick.«

Soll ich ihm die Klamotten vom Leib reißen und mich auf ihn stürzen? Endlich herausfinden, ob er gut küssen kann? Seine Haut berühren und langsam …

»Das ist natürlich nur eine Fantasie von Tamara«, katapultiert mich Christian in die Welt zurück.

Schade, denke ich, »das ist mir schon klar«, sage ich und bin wieder fast ganz die versierte, wenn auch enttäuschte Dramaturgin.

»Gehst du mit mir essen, wenn wir durch sind?«, fragt der Mann meiner Träume.

»Sehr gerne. Um die Ecke ist ein netter Italiener, oder willst du lieber was anderes?«

Ich finde, dass meine Stimme zur gebotenen Sachlichkeit zurückgefunden hat, aber mein Gegenüber will noch ein bisschen weiterspielen.

»Was ich will, willst du gar nicht wissen.«

Doch, will ich, will ich, will ich unbedingt, und was sage ich?

»Dass ein toller Regisseur dein Buch verfilmt?«

Ich bin so blöd.

Wir sind durch. Das war eine sehr gute Drehbuchbesprechung. Christian versichert mir, dass er gerne mit mir zusammenarbeitet. Ich fühle mich geschmeichelt. Gut gelaunt machen wir uns auf den Weg zum Italiener. Es ist schon fast acht Uhr und ich habe großen Hunger. Als Erstes stoßen wir auf den herrlichen Nachmittag an und dann versenken wir uns in die Speisekarte.

»Ich lade dich natürlich ein.«

Wie charmant. Die meisten Autoren gehen automatisch davon aus, dass das gemeinsame Essen von meinem Spesenkonto bezahlt wird. Als ich mich endlich für eine Vorspeise entschieden habe, brummt mein Handy.

»Du hast mich doch nicht vergessen?«, simst meine Tochter.

Doch verdammt, das habe ich. Wie konnte ich nur.

»Christian, ich habe ganz vergessen, dass ich meiner Tochter versprochen habe, sie heute Abend zu begleiten. So ein Mist. Ich muss sofort los. Es tut mir wahnsinnig leid.«

Mit ungebrochener Höflichkeit und ein bisschen zu wenig Enttäuschung ordert Christian die Rechnung für den Aperitif.

»Nichts Schlimmes, hoffe ich?«

»Nein, nein, Charlie ist in Gorleben verhaftet worden und da hat sie heute so ein Treffen.«

»Wo?«

»Wie wo? In Gorleben.«

»Nein, wo ist das Treffen?«

»Blöderweise ganz im Osten. Greifswalder.«

»Ich fahre dich.«

Als ich schon in Christians Auto sitze, versichere ich ihm immer noch, dass ich genauso gut ein Taxi nehmen könnte.

»Auf gar keinen Fall. Dann würde ich ja nie erfahren, was deiner Tochter passiert ist.«

Ganz sachlich erzähle ich Christian die Geschichte. Wenn mich Charlie hören könnte, würde sie behaupten, dass die Person, die da spricht, nie im Leben ihre Mutter sei.

»Du bist bestimmt stolz auf sie.«

»Ja, schon.«

»Toll, dass sie sich engagiert, kein Wunder bei der Mutter.« Da ist wieder dieses Lachen, das mein Gehirn außer Funktion setzt. Der einzige Gedanke, den ich noch zustande bringe, ist: »Gut, dass Christian und Charlie sich nie treffen werden.«

Wir sind in der Greifswalder Straße angekommen, denn auch die weitesten Ziele sind irgendwann erreicht. Während ich nach verbindlich-unverbindlichen Abschiedsworten suche, fragt Christian, ob er nicht einfach mitkommen solle.

»Das interessiert mich.«

Die Verlockung ist groß, aber …

»Nein, lieber nicht. Ich weiß nicht, ob Charlie das recht wäre.«

»Klar, aber wir sehen uns bald und holen unser Essen nach, versprochen?«

Nichts lieber als das.

»Er liebt mich, er liebt mich nicht, er liebt mich«, zähle ich anhand der Treppenstufen ab. Bei »er liebt mich nicht« bin ich oben angekommen und ganz sicher, dass ich die erste Stufe nicht mitgezählt habe. Ich atme einmal durch, um wieder erwachsen zu werden und mit einer kleinen Verspätung zu Charlies Treffen zu stoßen. Um den Tisch herum sitzen fünfzehn Menschen, die meisten in Charlies Alter, aber auch einige, die ein paar Jahre mehr auf dem Buckel haben, wobei ich die Älteste im Raum sein dürfte. Eine Rolle, die ich überhaupt nicht schätze. Das also ist nach ungefähr einem Vierteljahrhundert Pause meine erste politische Versammlung. Wenn heute noch geraucht würde, könnte ich mich glatt wie zwanzig fühlen, als ich zum ersten Mal beim Arbeitskreis Umwelt in der angesagten Szenekneipe Münsters auftauchte. Heute bin ich allerdings nicht die Aktivistin von früher, nicht mehr das Küken, das der Einsamkeit der ersten eigenen Wohnung entflieht, indem es die Welt erobert, sondern die Mutter einer Aktivistin.

»Entschuldigen Sie bitte meine Verspätung, aber …«

»Hallo, Mama, da bist du ja endlich«, unterbricht mich Charlie, um mich dann der Runde vorzustellen. »Das ist meine Mutter. Sie macht mich so verrückt wegen der Verhaftung, dass ich sie einfach mal eingeladen habe. Ist doch okay, oder?«

Na, vielen Dank, Charlie, charmanter bin ich selten begrüßt worden. Offensichtlich hat niemand Einwände gegen meine Anwesenheit, und Charlie winkt mich auf einen freien Platz neben sich. Ich setze mich und schaue mir den schlaksigen Jungen an, der gerade das große Wort führt.

»Malte bringt uns gerade alle auf den aktuellen Stand«, flüstert Charlie mir zu.

»Das ist er?«, flüstere ich in Charlies Ohr. Meine Tochter findet mich natürlich peinlich und ermahnt mich gestisch, gefälligst zuzuhören, wie viele Demonstranten verhaftet wurden, ob immer noch Leute festgehalten würden und so weiter.

Als ich die weiteren Teilnehmer der Runde scanne, fällt mir ein Typ auf, der mir die Position des Alterspräsidenten eindeutig streitig machen könnte. Es dauert ein bisschen, bis ich überrascht, aber durchaus erfreut merke, dass es Klaus ist. Sie haben sich also juristischen Sachverstand an den Tisch geholt, das lässt hoffen. Malte quasselt und quasselt. So und so viele Leute seien bei der Castorblockade gewesen. Die Strategie der Demonstranten habe sich bewährt. 18 000 Einsatzkräfte von der Polizei, die hätten aber kaum etwas ausrichten können. Alles in allem ein super Erfolg.

Mann, komm auf den Punkt, Junge, es waren doch alle, na ja, fast alle dabei, die hier am Tisch sitzen. Meine allgemeine Sitzungsungeduld droht mit mir durchzugehen, was Charlie sofort spürt, und zu meiner ganz großen Überraschung ergreift meine kleine Tochter das Wort.

»Malte, ich denke, dass die meisten heute gekommen sind, weil sie über die Verhaftungen und über das, was da jetzt passieren wird, sprechen wollen. Lass uns die Demoauswertung doch einfach später machen.«

Die ganze Runde nickt zustimmend, und nun ist es Zeit für Klaus, das Wort zu ergreifen. Er habe inzwischen mit dem Ermittlungsausschuss in Gorleben Kontakt aufgenommen. Demnach seien während der Castorblockade ungefähr fünfzig Demonstranten vorübergehend in Gewahrsam genommen worden. Die allermeisten seien nach erkennungsdienstlichen Maßnahmen wieder auf freiem Fuß. Allen, die sich beim Ermittlungsausschuss gemeldet hätten, seien inzwischen Anwälte vermittelt worden, wenn sie nicht sowieso schon welche hätten. Die Verteidiger tauschten sich untereinander aus und arbeiteten an einer gemeinsamen Prozessstrategie. Ob und wenn ja wann die ersten Verfahren eröffnet würden, sei nicht absehbar. Was gegebenenfalls zur Anklage komme, sei ebenfalls offen. Konkret könne man nur sagen, dass Ermittlungsverfahren wegen Landfriedensbruch bei der Staatsanwaltschaft anhängig seien.

»Klar ist, dass sich jeder von euch, der Post von der Staatsanwaltschaft bekommt, sofort bei mir meldet, und egal, wer von euch irgendetwas zum Demonstrationsgeschehen wissen will, außer euren Personalien, kein Wort ohne Rücksprache mit mir.«

Der alte Klaus Lohmüller ist wieder da. Wie oft er die eben gesprochenen Sätze in den vergangenen Jahren wohl gesagt hat?

»Hat noch jemand Fragen?«

Allgemeines Kopfschütteln, also wage ich einen zaghaften Vorstoß.

»Angenommen, es wird Anklage erhoben, was wäre das Schlimmste, was passieren könnte?«

Klaus erläutert für meinen Geschmack etwas zu altväterlich, dass er nichts von Panikmache halte.

»Das Schlimmste wäre wahrscheinlich eine Anklage wegen Landfriedensbruch, denn da könnte das Gericht theoretisch eine Gefängnisstrafe verhängen.«

Das wollte ich hören, jetzt werden sich alle Anwesenden ja wohl des Ernstes der Situation bewusst sein. Ich erwarte Sorgenfalten, kollektives Aufstöhnen, angstvolles Erzittern. Was höre ich? Albernes Gelächter und Maltes Stimme: »Oh Mann, Charlie, jetzt verstehe ich dich.«

Mir langt es: »Passt mal auf, Kinder, ich verbreite bestimmt keine Panik, aber ihr könnt doch nicht länger so tun, als würden wir hier über Klingelstreiche reden.«

Angesichts der ratlosen Gesichter vermute ich, dass diese Generation gar nicht weiß, was Klingelstreiche sind.

»Das ist nicht meine erste Demoauswertung, und eins kann ich euch sagen, und da spreche ich aus eigener Erfahrung …«

»… wieso eigene Erfahrung?«, quasselt Charlie dazwischen. »Ich denke, du bist immer weggerannt, wenn die Polizei kam.«

Ich tue so, als würde mich die allgemeine Heiterkeit nicht irritieren, und fahre unbeirrt fort: »Wenn ihr die drohenden Verfahren derart auf die leichte Schulter nehmt, dann müsst ihr unter

Umständen Konsequenzen in Kauf nehmen, deren Tragweite ihr heute noch gar nicht abschätzen könnt.«

Hilfe suchend schaue ich Klaus an.

»Es gibt doch ganz sicher einen Weg, wie man sich aus dem juristischen Verfahren rauslavieren kann.«

Weiter komme ich nicht, denn statt Applaus ernte ich raumfüllenden Protest. Als die Kinder sich wieder beruhigt haben, versuche ich noch einmal, etwas Verstand in die Runde einzubringen.

»So, Klaus, sag uns, was man da machen kann.«

Ich bin wirklich stolz darauf, dass ich die Fortsetzung des Satzes für mich behalte: Wir wollen diesen Kindergarten doch möglichst schnell beenden und dann ein Bier trinken gehen.

»Nora, abgesehen davon, dass das Verfahren seinen juristischen Gang geht, wenn es einmal läuft, müssen sich die Betroffenen …«

Das muss er so betonen, damit mir auch ja klar wird, dass ich ja nicht betroffen bin.

»… darüber klar werden, was sie mit einem eventuellen Verfahren erreichen wollen.«

Dass du mir so in den Rücken fallen musst, nachdem ich doch dafür gesorgt habe, dass du überhaupt das Mandat erhältst. Ich hätte auf Robert hören sollen, dann würde sich Dr. Heitmann nun elegant um Charlies Vertretung kümmern.

»Was müssen wir da lange reden? Es geht einzig und allein darum, dass alle so schnell wie möglich aus der blöden Sache rauskommen.«

Wenn Blicke töten könnten, hätte meine Tochter ein ganz anderes Verfahren als läppischen Landfriedensbruch vor sich.

»Da irrst du dich, Mama. Wir werden unseren Prozess natürlich dazu nutzen, möglichst viele Leute gegen die Atomlobby zu mobilisieren.«

Ich bin schon platt wie eine Flunder, aber Malte ergänzt mit teuflischem Grinsen: »Habt ihr das früher etwa nicht gemacht?«

Wieso duzt mich der Kerl eigentlich?

In der Runde wird ernsthaft diskutiert, wen man alles ansprechen sollte, um eine möglichst große Unterstützergruppe zusammenzukriegen. Ich höre nicht mehr zu, weil ich voll und ganz damit ausgelastet bin, mir auszumalen, wie ich Malte von der Bildfläche verschwinden lassen könnte. Das ist also Charlies neuer Schwarm. Ihr Ernst kann das nicht sein. Ich tippe auf abgebrochenes Politikwissenschaftsstudium, Hartz IV und ein ausgemachtes Drogenproblem. Im Hauptberuf ist Malte meiner Einschätzung nach Langschläfer und Krawalltourist. Wegen Typen wie dem musste Hubert in Kreuzberg eine Garage für seinen Jaguar anmieten.

»Nora?«

Mein Name kommt direkt aus dem Mund des Feuerteufels. Ich fühle mich ein bisschen ertappt wie in der Schule, wenn ich nicht aufgepasst hatte. Was war wohl die Frage?

»Charlie hat gesagt, dass du so viele Schauspieler kennst, kannst du da nicht mal welche ansprechen?«

»Ich halte nichts davon, Berufliches und Privates miteinander zu vermischen«, antworte ich und komme mir sehr weise dabei vor, bis ich das Gefühl habe, dass Christian mir lächelnd auf die Schulter tippt.

»Aber stimmt, ein paar kenne ich. Warum?«

»Wir brauchen Unterstützer, Leute, die den Mund aufmachen und sagen, dass sie es scheiße finden, dass wir AKW-Gegner kriminalisiert werden«, erklärt Malte.

Er hat recht, und ob ich nun will oder nicht, schon dekliniere ich im Kopf ein paar Namen durch, die als Unterstützer in Frage kämen. Da das aber mehr oder weniger alles Leute sind, mit denen ich arbeite, werde ich einen Teufel tun, sie zur Solidarität aufzufordern.

»Gut, dann kümmerst du dich um diese Leute, ich mache den Aufruf für die Internetseite, und dann telefonieren wir uns zusammen. Sag mal deine Mobilnummer, ich tippe die gleich in mein Handy.«

Nun mal langsam mit den jungen Pferden, du Möchtegern-Che-Guevara, erstens haben wir noch nicht zusammen Schweine gehütet und zweitens bin ich immer noch die Herrin über meine Telefonnummer. Während ich mich noch wundere, dass ich Sätze denke, die ich eigentlich nur von meiner Mutter kenne, ist Charlie schon so nett, meine Nummer in Maltes iPhone zu diktieren.

»Und? Gehen wir noch was trinken?«

»Gerne«, antworte ich, obwohl ich mich fürchte, gleich in einer griechischen Spelunke zu landen, in der man schlechten Wein und noch schlechtere Vorspeisenteller bekommt, so wie ich es aus meiner Zeit bei den Grünen in Erinnerung habe. Das ist fünfundzwanzig Jahre her. Mit meinem Examen in der Tasche war ich mit Michael nach Hamburg umgezogen, weil dort ein Traumjob auf mich wartete. Pressesprecherin bei den Grünen! Das war der Hammer, Politik machen und auch noch Geld dafür bekommen. Ich war überglücklich.

Zum Ende meiner Arbeit dort hatte ich mir geschworen, nie wieder Gyros-Teller, nie wieder Retsina!

Schon wieder Mittwoch, schon wieder Vorstandssitzung. Nora deckte ihre Schreibmaschine ab und schaute zu, wie Hugo, der Schülerpraktikant, die aktuelle Pressemitteilung an die Journalisten faxte. Hugo war unberechenbar, das wusste Nora. Nachdem er ausgerechnet auf dem Höhepunkt der Pornografiedebatte seine, wie er fand, erotischen Gedichte auf dem offiziellen Briefpapier der Grünen an die versammelte Journalistenschar verschickt hatte, behielt sie ihn besser im Auge. Sie hätte ihn auch rauswerfen können, aber das machte man als Grüne einfach nicht. Außerdem mochte Nora diesen komischen Kauz, auch wenn er ihr mehr Arbeit machte, als ihr welche abzunehmen.

Bei dem Gedanken daran, was für einen Aufstand einige der grünen Frauen gemacht hatten, als die Geschichte mit Hugos Dichtwerken aufgeflogen war, musste Nora lachen. Natürlich war der versammelten Journaille klar, dass Hugos Gedichte keine Stellungnahme der Grünen waren, aber eine Tageszeitung hatte sie umso lieber und natürlich mit allerlei spöttischen Kommentaren versehen als Beitrag der Partei veröffentlicht.

»Das ist Pornografie«, tröteten die schamhaften unter den Feministinnen, ganz auf der Linie von Alice Schwarzers PorNo-Kampagne. Das wiederum provozierte diejenigen zu Solidarisierung, die die Meinungsfreiheit gefährdet sahen.

Nora war die eine wie die andere Position egal, aber sie wollte keinen Quatsch auf grünem Briefpapier, und deshalb passte sie halt auf.

Das Thema der aktuellen Pressemitteilung war heikel. Eine Abgeordnete hatte bei einer Demonstration vor dem AKW Krümmel einem Polizisten in den Arm gebissen. Nora kannte die Abgeordnete und ihr Temperament gut und konnte den Vorwurf nicht guten Gewissens dementieren. Nun lamentierte der arme Polizist pressewirksam über die Verletzung, und dazu war eine offizielle Stellungnahme gefordert. Als ob Nora nichts anderes zu tun hätte, als sich den Kopf darüber zu zerbrechen, ob es irgendein Argument gab, den Biss durch die nukleare

Gefahr zu rechtfertigen. Nach mehreren gescheiterten Versuchen sah Nora ein, dass sie an einem aussichtlosen Unterfangen arbeitete. Krümmel war ein Schrottreaktor mit nicht einschätzbarem Gefahrenpotenzial, das war Fakt. Als Abgeordnete einen Polizisten zu beißen, war blöd, das war ebenfalls Fakt. Dass der Biss weniger gefährlich war als das AKW, war ebenfalls eine Tatsache. Damit waren drei Fakten beisammen, die allerdings leider in keiner seriösen politischen Stellungnahme zusammenpassten. Was blieb, war nur die Flucht nach vorne. Falls die Abgeordnete dem Polizisten durch seine schweinslederne Polizeijacke tatsächlich eine derart gravierende Verletzung beigebracht hätte, dann sei ihm schnelle Genesung zu wünschen und bessere Schutzkleidung für die Polizei dringend vonnöten. Zum Schluss gratulierte Nora der Abgeordneten zu ihren außerordentlich guten Zähnen und fertig. Alles andere als seriös, aber fertig.

Das würde Ärger geben, ahnte sie schon auf dem Weg zur Vorstandssitzung, und so war es dann auch. Die Fundis nahmen es zwar mit dem Gewaltmonopol des Staates nicht so genau, aber die populäre Abgeordnete, die unter Realo-Verdacht stand, beäugten sie schon lange mit Misstrauen. Deshalb wurde der Vorfall im Speziellen verurteilt.

Nora lernte, dass es zwischen einem Fundi- und einem Realo-Biss einen himmelweiten Unterschied gab.

Die Realos, die jede Form von Gewalt als Mittel der politischen Auseinandersetzung strikt ablehnten, standen auf der Seite der Abgeordneten und spielten den Vorfall herunter.

Und Nora lernte, dass nicht jeder Biss in den Arm des Gewaltmonopols dasselbe in Frage stellte. Verwundert konstatierte sie, dass sogar das Gebiss einer etwas überengagierten AKW-Gegnerin zu einer Wiederauflage der uralten Lieblingsdebatte zwischen den Flügeln der Grünen führen konnte. Und nachdem sich alle einmal ordentlich angeschrien hatten, ging es endlich zum Griechen um die Ecke, um einen weiteren Gyros-Teller mit harzigem Wein herunterzuspülen.

»Du warst bei den Grünen, hat Charlie erzählt?«

Malte hat uns in eine kleine Bar in Mitte geschleppt. Ich bin immer wieder überrascht, was für nette Cafés, Kneipen und Restaurants sich hier in den vergangenen Jahren angesiedelt haben. Der Laden ist proppenvoll mit jungen Leuten, die in den unterschiedlichsten Sprachen der Welt für einen erheblichen Geräuschpegel sorgen. Wieder mal frage ich mich, warum ich immer noch in Schöneberg wohne, obwohl ein Blick über die Gäste meine Frage beantworten könnte. Der größte Teil des Publikums ist locker zwanzig Jahre jünger als ich.

»Stimmt, ist aber lange her.«

»Was trinkst du? Der Rioja ist hier ganz gut«, fragt Malte durchaus charmant, als die Kellnerin an unseren Tisch kommt.

»Dann nehme ich ein Glas.«

»Du auch?«, fragt er Charlie.

Als sie nickt, bestellt er eine Flasche und dazu stilles Wasser.

»Wann war das denn?«

»Ach, du liebe Güte, das ist Ewigkeiten her. Mitte-Ende der Achtziger, da waren die Grünen noch ganz anders als heute.«

Malte lacht. »Mensch, ich bin ’86 gerade mal zur Welt gekommen.«

Dann ist er also fünf Jahre älter als Charlie, kombiniere ich und beschließe Maltes offensichtliche Plauderlaune auszunutzen und ihn noch ein bisschen über seinen Werdegang auszuquetschen. Charlie missbilligt sichtlich mein als Geplauder getarntes Verhör, aber Malte erzählt freimütig, dass er gerade an seinem Bachelor of Science in Biochemie sitze. Die Regelstudienzeit sei eigentlich nur sechs Semester, er sei schon im achten, da werde es ernst. Aber er sei ein Jahr in Amerika gewesen, da habe er ein Praktikum in einem Labor für Molekularforschung gemacht. Das sei die Zeit wert gewesen, die er verloren habe, und dann, wo er schon mal dort gewesen sei, sei er natürlich noch ein bisschen rumgereist.

Da war meine Einschätzung Langschläfer und Krawalltourist wohl etwas voreilig.

»Und du?«

»Studiert hab' ich schon mal länger als du.«

Er wartet, offensichtlich darauf, dass ich weiterrede.

»Das war eine ganz andere Zeit, wir hatten es nicht so eilig mit der Uni. Da wurde lieber alles Mögliche ausprobiert, neue Lebensformen, Politik, und damit hatten wir jede Menge zu tun.«

»Warst du früher auch mal in Gorleben?«

»Mit ›früher‹ meinst du in den Achzigern? Sicher.«

»Aber dann kennst du das doch alles, warum hältst du dich dann aus allem raus?«

Soll das ein Tribunal werden? Falls Malte an mein schlechtes Gewissen appellieren will, muss er früher aufstehen.

»Ich halte mich nicht raus, ich bin nur einfach nicht mehr so blauäugig.« Treffer, versenkt.

»Aber findest du denn nicht, dass wir demonstrieren müssen? Es geht doch immerhin um unsere Zukunft.«

Große Worte, über die Charlie und Malte offenbar vergessen haben, was auf sie persönlich zukommt. Mir fällt wieder ein, dass ich hier sozusagen in offizieller Mission bin. Ich will, dass die jungen Leute und vor allem natürlich Charlie der Tatsache ins Auge sehen, dass ihre Verhaftung in Gorleben kein Kinderspiel ist und dass sie sich gefälligst mal damit auseinandersetzen sollen.

»Jedenfalls solltet ihr euch nicht verhaften lassen.«

Charlie stöhnt genervt auf. »Du tust so, als wären wir nach Gorleben gefahren, weil wir mal eine lustige Nacht in der Zelle verbringen wollten.«

Malte gibt den Friedensengel und wechselt das Thema.

»Was ist eigentlich aus den ganzen Leuten geworden, mit denen du damals unterwegs warst?«

»Keine Ahnung.«

Das versteht Malte nicht. Er kann sich nicht vorstellen, seine heutigen Freunde aus den Augen zu verlieren. In seinem Alter konnte ich mir das auch nicht vorstellen. Da konnte ich mir grundsätzlich nicht vorstellen, dass irgendetwas jemals zu Ende gehen könnte. Da war die Liebe zu Paul, die von der nächsten Liebe, nämlich der zu Michael, abgelöst wurde, da war Bella, meine allerbeste Freundin, ohne die ich mir kaum einen Tag vorstellen konnte, und Svenni, der immer mit praktischen Lösungen zur Stelle war, wenn wir uns in Hirngespinsten heillos verstrickt hatten. Das war meine Familie. Wir waren unsere Familie. Und wo sind sie nun?

Michael sehe ich nach wie vor regelmäßig. Er lebt wie ich schon lange in Berlin und schlägt sich tapfer durch die Höhen und Tiefen des Lebens. Geht es ihm schlecht, sehen wir uns oft, geht es ihm gut, eher selten. Zurzeit scheint es ihm gut zu gehen. Paul ist nach dem Studium nach Köln gezogen und seit Jahren glücklich verheiratet. Wir sind durch den Himmel und durch die Hölle gegangen, und heute? Telefongespräche und seltene Treffen bestimmen unsere Freundschaft. Bella ist Professorin, soweit ich weiß. Im Großen und Ganzen nichts Spektakuläres … außer bei … oh Gott, Jahre habe ich nicht an ihn gedacht und genau jetzt taucht er in meinem Kopf auf, so als würde er grinsend vor mir stehen: Alex.

Typisch! Alex war immer einer dieser Männer, in die man

sich unter keinen Umständen verlieben durfte, weil man sie niemals zu fassen kriegen würde. Theoretisch wusste ich das seit unserer ersten Begegnung, damals kurz vorm Abi. Praktisch hat es Jahrzehnte gedauert, bis ich es begriffen hatte. Andererseits war er immer da, wenn ich ihn brauchte.

»Interessiert dich das wirklich?«

»Klar«, sagt Malte.

»Nein«, murmelt Charlie.

»Okay, eine Geschichte kann ich erzählen, vielleicht kapiert ihr dann, was ich euch die ganze Zeit klarmachen will.«

Malte bestellt noch mal Wein nach, obwohl ich sowieso schon ein bisschen angeduselt bin. Ich vertrage nicht viel, habe mir nie etwas aus Alkohol gemacht und kann mir wegen mangelnder Übung sicher sein, dass Malte mich ohne Probleme unter den Tisch trinken könnte.

»Und ein Wasser«, rufe ich der Kellnerin deshalb noch schnell hinterher.

»Ein Freund von mir hat mal ein 129a-Verfahren am Hals gehabt.«

»Das ist terroristische Vereinigung, oder?«, fragt Malte.

Setzen, Eins plus, Streber.

»Das war völlig an den Haaren herbeigezogen, Alex war ein sehr engagierter AKW-Gegner und hat bestimmt auch mal Mist gebaut, aber mit Terrorismus hatte er nie was zu tun. Trotzdem haben sie ihn ewig in U-Haft behalten, und als endlich ein Haftprüfungstermin anberaumt wurde, musste ich als Zeugin da hin. Ich habe damals gerade ganz seriös beim Radio gejobbt. Alex war in meiner damaligen WG zu Besuch, als er laut Anklage irgendwelche Strommasten umgesägt haben sollte.

Das war wirklich kein Spaß. Überall Polizisten, bis an die Zähne bewaffnet. Das Verfahren ist dann eingestellt worden, aber für Alex hatte das massive Konsequenzen. Er bekam einfach kein Bein mehr auf den Boden. Die ganze Zeit unschuldig im Knast, das hat ihn wirklich fertiggemacht. Irgendwann ist er dann aus Deutschland abgehauen, und wir haben uns aus den Augen verloren. Das Letzte, was ich gehört habe, ist, dass er irgendwas mit Solaranlagen macht, ich weiß nicht genau, irgendwo in Afrika. Er schlägt sich durch, aber alles, was er eigentlich wollte, musste er aufgeben. Dass ich nicht will, dass euch auch so was passiert, das kann man doch wohl nachvollziehen.«

Um die Wirkung meines Horrorszenarios nicht aufs Spiel zu setzen, lasse ich die Geschichte hinter der Geschichte einfach unter den Tisch fallen.

»Sie müssen morgen nach Karlsruhe kommen. Wir haben Sie als Zeugin benannt, die aussagen wird, dass Alex zum fraglichen Tatzeitpunkt gar nicht am Tatort gewesen sein kann.«

Alex' Anwalt ließ keinen Widerspruch zu.

Nora musste sofort losfahren, um pünktlich zum Haftprüfungstermin bei der Bundesanwaltschaft einzutreffen. Sich freizunehmen, war kein Problem, schließlich jobbte sie beim fortschrittlichsten Sender der ARD. Der Chefredakteur zeigte sich verständnisvoll, und Nora sprang in den Zug nach Karlsruhe. Als sie am nächsten Morgen müde ankam, standen Hunderte junger Menschen vor dem Gericht, und ein Heer von Polizisten, die alles mit Gittern verbarrikadiert hatten, versperrte den Zugang. Eine hochschwangere Frau bekam mit, dass Nora mit den Polizisten darüber stritt, dass sie als Zeugin ja wohl durchgelassen werden müsse.

»Bist du Nora?«

»Bin ich.«

»Komm mal mit, ich bin Dorothee.«

Das sagte Nora zwar nichts, aber Dorothee schien hier Bescheid zu wissen, also folgte Nora ihr bereitwillig.

»Alex' Anwälte holen uns rein, sobald es geht.«

Also warteten Nora und Dorothee gemeinsam. Sie redeten wenig, man wusste nie so genau, wen man da vor sich hatte, und Nora war den weiten Weg bestimmt nicht gefahren, um irgendeinem Spitzel aufzusitzen. Nach endlosen Stunden kamen die Anwälte und holten Nora in den Verhandlungssaal. Die mit Maschinengewehren bewaffneten Polizisten schüchterten sie furchtbar ein, aber tapfer sagte sie aus, dass Alex zum fraglichen Zeitpunkt bei ihr gewesen sei, und erklärte dem skeptischen Richter auf dessen Nachfrage bereitwillig, dass sie das so genau wisse, weil sie seit Jahren Tagebuch führe und da sei genau vermerkt, von wann bis wann Alex sie besucht habe. Der Richter wollte einen Blick in Noras Tagebuch werfen, was ihr zwar unangenehm war, aber wenn es Alex zur Freiheit verhelfen würde, bitte sehr. Unter den Augen von mindestens zwanzig schwer bewaffneten Polizisten ging sie zum Richtertisch, ließ sich versprechen, dass sie ihr Tagebuch aber wieder mitnehmen könne, und überreichte nach erfolgter Zusicherung ihr textgewordenes Leben der vergangenen Monate. Das könnte sehr peinlich werden, weil Nora nicht nur notiert hatte, wer wann zu Besuch war, sondern vor allem, warum sie Paul verlassen musste. Außerdem war akribisch notiert, wann sie mit wem geschlafen hatte, wann sie ihre Menstruation hatte, mit welchem doofen Scheiß ihr welcher Mitbewohner auf die Nerven gegangen war. Nora setzte auf die Diskretion des Richters. Er fragte nur einmal nach, was das Symbol bedeutete, das Nora an den Rand gekritzelt hatte. Sie wurde knallrot und verschwieg, dass es dafür stand, dass der Sex an dem markierten Tag kosmisch gewesen war.

Gnädig gab der Vorsitzende zu Protokoll, dass laut Aussage der Zeugin der Tatverdächtige in einer Wohngemeinschaft bei Münster zu Besuch gewesen sei, belegt durch Zeugenaussage und Vorlage des Tagebuchs der Zeugin und Benennung weiterer Zeugen. Bestehe die Staatsanwaltschaft auf Vereidigung? Nein? Dann werde die Zeugin entlassen.

»Ihr Tagebuch, bitte sehr.«

Nach fünf Minuten war Nora wieder an der frischen Luft. Alex' Anwalt jubilierte.

»Das war super. Damit haben wir ihn draußen. Ganz toll. Danke. Aber sag mal, dir ist schon klar, dass das LKA unterwegs sein könnte, um die Zeugen zu befragen, die du benannt hast. Die wissen doch Bescheid, oder?«

Das war Nora erstens nicht klar und zweitens wusste kein Mensch Bescheid. Es war mehr eine spontane Eingebung gewesen, um ihre Aussage noch ein bisschen zu untermauern. Das tolle Gefühl, Alex gerettet zu haben, löste sich in null komma nix in Luft auf. Scheiße, Scheiße, Scheiße. Was tun? Man konnte ja nicht einfach anrufen, wer weiß, wer da alles mithörte. Egal, das musste Nora riskieren. Bella verstand kein Wort von dem komischen Gefasel, das Nora am Telefon von sich gab.

»Gib mir mal Michael.«

Der musste Nora einfach verstehen, wenn nicht ihre Worte, dann ihr Herz. Irgendwie konnte Michael die verklausulierte Warnung von Nora tatsächlich dechiffrieren und leitete generalstabsmäßig die erforderlichen Maßnahmen ein.

Als Nora endlich wieder zu Hause war, versammelten sich die Mitbewohner um den Küchentisch. Das schöne Dope, das auf dem Dachboden trocknen sollte, war auf alle umliegenden Wohngemeinschaften verteilt worden, die RAF-Texte, die zur Grundausstattung jeder politisch aktiven Wohngemeinschaft gehörten, hatte Michael im Garten vergraben. Sehr zum Amüsement des WG-Hundes übrigens, der das Ganze für ein herrliches Spiel hielt und alles immer wieder ausgebuddelt hatte. Bella war von Michael dazu verdonnert worden, die Straße auszuspähen, um beim Eintreffen der Bullen sofort Alarm zu geben.

»Stundenlang stand ich da doof rum und kein Mensch hat sich blicken lassen«, maulte Bella.

»Da hattest du wenigstens deine Ruhe. Uns hat Michael die ganze Zeit damit genervt, was wir sagen sollten und was nicht«, beschwerte sich Paul.

Ganz schön gemein übrigens vom LKA, dass niemand vorbeikam, wo das Aktionsbündnis Südliches Münsterland so gut vorbereitet war, dem Schweinesystem die Stirn zu bieten.

Wenn man wenigstens einen Joint hätte rauchen können.

Kurze Zeit später war Alex tatsächlich auf freiem Fuß. Er würde erst mal auf einen großen Trip nach Indien gehen, Lastwagen überführen, irgendwie musste wieder Geld ran, zumal er ja Vater würde.

»Ach, Dorothee ist von dir schwanger?«

»Ja, was dachtest du denn?«

Gar nichts dachte Nora, außer, dass Alex das ja mal hätte sagen können. Der kleine Stich in ihrem Herzen piesackte sie, aber hätte sie irgendetwas anders gemacht, wenn sie das gewusst hätte? Hätte sie natürlich nicht.

Nachdem sie dann monatelang nichts von Alex gehört hatte, erreichte Nora die Nachricht, dass er wieder im Knast saß. Offensichtlich war der LKW-Deal doch nicht lukrativ gewesen, denn kurz hinter der Grenze war Alex mit zwei Kilo Haschisch erwischt worden. Revolutionär war das nicht. Und so zerbröselte Noras Held zu einem kleinkriminellen Häuflein, und mit ihm verschwand der Ruhm seiner Rettung von der Bildfläche.

»Das ist aber wirklich das allerletzte Glas«, stelle ich kategorisch mit Blick auf die Uhr fest, als Malte mir erneut nachschenkt.

»Wieso? Du bist doch schon erwachsen, oder schimpft jemand, wenn du so spät nach Hause kommst?«

Spinne ich oder flirtet dieser Vogel mit mir?

»Nein«, flirte ich zurück, »solange ich alleine komme, ist alles in Ordnung.«

Der Blick von Charlie gibt mir unmissverständlich zu verstehen, dass ich megapeinlich bin. Schwingt da so etwas wie eine klitzekleine Eifersucht mit, dass dieser Malte sich den ganzen Abend mehr um mich gekümmert hat als um sie? Bevor ich womöglich ultramegapeinlich werde, trinke ich schnell das Glas zu viel aus, das ich mir genehmigt habe, küsse meine Tochter und verabschiede mich von den beiden.

»Tschüss, Nora, ich melde mich«, ruft Malte mir noch hinterher.

Im Taxi überkommt mich unsäglicher Katzenjammer. Wie erwachsen meine Tochter auf einmal ist! Ich bin sehr stolz auf diese wunderbare junge Frau, auch wenn sie mir im Moment auf die Nerven geht. Was mir nach einem Abend wie diesem allerdings zusetzt, ist die Tatsache, dass Frauen, die erwachsene Töchter haben, automatisch in eine andere Kategorie rutschen. Um sie zu beschreiben, ist das Wort »erwachsen« reine Beschönigung und bedeutet in Wirklichkeit »alt«. Ich fürchte mich vor der alten, faltigen Frau, die mich gleich im heimischen Badezimmerspiegel anblicken wird. Dabei habe ich die Badezimmerlampen schon auf unverantwortliche vierzig Watt reduziert. Und die alte Frau wird sagen: »Hättest du mal besser nicht so viel Wein getrunken.«

»Links oder rechts von der Motzstraße?«, bläst der Taxifahrer meine aufkeimende Melancholie weg, kassiert zweiundzwanzig Euro von mir und entlässt mich in die Nacht.

Die Frau im Badezimmerspiegel ist überraschend gnädig und erlaubt mir, am nächsten Morgen auszuschlafen und auf mein Walking-Programm zu verzichten.

4.

Was war das für ein Abend? Mein Kopf rauscht, während ich mir meinen Morgenkaffee mache. Nicht wegen des einen Glases Wein zu viel, sondern wegen der ganzen alten Tage, die gestern über mich hereingebrochen sind. Charlie hat sich noch nie besonders für meine Vergangenheit interessiert. Natürlich kennt sie grob die Stationen meines Lebens, aber im Prinzip lebt sie in dem Gefühl, dass es mich erst gibt, seitdem es sie gibt. Und damit liegt sie auch gar nicht so falsch. So, wie ich heute bin, gibt es mich tatsächlich erst seit und weil es Charlie gibt. Meine Tochter ist ein Teil von mir und wird es immer bleiben. Und wenn sie irgendwann mal hundert Jahre alt ist – sie bleibt meine Kleine, da kann sie mir Millionen von SMS schreiben, dass ich das nicht zu ihr sagen soll.

»Ich bin schwanger.«

Die Worte wurden der Größe der Nachricht, die ich Robert überbrachte, keineswegs gerecht. Er war überglücklich, küsste mich immer wieder und wollte »uns« einfach nicht mehr loslassen. Meine Frauenärztin hatte bestätigt, was wir beide schon wussten. Eigentlich wussten wir es schon seit der Nacht, in der wir unsere Tochter herbeigeliebt hatten.

Charlie ist ein Traumwunschkind, obwohl sie nicht geplant war. Robert und ich waren erst ein Jahr zusammen, und die Liebe war noch groß. Aber die Nächte, in denen wir den Sex und die Welt neu erfanden, wurden seltener. Was uns zunehmend verband, war Nähe, Vertrauen und das Gefühl, an der Seite des jeweils anderen sicher zu sein.

Nachdem die Liebesgeschichte mit Michael tragisch zu Ende gegangen war, hatte ich mich in mein emotionales Schneckenhaus zurückgezogen. Abgesehen von seltenen Affären wollte ich mich nie wieder auf einen Mann einlassen. Zu groß die Gefahr, noch einmal so verletzt zu werden. Und dann kam Robert. Ich lebte damals in Hamburg und war bei Freunden zum Essen eingeladen. Da ich keine Lust hatte, allein dort hinzugehen, hatte ich meine Freundin Malou im Schlepptau. Am Tisch wurde munter geplaudert, viel gegessen und noch mehr getrunken. Ich hatte gerade beschlossen, nach Berlin umzuziehen, und verkündete lautstark, wie aufregend die Hauptstadt im Gegensatz zum saturierten Hamburg sei.

»Wann ziehst du um?«, fragte der Mann am anderen Ende des Tisches, der mir bis zu diesem Moment nicht weiter aufgefallen war.

»Lieber heute als morgen.«

»Hast du schon eine Wohnung?«

»Nee, aber die findet man ja leicht in Berlin.«

»Zieh doch bei mir ein. Ich habe gerade eine Wohnung gekauft, die daneben ist noch frei.«

Was für ein Schnösel, habe ich gedacht. Noch so einer, der auf dem Berliner Immobilienmarkt ein Schnäppchen gemacht hat. Je später der Abend wurde, desto näher rückte der Mann, von dem ich inzwischen wusste, dass er Robert heißt und irgendwas mit Musik machte. Als ich anfing, Malou zum Aufbruch zu drängen, schüttelte sie nur den Kopf.

»Hast du seine Telefonnummer?«, flüsterte sie mir mit Blick auf Robert zu.

»Nein, was soll ich damit?«

»Bist du doof? Er hat eine Wohnung. Hallo?«

»Na und?«

»Er interessiert sich für dich.«

»Na und?«

»Nora, es ist echt zum Verzweifeln mit dir. Alles muss man selbst machen.«

Ich war nicht schnell genug, meine beste Freundin davon abzuhalten, sich und mich unmöglich zu machen. Und so konnte ich nur peinlich berührt zusehen, wie sie sich auf Robert stürzte. Als sie wieder zurückkam, knallte sie eine Serviette auf den Tisch, auf die Robert seine Telefonnummer geschrieben hatte. Ich war gerade in meiner Wohnung angekommen, da klingelte mein Telefon.

»Bergenhaus.«

»Nora? Hier ist Robert, ich wollte nur sehen, ob Malou mir die richtige Nummer aufgeschrieben hat. Schlaf gut. Ich melde mich morgen noch mal.«

In die Nachbarwohnung bin ich dann doch eingezogen. Ich war schrecklich verliebt. Nach sieben Nächten wurde ich von einem schrecklichen Gehämmer und Gepolter wach. Robert fand, dass wir zusammenziehen sollten, und begann, um drei Uhr morgens die Wand, die unsere Wohnungen voneinander trennte, rauszureißen. Das war eine irre Sauerei, aber auch wahnsinnig romantisch.

Beide hatten wir wunderbare Jobs, die uns trotz aller Anstrengungen Zeit füreinander ließen. Wir waren oft unterwegs, auf Reisen, mit Freunden haben wir Berlin unsicher gemacht oder sind einfach stundenlang durch die Stadt gelaufen. Heute denke ich manchmal, dass das die unbeschwerteste Zeit meines Lebens war.

Und dann fuhren wir nach Italien und alles war Mist. Robert

wollte sich ein Haus ansehen, das er vielleicht für uns kaufen wollte. Das Flugzeug hatte Verspätung, der Mietwagen war noch nicht da, die Wegbeschreibung, die der Verkäufer uns geschickt hatte, stimmte vorn und hinten nicht, und es war mit Sicherheit der heißeste Sommer, den Italien überhaupt jemals erlebt hatte. Zu der emotionalen Großwetterlage kam noch hinzu, dass ich mir nicht sicher war, ob Italien der richtige Ort für uns war. Es war Roberts Traum, und ich hatte mich von seiner Begeisterung mitreißen lassen. Da Italien mich aber, wie die ganzen kleinen und großen Pannen zeigten, offensichtlich nicht wollte, dauerte es genau zehn Sekunden, bis ich die kleine Unstimmigkeit über den richtigen Weg zu einem ernsthaften Streit hochgeschraubt hatte.

»Halt sofort an!«

»Hier? Warum soll ich hier anhalten?«

»Weil ich aussteigen und sofort nach Hause fahren werde.«

»Wir sind schon über hundert Kilometer vom Flughafen weg. Ich werde jetzt nicht umdrehen.«

»Du sollst nicht umdrehen, hörst du schlecht? Du sollst anhalten.«

Ich wollte keine Sekunde länger in diesem schrecklichen Land sein, und vor allem wollte ich keine Sekunde länger neben diesem schrecklichen Mann sitzen, der mich in diese Hitzehölle verschleppt hatte. Da er tatsächlich bremste, musste ich wohl oder übel aussteigen und feststellen, dass es auf der Straße noch viel, viel heißer war als im Auto, das ich nur noch als Punkt am Horizont sehen konnte. Nachdem ich lange darüber gegrübelt hatte, ob es wohl ein schönerer Tod wäre, von einem italienischen Lastwagen überfahren zu werden, als mitten auf der Straße zu verdursten, hielt Robert neben mir.

»Ich habe uns was zu trinken besorgt.«

Da wusste ich, dass ich genau diesen Mann immer lieben würde, und wollte ihn auf der Stelle heiraten.

»Sollen wir weiterfahren?«

Eine Flasche Wasser hat mein Leben und unsere Liebe gerettet.

Das Haus zog uns beide sofort in seinen Bann. Es lag einsam auf einem Hügel, der Weg dorthin konnte beim besten Willen nicht als Straße bezeichnet werden, aber irgendwie passte der Rumpelweg, denn bei näherem Hinsehen wurde schnell klar, dass das Haus kein Haus, sondern eine Ruine war. Ich wundere mich bis heute, dass es nicht auf der Liste der italienischen Altertümer zu finden war. Der eigentliche Hauskauf dauerte keine zehn Minuten, wenn man das anschließende Weintrinken mit dem Vorbesitzer nicht mitrechnete. Eigentlich hätten wir längst auf dem Weg zu unserem Hotel sein müssen, aber wir wollten nicht weg von dem Ort, von dem wir wussten, dass wir dort glücklich werden würden. Irgendwo im Auto fand sich eine alte Decke und ein Käsebrötchen, das schmeckte, als sei es noch älter als die Decke. Wir setzten uns hinter das Haus und stellten uns vor, dass dort unsere Terrasse wäre, träumten uns unseren Garten zusammen, badeten in Gedanken im zukünftigen Pool und blickten ins malerische Tal zu unseren Füßen. Die ganze Nacht haben wir damit zugebracht, auszuprobieren, welches Zimmer am besten als Schlafzimmer geeignet wäre, und geschlafen haben wir erst, als es hell wurde. Irgendwo zwischen der heutigen Küche und dem tatsächlichen Schlafzimmer ist Charlie entstanden.

»Guten Morgen, bist du schon wach? Hier ist Robert.«

»Lustig, dass du anrufst. Ich habe gerade an dich gedacht.«

»Was Schönes?«

»Nichts Besonderes, einfach nur so.«

»Ich wollte mal hören, ob es was Neues gibt. Unsere Tochter meldet sich ja nicht.«

Ich glaube, dass er ein bisschen enttäuscht ist, weil Charlie ihn nicht gebeten hat, sie zu dem Treffen zu begleiten. Und weil ich meinen harmonischen Morgen habe, versichere ich ihm, dass er wirklich nichts verpasst hat.

Früher war es gerade dieses ›Nichts‹, das Robert so sehr mochte. Das erste Lächeln seiner Tochter, der erste Schritt, der erste Zahn, all diese Highlights wurden gebührend gefeiert, aber wirklich geliebt hat er das ›Nichts‹. Die alltäglichen Situationen, das Einschlafen im Auto, was dazu führte, dass er seine Kleine in den dritten Stock schleppen musste, mit Charlie auf dem Spielplatz zu rutschen, nicht einmal, nicht zehn-, sondern hundertmal. Er mochte es, seiner Tochter jeden Morgen Frühstück zu machen, sie jeden Morgen davon zu überzeugen, dass es keine gute Idee sei, im Pyjama in die Kita zu gehen. Robert hat uns als Familie wirklich geliebt. Schade, dass wir das verloren haben.

So, was steht heute an? Christians Drehbuch muss zu Hubert – kein Problem. Mal wieder die Abrechnung machen – das hasse ich. Zur Belohnung heute Abend Treffen mit Malou. Ich habe meine beste Freundin schon viel zu lange nicht gesehen. Normalerweise glucken wir regelmäßig zusammen, aber es war einfach zu viel los in den vergangenen Tagen. Heute gehen wir ins Kino. Endlich mal wieder. Und natürlich: Charlie anrufen. Normalerweise bin ich nicht so anhänglich, aber es gibt einiges zu besprechen. Was ist das mit diesem Malte? Ist da was? Das geht mich nichts an? Aber natürlich geht mich das was an. Wer muss sich denn hinterher das ganze Liebesdrama anhören? Tagelang ein heulendes Häufchen Elend auf dem Sofa ertragen? Ich!

Vielleicht täusche ich mich aber auch in Bezug auf Malte. Einen verliebten Eindruck haben die beiden gestern eigentlich nicht gemacht.

Das denkbar Blödeste auf der Welt ist, Belege für die Steuerberaterin zu sortieren. Das dauert immer Stunden, weil genau dann, wenn ich gerade anfangen will, dringend sechzig Grad bunt gewaschen werden müssen. Nein, heute nicht. Ich will das vom Tisch haben.

Mitten in den Überlegungen, mit wem ich warum vor acht Wochen Essen war, ruft Charlie an.

»Ich wollte nur hören, ob du zu Hause bist. Wir haben eine Riesenüberraschung für dich. Dann kommen wir mal eben vorbei.«

Wer ist »wir«?

Eine gute halbe Stunde später stürmen meine Tochter und Malte in die Wohnung. Noch an der Wohnungstür ruft Charlie: »Mama, das glaubst du nicht. Hast du deinen Rechner an? Mach mal schnell.«

»Kommt rein, schön, dass ihr da seid. Wollt ihr was trinken?«, versuche ich etwas Ruhe in den Überfall zu bringen.

Beide folgen mir aufgeregt in die Küche, um ohne Punkt und Komma auf mich einzuquasseln, während ich Kaffee koche.

»Also, als Malte und ich gestern zu Hause waren …«

»Wie? Wohnt ihr zusammen?«

»Nein, ist doch egal, erzähle ich dir später. Wir haben gestern Nacht noch deinen Freund Alex gegoogelt.«

»Was? Wieso das denn?«

Malte übernimmt: »Als du gestern von ihm erzählt hast, wusstest du doch nicht, wo er steckt.«

Da Charlie offensichtlich mein irritiertes Gesicht richtig interpretiert, setzt sie schon etwas vorsichtiger wieder an: »Wir dachten, du freust dich.«

»Worüber?«

»Wir haben Alex im Netz gefunden«, triumphiert Malte.

»Was? Wieso sucht ihr denn nach Alex? Wenn ich das wollen würde, dann hätte ich das doch längst selbst tun können.«

»Musst du ja jetzt nicht mehr.«

Noch bevor der Kaffee fertig ist, zerrt mich Charlie ins Arbeitszimmer vor den Rechner, tippt eine Adresse ein, und auf meinem Bildschirm erscheint Alex; etwas älter geworden, aber erkennbar Alex. Während ich versuche, die Seite zu lesen, wird weiter auf mich eingeredet.

»Alex ist gar kein Loser.«

»Das hat doch auch niemand gesagt«, wende ich etwas ratlos ein.

»Nee, nicht so direkt, hörte sich aber gestern ein bisschen so an. Von wegen alles aufgegeben.«

Ach, und das kann Malte beurteilen, nachdem er mal kurz nachgelesen hat, was Alex aktuell so macht? Charlie ist verdächtig begeistert.

»Alex hat ein ganz tolles Solarprojekt. Du hattest recht mit Afrika, in Ruanda. Der sorgt dafür, dass die Ärmsten der Armen in total entlegenen Dörfern Strom kriegen, den sie auch bezahlen können. Dafür hat er sogar einen Preis bekommen. Toll, was?«

Toll, aber ich habe immer noch nicht begriffen, warum ich damit überfallen werde.

»Und weißt du, was das Beste ist?«

Ich bin mir nicht sicher, ob ich es wissen will, aber meine Tochter lässt mir keine Chance. »Alex kommt nach Berlin.«

»Was!?! Wie kommst du denn darauf?«

Charlie strahlt mich an, als wären Weihnachten, Geburtstag und Ostern auf einen Termin gefallen.

»Wir haben mit ihm gesprochen.«

Ich glaube, ich höre nicht richtig. Dass meine Mutter bis zu ihrem Tod Kontakt zu meinen Exfreunden hatte, war okay, aber dass meine Tochter diese Tradition fortsetzt, ist es nicht.

»Nun mal langsam und eins nach dem anderen. Wieso habt ihr mit Alex gesprochen?«

Charlie setzt an: »Also …«

Das ist für mich das sichere Signal, dass ich mich auf einen längeren Vortrag einstellen muss, und deshalb bitte ich Malte, den Kaffee aus der Küche zu holen.

»… als du gestern weg warst, haben wir noch mal über mögliche Unterstützer nachgedacht. Weißt du, mit Promis, das macht doch jeder, das ist nichts Besonderes mehr. Und da haben wir uns überlegt, wir suchen einfach Leute, die schon damals bei der Anti-AKW-Bewegung dabei gewesen sind.«

Ich erinnere mich an unseren Streit und wie empört mir Charlie vorgeworfen hat, dass ich schon Ewigkeiten auf keiner Demo mehr war.

»Wieso das denn auf einmal? Hast du mir nicht vorgehalten, wir hätten alle den Kopf in den Sand gesteckt?«

»So habe ich das nicht gesagt. Außerdem habe ich mich doch entschuldigt.« Damit ist dieses Kapitel für Charlie erledigt.

»Mit Alex haben wir angefangen. Der ist ja wirklich total nett. Wir haben mit ihm geskypt, und der ist so was von unkompliziert, wusste sofort, wer ich bin, und wollte auch gleich wissen, wie es dir so geht und was du so machst.«

Ich hasse moderne Technik, ich hasse das Internet, ich hasse, dass alles und jeder jederzeit wieder auftauchen kann.

»Langer Rede, kurzer Sinn, er lässt dich schön grüßen, du sollst dich doch mal melden, und wenn er kann, hilft er uns gerne. Super, oder?«

»Sag mal, habt ihr sie noch alle? Lasst gefälligst die Finger von meiner Vergangenheit. Ihr könnt doch nicht einfach irgendwelche Verflossenen von mir ausbuddeln.«

Ich bin wirklich empört über meine Tochter und ihren neuen Freund.

»Was hast du denn? Du tust ja so, als würden wir irgendwelche Gespenster heraufbeschwören!« Charlie ist fassungslos über meine heftige Reaktion. »Ich kapiere echt überhaupt nicht mehr, was mit dir los ist. Die Vergangenheit erschreckt dich, die Gegenwart findest du blöd und die Zukunft interessiert dich nicht. Aber dass du noch lebst, da bist du dir sicher, oder?«

Malte und Charlie sind wütend abgezogen. Das wird langsam zur Gewohnheit. Den Jubel, den sie erwartet hatten, habe ich ins Gegenteil verkehrt.

Alex. Was ist so schlimm daran, dass Charlie Kontakt zu ihm aufgenommen hat? Eine verflossene Liebe, na und? Davon gibt es einige in meinem Leben. Aber Alex fühlt sich anders an, immer noch.

Es gibt große Liebesgeschichten, komplizierte und Hassliebeen. Mit Alex, das war immer eine große, komplizierte Hassliebe – und dabei war es völlig wurscht, ob wir zusammen waren oder nicht. Meistens waren wir nicht zusammen.

Ich habe ihn über zwanzig Jahre nicht gesehen, er ist heute nicht mehr der Alex von früher, ich bin nicht mehr die alte Nora. Und wenn doch? Zwischen uns war es immer gleich. Er war aufregend, ich nicht, er war radikal, ich nicht, er war schlau, ich nicht. Es gibt wenige Menschen, die in mir das Gefühl auslösen, ich würde ihren Ansprüchen nicht genügen. Alex konnte das perfekt.

Und wenn ich mir die Frage stelle, wie er mein Leben heute sehen würde, ist die Antwort klar: Ungenügend, nicht bestanden, durchgefallen.

Endlich Abi. Alex und Nora würden natürlich zusammenziehen, immerhin waren sie das Traumpaar ihrer Schule. Alex war Noras erste große Liebe. Klar, sie hatte vorher schon mit Jungs rumgeknutscht, aber mit Alex war es etwas anderes. Er war der erste Mann, mit dem sie geschlafen hatte. Es war ein glücklicher Start ins Liebesleben, denn Alex hatte reichlich Übung. Nun konnten Noras Träume wahr werden: die erste eigene Wohnung, endlich zu Hause weg, in ein eigenes, gemeinsames, glückliches Leben. Um Bundeswehr und Zivildienst hatte Alex sich erfolgreich herumgeschummelt, und nun sollte es nach Berlin, Frankfurt, vielleicht auch Göttingen gehen, mal sehen.

Die Zentrale Vergabestelle für Studienplätze schickte Nora nach Münster und Alex nach Trier. Nora heulte, Alex fand das spannend.

Nora mietete ein schickes, kleines Apartment in Münster und war stolz wie Bolle. Als Alex endlich zu Besuch kam, verkündete er, dass man nur in einer WG leben könne.

Einen Monat später zog Nora um.

Noras WG sah er zwar als Verbesserung, als er das nächste Mal vorbeischaute, aber richtig spannend fand er sie nicht. Nachdem er mit Nora geschlafen hatte, teilte er ihr mit, dass er mit einer Frau in der Nähe von Frankfurt aufs Land ziehen würde.

»Dann ist es mit uns vorbei?«

»Quatsch, wer denkt denn heute noch in solchen Konventionen?«

Nora heulte. Kurze Zeit später hatte auch sie einen neuen Freund.

Mit ihm zog Nora in eine Land-WG in einem ehemaligen Hotel, sehr freakig, sehr öko, sehr feministisch, sehr alternativ. Als Alex wieder mal zu Besuch kam, führte Nora ihn stolz herum. Nachdem er mit ihr geschlafen hatte, stellte er fest: »Schon okay hier, aber total unpolitisch, oder?«

Noras Freund war stinksauer, aber der WG-Bulli wurde mit einer schwarzen Fahne beflaggt.

Als Nora dann mit einer anderen Liebe in einem anderen Haus auf dem Land lebte, war sie sehr feministisch, sehr alternativ und kämpfte gegen den Nato-Doppelbeschluss, gegen das AKW-Programm, die Startbahn-West und für die Volksuni.

»So kommen wir nie gegen das System an«, räsonierte Alex, nachdem er mit Nora geschlafen hatte. »Da muss man schon was riskieren.«

Nora wollte nichts riskieren, schon gar nicht, ihre neue Liebe zu verlieren, aber mit ihrer WG gründete sie das Aktionsbündnis Südliches Münsterland, und sie weinte, wenn sie Alex lustige Briefe in den Knast schickte.

Erst als Nora Robert kennen- und lieben lernte, wusste sie: Das war der Mann ihres Lebens. Den würde sie immer lieben. Von Alex hatte Nora schon lange nichts mehr gehört, aber sie wusste, was er gesagt hätte: »Klar, dass du dir einen Typen mit Geld angelst.«

Und zum ersten Mal war Nora das scheißegal.

Ich habe mich oft gefragt, warum das Band zwischen Alex und mir so lange Jahre gehalten hat. War das meine devote Seite? Die so gut zu seiner dominanten passte? Oder war es sehr viel banaler? War Alex ein ungelebter Traum, dem ich so lange hinterhergerannt war, bis ich endlich bei mir selbst angekommen war?

Und nun ist er plötzlich wieder da. Erst mal nur auf meinem Rechner. Ich lese mich durch die Internetseite seiner Solarfirma. Charlie hat recht, was er da macht, hört sich sehr gut an. Er ist sich treu geblieben und bestreitet damit offensichtlich seinen Lebensunterhalt. Ich habe überhaupt keine Lust, mir das von meiner Tochter vorhalten zu lassen. Soll ich ihr erklären, warum Alex derjenige von allen verflossenen Lieben, Freunden und Bekannten ist, den ich am allerwenigsten sehen will? Quatsch, das ist alles Millionen Jahre her. Wir sind erwachsen geworden, leben unser Leben, sind mal mehr und mal weniger glücklich. Ich bin cool, und vor allem bin ich Alex inzwischen ja wohl gewachsen. Wo war noch mal der Link zu seiner E-Mail-Adresse?

»Danke für die Grüße, die Charlie mir ausgerichtet hat.«

Das muss als Lebenszeichen erst mal reichen. Pling, schon ist die Antwort da.

»Hey, du, hat deine Tochter dir auch ausgerichtet, dass ich demnächst nach Berlin komme? Muss mal wieder durch Europa touren, busy, busy, würde aber schon gerne mal sehen, was du so treibst.«

Bitte sehr: »Dann komm doch einfach vorbei.« Adresse, Handy-Nummer, absenden, fertig.

»Ich melde mich. Ciao, Alex.«

Was war das denn für eine bescheuerte Aktion? Fast so bescheuert wie die Idee von Charlie und Malte, meine alten Freunde als ihre Unterstützer zusammenzutrommeln.

Ich will mich nicht mehr mit dem ganzen Zeug beschäftigen, außerdem wird es Zeit, mich auf den Weg ins Kino zu machen. Ich kann Malou ja nicht schon wieder versetzen.

Malou ist meine beste Freundin. Wir haben uns in Hamburg bei den Grünen kennengelernt. Als ich mich immer noch darüber wunderte, dass ich fürs Politikmachen plötzlich auch noch Geld bekam, hatte Malou schon alle möglichen politischen Bühnen bespielt. Ich war völlig unbedarft, gerade frisch von der Uni und hatte mich nie parteilich gebunden. Malou war durch die ganze Politschule gegangen, hatte sich im Kommunistischen Bund ihre ersten Sporen verdient und war seit der Stunde null bei den Grünen dabei. Anders als alle anderen Politiker, die ich kennenlernte, war sie erfrischend unkonventionell. Als alle im Schlabberlook durch die Gegend liefen, wurde Malou zur bestangezogenen Abgeordneten gewählt. Wir haben uns von unserer ersten Begegnung an bestens verstanden, obwohl wir in vielen Dingen so gegensätzlich sind. Malou hat einige meiner Krisen mitgemacht, den radikalen Schnitt mit Michael, das neue Verlieben, alle beruflichen Aufs und Abs, die Geburt von Charlie und die Trennung von Robert. Malou war immer da.

Als wir uns vor dem Kino treffen, erzähle ich ihr, was Charlie passiert ist und dass meine Tochter mich dazu verdonnern will, eine Art Solidaritätskomitee aus alten Weggefährten zu gründen. Zu meinem Entsetzen ist sie sofort begeistert.

Das ist genau das, was ich brauche. Eine beste Freundin, die meiner Tochter nach dem Mund redet und mich mit meiner glasklaren Ablehnung im Regen stehen lässt. Zum Glück beginnt der Film. In den folgenden neunzig Minuten lasse ich mich von den Bildern davontragen und vergesse alles um mich herum. Die Ruhe währt zu kurz. Die Abspanntitel haben noch nicht mal richtig angefangen, da zerrt mich Malou schon aus dem Kino.

»Komm, wir gehen ins Maigold und machen eine Liste.«

Ich will keine Liste machen, weil ich überhaupt nicht die Absicht habe, meine personalisierte Vergangenheit als Unterstützertruppe für Charlie zu mobilisieren.

»Ein großes Wasser ohne Kohlensäure, für mich einen trockenen Rotwein, du lieber weiß, oder?«

Wir sitzen noch nicht mal richtig im Maigold, da ist Malou schon unsere Bestellung losgeworden. Ich wurschtele mich noch aus meinem Mantel, da ruft sie dem Kellner hinterher: »Und einen Stift und einen großen Zettel, bitte.«

Das war's mit der Hoffnung auf einen gemütlichen Abend, an dem ich mich bei meiner besten Freundin ausheulen darf. Während wir auf die Getränke warten, bekomme ich eine Galgenfrist. Malou fragt stakkatoartig die Ereignisse seit unserem letzten Treffen ab. Bei der lapidaren Erwähnung von Christian schlagen ihre multisensorischen Antennen an. Wie ein Trüffelschwein hat sie irgendwas gerochen, das sie auf jeden Fall ausbuddeln wird. Ich kann mich winden, kann meine Professionalität als Dramaturgin ins Rennen schicken, das eiserne Gesetz »don't screw the crew« ins Feld führen und tausendmal versichern, dass Christian wirklich nur ein guter Autor ist, Malou glaubt keinen einzigen meiner heiligen Indianereide.

»Steh dir bitte nicht wieder selbst im Weg. Wenn der Typ toll ist, dann los!«

Ich bin schon fast erleichtert, als der Kellner den Wein und das Wasser bringt, leider hat er auch an Zettel und Stift gedacht.

»Ich bin auf jeden Fall dabei, Klaus hast du auch schon.«

Da es eh egal ist, was ich dazu sage, sehe ich wortlos zu, während Malou die ersten Namen auf die Liste schreibt. Keine fünf Minuten später finden sich die Weggefährten, mit denen wir beide während unserer Hamburger Politzeiten zu tun hatten, fast vollständig auf der Liste wieder, die inzwischen übrigens Malous Liste geworden ist. Es ist völlig sinnlos, dass ich bei dem ein oder anderen Namen anzumerken wage, dass ich mit dem- oder derjenigen seit Jahren gar nichts mehr zu tun habe.

»Und was ist mit dem Dings?.«

»Wer ist der Dings?«

»Ich bitte dich, du erinnerst dich doch, nun sag schon. Na? Mensch, Nora, der Chefredakteur dieses schwachsinnigen Stadtsenders.«

»Der macht seit Jahren keine Politik mehr.«

»Na und? Genau wie wir.«

Das ist ja das Problem. Ich rege mich zwar immer noch über alles Mögliche auf, aber seit Jahren kriege ich den Hintern nicht vom Sofa hoch. Malou geht es nicht anders, und nach einer weiteren Runde Wein beschließen wir, dass damit Schluss ist. Bei der nächsten Castordemo sind wir dabei! Nach jedem neuen Glas, das der Keller bringt, finde ich die Idee, Unterstützer für Charlie zu organisieren, weniger bescheuert, es kann ja nicht schaden, mal rauszufinden, was die alten Recken heute so treiben. Wenn wir den Abend nicht sofort beenden, werden Malou und ich noch heute Nacht zu unserer ersten Revival-Demo aufbrechen.

»Ich bestelle uns ein Taxi.«

»Nicht nötig, ich fahre noch.«

»Du hast doppelt so viel getrunken wie ich, du kannst nicht mehr fahren.«

Das ist der Auftakt zu einem typischen Dialog zwischen uns, der unweigerlich zu einem fantastischen Beispiel weiblicher Unlogik und mathematischer Waghalsigkeit aus Malous Mund führt.

»Wein ist ja überwiegend Wasser, also habe ich eigentlich vier Gläser Wasser mit einem ganz kleinen bisschen Wein getrunken, innerhalb von drei Stunden, dazu noch das Wasser, das ich pur getrunken habe, das macht quasi gar keinen Wein, und außerdem muss ich ja nur geradeaus fahren.«

Ich warte seit Jahren darauf, dass Malou das mal einem Polizisten vorrechnet, und wüsste zu gern, wie lange ihr Führerschein dann weg wäre. Aber wahrscheinlich würde Malou jeden Polizisten so schwindelig quasseln und rechnen, dass der sie anflehen würde, ganz schnell weiterzufahren.

Kurze Zeit später sitze ich mit dieser blöden Liste an meinem Küchentisch. Die meisten Namen habe ich wieder gestrichen, die dazugehörigen Menschen haben mich zwar ein Stück des Weges begleitet, aber sie waren nie wichtig für mich. Zögerlich ersetze ich ihre Namen durch andere. Morgen werde ich Charlie anrufen und ihr sagen, dass ich es mir überlegt habe. Wenn sie es wirklich will, dann werde ich versuchen, ein paar Leute zusammenzutrommeln.

Hubert findet Christians Buch »rund«. Was auch immer das heißen mag und wie auch immer er es wirklich findet, Hauptsache, er schickt es heute noch zum Sender. Das Anschreiben habe ich vorsichtshalber auch gleich für ihn verfasst, wer weiß, was ihm sonst noch als Anmoderation einfällt. Diese guten Nachrichten sind ein willkommen unverfänglicher Anlass, Christian eine E-Mail zu schreiben.

»Dein Buch ist hier gut angekommen und geht heute noch raus. Gratuliere zum Nehmen der ersten, wenn auch kleinsten Hürde auf dem Weg zu einem wunderbaren Film.«

Statt beim Warten auf die Antwort den Monitor anzustarren, lasse ich mir lieber meine Reiseunterlagen für Frankfurt von der Sekretärin geben. Da ist immer ein kleiner Plausch drin, Frau Hagedorn erzählt mir wahnsinnig gerne von den neuesten Missetaten unseres gemeinsamen Chefs. Heute nicht. Heute gibt sie ganz die aufrechte Staatsbürgerin und klärt mich darüber auf, dass meine Tochter ganz schönen Mist gebaut habe. Wie sie denn darauf komme, will ich wissen und erfahre, dass offensichtlich nicht nur ich mit Frau Hagedorn tratsche.

» Was hat sie sich dabei nur gedacht?«

Ich ziehe mir schnell das Kostüm der wilden Löwin über und verteidige mein Junges, was das Zeug hält.

»Meine Tochter findet eben, dass es unverantwortlich ist, Atomkraftwerke zu betreiben, wenn man nicht weiß, wo man den Müll lassen soll.«

»Ja, aber irgendwo muss der Strom doch herkommen. Und Atomstrom ist wenigstens klimaneutral.«

Von regenerativen Energiequellen hat Frau Hagedorn offensichtlich noch nie was gehört und will es auch nicht, denn als ich gerade anfange, ihr zu erläutern, dass Wissenschaftler prognostiziert haben, dass unser gesamter Energiebedarf bereits in zehn Jahren zu hundert Prozent auf diesem umweltschonenden Weg produziert werden kann, unterbricht sie mich.

»Ach, warum sollen wir uns darüber streiten? Da kümmern sich doch genug Leute drum, die mehr davon verstehen. Kaffee?«

»Gerne.«

Und schon drückt Frau Hagedorn mir eine Tasse und meine Reiseunterlagen in die Hand.

»Wieso bin ich denn schon auf die Acht-Uhr-Maschine gebucht? Der Termin ist doch erst um zwölf. Und zurück erst um zwanzig Uhr? So lange brauchen wir im Leben nicht.«

Frau Hagedorn schaut mich ernst an: »Das war der billigste Flug. Wir müssen eben auch sparen. Nehmen Sie doch zukünftig den Zug. Fürs Klima wäre das eh besser.«

Wenn wir sparen müssen, warum fangen wir denn nicht bei Frau Hagedorns Gehalt an?

»Und treffe ich Hubert am Flughafen?«

»Steht alles auf Ihrem Reiseplan. Herr Thommsen reist heute schon. Der hat ja schließlich auch noch andere Termine. Sie treffen sich dann morgen direkt im Sender.«

Widerwillig stelle ich mich auf einen langen Tag in Frankfurt ein.

»Das müssen wir feiern! Holen wir heute unser verpasstes Essen nach? Was macht die Revolution?«, lese ich hocherfreut, als ich wieder in meinem Büro bin.

Christian ist offensichtlich bestens gelaunt.

»Revolution noch in der Vorbereitung und ich leider auch, und zwar auf einen langweiligen Tag in Frankfurt, der schon morgen früh um sechs beginnt. Deshalb heute nicht, leider.«

»Dann rette wenigstens das deutsche Fernsehen. Bist du am Wochenende in Berlin?«, blinkt auf meinem Monitor auf.

»Ersteres mache ich, Letzteres bin ich.«

»Dann halte dir Samstagabend frei. Sieben Uhr. Ich hole dich ab.«

Antwortet man auf so etwas? Wo ist der Knigge für E-Mail-Flirts, verdammt noch mal? Und was antwortet man? »Das ist ja super, dann muss ich nicht einsam vorm Fernseher sitzen.« Sicher nicht. »Oh, wie schön, ein Traum wird wahr.« Ganz sicher nicht. »Was soll ich anziehen?«, in der Hoffnung, dass er antwortet, »am besten gar nichts«? Definitiv nicht. Ich entscheide mich für ein knappes, klares »Okay«, lösche das umgehend und schreibe ein entschiedenes »Gerne«.

Auf dem Weg nach Hause beschließe ich, bis zum Wochenende fünf Kilo abzunehmen und zehn Jahre jünger zu werden. Kein Problem, sind ja noch zwei Tage. Also ab morgen sind es noch zwei Tage. Ich kann den Kuchen, den Charlie neben einem Zettel in meiner Küche hinterlassen hat, demnach problemlos noch essen.

»Konnte nicht länger warten, aber super, dass du mitmachst. Ch.«

Da ich aus der Nummer nicht mehr rauskommen werde, kann ich gleich Nägel mit Köpfen machen. Johanna ist irgendwann irgendwo bei Frankfurt aufs Land gezogen. Ob sie immer noch die alte Nummer hat? Ich habe so lange nichts von ihr gehört und sie auch nicht von mir. Guck mal, da ist ja die alte Nummer.

»Johanna Peters.«

»Hallo, hier ist Nora.«

Nachdem sie ihrer Überraschung Ausdruck verliehen hat, sagt sie zu, sich morgen vor meiner Besprechung mit mir auf einen Kaffee zu treffen.

»Ich freue mich.«

»Ich mich auch. Bis morgen.«

Kann mir irgendjemand auf dieser Welt beantworten, warum ich sogar in der ersten Maschine des Tages immer den Mittelplatz kriege? Ich sitze eingequetscht zwischen zwei sehr wichtigen und gewichtigen Männern, die optisch zwischen fünfzig und sechzig sind, olfaktorisch höchstens fünfundzwanzig. Unisex-Parfüms sind für Männer über fünfundzwanzig verboten. Warum weiß das scheinbar, oder besser riechbar, keiner dieser fliegenden Männer? Das muss man auf die Flaschen draufschreiben, und am besten sollte man noch dazu erwähnen, dass sie zum mehrmaligen Gebrauch gedacht sind. Offensichtlich wollen einige meiner Mitreisenden mit ihrer Duftwolke ihr Revier im ganzen Flugzeug markieren. Bevor die Stewardess Kaffee und einen Snack anbietet, nehme ich den üblichen Kampf um wenigstens eine meiner beiden Armlehnen auf – und verliere.

»Fliegen Sie auch nach Frankfurt?«, brummt der Fensterplatz.

Das ist mal eine wirklich originelle Frage. Am liebsten würde ich antworten: »Nein, über Hannover steige ich um nach München.«

Da die Hauptkampflinie aber zum Gangplatz verläuft, wie ich sicher weiß, als der mir die linke Hälfte seiner Süddeutschen ins Gesicht drückt, bleibe ich zum Fensterplatz höflich. Ich nicke und gucke dann böse zum Gang, der auch sofort reagiert.

»Bisschen eng hier, was? Tja, Fliegen ist auch nicht mehr das, was es mal war.«

Ich denke an Frau Hagedorns Mahnung, dem Klima zuliebe mit der Bahn zu fahren, und schwöre mir, das zukünftig auch zu tun. Nicht dem Klima, aber mir zuliebe.

Eine Stunde und fünfzehn Minuten später stehe ich in der Ankunftshalle des Frankfurter Flughafens und frage mich kurz, aber ernsthaft, mit welcher Bahn ich am schnellsten und am günstigsten zum Literaturcafé komme. Dann beschließe ich, Huberts Sparmaßnahmen zu durchkreuzen, indem ich mir ein Taxi auf seine Kosten gönne. Schließlich will ich Johanna nicht warten lassen.

Komisch, dass wir uns so aus den Augen verloren haben, damals waren wir doch so eng. Vielleicht weil unsere Wege so unterschiedlich waren? Als ich Johanna zum ersten Mal sah, hatte ich gerade die letzte Kiste in mein neues Zuhause geschleppt, saß auf der Treppe vor dem Haus und schnappte nach Luft.

Nora blickte die Dorfstraße hinunter und strahlte trotz aller Erschöpfung wie ein Jogi kurz vor der Erleuchtung. Dass sie es tatsächlich geschafft hatte, hier zu landen! Im sagenumwobenen Hotel Kaiserhof! Das ganze Dorf war voll mit den unterschiedlichsten Wohngemeinschaften. Links von der Kirche wohnte eine Männer-WG. Hausnummer sechs. In Anlehnung an die legendäre Kommune 1 hatten sie das Kürzel K6 zu ihrem Namen gemacht. Rechts wohnte die Frauen-WG, die das ganze Dorf mit ihren permanenten Streitereien nervte. Das Hochhaus war uninteressant. Das war zwar auch voll mit Wohngemeinschaften, aber das waren »nur« Studenten.

»Die fahren jeden Tag zur Uni und ansonsten lernen die nur«, hatte Tom erklärt, als er Nora im Dorf herumführte. Tom wohnte schon ewig im Kaiserhof. Ihm waren die Mitbewohner abhanden gekommen, und er brauchte dringend neue, um die Miete für den alten Kasten bezahlen zu können. Tom kannte sich wirklich gut aus im Dorf und alle kannten ihn. Es gab nichts, was er nicht reparieren konnte, und mit dieser Begabung hatte er sich zum beliebtesten Gast aller WGs gemacht. Gerade hatte er den uralten Bulli von Johanna und ihrem Freund wieder zum Laufen gebracht. Nora sah Johanna und ihren Freund schon von Weitem. Beide sehr groß, blonde Haare bis zum Hintern und Strickpullis, die fast bis zu den Knien reichten. Während Johannas Freund den Bulli bestaunte, machte Johanna es sich neben Nora gemütlich.

»Und was hat dich hierhin verschlagen?«

»Ach, in meiner alten WG habe ich es einfach nicht mehr ausgehalten.«

Dabei war Nora nur ein Jahr vorher so stolz in ihre allererste WG eingezogen. Sabine war echt total nett, obwohl sie auf Lehramt studierte, und dass sie mit Philipp zusammen war, störte gar nicht. Die beiden machten gar nicht auf Zweierkiste. Er war nur ein bisschen skurril, und manchmal nervte es schon, dass er mit seinen Politkollegen von der SHO stundenlang die Küche blockierte, weil sie eine Geheimsprache für den Tag der Revolution lernen mussten. Oder waren sie vom SHB, der MSO, dem KB, der KPD-ML oder der MG? Nora konnte das einfach nicht auseinanderhalten. Es hätte eine tolle WG sein können, wenn nicht Max-Eric, Psychologie, zwölftes Semester, gewesen wäre. Die Wohnung war billig, hatte aber einen Nachteil: Alle Räume in der unteren Etage waren Durchgangszimmer. Wenn Nora in ihr Reich wollte, musste sie erst durch die Küche, in der Philipp hockte, und dann durch das Zimmer von Max-Eric. Er saß immer wie ein Geier auf seinem Bett – oftmals wie ein nackter Geier – und lauerte auf weibliche Beute. Nora könnte schwören, dass es keine ihrer damaligen Freundinnen jemals geschafft hatte, ungevögelt an Max-Erics Bett vorbeizukommen. Zum Eklat kam es allerdings, als Max-Eric Bogenschießen als Mission erkannte. Die

Zielscheibe hatte er an seiner Zimmertür befestigt, die nun mal auch die Tür zu Noras Zimmer war, und Max-Eric nahm in der Küche Aufstellung, ein bisschen Distanz zum Ziel musste schließlich sein. Das führte dazu, dass Nora ihr Zimmer nur noch unter Lebensgefahr verlassen konnte, und nachdem sie um ein Haar Max-Erics Pfeil zum Opfer gefallen wäre, wurde eine WG-Konferenz einberufen, um das Problem auszudiskutieren.

»Ich verstehe gar nicht, warum du ein Problem damit hast, dass ich mich auslebe. Da musst du vielleicht mal in dich reingucken, was du so unterdrückst«, eröffnete Max-Eric die Schlacht.

»Ich kann dein blödes Psychogewäsch echt nicht ertragen«, feuerte Nora zurück.

»Du, da bist du aber jetzt ein bisschen unsachlich, macht nichts, ich finde das ja gut, wenn du mal emotional wirst. Das ist schön.«

»Du und Emotionen, da kann ich nur lachen. Dir geht es doch nur darum, alles flachzulegen, was nicht bei drei auf den Bäumen ist. Was du meinst, ist Ficken. Was Gefühle sind, weißt du doch gar nicht.«

»Wenn du dich an meiner Sexualität störst, hast du vielleicht ein Problem mit deiner«, wechselte Max-Eric gekonnt ins sechste Semester seines Studiums.

Nora musste sich wirklich beherrschen, sie spürte schon, wie unbändige Wut in ihr aufstieg. Wie sollte man mit jemandem reden, der mit jedem Satz mindestens drei weitere Kriegsschauplätze eröffnete?

»Vielleicht willst du einfach mit mir schlafen? Ist es das?«

Fassungslos fragte Nora: »Und da kommst du drauf, weil ich nicht von dir erschossen werden will?«

Das fanden nun alle anderen am Tisch wirklich übertrieben.

»Max-Eric will dir doch nichts tun«, empörte sich Philipp. »Ich finde es zwar auch nicht so richtig okay, dass er in der Wohnung mit Pfeil und Bogen schießt, aber das wirkliche Problem bei euch liegt doch irgendwo anders.«

Damit stachelte er die beiden Kampfhähne nur weiter an.

»Nora will immer alles kontrollieren, da kann ich kaum atmen«, nahm Max-Eric Philipps Vorlage dankbar auf.

»Dann lass es doch!«, konterte Nora.

»Ha! Siehst du!«, blaffte Max-Eric. »Da hat dein Unbewusstes die Wahrheit ans Licht gebracht.«

Fragende Blicke von allen Seiten trafen auf Max-Eric.

»Ist doch total klar. Nora beschuldigt mich, ihr nach dem Leben zu trachten, und dabei wünscht sie mir in Wirklichkeit den Garaus.«

Nach diesem Highlight aus Max-Erics Analysekiste brannten bei Nora die Sicherungen durch, und sie wechselte die Waffen. Statt Worten flogen nun Tassen über den Tisch. Max-Eric schrieb später ins WG-Tagebuch, er habe nicht gezielt geworfen, Nora schon. Sie habe ihn nur deshalb nicht getroffen, weil sie nicht richtig zielen konnte.

Nora zog noch am selben Abend aus.

Johanna musste laut lachen, als Nora ihr von Max-Erics Schandtaten berichtete.

»Dann herzlich willkommen. In der neuen WG wird bestimmt alles super.«

Da war sich Nora sicher. Tom war einfach klasse, überhaupt kein Vergleich zu den Tröten aus der alten WG. Außerdem konnte Svenni mit in das Hotel einziehen, und dass Bella auch mitkam, machte die neue WG perfekt. Nora hatte Bella an der Uni kennengelernt. Kennengelernt war vielleicht ein bisschen übertrieben, hatten sie sich doch nur einmal im Seminar getroffen. Anschließend waren sie zusammen ins Unicafé gegangen und hatten sich super verstanden. Und da Svenni Nora ein hohes

Maß an Urteilsfähigkeit zugestand und Tom auch Bellas Mietanteil dringend brauchte, zog Bella mit ihrem Wellensittich ein.

Bis nach Münster und damit bis zur Uni war es ziemlich weit, auf jeden Fall zu weit, um täglich hinzugehen. Aber wer wollte schon jeden Tag zur Uni, wenn man so ein Haus hatte? Der kleine Bach, der hinter dem Garten floss, machte die Idylle perfekt. Und dann war da auch noch der alte Festsaal. Was konnte man da für Partys feiern!

Die Männer-WG hatte die individuellen Zimmer abgeschafft und lebte nur noch in Funktionsräumen. Das wollte Noras neue WG auch probieren. Aber nach einigen verkrampften Nächten, die das erotische Potenzial einer Eismaschine hatten, schlich sich jeder wieder in sein eigenes Bett und Sex kehrte zurück in ihr Leben.

Besonderer Sex natürlich, feministischer nämlich. Da wurde gekuschelt, gestreichelt, geküsst und geredet, bis einem die Langeweile zu den Ohren rauskam. Das Ganze wurde in der Frauengruppe dann noch mal detailgetreu besprochen und so lange problematisiert, bis sich alle sicher waren, dass die neue, ganz weibliche Sexualität die echte und wahrhaftige Erfüllung sei. Nun musste man, nein, frau nur noch herausfinden, was genau das denn sei. Dazu war der erste Schritt eine radikale Trennung von allem, was die Machogesellschaft ausmachte, und der zweite das regelmäßige Treffen der Frauengruppe. In ihrer ungeduldigen Erwartung hatten Bella und Nora dem Patriarchat umgehend den Kampf angesagt und ihm die sofortige Einführung des Matriarchats entgegengesetzt. Das manifestierte sich zunächst an einem der Klos. Dort wurde ein Vorhängeschloss angebracht, dessen Schlüssel nur die Frauen bekamen, und das, obwohl es zu dieser Zeit ein Tabu war, überhaupt eine Toilettentür abzuschließen. Um ihre radikale Neuerung für jeden Mann deutlich sichtbar zu machen, hatten sie auf die Tür ein unübersehbares lilafarbenes Frauenzeichen gesprüht. Das Frauenzeichen blieb bis zu Noras Auszug, das Vorhängeschloss hatte Tom schon nach einer Minute mit seinem Macker-Bolzenschneider geknackt.

Nachdem frau diesen Vorfall auf der nächsten Sitzung der Frauengruppe empört bei Tee und Energieböllchen diskutiert hatte, kam das Spekulum als Kampfwerkzeug gegen das Patriarchat zum Einsatz. Nora war nicht wirklich erpicht darauf, ihren Muttermund zu studieren, aber Ulla machte noch mal sehr deutlich, dass alle ihren Körper kennen müssten, wenn sie wirklich was bewirken wollten.

In der Hoffnung, nichts kaputt zu machen, stellte sich Nora tapfer ihrer Vagina.

»So, und wenn ihr jetzt mal etwas Schleim aus der Vagina zwischen Daumen und Zeigefinger zerreibt, ja, genau so, zieht sich der oder ploppt der sofort zusammen?«

Bei Nora zog und ploppte gar nichts.

»Super, Johanna, daran kannst du sehen, dass du gerade deine fruchtbaren Tage hast.«

Das war allerdings interessant. Einmal »ploppen« oder »ziehen« und schon wusste frau, ob sie gerade schwanger werden konnte oder nicht.

»Wenn wir das unseren Freunden beibringen, ist die Last der Verhütung nicht mehr nur unsere Sache«, jubilierte Nora.

»Wenn ihr noch nicht so weit seid, dass ihr nur noch Frauen liebt«, wandte Ulla in beleidigtem Tonfall ein und stellte umgehend klar: »Also Männer haben definitiv nicht genug Bewusstsein. Die sind doch niemals sensibel genug für unsere Körper. Da müsst ihr schon selbst sehr genau in euch reinhören.«

»Gerne, kein Problem, aber wie kriegt man das hin?«

»*Mann* kriegt das gar nicht hin«, betonte Ulla hörbar genervt, »frau muss Erfahrungen mit sich selbst machen. Selbstbefriedigung ist da ganz wichtig oder einfach mal barfuß über eine Wiese laufen. Macht einfach mal was Verrücktes. Hört auf euch. Euer Körper wird euch dann schon sagen, was richtig und wichtig ist.«

Das befolgten die Frauen, und zwar sofort. Alle Anti-Baby-Pillen wurden noch am selben Abend in den Müll geworfen. In ihrer Euphorie, den Schlüssel zur Emanzipation in den Tiefen ihres Körpers entdeckt zu haben, beschloss Noras Frauengruppe, die Nacht gemeinsam zu verbringen. Das mit der Selbstbefriedigung würde noch eine Nacht warten müssen, aber dafür konnte frau das mit der Wiese in Angriff nehmen.

Im Morgengrauen des nächsten Tages rannten alle glücklich durch das feuchte Gras und sammelten Kräuter für ihren Frühstückstee.

»Ist das Minze?«

»Keine Ahnung.«

Egal, das Glücksgefühl betäubte die Geschmacksnerven, und so tranken acht Frauen am frühen Morgen ein undefinierbares Gebräu und fanden es wunderbar.

Zwei Monate später war die Hälfte der Frauen aus Noras Frauengruppe schwanger.

Sie hatten das »Ziehen« mit dem »Ploppen« verwechselt.

Ich bin deutlich zu früh, aber Johanna erwartet mich schon im Literaturcafé. Sie ist älter geworden, stelle ich mit Schrecken fest, da mir im selben Moment klar wird, dass sie bei meinem Anblick dasselbe denken wird. Die anfängliche Scheu nach der langen Zeit, die wir uns nicht gesehen haben, verfliegt schnell. Johanna und ich haben gemeinsam Publizistik studiert. Mitten im Studium bekam Johanna als Erste unserer Frauengruppe ihr

Baby. Das Examen hat sie mit dem kleinen Sohn auf dem Arm locker durchgezogen und danach ein Volontariat bei der Lokalzeitung gemacht. Vor ein paar Jahren ist sie mit ihrem damaligen Freund, der schon lange ihr Mann geworden ist, in die Nähe von Frankfurt gezogen. Johanna bekam zwei weitere Kinder, ein Haus auf dem Land, einen Hund und ein Pferd. Und während der ganzen Zeit hat sie gearbeitet. Ich hatte immer großen Respekt davor, wie Johanna ihre Arbeit im Presseamt der Stadt und ihre Familie unter einen Hut bekommen hat. Sie hatte aber auch immer, füge ich im Kopf entschuldigend für meine eigene Bequemlichkeit hinzu, ihren Mann an ihrer Seite.

»Aber jetzt erfinde ich mich gerade neu«, erzählt Johanna, nachdem wir Kaffee bestellt haben.

»Was heißt das denn?«

»Jeden Tag dasselbe, jeden Tag ins Büro und immer dieselben Pressemitteilungen verschicken. Ich konnte das einfach nicht mehr.«

»Und was machst du jetzt?«

»Homöopathie. Ich habe meinen Heilpraktiker gemacht, und vor drei Monaten eine Praxis eröffnet.«

Johanna strahlt vor Stolz, aber bei mir erwacht Skepsis.

»Und das funktioniert bei euch auf dem Dorf?«

»Klar, ich behandele ja nicht nur Menschen. Mein Spezialgebiet sind Hunde und Pferde.«

Aus der verrückten Berliner Welt bin ich einiges gewohnt, aber Homöopathie für Tiere, das ist selbst für mich eine Überraschung.

»Warum denn nicht? Meinst du, Tiere haben keine Leiden?«

»Doch klar, aber ich hätte nie gedacht, dass ein anständiger hessischer Bauer einen Alternativmediziner an seine Viecher ranlässt.«

»Tut er auch nicht, die meisten meiner Patienten reisen extra aus Frankfurt an. Das ist sehr praktisch, da kann ich Hund und Frauchen oder Herrchen gleich in einem Rutsch bearbeiten.«

Ich bin von Johannas Geschäftsmodell nicht überzeugt, aber ich will ihre gute Laune nicht trüben, deshalb wechsele ich einfach das Thema.

»Und wie geht's deinem Mann?«

»Prima«, sagt sie und schweigt.

Heißt das, dass ich nachfragen soll? Oder heißt es, dass Johanna das Thema lieber nicht vertiefen möchte?

»Und die Kinder?«

»Ach, denen geht es durch die Bank super, sind ja alle schon groß. Und weißt du, was das Beste ist?«

Ich schüttele den Kopf.

»Ich sollte eigentlich noch gar nicht drüber reden, aber ich werde Oma.«

Johanna strahlt so sehr über das ganze Gesicht, dass man meinen könnte, sie hätte das kommende Baby höchstpersönlich angefertigt.

Johanna ist genauso alt wie ich. Da wird man doch nicht Oma! Oma wird man, wenn man alt ist, und kurz danach stirbt man. Ich will noch nicht sterben! Überschwänglich gratuliere ich ihr und schwöre, das Geheimnis für mich zu behalten. Ich wüsste auch beim besten Willen nicht, wem ich das erzählen sollte. Als Johanna mich nach Charlie fragt, rutscht mir fast raus, dass sie auch einen riesengroßen Mist gebaut hat. Stattdessen bringe ich Johanna kurz auf den Stand der Dinge und sage ihr, dass das auch ein Grund war, warum ich sie gerne sehen wollte.

»Ich war ja politisch nie besonders aktiv, aber wenn ich helfen kann, natürlich gerne. Wie stellst du dir das denn vor?«

»Weiß ich noch nicht.«

»Ach, komm, da fällt uns doch was ein.«

Offensichtlich haben die Schwangerschaftshormone ihrer Schwiegertochter bei Johanna ungebrochenen Optimismus ausgelöst.

»Sag mal, als du mit Bella und Svenni aus dem Kaiserhof ausgezogen bist, da habt ihr doch diese komische Münsterlandgruppe gegründet. Was ist denn mit denen?«

Natürlich, Johanna hat recht. Das Aktionsbündnis Südliches Münsterland war zwar klein, aber sehr fein.

»Weißt du noch, als ihr diese bescheuerten Farbeier machen wolltet?«

»Klar, aber warst du dabei?«

»Natürlich nicht«, Johanna lacht. »Aber ich habe meine Kerzen immer selbst gezogen und du hast mir mein ganzes Wachs abgeschwatzt.«

Stimmt, und dann hat sie noch Brot selbst gebacken, Wolle gesponnen und daraus absurde Pullover gestrickt. Absurd sage ich heute, damals war ich wahnsinnig scharf darauf, auch eine von Johannas kratzigen Supersize-Kreationen zu ergattern.

»Hast du mit denen schon gesprochen?«

»Nur mit dir und mit Alex, aber mit dem nur per Mail.«

»Ihr habt noch Kontakt? Das ist ja toll. Hätte ich nicht gedacht, so wie du immer geheult hast, wenn er nach einer seiner Stippvisiten wieder abgerauscht ist.«

»Ich weiß doch gar nicht, was die heute alle machen«, sage ich ausweichend.

»Paul, Berthold und Christina sind alle in Köln. Paul hat bestimmt ihre Nummern. Mit Michael hast du doch Kontakt, oder? Und wer war denn da noch?«

»Na, Frank auf jeden Fall, obwohl der uns alle irre gemacht hat mit seiner Arbeiterklasse, und Tom.«

»Und Susanne natürlich, Mensch, die habe ich völlig vergessen,« unterbricht Johanna meine Gedankenwanderung in unsere alte WG-Küche, die zum Herzstück des Widerstands geworden war.

»Was ist denn mit Bella?«

Leider muss ich mich langsam sputen, wenn ich nicht zu spät zu meinem Termin kommen will. Wir versprechen uns felsenfest, dass wir uns in Berlin sehen werden. Johanna schwört, dass sie natürlich kommen würde, wenn ich alle zusammentrommle, und dass sie sich schon darauf freue, alle wiederzutreffen. Wir umarmen einander herzlich, und ich renne zum nächsten Taxistand.

Das Treffen beim Sender dauert nur eine Stunde. Die neue Chefin hat eine illustre Runde Produzenten eingeladen, um ihnen ihre neue programmatische Linie vorzustellen. Die Überraschungen halten sich in Grenzen, alles noch etwas bunter, alles etwas schöner, aber auch große Themen sollen nicht zu kurz kommen. Aber dann kommt der Hammer. Zukünftig müsse man kräftig sparen, deshalb sollten sich alle Produzenten darauf einstellen, dass die Budgets für die Filme um zwanzig Prozent gekürzt werden. Hubert fallen fast die Augen aus dem Kopf, als er die Zahlen hört, aber er schweigt. Als das Treffen zu Ende geht, ist er mehr als schlecht gelaunt und will sofort zum Flughafen.

»Wann fliegst du?«

»Frau Hagedorn hat mich auf acht Uhr gebucht.«

»Warum das denn?«

»Sparmaßnahme, hast du angesagt.«

»Tja, ich muss arbeiten. Mir irgendwas überlegen, wie wir die Kürzungen auffangen können. Das wird für uns Konsequenzen haben. Da kann ich nicht länger alle durchfüttern. Du hast es gut, du kannst dir noch einen richtig netten Nachmittag machen. Viel Spaß.«

Weg ist er mit seinem frei umbuchbaren Business-Ticket, und

ich kann den ganzen Nachmittag darüber grübeln, ob ich wohl eine von denen sein könnte, die er zukünftig nicht mehr durchfüttern wird.

Im letzten Flieger erwartet mich das gleiche Spiel wie im ersten. Es riecht nur anders.

5.

Robert hat mich in sein Büro bestellt: »Ein Uhr, und bitte sei pünktlich.«

Auf dem Weg in die Kantine klärt er mich darüber auf, was mich erwartet. Wir werden mit Dr. Heitmann essen. Robert hat ihn um eine Einschätzung der Situation gebeten.

»Hältst du das für eine gute Idee? Ich meine, so hinter Charlies Rücken?«

Ich wundere mich sehr über Robert. War er nicht derjenige, der es ganz Charlie überlassen wollte, wie sie mit ihrer vermaledeiten Situation umgeht?

»Sie muss es ja nicht erfahren, und vielleicht wissen wir nach dem Gespräch ein bisschen mehr.«

Er hat recht. Das ist ein bisschen unfair, aber fürsorglich.

Dr. Heitmann entspricht zu hundert Prozent dem Bild eines seriösen Juristen. Er ist groß, die leicht ergrauten Haare liegen so perfekt, wie der maßgeschneiderte Anzug sitzt. Es spricht nichts dagegen, mit diesem attraktiven Mann Mittag zu essen.

»Eins muss man Ihrer Tochter ja lassen, sie scheint eine engagierte Person zu sein.«

Ja, sicher, was hat Dr. Heitmann denn erwartet?

»Mir gibt das auch zu denken. Kernkraftwerke gibt es schon seit über sechzig Jahren, und noch immer weiß niemand, wohin mit dem Müll«, fährt er fort.

Soll ich einwenden, dass ich den Begriff Kernkraftwerk für eine verharmlosende Sprachregelung der Atomindustrie halte? Das erweist sich als unnötig, denn Dr. Heitmann fügt augenzwinkernd hinzu: »Ich war übrigens auch mal in Brokdorf. Ist lange her.«

Das Essen verläuft harmonisch, wenn auch ergebnislos. Dr. Heitmann ist zwar kein Strafrechtler, sondern eher im Urheberrecht zu Hause, aber seine Einschätzung deckt sich weitgehend mit der von Klaus. Solange noch nicht einmal klar ist, ob die Staatsanwaltschaft überhaupt ein Verfahren eröffnet, kann man nur abwarten.

»Aber wenn Sie etwas hören, stehe ich Ihnen jederzeit gerne zur Verfügung.«

Es hätte mich nicht überrascht, wenn sich Dr. Heitmann mit Handkuss von mir verabschiedet hätte. Robert und ich bleiben noch auf einen Kaffee. Ich erzähle ihm, dass ich Johanna getroffen habe, und plaudere aus, was ich für mich behalten sollte.

»Charlie wird uns hoffentlich nicht so bald zu Großeltern machen.«

»Wieso? Ich kann mir gut vorstellen, wie wir beide wieder einen Kinderwagen durch den Park schieben.«

Robert überrascht mich. Er sagt das ganz selbstverständlich, so als sei es das Normalste der Welt, dass ausgerechnet wir gemeinsam unser Enkelkind spazieren fahren.

»Charlie hat mir von eurem Streit erzählt.«

»Ach, papperlapapp, das war doch kein Streit. Ich fand es nur ziemlich übergriffig, dass sie, ohne mich zu fragen, Kontakt zu Alex aufgenommen hat.«

»Das sagt sie über dich übrigens auch.«

»Was?«

»Dass du übergriffig bist. Sie fühlt sich von deiner Sorge ein bisschen überfahren.«

»Zu Unrecht.«

»Natürlich.«

Höre ich da Ironie? *Ich* habe mich nicht hinter dem Rücken

meiner Tochter heimlich mit einem Anwalt verabredet. Robert wundert sich, dass ich die Unterstützeridee aufgegriffen habe.

»Ich weiß selbst noch nicht, wo das hinführt, aber wenn Charlie so viel daran liegt … Johanna fand es auch gut.«

»Das wundert mich, sie kennt Charlie doch kaum?«

»Na und? Sie ist neugierig, was aus unseren alten Freunden geworden ist, und wahrscheinlich auch ein bisschen sentimental. Malou ist auch dabei. Was ist mit dir?«

Robert lacht. »Ich? Du kennst mich doch. Macht das lieber unter euch aus.«

Robert begleitet mich zum Ausgang. Eine Frage brennt mir noch auf der Zunge: »Wie findest du eigentlich Charlies neuen Freund?«

»Malte?«

»Ja.«

»Dachte ich's mir doch.«

»Dir hat sie also auch nix erzählt?«

»Du kennst doch unsere Tochter.«

Er umarmt mich zum Abschied und hält mir die Tür auf.

»Übrigens, hast du morgen schon was vor? Ich habe Karten für die Philharmonie.«

»Ach, hat Hasi wieder mal Migräne? Ich bin schon verabredet, das tut mir leid.«

Ich liebe die Philharmonie, aber gegen die Aussicht auf einen wunderbaren Abend mit Christian kommt auch das beste Symphonieorchester nicht an.

Charlie ist übers Wochenende zu Freunden nach Hamburg gefahren. An dieser Front ist also Ruhe. Das gibt mir Zeit, mich auf den heutigen Abend vorzubereiten. Schade, dass ich definitiv nichts anzuziehen habe. Vier laufende Meter Kleiderschrank sprechen eine klare Sprache: Du musst einkaufen gehen! Jetzt!

Malou ist die einzige meiner Freundinnen, bei der ich mir sicher sein kann, dass unsere Freundschaft einen KaDeWe-Besuch am Samstag übersteht.

»Na, dann mal los«, strahlt mich Malou voller Tatendrang an, als wir uns eine Stunde später am Ku'damm treffen.

»Was habt ihr denn eigentlich vor?«

»Keine Ahnung, ich muss mich überraschen lassen.«

Malou ist begeistert. Endlich mal ein Mann, der einen Plan hat. Wir haben so oft darüber gelacht, wie Einladungen von Männern heutzutage normalerweise verlaufen.

Er: »Hast du Lust, mit mir essen zu gehen?«

Sie: »Oh, gerne.«

Er: »Wo willst du denn hin?«

Sie: »Keine Ahnung. Woran hattest du denn gedacht?«

Er: »Mir egal, was willst du?«

Sie: »Vielleicht Italiener?«

Er: »O.k., wenn du willst.«

Sie: »Ja, aber wenn du lieber woandershin willst …«

Er: »Nee, ist schon o.k.«

Einen Tisch reserviert er natürlich auch nicht, egal wohin es geht.

»Ihr werdet wohl erst mal was essen gehen, dann noch irgendwo einen Absacker trinken und dann geht's zu dir oder zu ihm?«

»Mensch, ich gehe das erste Mal mit ihm aus, da verplaudert man den Abend nett und das war's dann.«

Malou verdreht die Augen. »Mach bitte nicht wieder auf Fünfzigerjahre.«

Ich habe weder einen Petticoat an, noch die Haare toupiert, vermute aber, dass Malou eher auf meine Zurückhaltung in

Bezug auf den potenziellen Austausch von Körperflüssigkeiten hinauswill.

»Was spricht denn dagegen, mit ihm ins Bett zu gehen, wenn er toll ist?«

»Natürlich nichts, aber auch auf die Gefahr hin, dass ich altmodisch bin: Kann ich nicht erst mal herausfinden, ob er toll ist?«

»Aber wenn, dann denkst du nicht darüber nach, wie die nächsten dreißig Jahre mit ihm werden könnten. Versprochen?«

»Wieso nur dreißig?«

Malou droht mich mit ihrer Handtasche zu verprügeln.

Das ist so was von albern, was hier passiert. Gleich wird sie mir noch Kondome zustecken und die fünf angesagtesten Stellungen mit mir proben. Wenn ich aus dieser Nummer rauswill, dann hilft nur radikales Durchgreifen.

»Shoppen?«

Drei Stunden später bin ich eine gebrochene Frau, die nie wieder ein Kaufhaus betreten wird. Alle schönen Kleider sind zwei Nummern zu klein und drei Nummern zu teuer. Alles, was passt und bezahlbar ist, sieht furchtbar aus. Ich habe nur einen einzigen Pullover gefunden, während Malou die Tüten mit ihrer Beute kaum alleine tragen kann. Nach aufbauenden Worten, den besten Wünschen für den Abend und der Ermahnung, sie am nächsten Tag auf jeden Fall anzurufen, verabschieden wir uns herzlich voneinander und machen uns auf den Weg nach Hause.

Endlich Badewanne. Ich habe eins von diesen Büchern mitgenommen, die zur Not auch mal ins Wasser fallen dürfen. Eins, das ich offiziell niemals lesen würde und heimlich liebe. Als meine Haut anfängt, schrumpelig zu werden, beende ich meinen kleinen Wellness-Aufenthalt und stelle mich meinem leeren Kleiderschrank. Die heißen Dessous lasse ich links liegen und entscheide mich für die warmen. Schwarzer Rock, neuer Pulli, Haare föhnen, Wimpern tuschen, Lippenstift, fertig. Mein Spiegelbild lächelt mir zustimmend zu. Er kann kommen.

Pünktlich um sieben Uhr klingelt Christian.

»Soll ich runterkommen oder kommst du noch hoch?«, eröffne ich den Abend über die Gegensprechanlage.

»Bist du schon fertig?«

»Klar.«

»Dann warte ich hier auf dich.«

Stiefel an, Mantel, schnell noch den roten Schal gegen den pinkfarbenen getauscht, angemessenen Schrittes die Treppe herunter, und schon werde ich mit einem kleinen bisschen mehr als dem branchenüblichen Kuss begrüßt.

»Und nun?«

»Mahler.«

Ich kenne kein Restaurant mit diesem Namen.

»Wo ist das denn?«

Christian ist für einen Moment irritiert.

»Mahler, Gustav Mahler, der Komponist. Ich habe uns zwei Karten für die Philharmonie besorgt. Ich hoffe, du magst Konzerte.«

Keine Frage, ich liebe Konzerte, aber nicht unbedingt auf leeren Magen. Außerdem wird Robert heute in der Philharmonie sein, was an sich kein Problem wäre, aber da ich ihn nicht begleite, wird sehr wahrscheinlich Hasi an seiner Seite sein. Und so friedlich unsere Trennung auch verlaufen ist, Hasi war und wird mir immer ein Dorn im Auge bleiben. Aber was soll's, die Philharmonie ist groß und die Wahrscheinlichkeit, dass wir uns über den Weg laufen werden, klein.

»Nora? Du hier?«, begrüßt mich Robert, der mit Hasi in derselben Schlange wie wir darauf wartet, seinen Mantel abgeben zu können.

»Tja, ich bin überrascht worden. Das ist übrigens Christian von Geringhoff, ein Autor, mit dem ich gerade zusammen arbeite, und das ist Robert Glasner, Charlies Vater.«

»Und das ist Beatrice Hasenstein, meine Freundin«, übernimmt Robert und vereitelt damit die Gelegenheit, dass ich die Frau an seiner Seite mit Christian bekannt mache. Schade.

Wann immer ich die Chance dazu habe, sage ich ihren Nachnamen laut, ich habe dabei eine Technik entwickelt, das so zu betonen, dass man zwangsläufig das Bild von einem Playboy-Häschen vor Augen hat. Damit ist immer fast alles gesagt, was man über meine Nachfolgerin wissen muss. Hasi hasst das und regt sich darüber immer so herrlich auf, dass eventuell doch noch offene Fragen zu ihrer Person dann auch geklärt sind.

Nachdem wir einander höflich versichert haben, wie sehr wir uns auf das Konzert freuen, wird es zum Glück Zeit, die Plätze einzunehmen. Als die Musik beginnt, habe ich meinen Hunger und Hasi vergessen. Die Pause verbringen wir draußen, weil Christian eine Zigarette rauchen will. Sehr gerne, lieber friere ich, als dass ich Robert und Begleitung noch einmal über den Weg laufe. Der zweite Teil des Konzerts geht wie immer viel zu schnell vorbei, und während Christian unsere Mäntel von der Garderobe abholt, entschuldige ich mich kurz und verschwinde in Richtung Toilette. Als ich zurückkomme, finde ich ein fröhliches Trio vor, das locker vor sich hin plaudert.

»Und? Gehen wir noch was trinken?«, fragt Robert unbekümmert in die Runde, obwohl er genau weiß, dass mein Bedarf an Hasi-Gesellschaft für heute und für mein ganzes weiteres Leben mehr als gedeckt ist.

Jetzt müssen Kopfschmerzen her, schnell und heftig, und zwar bei Hasi. Welche Macht auch immer Gnade mit mir hat, jedenfalls antwortet Hasi prompt und mit der von mir herbeigewünschten Leidensmiene: »Tut mir wirklich leid, aber mein Kopf … Die Luft war so schlecht, ich möchte lieber nach Hause. Kommst du, Robert?«

»Aber wir beide ziehen noch um die Häuser, oder?«, Christian schaut mich erwartungsvoll an. Natürlich tun wir das.

Sehr vornehm landen wir in der Shochu-Bar des Adlon. Jeder Drink kostet ein Vermögen, ist aber herrlich exotisch und unfassbar luxuriös. Da ich beschlossen habe, den Kopf nicht durch Alkohol zu verlieren, beschränke ich mich auf Kreationen mit Grünem Tee. Mit jedem neuen Drink rücken wir ein bisschen näher, der Lautstärke der Loungemusik sei Dank.

»Robert ist also dein Exmann?«, wechselt Christian von der Konzertbesprechung und einem kleinen Streifzug durch die Fernsehbranche auf das private Terrain.

»Verheiratet waren wir nie, aber wir waren viele wunderbare Jahre zusammen.«

»Und warum habt ihr euch getrennt?«

»Irgendwann war es einfach vorbei und dann haben wir die Konsequenzen gezogen«, lüge ich und drehe den Spieß um.

»Und du? Wo ist die Frau an deiner Seite?«

Christian lächelt erst vielsagend seinen Drink und dann mich an: »Die suche ich noch.« Innerhalb der folgenden halben Stunde verschaffe ich mir einen Überblick über sein Liebesleben. Natürlich gab es längere und kürzere Beziehungen, ein Christian ohne Frauen wäre für mich auch schwer vorstellbar. Die letzte Frau, die ihm wirklich etwas bedeutet hat, musste er schweren Herzens gehen lassen. Sie wollte ein Baby, er nicht. »Willst du denn keine Kinder haben?«

»Doch, eigentlich schon, irgendwann, aber ich war einfach

noch nicht so weit. Vielleicht war die Frau auch nicht die richtige.«

Der Abend ist gelaufen, fasse ich die gesammelten Informationen für mich zusammen. Er sucht nach der Frau fürs Leben, mit der er Kinder zeugen kann. Da falle ich schon mal aus, denn ich habe keineswegs die Absicht, Gianna Nannini nachzueifern.

»Ich muss aber auch nicht unbedingt eigene Kinder haben, vielleicht verliebt sich ja eine Frau in mich, die schon welche hat.«

Jetzt sind wir wieder auf der richtigen Spur.

»Was macht Charlie eigentlich? Gibt's Neuigkeiten von der Front?«

Ich berichte kurz, was es Neues gibt, und lasse auch nicht aus, dass sich Charlie Unterstützung aus meinem alten Freundeskreis wünscht. Christians Neugier ist geweckt, und so kann ich ihn ausführlich mit Anekdoten aus meinem früheren Leben unterhalten. Wir lachen viel, er bedauert, dass er mich damals nicht kannte, und bewundert mein buntes Leben. Sein Leben ist, wie er findet, viel langweiliger verlaufen. Abi, Studium, diverse Reisen, ein Jahr im Ausland, und nach einigen Irrwegen durch die Theater der Republik hat er endlich den Weg zum Schreiben gefunden. Intimität keimt auf, als er mir gesteht, dass er an einem Roman arbeitet. Hormonell beduselt, wie ich bin, bin ich mir ganz sicher, dass er das kann, und sehe schon den zukünftigen Träger des Friedenspreises des Buchhandels vor mir. Während ich das Preisgeld verplane, frage ich Christian, ob ich mal was lesen dürfe.

»Interessiert dich das wirklich?«, fragt er kokett.

Ich interpretiere das als Bescheidenheit und nicke euphorisch. Sein Zögern übersehe ich und freue mich über den unglaublichen Vertrauensbeweis, dass er mir sein Werk zu lesen geben wird. Stunde um Stunde verplaudern und verflirten wir, bis mir langsam die Augen zufallen.

»Du bist müde«, kommt umgehend und sehr fürsorglich von Christian, »sollen wir uns langsam mal aufmachen?«

Sein Auto muss die Nacht alleine auf dem Parkplatz der Philharmonie verbringen, Arm in Arm machen wir uns auf die Jagd nach einem Taxi.

»Zum Viktoria-Luise-Platz, bitte«, weist Christan den Fahrer an.

Während der Fahrt reden wir wenig. Ich genieße die ungewohnte Geborgenheit in seinem Arm und gehe die Checkliste für die sich anbahnende gemeinsame Nacht durch. Beine sind rasiert, Dessous nicht peinlich, aber auch nicht zu aufreizend, Präservative sind im Bad, hoffentlich noch nicht abgelaufen, Charlies Kuschelesel, der sie seit ihrem dritten Lebensjahr begleitet und den sie bei ihrem Auszug in meinem Schlafzimmer platziert hat, habe ich in weiser Voraussicht in ihr altes Zimmer geworfen.

»Warten Sie bitte einen Moment.«

Ich kann nicht fassen, was Christian dem Taxifahrer sagt. Was hat er vor? Ich bin nicht die Richtige für einen Quickie im Treppenhaus. Christian begleitet mich zur Haustür und umarmt mich herzlich.

»Danke für den wunderschönen Abend. Ich weiß nicht, wann ich das letzte Mal so herzlich gelacht habe. Das müssen wir unbedingt ganz schnell wiederholen. Schlaf gut, Nora.«

Spricht's, dreht sich um und wirft mir vom Taxi noch eine Kusshand zu. Ich suche meine Fassung und den Haustürschlüssel. Letzteren finde ich nach einer gefühlten Ewigkeit in den Untiefen meiner Handtasche.

»Was ist das denn für ein Idiot?«, empört sich Malou bei unserem morgendlichen Telefongespräch, »Den kannst du sofort wieder vergessen.«

Ich schaffe es kaum, Christian wenigstens halbherzig zu verteidigen, und schließlich gebe ich auf. Ganz gegen ihre Gewohnheit lässt Malou die Schimpferei auf sich beruhen.

Sie hat weiter an »unserer« Liste gearbeitet, wie sie mir begeistert durchgibt, und freut sich wahnsinnig darauf, wenn wir uns alle treffen. Mir scheint, dass dies der richtige Moment ist, Malou wissen zu lassen, dass ich »unsere«, also ihre Liste, wieder zu meiner Liste gemacht habe. Die meisten Gäste kennt sie also gar nicht und wenn, dann nur aus meinen Erzählungen.

»Na und? Dann lerne ich die eben kennen. Das wird richtig spannend. Wann soll das eigentlich stattfinden? Sag mir ja früh genug Bescheid, nicht, dass ich da was anderes vorhabe.«

Ich verspreche, dass ich den Termin natürlich mit ihr koordinieren werde, dass ich sie selbstverständlich über alles – »auch mit Christian, aber sicher« – auf dem Laufenden halten werde, und dann drehe ich mich im Bett um und grübele noch ein bisschen über den Abend. Es war doch wunderbar, warum hat er sich so überraschend aus dem Staub gemacht? Die naheliegende Antwort, dass sich Christian einfach nicht für mich als Liebhaberin interessiert, blende ich aus. War ich zu offensiv? Habe ich ihn überfahren? Das kann nicht sein, ich war wie immer zurückhaltend. Vielleicht zu sehr? Das könnte noch Stunden in meinem Kopf hin und her gehen, aber der Hunger, der gestern schon nicht gestillt wurde, setzt sich durch und treibt mich aus dem Bett.

Am Frühstückstisch sitze ich vor einem Honigbrötchen und dem Scherbenhaufen meines Liebeslebens. Es regnet zu sehr, um spazieren zu gehen, zum Lesen bin ich zu aufgewühlt und zum Sport zu gehen, habe ich keine Lust. Meine Laune bewegt sich in großen Schritten auf den absoluten Nullpunkt zu, als mein Handy eine SMS meldet.

»Wer war der Vogel? R.«

»Geht dich das was an?«

»Nein, aber ich bin neugierig.«

»Ein Kollege, sonst nix.«

»Sah aber anders aus.«

Ich würde gerne Robert anrufen und ihn fragen, was mit den Männern los ist. Keine gute Idee, also Finger weg vom Telefon.

Wenn ich sowieso schon in Sentimentalität versinke, kann ich mir auch gleich die ganze Packung geben und mich voll und ganz in meine Vergangenheit stürzen. Bevor mich Malou wieder mit ihren Listen erschlägt, muss ich langsam wirklich mal meine eigene machen. Ich brauche nur die alten Kruschtelkisten durchzusehen. Da verbergen sich all diejenigen, die sich perfekt für Charlies Unterstützergruppe eignen könnten.

Kruschtelkisten sind immer eine gefährliche Angelegenheit, weil aus ihnen völlig unvermittelt Erinnerungen springen. Die schönen sind tröstlich, die traurigen sind an einem verregneten Sonntag Gift für die Seele jeder einsamen Singlefrau, die am Abend zuvor an der Haustür verabschiedet wurde. Unsortiert fallen mir Fotos, Tagebücher, alte Briefe, abgerissene Kinokarten, Flugtickets und anderer Blödsinn entgegen. Da ist die Serviette mit Roberts Telefonnummer. Die Schrift ist verblasst. Ach je, und hier sogar noch das Bändchen, mit dem Charlie im Krankenhaus als unsere Tochter ausgewiesen wurde. Sie war so ein zuckersüßes Baby. Heute würde ich sagen, dass sie vielleicht ein bisschen zu dick war. Vor zwanzig Jahren war sie eindeutig das schönste Kind, das die Welt jemals gesehen hatte. Mit unserem Baby auf dem Arm strahlt Robert, als hätte er die Sonne verschluckt. Wenn ich an die Geburt denke, wird mir allerdings heute noch ganz anders.

»Wo ist die Tasche?« Robert war aufgeregter als ich, als die Wehen einsetzten. Noch war ich mir sicher, dass ich bravourös überstehen würde, was Millionen von Frauen vor mir auf die Reihe gekriegt hatten. Aber im Auto keimten deutliche Zweifel auf, und als wir das Krankenhaus erreicht hatten, bestand ich auf einer PDA, einem Kaiserschnitt und sofortiger Vollnarkose. Die Hebamme lachte und verbreitete grenzenlosen Optimismus, von dem ich mich für einen kurzen Moment einlullen ließ. Alle meine Freundinnen, meine Oma und meine Mutter hatten immer behauptet, dass es das Schönste auf der Welt sei, ein Kind zu bekommen. Sie hatten gelogen, und jede einzelne von ihnen verfluchte ich. Zumindest in den wenigen Augenblicken, in denen ich nicht Robert verfluchte. Wie hatte er mir das antun können? Warum lag ich hier? Warum nicht er? Die Wehen hörten wieder auf, und wir wanderten die dreihundertvierundachtzigste Runde durch den Krankenhauspark. Streng genommen wanderten wir nicht, sondern Robert schob eine jammernde Tonne über die Wege. Ich würde den Tag nicht überleben, so viel war sicher. Ich wollte alles rückgängig machen und fliehen. Wie Robert es geschafft hat, mich in das Gebärzimmer zurückzubugsieren, ist mir noch heute ein Rätsel. Nachdem ich ihn schreiend zehn Mal rausgeworfen und weinend zehn Mal wieder reingeholt hatte, war Charlie da. Die Zeit blieb stehen, der Ort hatte sich aufgelöst. Es gab nur noch das schleimige und blutige Bündel auf meiner Brust, das wie am Spieß schrie, und den überglücklich weinenden Mann an meiner Seite. Dann schlief ich ein. Robert hat mindestens tausendmal erzählt, wie fassungslos sich alle Anwesenden angeschaut haben. Von wegen Glückshormone, die jede Frau direkt nach der Geburt überschwemmen, bei mir war es abgrundtiefe Erschöpfung und bleierne Müdigkeit. Die ersten Stunden in ihrem Leben hat Charlie in Roberts Armen verbracht.

Wie konnte die Liebe zu diesem Mann jemals aufhören? Als ich Charlies Geburtsbändchen wieder zurücklege, fällt mir ein Stapel gelber Klebezettel entgegen. Der Stapel erzählt unsere Liebesgeschichte. Wir sind schon so lange getrennt, aber mit den Zetteln in der Hand spüre ich, dass da immer noch diese Wunde ist, die einfach nicht verheilen will.

»Es geht nicht mehr. Ich ziehe aus.«

Damals fühlte sich der Satz an, als würde ich in zwei Hälften geschnitten. Die Erinnerung ist nur noch ein Stich, aber tut immer noch weh.

Ich habe das einfach nicht gehört, ich wollte das nicht hören. Was war nur mit uns passiert? Waren wir nicht das glücklichste Paar unter der Sonne? Schon lange nicht mehr, aber ich hatte es einfach nicht wahrhaben wollen. Uns hatte das Schicksal vieler Paare ereilt. Schleichend hatte der Alltag uns überwältigt.

Wir haben beide gearbeitet, wollten das auch, und haben viel getan, um unsere jeweilige Karriere voranzutreiben. Von einer Kinderfrau für Charlie über eine Putzfrau und ein ausgeklügeltes System diverser Lieferservices war alles da. Wer Charlie zur Schule, zum Reiten, zum Musikunterricht bringen und wieder abholen, wer zum Apfeltag in der Kita die Äpfel besorgen, wer zum Elternsprechtag gehen, wer das Auto wo abholen sollte – alles wurde über kleine gelbe Klebezettel organisiert. Die ersten in meiner Sammlung sind voller Poesie und Liebe, die letzten voller Wut und Argwohn.

»Ich küsse euch beide, vermisse euch jetzt schon. Heute Abend mache ich Pizza für uns, dann stopfen wir Charlie ins Bett und danach küsse ich dich wieder, diesmal aber richtig. R.«

Meinen Plan, die Wohnung zu verlassen und wie immer in Höchstgeschwindigkeit meine Tochter in der Kita abzugeben und selbst weiter zu meinem ersten Termin zu rasen, durchkreuzte Charlie, und zwar resolut. Bei der Aussicht auf Pizza weigerte sich das Kind, ihr Frühstücksbrot und den Apfel zu essen. Als ich sie endlich so weit hatte, dass sie einsah, dass es die Pizza erst am Abend geben würde, wollte sie das Haus überhaupt nicht mehr verlassen. Zu groß war ihre Sorge, dass ihr Vater ohne sie anfangen und sie dann womöglich nicht mithelfen könnte. Es war nichts zu machen. Ich musste Robert aus einer Konferenz herausholen lassen, damit er seiner Tochter hoch und heilig versprach, dass er ohne sie keinen Finger krumm machen würde. Danach konnte ich ein glückliches Kind in der Kita abgeben und selbst hoffnungslos verspätet zu meinem Termin fahren. Am Abend erwarteten mich ein Schlachtfeld in der Küche, ein Mehlhaufen, der am Morgen noch meine Tochter gewesen war – und mein küssender Mann.

»Das Auto steht vorm Gemüseladen. R.«

Ich brauche kein Datum, die Formulierung verrät, das es ein späterer Zettel ist. Die Zeit für Sehnsucht und Küsse hatte uns der Alltag geklaut.

Oder noch schlimmer: »Wird spät. R.«

Je öfter es spät wurde, desto seltener wurde das Bemühen um unsere Liebe. Wir waren nicht unglücklich. Wir dachten, wir hätten alles bestens im Griff.

Dann wurden die Zettel immer seltener. Alles lief rund, war so perfekt, dass wir nicht mal mehr unsere kleinen gelben Botschaften brauchten.

Der letzte Zettel: »Pizza im Tiefkühler. Bin weg.«

Nach außen das perfekte Paar, hatten wir uns in Wahrheit nichts mehr zu sagen, waren einfach nicht mehr neugierig aufeinander. Die Sehnsucht war noch da, aber sie richtete sich nicht mehr auf den anderen. Bei einer von Roberts zahlreichen Dienstreisen passierte es dann: Die neue Assistentin durfte mit nach London. Sie bewunderte ihren Chef für alles, was mir schon auf die Nerven ging. Abends an der Bar hatte man das Glas zu viel getrunken, Berlin war weit weg, ich war weit weg, Robert vergaß sein wirkliches Leben für einen Moment und legte seine Assistentin flach. Eine belanglose Nacht, von der ich Jahre wünschte, er hätte sie mir nicht gebeichtet.

Ein Tiefschlag. Eine tragische Wiederholung in meinem Leben. Ein Abbild der Liebesgeschichte mit Michael. Auch bei ihm war es eine Assistentin, die den traurigen Schlusspunkt setzte. Den entscheidenden Unterschied konnte ich damals nicht sehen: Robert tat es wahnsinnig leid, dass er mich verletzt hatte. Michael tat es wahnsinnig leid, dass er sich verletzt hatte. Mit Letzterem habe ich jahrelang nicht gesprochen, mit Ersterem verzweifelt um unsere Liebe gekämpft.

Was soll's? Vorbei ist vorbei. Auf Wunden klebt man Pflaster, aber leider, auch wenn sie verheilt sind: Man ist nie wieder unversehrt.

Aber ich sitze nicht hier, um über festgefahrene Strukturen in meinem Beziehungsschema zu meditieren, sondern um das Solidaritätskomitee »Demokratie und Demonstrationsfreiheit« für meine Tochter und ihre Mitstreiter zu organisieren. Und wer sagt's denn, da sind die Tagebücher und Kalender aus den Achtzigerjahren. Bisschen staubig, aber die ideale Sonntagslektüre.

Der Frauenkalender mit den Menstruationstabellen hat den Rotbuchkalender mit den herrlichen Seyfried-Karikaturen abgelöst. Ich stolpere über einen Eintrag aus der Zeit, als wir gerade den Kaiserhof verlassen hatten und in den kleinen Kotten in Ascheberg gezogen waren. Meine natürliche Verhütungsphase erforderte genaue Buchführung, und so steht neben dem 27. Mai 1981 von mir geschrieben: »♀ Menstruation bekommen.« Svenni hat sinnigerweise danebengepinselt: »♂ Pils getrunken.«

Auweia, offensichtlich haben endlose WG-Diskussionen, Beziehungsgespräche, Café- und Kinobesuche und Demo-Vor-

oder Nachbereitungen mein Leben bestimmt. Ich finde wenige Einträge, die sich auf die Uni beziehen, die lief offensichtlich locker nebenher. »Aktionsbündnis Südliches Münsterland« – nun kommen wir der Sache schon näher. Ich erinnere mich, wir waren wahnsinnig intellektuell und irre engagiert, jedenfalls haben wir uns sehr oft getroffen. Die Vision war klar. Wir konnten nur in einer Welt glücklich werden, in der es weder Waffen noch Atomstrom gibt, in der psychiatrische Anstalten und Gefängnisse abgeschafft sind, in der mit der Überwindung der Zweierkiste alle Besitzansprüche und jegliche Eifersucht verschwunden sind, in der Frauen in allen Lebens- und Liebesdingen gleichberechtigt sind und in der sich alle biodynamisch ernähren. Natürlich mussten weiche Drogen legalisiert werden, alle öffentlichen Verkehrsmittel sollte man umsonst nutzen können, Bücher sollten im Idealfall auch nichts kosten, und die Befreiung des Individuums hatte allerhöchste Priorität. Meinungs- und Demonstrationsfreiheit waren sowieso selbstverständlich, und um das alles schnellstmöglich zu erreichen, mussten wir aktiv werden. Dringend! Sofort! Also wurden die Sprühdosen gegen den Nato-Doppelbeschluss gezückt, die in der WG-Küche angefertigten Farbeier wurden wegen der Räumung des Hüttendorfs in Gorleben aufs Rathaus geworfen und Bahnübergänge mit Fahrradketten verschlossen, damit mal Ruhe in die unmenschliche Hektik kam. Mit den Opfern der Leistungsgesellschaft kamen wir in Person von aufgebrachten Autofahrern, die vor der geschlossenen Schranke warten mussten, schnell in Kontakt. Unsere Aufklärungsarbeit durch Gespräche oder Flugblätter scheiterte meistens daran, dass sie uns im besten Fall »nach drüben« wünschten.

Berthold wäre bei der Aktion fast überfahren worden. Ein ganz entschiedener Befürworter der freien Fahrt für freie Bürger war so wütend, dass er einfach Gas geben wollte. Berthold bewegte sich keinen Zentimeter, der Autofahrer hatte seinen Blutdruck auf hundertneunzig hochgewütet, und man konnte förmlich hören, wie sein Geduldsfaden zu reißen drohte. Bei dieser Gelegenheit hatte Christina einen ihrer unvergessenen Auftritte.

»Unter Hitler wären so Arschlöcher wie ihr einfach vergast worden! Hau ab von meinem Auto«, hörte Nora den Choleriker brüllen.

Berthold blieb ungerührt vor dem Wagen stehen und signalisierte, dass der Fahrer mal runterkommen solle. Nora bekam Angst, weil das Gaspedal des Wagens immer entschiedener durchgetreten wurde.

»Wenn der die Kupplung kommen lässt …«

Bevor Nora den Gedanken zu Ende gedacht hatte, sah sie, wie Christina auf den Wagen zuging. Ihre Haare waren wie immer ordentlich gekämmt. Sie trug zwar Jeans und einen einfachen Anorak, aber mit einer Grandezza, die sie zu einer Respektsperson werden ließ.

»Würden Sie bitte den Motor abstellen? Danke schön.«

Woher hatte Christina angesichts dieses dumpfbackigen Reaktionärs das Lächeln und den Singsang in ihrem Tonfall? Sie strahlte eine Verbindlichkeit aus, der man sich nicht entziehen konnte. Auf ein eher ermunterndes als aufforderndes Winken von Christina hin stieg er aus, was Nora entsetzte, weil sie erwartete, dass er sich umgehend auf ihre Freundin stürzen würde. Aber er ergriff freundlich Christinas dargebotene Hand, und sie begann ein sehr leises, aber sehr ernsthaftes Gespräch mit ihm.

Nora verstand kein Wort, Berthold auch nicht, wie er Nora mit bedauerndem Schulterzucken deutlich machte.

Nur Minuten später verabschiedete sich der Autofahrer höflich von Christina, setzte sich brav in sein Auto und wartete geduldig, bis die Schranke wieder geöffnet wurde.

»Was hast du mit dem besprochen?«, fragte Nora.

Christina zuckte mit den Schultern.

»Nichts Besonderes, eigentlich nur drei Dinge.«

»Ja?«

»Ich habe ihm gesagt, dass ich den Kerl, den er da überfahren will, von Herzen liebe, dass er froh sein soll, in einem Land zu leben, im dem man seine Meinung sagen darf, und dass es absolut unangemessen ist, wenn er das Leid, das der Nationalsozialismus über die Welt gebracht hat, damit verbindet, dass er mal zehn Minuten still sitzen muss.«

Hätte Nora mit dem Mann geredet, läge Berthold jetzt ziemlich sicher mit gebrochenen Beinen im Krankenhaus. Aber Christina konnte das einfach. Sie konnte mit Menschen reden. Mit ihrer verbindlich ruhigen Art kehrte sie aus jedem Choleriker das vernunftbegabte Wesen hervor.

Berthold und Christina kommen auf jeden Fall auf die Liste. Sie wohnen immer noch in Köln, das weiß ich von Johanna. Berthold und Paul waren früher sehr eng miteinander. Vielleicht hat Paul noch Kontakt zu ihnen. Das ist ein guter Grund, Paul nachher einfach mal anzurufen. Er lebt glücklich und zufrieden mit seiner Frau Astrid und den beiden Kindern in der Südstadt und lässt es sich gut gehen. Dass ich ihn ausgerechnet wegen Michael verlassen habe, konnte er mir nie wirklich verzeihen, aber wir haben uns trotzdem nicht aus den Augen verloren. Inzwischen liegt das Drama mehr als fünfundzwanzig Jahre zurück, und wir gehen wie gute alte Freunde miteinander um. Wann immer ich in Köln zu tun habe, wohne ich bei Paul. Ist er in Berlin, kommt er zu mir.

Dieses Flugblatt hat doch Berthold geschrieben? Sicher, der Stil ist unverkennbar. Ein bisschen zu theoretisch, ein bisschen zu detailverliebt, aber hundert Prozent korrekt. Sachlich bis auf die Knochen analysiert er die Fehlinvestition in den Schnellen Brüter in Kalkar. Der Arbeitskreis Umwelt hatte eine Radtour dorthin organisiert, und Berthold wollte das Aktionsbündnis Südliches Münsterland zum Mitmachen verdonnern. Für das Vorbereitungstreffen hatte er ein Flugblatt entworfen, das in Zeiten, in denen man mehr gefühlt als gedacht, mehr gespürt als verstanden hat, natürlich verrissen wurde. Seinen Text hat er trotzdem durchgebracht. Wahrscheinlich weil wir einfach wollten, dass er aufhört, uns vollzuquatschen. Ich sehe mich noch Bertholds Flugblatt aus meinem Fahrradkorb verteilen.

Ihm traue ich zu, dass er immer noch engagierter AKW-Gegner ist. Als ich noch nicht begriffen hatte, was Kernspaltung eigentlich ist, hatte er schon die Vision von wasserstoffbetriebenen Autos.

Was ist das denn? Ein Foto vom Kaiserhof. Bellas Wellensittich hatte die Flucht ergriffen und sich auf der Kastanie niedergelassen und auf dem Foto sieht man, wie Tom auf einem viel zu dünnen Ast liegt und versucht, den blöden Vogel zu locken. Tom war von uns allen der radikalste. Er redete wenig, tat aber umso mehr. Als wir die Bahnschranken verschlossen, hat er die Fahrradschlösser so präpariert, dass die Polizei sie nicht mit dem erstbesten Bolzenschneider aufschneiden konnte. Für unsere Farbeier hat er extra Boxen gebaut, damit die Dinger nicht auf dem Weg zum Ziel schon kaputt gingen. Tom war völlig unberechenbar. In der einen Sekunde so aggressiv, dass man Angst vor ihm bekommen konnte. In der nächsten das heulende Elend, das bei Mutti auf den Arm wollte. Seine Telefonnummer finde ich im Internet auf Anhieb.

In puncto Radikalität war Michael Tom auf den Fersen, aber er war es auf eine ganz andere Weise. Michael stilisierte immer alles zu einer existenziellen Frage hoch. Ich weiß nicht, wie er das gemacht hat, aber wir haben ihn immer alle ernst genommen. Alle bis auf Paul. Michael muss natürlich auch kommen, wir haben so intensive Jahre miteinander verbracht. Er war immer hellwach, und ich weiß, dass er das auch heute noch ist. Bei unserer letzten Begegnung war er allerdings ziemlich angeschlagen. Seine Exfrau hatte wieder mal einen absurden Gerichtsbeschluss wegen der Unterhaltszahlungen gegen ihn erwirkt.

Michael muss allein schon deshalb dabei sein, weil er mir vertraut ist wie wenige Menschen. Eigentlich erstaunlich bei unserer Geschichte. Nachdem ich Paul wegen Michael verlassen hatte, stürzten wir uns gemeinsam ins Examen. Ich dachte, dass ich darüber vergessen könnte, wie sehr ich Paul verletzt hatte. Als ich meine Magisterarbeit fertig hatte, war das schlechte Gewissen immer noch da. Ich wollte so schnell wie möglich weg aus Münster und beschloss, nach Hamburg zu gehen. Michael kam einfach mit.

Das darf nicht wahr sein, da ist tatsächlich der Sektkorken. Ich habe vergessen, dass ich den aufgehoben habe. Oh Gott. Ich hatte gerade herausgefunden, dass Michael mich seit einem halben Jahr mit einer der Büroschnepfen aus der Werbeagentur, in der er jobbte, betrog. Das war schlimm, schlimm genug jedenfalls. Das Schlimmste daran war allerdings, dass er mir suggerierte, dass das meine Schuld sei, dass er gar nichts dafür könne. Er brauche einfach Luft zum Atmen, Raum, in dem er sich ausleben könne, Freiheit, ohne die könne er nicht leben. In Wirklichkeit war er schlicht zu feige, mir zu sagen, dass er einfach

Lust auf eine andere hatte. Das konnte er nicht zugeben, es war ihm zu banal. Mich quälte das, weil ich so hilflos war. Meine Oma hatte recht: Kleine Sünden bestraft der liebe Gott sofort, große Sünden später.

Aus Notwehr brach ich jeden Kontakt ab, ging nirgendwohin, wo ich Michael hätte treffen können. Um zu demonstrieren, wie sehr er über den Dingen stand, tauchte er bei einer Party auf, obwohl er wusste, dass ich dort sein würde. Bei mir brannten alle Sicherungen gleichzeitig durch. Ich nahm eine Sektflasche, jagte Michael aus dem Haus, rannte durch ganz Ottensen hinter ihm her, und noch heute bin ich froh, dass er schneller war als ich. Sonst hätte ich einen Freund weniger. Den Sekt habe ich später allein getrunken. Eigentlich kann ich den Korken wegwerfen, unsere Freundschaft ist inzwischen stabil.

Bis auf Paul war nie ein Mann so sauer auf mich wie ich auf Michael. Hoffentlich bedeutet das nicht, dass sie mich alle nicht wirklich geliebt haben. Quatsch, das ist kokett, und da ich alleine vor meiner Kruschtelkiste sitze, auch sinnlos. Es ist ja keiner da, der mir das Gegenteil versichern könnte.

Egal, im Moment ist wichtiger, ob Svenni immer noch in Siegen lebt, wo er gelandet ist, als er endgültig die Nase voll hatte von Münster. Svenni ist natürlich der Einzige, der keinen Eintrag bei Google hat. Das ist typisch, hätte mich auch gewundert, wenn er Spuren im World Wide Web hinterließe. Wahrscheinlich bastelt er immer noch an seinen Motorrädern und schert sich einen Scheiß um die virtuelle Welt. Es dauert ein Weilchen, bis ich auf die ganz altmodische Idee komme, die Auskunft anzurufen. Die nette Dame am anderen Ende der Leitung schreckt hörbar zusammen, als ich ihr Angebot, mich zu verbinden, brüsk ablehne: »Bloß nicht, auf keinen Fall.«

Ach, und Susanne natürlich. Die hätte ich wirklich fast vergessen, und das war auch immer schon unser Problem. Susanne vergisst man leicht. Sie war immer so harmlos, so nett, so blond. Kein Wässerchen konnte sie trüben. Als ich erfahren habe, dass sie fast alle meine männlichen Freunde abgeschleppt hatte, war ich fassungslos. Bevor es zum Knall kommen konnte, hatte Susanne ihre Vorliebe für exotische Männer entdeckt. Ach, das ist so lange her.

Der schöne Frank. Mann, habe ich für den geschwärmt, ganz harmlos, ganz mädchenhaft, aber begeistert. Den würde ich wirklich gerne mal wiedersehen. Ob er immer noch so gut aussieht? Ich weiß genau, dass ich eine Visitenkarte von ihm hatte. Die hat er mir irgendwann einmal geschickt, als er hoffte, ich könnte seiner Druckerei vielleicht einen Auftrag vermitteln. Voilà, da ist sie ja – und auf der Rückseite die Privatadresse. Ganz schön professionell für damalige Verhältnisse. Heute verteilt kaum noch jemand Visitenkarten. Man mailt seine Kontaktdaten, damit das elektronische Adressbuch sie direkt übernehmen kann.

Die Tagebücher und Kalender lege ich lieber wieder weg und mache ganz schnell den Deckel auf die Kruschtelkiste, als ich plötzlich unglaublich große Lust auf eine Zigarette bekomme. Moment mal, da war doch grade so ein Glasding, in dem eine der zahlreichen, garantiert allerletzten Zigaretten von mir steckt. Als ich auf dem Balkon stehe und mir die strohtrockene Kippe in Sekundenschnelle runterbrennt, wird mir ganz mulmig und der Blick in die Vergangenheit kommt mir wie ein Blick in den Tod vor. Mit den Erinnerungen kommen Gefühle ans Tageslicht, die nicht mehr in mein Heute passen. Kein Zweifel, ich bin nicht mehr die Nora, die ich damals war. Waren wir wirklich so toll, so unbeschwert und schlau, wie ich es in Erinnerung habe? Ich ziehe noch ein letztes Mal, dann schnippe ich die Kippe mit dem Mittelfinger vom Daumen. Cool, das kann ich immer noch.

Jetzt habe ich eine Liste voller Leute, die für eine Zeit stehen, die für mich bis vor Kurzem abgeschlossen war. Nur mit wenigen von ihnen verbindet mich eine mehr oder weniger lebendige Gegenwart. Alex ist, angestoßen von Charlie, wieder in mein Leben gekommen, Johanna habe ich selbst ausgegraben, aber die meisten auf der Liste haben seit mehr als zwanzig Jahren nichts von mir gehört. Die werden ganz schön staunen, wenn sie mich am Telefon hören, hoffentlich erinnern sie sich überhaupt noch an mich.

Das werde ich heute nicht mehr ausprobieren, meine Energie ist auf ein Level gesunken, das ich nur vom Vorbereiten der Steuererklärung kenne. Zeitreisen sind anstrengend.

6.

Heute Morgen bin ich zur Heldin geworden. Vielleicht sollte ich mich doch mal zum Triathlon anmelden. Erschreckend diszipliniert bin ich durch den Stadtpark gewalkt. Die große Runde. Allerdings habe ich Schwimmen gegen Duschen getauscht und Radfahren gegen Müsli. Voller Tatendrang fahre ich meinen Computer hoch. Der Tag kann kommen.

Ich lasse mich nicht davon aus der Fassung bringen, dass Christian sich via E-Mail noch einmal für den schönen Abend bedankt, lösche die Junkmails, lehne alle virtuellen Einladungen ab, Freundin von irgendjemandem zu werden, den ich kaum kenne, und beginne einen ganz normalen Arbeitstag. Hubert hat mir schon wieder einen neuen Projektvorschlag geschickt und wartet auf eine schnelle Einschätzung. Außerdem solle ich ihn anrufen, es gebe gute Nachrichten zu Christians Drehbuch. Ich habe seine E-Mail noch nicht mal zu Ende gelesen, als ich schon den Telefonhörer in der Hand habe und Huberts Nummer tippe. Innerlich jubiliere ich, denn wenn die Redaktion so schnell reagiert, hat sie ernsthaftes Interesse, das Projekt zu realisieren. Ich weiß, dass wir gute Arbeit gemacht haben, aber dass das auch ein Redakteur erkennt, ist eine überraschende Nachricht.

»Ah, Nora, gut, dass du dich meldest, hast du meine E-Mail bekommen?«

»Deshalb rufe ich ja an. Klingt gut.«

»Ist es auch. Der Krammberg hat gelesen …«

»Wieso Krammberg?«, unterbreche ich Hubert. »Der ist doch

vom Privatfernsehen. Wir waren uns einig, dass das ein öffentlich-rechtlicher Stoff ist.«

»Ich habe den Krammberg zufällig getroffen, und der sucht genau so einen Stoff, da habe ich ihm das Buch in die Hand gedrückt, und siehe da, er will den Film unbedingt machen.« Krammberg ist ein Schwätzer vor dem Herrn, frei von jeder Ahnung von Dramaturgie, weiß aber angeblich ganz genau, was der Zuschauer sehen will, und damit untermauert er jedes seiner schwachsinnigen Argumente.

»Das glaube ich im Leben nicht. Wo will der das denn senden? Das passt doch überhaupt nicht zu seinem Programm.«

»Was soll denn dieser Pessimismus?«

Ich weiß eben ganz genau, was auf mich zukommt und er hatte im selben Moment die Bestätigung.

»Wir müssen nur ein paar Kleinigkeiten ändern und dann passt das schon. Ist aber alles machbar, ich habe schon ein Konzept.«

Nun kriege ich es wirklich mit der Angst. Wenn Hubert ein Konzept hat, sattele ich am besten sofort auf biologische Landwirtschaft um und rette die Linda-Kartoffel. Ich bringe noch ein verhältnismäßig professionelles »Aha« zustande, bevor er nachsetzt: »Kannst du heute noch ins Büro kommen? Dann erzähl ich dir alles genau.«

»Da bist du ja. Tolle Nachricht, oder?«

»Hmh.«

»Kaffee? Frau Hagedorn, übernehmen Sie das?«

Hubert dirigiert mich in sein Büro, verschanzt sich hinter dem Schreibtisch und fängt an, mir die fantastischen Details zu erläutern.

»Ich war doch bei diesem Dings, na, du weißt schon, mit dem wir diesen Film gemacht haben. Mensch, Nora, nun sag schon.«

»Meinst du die Verabschiedung des Programmdirektors?«, rate ich, weil ich weiß, dass sich da die Großkopferten der Fernsehbranche die Klinke in die Hand gegeben haben.

»Genau. Das war übrigens langweilig. Du hast nichts verpasst. Aber egal, auf jeden Fall bin ich mit Krammberg zum Flughafen zurückgefahren und habe ihm von Christians Kussfilm erzählt. Der fand das sofort super. Ich habe es aber auch echt gut verkauft.«

»Ist auch nicht schwer, ist ja ein guter Stoff«, werfe ich matt dazwischen.

»So, langer Rede, kurzer Sinn, Krammberg will den Film.«

Hubert strahlt und wartet darauf, dass ich ihn ausführlich lobe.

»Das glaubst du doch selbst nicht«, entgegne ich barscher als beabsichtigt. »Für die Privaten ist der Stoff doch viel zu nachdenklich. Bei denen muss es puffen und krachen, und Christian hat ein Buch mit leisen Tönen geschrieben. Das lassen die uns im Leben nicht produzieren.«

»Irrtum. Hier, guck. Er hat nur ganz wenig Anmerkungen.«

Während ich versuche, den Zettel mit Krammbergs Kommentaren zu überfliegen, jubelt Hubert weiter.

»Die wollen sich verändern, ihr Spektrum erweitern, und wenn die das mit uns machen, ist das doch super. Du weißt ja selbst, dass es bei den Öffentlich-rechtlichen im Moment alles andere als rosig aussieht.«

Ich habe inzwischen gelesen, was Krammberg geändert haben will. Empört wende ich mich an Hubert.

»Sag mal, hast du das nicht gelesen? Mehr Sex, mehr Spannung, ein anderer Drehort und um dem Fass den Boden auszuschlagen, soll auch noch der Mann die Hauptfigur werden.«

»Vier Punkte. Na und?«

»Hubert, das sind nicht einfach vier Punkte. Das ist ein ganz anderer Stoff. De facto können wir das Drehbuch in den Müll werfen und ein neues schreiben.«

»Das schafft ihr schon.«

Für Hubert ist das Projekt praktisch schon im Kasten und unsere Besprechung beendet. Als er mich zur Tür begleitet, sieht er mich fast schon mitleidig an.

»Kannst du dich nicht wenigstens ein bisschen freuen?«

Ja, kann ich, und zwar darüber, dass ich gehen kann. Draußen bin ich kurz davor, den erstbesten Raucher um eine Zigarette anzuschnorren. Das kommt davon, dass ich mir gestern die sentimentale Zeitreisenkippe erlaubt habe.

Christians Geschichte und das, was der Sender will, haben in etwa so viel miteinander zu tun wie Nouvelle Cuisine und ölige Pommes. Wie soll ich ihm das nur beibringen?

»Auf gar keinen Fall.«

Ich habe Christian ins Honeypenny gelockt, um ihm die Situation zu erklären. Es ist zwar kalt, aber in der Sonne kann man es draußen langsam schon aushalten.

Gott sei Dank gehört er nicht zu den Autoren, die sich korrumpieren lassen, sobald irgendwo ein Auftrag winkt. Dabei bin ich sehr deutlich.

»Dir muss klar sein, dass dein Buch im schlimmsten Fall dann gar nicht gedreht wird.«

»Das wäre besser, als so einen Dreck in meiner Vita zu haben.«

Ich werde also Hubert sagen, dass wir nicht bereit sind, das Buch zu ändern und dass er es, wie besprochen, öffentlich-rechtlich anbieten soll. Es ist selten geworden, dass ein Autor seinen Weg so konsequent einhält.

»Du bist dir sicher?«

»Todsicher.«

Na dann, ich freue mich schon ein bisschen auf Huberts Gesicht.

»Trinken wir noch was?«

»Ich nehme noch einen Kaffee«, antworte ich nun doch langsam bibbernd.

Es ist so schön, dass wir uns einig sind. Das ist alles andere als selbstverständlich, immerhin geht es um eine ganze Menge Geld. Wir malen uns in den leuchtendsten Farben aus, wie wir das Projekt vorantreiben werden, und ich verspreche leichten Herzens, Christians Drehbuch sofort an eine befreundete und von mir sehr geschätzte Redakteurin zu schicken, bin aber im Verlauf des Nachmittags in eine Stimmung geraten, in der ich Christian sowieso alles versprechen würde. Zusammen wachsen wir über uns hinaus. Wahrscheinlich weil er bei mir alle Gehirnfunktionen ausschaltet, die für Rationalität zuständig sind. Ich bin doch sonst nicht so, denke ich, als wir uns mit einer herzlichen Umarmung und schweren Herzens, ich jedenfalls, voneinander verabschieden.

»Liebe ist eine Produktionsgemeinschaft.«

Das hat Bertolt Brecht bei Ruth Berlau geklaut, Michael hat es bei Brecht geklaut und mir geschenkt, und gemeinsam haben wir es zur Grundlage unserer Liebe gemacht. Und immer wenn ich an das Gedicht denke, dann ist Alarmstufe drei von fünf möglichen Stufen. Ich bin auf dem besten Wege, mich zu verlieben, heil- und haltlos. Bis heute ist das Gedicht das Mantra jeder Liebe, die mich fesselt.

Nur Liebe um der Liebe wegen, das war Michael und mir zu wenig. Wir wollten immer eine Liebe, die über uns hinausgeht, die etwas hervorbringt, das größer ist als wir selbst.

Das hat sich mir ins Herz geschrieben. Und jetzt hat das Herz es ins Gehirn geschickt. Das macht es nur, wenn es etwas wirklich ernst meint. Alarmstufe drei oder schon vier, vielleicht sogar viereinhalb. Mein blödes Herz hat immer noch nicht verstanden, dass eine solche Liebe verletzlicher ist als jede Liebe, die sich selbst genügt.

Vier Wochen Sizilien, kaum Geld, aber jede Menge Neugier und Sonnenhunger im Gepäck. Nach einer kleinen Runde über das sizilianische Festland landeten Ulla und Nora auf Stromboli, und das war das Paradies. Nur nette Menschen am Strand, wo man ohne Einmischung der Polizei schlafen konnte. Ein freundlicher Italiener, der die beiden bei sich duschen ließ und dessentwegen Nora ganz schnell Italienisch lernte – fantastische Wochen ohne Stress, ohne irgendeinem Unischein hinterherzurennen. Zwischendurch wanderten Noras Gedanken immer mal zu ihrer Wohngemeinschaft. Vor allem vermisste sie Paul. Eigentlich wäre sie lieber mit ihm in den Urlaub gefahren, aber der Urlaub mit Ulla war schon lange geplant, und einer Freundin abzusagen, wäre als eine Todsünde auf dem Feminismuskodex gelandet. Auch Michael schwirrte in Noras Kopf herum. Es wunderte sie, aber sie hätte ihm gerne gezeigt, wie schön Italien auch ohne ausführliches Studium sämtlicher Reiseführer war. Michael war immer ein Alles-Besserwisser, ein Theoretiker vor dem Herrn und weit weg von jedem Gefühl zu sich selbst. Nora hatte ihn vor ihrer Abreise noch wütend beschimpft, als er ihre seiner Meinung nach mangelnde Reisevorbereitung kritisierte.

»Wenn du im Bus durch ein fremdes Land fährst, liest du in einem Buch, statt aus dem Fenster zu gucken. Typisch Lehrersöhnchen.«

Komisch, dass sie ausgerechnet an denjenigen denken musste, mit dem sie zu Hause immer die heftigsten Streits hatte.

Die kleine Irritation darüber, dass Ulla Nora ausgerechnet auf Stromboli zu ihrem lesbischen Coming-out verführen wollte, war schnell und sehr deutlich mithilfe von Mario, dem Dusch-Italiener, ausgeräumt. Ein wunderbarer Urlaub, der Nora nach vier Wochen euphorisch zu Hause ankommen ließ.

»Hallo? Paul? Ich bin wieder da!«

Laut rufend betrat Nora das Haus. Der Erste, der sie überschwänglich begrüßte, war der Hund. In der Küche niemand, dabei war es erst elf Uhr. Hellwach vor Wiedersehensfreude war Nora die ganze Nacht durchgetrampt.

»Die können doch nicht alle in der Uni sein. Pennen die etwa noch?«, murmelte sie vor sich hin, als sie auf dem Weg in Pauls Zimmer war. Das Bett war leer.

»Paul! Pauhaul?«

Keine Antwort.

»Wo stecken die alle?«

Dann hörte sie Musik aus dem oberen Stockwerk und hopste begeistert die Treppe hoch.

»Ach, du. Wieso ist denn keiner da?«, jammerte Nora, als sie Michael in der Badewanne vorfand.

»Da bist du ja endlich! Ich habe dich vermisst.«

»Du? Mich?«

Was war denn mit Michael los? Irgendwie war er ganz anders als sonst. Viel weicher, und das konnte nicht an dem Badewasser liegen.

»Ja, ich dich.«

Michael strahlte, und Nora konnte sehen, dass er sich wirklich sehr freute. Dieser Mann war für Nora so tabu, wie ein Mensch nur tabu sein konnte. Er war Pauls bester Freund.

Nora verließ fluchtartig das Badezimmer. »Das würde kein kleines Abenteuer. Das würde die Liebe mit Paul zerstören und mein Leben auf den Kopf stellen«, erkannte sie glasklar. Als sie ihren Rucksack auspackte, fragte sie sich, wie lange ein Mensch in der Badewanne bleiben konnte, hoffte, für immer, und war froh, als ihre Hoffnung enttäuscht wurde.

Das konnte und durfte nicht sein. Bei aller Freiheit, die eine Zweierbeziehung zulassen musste, wusste Nora, dass Paul eine Amour fou mit Michael niemals akzeptieren würde.

Als Paul ein paar Tage später von einem Workshop zurückkam, spürte er sofort, dass etwas nicht stimmte. Nora unternahm keinen Versuch, ihm etwas zu verschweigen. Das war nicht ihre Art. Sie legte alle Karten auf den Tisch, auch wenn sie wusste, was sie bei Paul damit anrichten würde. Sie hatte mit allem gerechnet, mit unsagbaren Wutausbrüchen, mit zerschlagenem Geschirr, mit Tränen und Schreierei. Aber Paul saß nur fassungslos vor ihr. In seinen Augen sah sie unbändige Verzweiflung. Er hatte nicht mal die Kraft, Nora die Hölle heiß zu machen.

»Wenn du nicht zu dem Seminar gefahren wärst, wäre überhaupt nichts passiert.«

In dem Moment, in dem sie diese Worte aussprach, wusste Nora, dass das totaler Quatsch war.

»Wir müssen ausziehen«, flüsterte sie Michael in der folgenden Nacht ins Ohr.

Zum ersten Mal war Nora bereit, ihr kleines, glückliches Leben hinter sich zu lassen, alles aufzugeben, woran ihr Herz hing – für einen Mann.

Für Pauls oder ihren eigenen Schmerz fehlte ihr die Zeit. Eine neue Wohnung musste her, sofort. Umziehen, neu anfangen und immer die Frage: Konnte sie das? Durfte sie das? Lohnte es sich?

Falsche Frage, aber wie hätte ich das damals wissen sollen? Liebe und Vernunft haben ganz und gar nichts miteinander zu tun. Das ist das Schöne an der Liebe, deshalb jagen wir ihr immer und ewig nach, das ist aber auch das Gefährliche, und deshalb haben wir immer ein bisschen Angst davor.

Und was bitte nutzen diese Erkenntnisse? Meine Sehnsucht ist immer noch größer als meine Angst.

Es hat sich gelohnt, und es hat sich nicht gelohnt.

Aber was hat das mit Christian zu tun? Wieso führt mich unser Kaffeetrinken zu alten Liebesgeschichten? Habe ich Angst, mich zu verlieben? Offene Enden waren mir nie geheuer. Ich habe die Geschichte mit Paul und Michael und mir schon längst zu den Akten gelegt, aber vergessen habe ich sie nie.

Als ich Paul geliebt habe, wollte ich so gerne erwachsen sein, mit Michael bin ich erwachsen geworden, aber meine erste erwachsene Liebe war die zu Robert. Wir waren schon bei uns angekommen, als wir ineinanderstolperten. Und auch wenn wir unsere Liebe verloren haben, ein bisschen haben wir uns immer noch, vor allem weil wir Charlie haben, aber nicht nur deswegen. Ein bisschen »wir« reicht allerdings nicht aus, um glücklich zu sein. Ich will ein richtiges »wir«, ein neues »wir«, ein »wir« ganz für mich alleine. Und deshalb will ich Christian.

»Kinder mit 'nem Willen kriegen was auf die Brillen«, tönt meine Oma aus den Untiefen meines Gedächtnisses.

»Nein, Oma, du hattest mit vielem recht, aber damit irrst du.«

Beschwingt lege ich die letzten beiden Kilometer bis zu meiner Wohnung zurück, freue mich auf die E-Mail, die ich Hubert schreiben werde, und beschließe, den Verbleib meiner Tochter zu erforschen. Die müsste doch längst aus Hamburg zurück sein.

»Wieso meldest du dich denn nicht?«

Ich wollte eigentlich weniger vorwurfsvoll klingen, aber die emotionale Verwirrung fordert ihren Tribut.

»Weil ich nicht wusste, dass ich mich neuerdings täglich zu melden habe«, pampt Charlie prompt zurück. »Was ist denn mit dir los? Du klingst so komisch.«

So weit kommt es noch, dass ich mich meiner Tochter als spätpubertierender Teenager präsentiere.

»Mit mir ist nix.«

»Dann ist ja gut. Ich habe nämlich überhaupt keine Zeit, bin auf dem Sprung zu Malte.«

»Was ist das denn mit euch beiden?«, frage ich in einem wirklich ausdrücklich freundlichen Ton, den meine Tochter geflissentlich überhört.

»Mama, soll das ein Verhör werden?«

Meine Güte, ist die empfindlich. »Nein, ich bin nur neugierig.«

»Mit dir ist doch was.«

»Wieso das denn?«

»Du bist so ehrlich.«

Also wirklich, wie man's macht, macht man's verkehrt. Da gebe ich zu, dass ich wirklich gerne wüsste, ob Charlie sich verliebt hat, und dann komme ich trotzdem nicht zum Ziel.

»Pass auf, Mama. Ich kann gerade nicht. Aber mach dir keine Sorgen, ich bin schon groß.«

Glaub mal nicht, dass dich das schützt, aber ich weiß natürlich, dass ich das jetzt besser nicht sage.

»Ach, eins noch, hast du noch mal über die Unterstützergruppe nachgedacht? Wir haben den Aufruf fertig, das wäre schön, wenn du da ein paar Unterschriften sammeln könntest. Papa hat schon unterschrieben.«

Ich wette, dass Robert das Pamphlet noch nicht mal gelesen hat.

»Schick mir den Text doch erst mal rüber.«

»Super, mach ich sofort. Mama, ich muss dann. Ich melde mich. Tschühüss.«

Pling. Eine E-Mail von Charlie. Meine Güte, wenn sie was will, kann sie wirklich rasend schnell sein. Ich denke, sie musste so dringend weg. Kein Anschreiben, kein »Mama, du bist die Größte«, kein »danke, dass du mir mein wunderbares Leben geschenkt hast«, nur ein alberner Smiley, den sie aus den Sonderzeichen herbeigeklickt hat, und ein Anhang.

Der Text ist ohne Frage gut. Er erklärt in kurzen Worten die Gefahren der Atomkraft, hebt das ungelöste Problem der Entsorgung des radioaktiven Mülls hervor, erklärt, warum Gorleben als Endlager nicht geeignet ist, und – und das überrascht mich wirklich – er enthält einen guten Abriss der Anti-AKW-Bewegung von vor dreißig Jahren und begründet, warum wir heute wieder aktiv werden müssen. Wer auch immer das geschrieben hat, ich vermute Malte, hat den Text aus meiner, unserer Perspektive geschrieben. Natürlich störe ich mich an einzelnen Formulierungen, das liegt in meiner dramaturgischen – würde ich sagen – oder dramatischen – würden Charlie und Robert sagen – Natur. Für meinen Geschmack kommen die Wörter »alt«, »früher« und »damals« ein bisschen zu häufig vor, ich finde es auch nicht nötig, dass wir uns in dem Text kritisch mit unserer vermeintlichen Politikabstinenz auseinandersetzen müssen, aber das kann ich ganz flott rausstreichen, und dann habe ich einen Text, den ich problemlos unterschreiben könnte. Ich fühle mich fast so wie damals – jetzt benutze ich das Wort schon selbst –, als ich die ersten Flugblätter geschrieben habe, und sofort habe ich wieder diesen einzigartigen Geruch in der Nase.

»Ich habe mich schon wieder vertippt. Verdammter Mist.«

Auf der Matrize stand: »Gorleben soll lesen!«

Nachdem Nora auf das »s« zehnmal ein »b« gedonnert hatte, sah es zwar nicht besonders gut aus, aber immerhin konnte man es lesen: »Gorleben soll leben«. So war es korrekt. Ab in die Nudelmaschine. Nora drehte die Kurbel gerne selbst. Sie mochte so gerne den Geruch vom Spiritus, der die Farbe löste und so die Buchstaben auf die einzelnen Blätter brachte.

»Wie viele Flugblätter brauchen wir?«

»Mindestens hundert!«, brüllte Tom quer durch den Raum, in dem Hektik herrschte. Nora stöhnte. Hundert war die magische Zahl, meistens schaffte die Matrize das, manchmal aber leider nicht. Politisch nicht ganz korrekt, beschloss Nora, dass die Anzahl der Flugblätter, die die Nudelmaschine lesbar druckte, genau hundert sein würde. Die Alternative wäre gewesen, eine zweite Matrize zu tippen, aber der Widerstand würde schon nicht an ein paar fehlenden Flugblättern scheitern. Gut, dass Nora in dem Moment, in dem der schöne Frank anrauschte, so wahnsinnig aktiv war. Er war zwar im KB und somit nicht auf Noras Spontilinie, aber er sah so gut aus, dass Nora ihm immer einen »Arbeiterkampf« abkaufte, wenn er versuchte, den in der Kronenburg an den Mann beziehungsweise an die Frau zu bringen. Ulla hatte Nora erzählt, dass Franks WG sogar der Katze das Fell mit Henna gefärbt hatte. Das war ja Naturfarbe und konnte der Katze eigentlich nicht schaden. Außerdem, wer seiner Katze das Fell färbte, konnte auf keinen Fall ein Dogmatiker sein, der musste Spontiblut in den Adern haben.

»Ach Mensch, Nora, ihr habt den Hauptwiderspruch wieder nicht deutlich gemacht, so ein Scheiß«, pflaumte Frank Nora an, nachdem er einen Blick auf das Flugblatt geworfen hatte. »Solange ihr die Klassenverhältnisse ignoriert und nur den Ökokram im Kopf habt, wird sich im Grundsatz doch nie was ändern.« Vor Noras innerem Auge demonstrierte das Proletariat mit roten Fahnen, auf denen die Anti-AKW-Sonne lachte. In Noras innerem Ohr dröhnten die Schalmeien und schmetterten die Arbeitermassen »Völker hört die Signale, auf zum letzten Gefecht. Die Internationale erkämpft das Anti-Atom-Recht«. Da ihr klar war, dass Frank das weder sah noch hörte, zog sie ihre Protestenergie kurz vom Anti-AKW-Kampf ab und konzentrierte sie auf ihr Gegenüber.

»Weißt du, wie viel Arbeit das war? Das nächste Flugblatt kannst du selbst machen.«

»Es hätte auch nicht mehr Arbeit gemacht, herauszustellen, dass wir auch die herrschende Klasse und die Besitzverhältnisse bekämpfen.«

Nora bekämpfte aktuell weder die herrschende Klasse noch die Besitzverhältnisse, sondern den Hektografen, der gerade den Geist aufzugeben drohte.

»Hör mal, es geht ja wohl erst mal darum, das Endlager in Gorleben zu verhindern, dann können wir uns immer noch um den Arbeiterkampf kümmern.«

An Franks Gesicht konnte Nora ablesen, dass diese Form von Schnodderigkeit ihm einen tiefen Stich in die proletarische Seele versetzte. Schon prasselte das gesamte Referat, das er in der letzten Schulung gelernt haben musste, auf Nora nieder. Sie stellte fest, dass Frank in Wirklichkeit eigentlich doch nicht so gut aussah. Auch vom vermuteten Spontiblut konnte Nora nicht die kleinste Spur erkennen. Rote Katze hin oder her, seinen »Arbeiterkampf« konnte er nächstes Mal dem Proletariat andrehen. Nora kurbelte wieder weiter, und ihr kleiner Flugblattberg wuchs.

Wie einfach ist das heute! Da tippt man locker einen Text in den Computer, wenn man sich verschreibt, wird kurz gelöscht, hier noch ein Foto, da ein bisschen Farbe, hier fett, da groß, schnell drucken und fertig ist das Flugblatt in beliebig hoher Auflage. Ob sich die Demonstranten von heute so viel Arbeit machen würden wie wir damals? – Oh je, schon wieder das böse Wort.

Die Frage kann ich gleich stellen, denn mein Telefon klingelt, und ich habe Malte an der Strippe. Ich hatte also recht in Bezug auf den Urheber der Protestschrift.

»Hi, Nora, geht's gut?«

»Könnte nicht besser sein, danke.«

»Charlie hat gesagt, dass sie dir den Aufruf geschickt hat. Hast du schon gelesen? Der ist gut geworden!«

Ich weiß, dass es jeden Autor quält, wenn man sich mit dem Lesen Zeit lässt. Und für einen winzigen Moment verspüre ich Lust zu behaupten, dass ich den Schreibtisch wirklich mit wichtigen Dingen voll habe und wahrscheinlich erst am Wochenende dazu kommen würde, den Aufruf zu lesen. Es wäre nicht fair, meinen Schwiegersohn in spe zu quälen, nur weil Charlie mir nicht erzählt, was zwischen ihr und Malte los ist, also gebe ich der kleinen, gemeinen Verlockung nicht nach.

»Habe ich. Ich ändere noch ein paar Kleinigkeiten, aber deinen Text kann man als Basis nehmen.«

Ein bisschen gemein muss einfach sein.

»Am besten ich komme kurz vorbei und wir machen das zusammen. Halbe Stunde? Dann bin ich bei dir.«

Ich dachte, das sei eine Frage, aber offensichtlich habe ich mich vertan, denn statt auf eine Antwort von mir zu warten, hat Malte schon aufgelegt.

»Kann ich mir ein Brot machen? Ich habe den ganzen Tag noch nichts gegessen.«

Natürlich kann sich Malte ein Brot machen.

»Willst du auch was trinken?«

»Unbedingt. Was trinkst du denn da?«

»Ayurvedischen Atemtee. Möchtest du?«

Malte sieht mich an, als hätte er Angst, nach nur einem Schluck von diesem seltsamen Gebräu davonzufliegen.

»Hast du auch ein Bier?«

Ich reiche Malte die Flasche, was er mit einem dankbaren Lächeln quittiert. »Bleiben wir in der Küche oder gehen wir ins Arbeitszimmer?«

Ich bin für Küche, und Malte klappt sein schickes MacBook auf.

»Was willst du denn ändern?«

Ich ziehe den Computer zu mir rüber, schaue noch mal kurz über den Text, tippe die Änderungen schnell ein, und bevor Malte seinem Entsetzen Ausdruck verleihen kann, schiebe ich ihm seinen Rechner wieder rüber.

»Wow. So schnell?«

Ich setze mein Profigesicht auf und zucke lässig mit den Schultern. Gelernt ist gelernt. Innerlich bin ich auf eine stundenlange Debatte über jeden geänderten Buchstaben eingestellt – und was kommt? Nichts.

»Super. Viel besser. Dass du das mit der Politabstinenz rausnimmst, war klar.«

»Ach?«

»Ja, hat Charlie sofort gesagt. Eigentlich wollten wir ja ›politischer Vorruhestand‹ schreiben, aber das wäre wahrscheinlich auch nicht gut gekommen, oder?«

Dieses Lausbubenlächeln von Malte besänftigt meine Empörung.

»Trinkst du auch ein Bier? Dann können wir drauf anstoßen.«

»Nee, ich mag keins.«

»Aber andere Sachen? Wein und so schon, oder?«

»Selten.«

Malte schaut mich skeptisch an, und ich erinnere mich an unsere erste Begegnung und eine ganze Reihe von Rioja-Gläsern. Es kann mir vollkommen egal sein, was er sich denkt, aber vorsichtshalber betone ich es lieber: »Sehr selten.«

»Angst vor Kontrollverlust, was?«

»Damit musst du aber zum Arzt gehen«, sagte Svenni, als Nora das angebotene Bier ablehnte und ihm mitteilte, dass sie keinen Bock auf Alkohol oder überhaupt auf Drogen habe. Das war eine super Steilvorlage für einen weiteren völlig unnötigen Streit. Dass sich Nora zu dieser Party hatte schleppen lassen, ärgerte sie sowieso. Nur blöde Leute, die einen auf Kunstkenner machten. Nora wollte nach Hause. Am nächsten Tag sollte es schon um sechs Uhr in die italienische Schweiz losgehen, da schien es ihr dringend erforderlich, wenigstens noch ein bisschen zu schlafen, bevor sie sich für zwei Tage mit zehn Leuten in einen VW-Bus quetschen würde.

Die Fahrt war lang, mühselig und schlaflos, aber sie lohnte sich. In Ascona fand jedes Jahr beim ersten Vollmond im August das ultimative Hippietreffen statt, und in diesem Jahr würde Nora zum ersten Mal dabei sein. Die Teilnahme war ein Muss für echte Freaks und Noras Initiation zum wahren Hippie. Zum Glück hatte sie es noch geschafft, die Pluderhose fertig zu nähen. Den Stoffrest hatte sie für ein Kopftuch verwendet, mit dem sie ihre blonde Mähne lässig zusammenband.

Am Monte Verità war Zelten strengstens verboten, aber diese

Spießerregeln galten für die angereisten Freaks nicht. Toiletten gab es keine, Duschen auch nicht, aber wenn man stundenlang durch den Wald lief, immer bergauf, versteht sich, war da ein Wasserfall, unter dem man sich waschen konnte. Nora, Svenni und ihre Reisebegleiter campierten unten am Basislager. Da bekamen sie alle Informationen, was wann und wo los war. Schon am ersten Tag kam Nora der Berg wie eine Hippiestufenleiter vor. Ganz unten die Basis, Anfängerfreaks wie Nora, etwas höher die Alternativen, noch höher die Selbsterfahrungserprobten, dann die Frauengruppen und kurz vor dem Himmel die Baghwanis, die blöderweise auch für das Essen zuständig waren. So lecker fand Nora Müsli, Energiebällchen und Naturreis mit Gemüse eigentlich nicht, dass sie dafür hungrig zwei Stunden bergauf klettern würde. Uneigentlich tat sie es doch, um ihr Anfängertum zu kaschieren.

»Gleich fängt die dynamische Meditation an, gehst du mit?«, fragte eine Frau aus Berlin, deren rote Haare super zu ihrer lila Latzhose passten.

Nora hatte keine Ahnung, wovon die Rede war, und nickte begeistert. Eine Stunde später fand sie sich schweißüberströmt in einer Gruppe von fünfzehn Menschen wieder, die zum großen Teil nackt waren.

»Man muss sich nicht ausziehen, nur die Schuhe«, versicherte die Berlinerin.

Nora war beruhigt, dann schien es zumindest nicht um Gruppensex zu gehen. Der Oberfreak hatte sich stilecht ganz in Weiß gehüllt und gab den Anwesenden eine kurze Einweisung. Mit festem Blick auf Nora betonte er, dass sich alle einfach nur gehen lassen sollten.

»Haltet nichts zurück, lasst raus, was in euch aufsteigt. Alle Gefühle sind gute Gefühle, auch die schlechten. Schmeißt die Hemmungen weg, räumt auf mit den Blockaden.«

Nora blickte sich vorsichtig um, da fing die ganze Gruppe auch schon an zu summen. Die ersten wippten auf den Füßen, weitere zogen sich aus, das Summen wurde zu einem Singen, das Wippen zu einem Hopsen, was bei denen, die noch etwas anhatten, besser aussah als bei denen, die sich frei gemacht hatten. Nora hopste fleißig und nach wie vor bekleidet mit und wunderte sich, dass in ihr so gar nichts aufstieg. Stattdessen ging ihr langsam die Luft aus. Die ersten Meditierenden flippten vollkommen aus. Sie sprangen wie die Irren über die Wiese, der ohnehin nicht schöne Gesang wurde zu einem ziemlich wilden Geschrei, Arme flogen, Brüste flogen, Schwänze flogen. Nora bekam einen Lachanfall, dem die Berlinerin sich mutig anschloss. Sie war offenbar auch Anfängerin, hatte aber deutlich erfahrener getan als Nora. Der Oberfreak guckte zunächst irritiert, dann lächelte er glückselig.

»Das totale Loslassen kommt bei jedem anders. Toll macht ihr das. Geht weiter in euch rein, lasst es zu.«

»Der hat doch eindeutig nicht alle Tassen im Schrank«, das war Nora völlig klar, aber sie beschloss, den Dingen ihren Lauf zu lassen. Nach fast einer Stunde lagen alle Freaks ausgepowert auf der Wiese, einige weinten, andere hielten sich in den Armen, alle waren glücklich. Nora blickte fassungslos in die Runde. Der Oberfreak kniete sich vor sie hin, schaute ihr ganz tief in die Augen und versicherte tröstend: »Beim nächsten Mal schaffst du das. Nur der totale Kontrollverlust ist wirkliche Befreiung und Erleuchtung.«

»Dann ist gut, dann habe ich ja noch eine Chance«, erwiderte Nora und beschloss, ab sofort auf Erleuchtung zu verzichten.

»Ich dachte immer, deine Generation hätte nichts ausgelassen«, wundert sich Malte auf dem Weg zum Kühlschrank, um sich die dritte Flasche Bier herauszunehmen.

»Sex and Drugs and Rock 'n' Roll ...«

Malte sitzt vor mir, als erwarte er, dass die Märchentante vom Dienst mit der Gute-Nacht-Geschichte anfängt. Er glaubt doch nicht im Ernst, dass ich ihm meine Männer- und Drogengeschichten erzähle? Ich bügele ihn einfach mal mit dem unverfänglichsten ab.

»Reggae.«

»Was?«

»Für uns hat Reggae eine größere Rolle gespielt als Rock 'n' Roll.«

»Echt? Bob Marley und so? Gekifft hast du dann aber schon.«

»Natürlich ist da mal der ein oder andere Joint rumgegangen, aber das hat nie eine große Rolle gespielt«, lüge ich schamlos und mit der pädagogischen Absicht, ein gutes Vorbild zu sein, »und harte Drogen haben mich sowieso nie interessiert.«

Bis auf den einen LSD-Trip, den ich mit Michael erlebt habe. Aber auch das behalte ich lieber für mich.

Michael reichte Nora einen winzigen Fetzen Löschpapier, den sie schlucken sollte. Der Trip, auf den sie gehen wollten, war generalstabsmäßig vorbereitet. Diverse Joints lagen fertig gebaut in einer kleinen Schachtel. Falls es zu heftig würde, konnte man sich mit dem Gras wieder runterholen. Sie hatten tonnenweise Vitamin C besorgt, weil sie von irgendjemandem gehört hatten, dass man den Trip damit beenden könne, falls man »auf den Horror« käme.

Nora merkte gar nichts. Es hätte sie auch wirklich gewundert, wenn ein kleines Stückchen Löschpapier ihr Gehirn durcheinanderbringen könnte.

»Lass uns spazieren gehen«, schlug Michael vor, der ebenfalls einen ganz normalen Eindruck machte.

Was für eine Enttäuschung. Entweder hatte Michael sich wirklich nur ein bisschen Papier andrehen lassen, das jeden Drogentest bestehen würde, oder diese wahnsinnig tollen Berichte über Trips, die Freunde erlebt hatten, waren alle frei erfunden. Nora und Michael marschierten über die Felder, und während Nora sich darüber beschwerte, dass sie immer noch nichts merkte, fühlten sich ihre Beine an, als würde sie über Baumstämme laufen, die am Wegesrand gestapelt waren. Sie wusste, dass sie auf einem ebenen Weg lief, aber ihre Beine wussten es nicht. Die Reise begann. Die überbordenden Eindrücke eines menschenleeren Waldes stürmten auf Nora ein, und langsam wurde es mühsam, immer noch über einen Holzstapel zu klettern, der schon meterweit hinter ihnen lag.

Nora vertraute Michael blind. Neugierig war sie schon lange, aber die Angst vor dem Verlust jeglicher Kontrolle war größer. Der Mann, den sie liebte, war der richtige Begleiter, dessen war sie sich sicherer denn je. In ihr wuchs eine unbändige Sehnsucht nach Verschmelzung mit ihm. Sie wollte die Begrenzung durch ihre Haut aufheben und nicht mehr »sie«, sondern nur noch »wir« sein. Trip hin oder her, ihr wie auch immer durcheinandergebrachter Verstand sagte ihr, dass das physikalisch nicht möglich sei. Es gebe nur die Illusion dieser Verschmelzung durch Sex. Und den wollte sie sofort und zwar hier, auf dem Holzstapel, der immer noch bei ihr war. Michael hatte seine sieben Sinne noch halbwegs beisammen, jedenfalls brachte er sie nach Hause. Als sie auf Michaels Bett angekommen waren, hatte Nora vergessen, dass sie unbedingt mit Michael schlafen musste.

»Wusstest du, dass Musik Farben hat?«

Michael nickte, er sah die Musik in demselben strahlenden Blau wie Nora.

»Wieso ist sie blau?«

»Du kannst sie auch rot sehen oder in allen Farben gleichzeitig.«

»Stimmt«, sagte Nora und fand es wunderschön, der Musik beim Klingen zuzuschauen. Wenn man Musik sehen konnte, musste man Farben auch hören können, schloss sie messerscharf, und im selben Moment hörte sie die Bilder, die an den Wänden von Michaels Zimmer hingen. Am schönsten klang die griechische Hirtendecke, die er als Wandbehang über sein Bett gehängt hatte. Irgendwann wurde Nora bewusst, sofern dieser Begriff in ihrem momentanen Zustand noch zutraf, dass sie wahrscheinlich schon seit Stunden wortlos auf eine alte Decke starrte. Das kam ihr blöd vor, also ließ sie sich auf eine neue Wahrnehmung ein und stellte etwas Sensationelles fest: Nora hatte es doch tatsächlich geschafft, die Begrenzung durch ihre Haut hinter sich zu lassen. Sie war die Lederhose, die sie anhatte, das Bett, auf dem sie saß, der Raum, in dem die beiden waren, und sie war Michael. Wahnsinn, das sollte nie wieder aufhören!

Nach ein paar Stunden kam Berthold und schaute nach den beiden Reisenden.

»Uns geht es gut, wir brauchen nichts.« Vor allem Berthold brauchten sie gerade nicht.

Sein Gespür war gut, er ging schnell wieder, nachdem er sich davon überzeugt hatte, dass Nora und Michael keinen Blödsinn machten. Nora war zwar sicher, dass sie fliegen könnte, sah aber keine Notwendigkeit, das unter Beweis zu stellen. Sie war genau zur richtigen Zeit am richtigen Ort, mit dem richtigen Menschen an ihrer Seite. Warum sollte sie davonfliegen? Eine gefühlte Sekunde später fand Nora heraus, dass Sex auf einem Trip ohne jede Berührung auskam. Es war fantastisch, was ihr Gehirn da in ihren nicht mehr vorhandenen Körper spülte.

»Warst du bei Sex auch so prüde?«

Ich finde, dass Malte wirklich zu weit geht, und weise ihn fast mütterlich darauf hin, dass wir über seinen Aufruf sprechen wollten. Das ist wahrscheinlich keine gute Notwehrstrategie, den Teufel mit dem Beelzebub auszutreiben, aber bevor ich dem Lover meiner Tochter mein Sexualleben offenlege, rede ich lieber mit ihm über die Umsetzung seiner politischen Rettungsstrategie. Malte steigt begeistert auf den Themenwechsel ein.

»Ich finde es super, dass du dich doch dazu entschieden hast, uns zu unterstützen. Am besten fände ich, wenn deine Leute den Aufruf gegen unsere Kriminalisierung unterschrieben, und wenn es doch zum Prozess kommen sollte, müsstet ihr natürlich alle kommen. Als kritische Öffentlichkeit sozusagen.«

Ich muss Malte ein bisschen bremsen.

»Ich habe zwar ein paar Leute im Kopf, die ich fragen könnte, aber gesprochen habe ich mit ihnen noch nicht.«

»Wäre gut, wenn du das bald angehen könntest. Wenn du alle zusammenhast, sag mir Bescheid. Ich kümmere mich dann um Presse.«

»Wieso Presse?«

»Das ist doch total spannend, wenn sich die Alten, also mit alt meine ich nicht dich«, da ist wieder dieses Lausbubenlächeln, »jetzt um die Jungen kümmern. Wo ihr doch eigentlich nichts mehr mit Politik am Hut habt.«

Der Text, der unter der Maske des Lächelns gesprochen wird, ist klar. Wenn die Politomas und -opas aus ihrem Ruhestand wieder auf der Bühne des Widerstands erscheinen, könnte das sogar eine Pressemeldung wert sein. Eine hervorragende PR-Strategie. Ich hatte eigentlich nicht die Absicht, als Krawalloma berühmt zu werden.

»Wie gesagt, ich werde das besprechen und dann sehen wir weiter.«

Habe ich gerade tatsächlich zugesagt, dass ich meine Liste abtelefonieren werde?

»Super, so machen wir's.«

Offensichtlich habe ich das getan. Malte muss nun auch langsam wieder los. Charlie wartet bestimmt schon auf ihn.

»Nicht, dass sie sich noch wundert«, er grinst unbefangen vor sich hin.

»Grüß sie von mir.«

Und weg ist er.

Es ist spät geworden. Heute kann ich sowieso niemanden mehr anrufen. Ich halte es also ganz mit Scarlett O'Hara – »after all, tomorrow is another day« – und gehe schlafen.

7.

Es ist eine bescheuerte Angewohnheit von mir, das Telefon neben meinem Bett liegen zu lassen. Nur deshalb muss ich heute vor Tag und Tau eine Schimpftirade von Hubert über mich ergehen lassen. Was ich mir überhaupt einbilde, es sei doch offensichtlich auf meinem Mist gewachsen, dass Christian die paar Änderungen an seinem Buch nicht machen wolle, mein Scheißdünkel, ich sei zu Höherem berufen, gehe ihm sowieso auf den Sack, und ob ich auch nur eine Sekunde an die Firma gedacht hätte, die nebenbei auch nicht unmerklich für meinen Lebensunterhalt sorge, ich wisse doch, dass es ohnehin schon knapp sei und die diesjährige Umsatzprognose sowieso schon gefährdet, das mache er nicht mehr mit und immer so weiter. Bevor ich wenigstens die Augen aufschlagen und einmal atmen konnte, knallt er den Hörer auf.

Ich renne mir meine Wut im Stadtpark aus dem Bauch, hier grüßt man mich wenigstens freundlich. Wir Sportler kennen uns. Weil ich voll und ganz damit beschäftigt bin, Hubert in ganz kleine Stücke zu zerhacken und ihn unter meinen Füßen zu verscharren, ärgere ich mich heute mal nicht über die Sechzigjährigen, die locker an mir vorbeitraben.

Nach der wohlverdienten Dusche bin ich wieder ganz ich selbst und zermartere mir das Hirn, wie mein Leben weitergehen soll. Hubert wird mich mit Sicherheit rauswerfen, das Brötchen, das vor mir liegt, wird das letzte sein, das ich mir leisten kann. Meine Wohnung werde ich untervermieten müssen und mir ein hübsches Plätzchen unter einer Brücke suchen.

Die obdachlose Mutter wird ihre Tochter gerne im Knast besuchen, vielleicht kann ich da von Zeit zu Zeit ein warmes Mittagessen schnorren. Angesichts meines zukünftigen harten Schicksals brauche ich dringend Trost und beschließe, Christian anzurufen.

»Dass sich Hubert aufregt, ist doch normal. Bei mir hat er sich auch schon gemeldet. Mach dir mal keine Sorgen.«

Er ist so wunderbar. Eigentlich müsste ich Christian trösten, und stattdessen bemüht er sich um mich.

»Sehe ich dich bald?«

Das wird ja immer besser.

»Jederzeit.«

»Heute Abend?«

Ich klicke im Kopf meinen Terminkalender durch. Eigentlich möchte ich Charlie gerne sehen, aber das kann bis morgen warten.

»Sehr gerne.«

»Acht Uhr? Lass uns essen gehen. Kennst du den Thai am Fasanenplatz?«

Klar kenne ich den, sehr gut, sehr teuer, ein Restaurant, das man vorschlägt, wenn man etwas Besonderes vorhat. Das letzte Mal war ich da, als Hubert mich eingeladen hatte. Wir haben dort einen sehr lukrativen Auftrag gefeiert, den ich akquiriert hatte. Die Aussicht auf den Abend gefällt mir sehr.

Wohin mit der Energie, die mein soeben verabredetes Rendezvous in mir freigesetzt hat? Ans Telefon. Es ist genau der richtige Moment, um all diejenigen anzurufen, die ich als Sympathisanten für Charlie auserkoren habe.

Als Erstes melde ich mich bei Paul. Nachdem ich ihm die ganze Geschichte erzählt habe und er an den völlig falschen Stellen gelacht hat, sagt er, er komme auf gar keinen Fall, wenn Michael da sei, und davon lässt er sich auch nicht abbringen, als ich ihn zart darauf hinweise, dass unsere Geschichte weit über zwanzig Jahre her ist. Aber er wird Berthold und Christina anrufen, und außerdem erinnert er mich daran, dass wir Bella nicht vergessen sollen. Sie habe lange in Spanien gelebt, aber soviel Paul wisse, sei sie wieder da.

»Und grüß die kleine Revoluzzerin von mir.«

»Sehr witzig, Paul.«

Hm. Bella. Hm. Gerade habe ich mich noch darüber aufgeregt, dass Paul noch immer nicht normal mit Michael umgehen kann, und nun merke ich, dass Unbehagen in mir aufzieht, wenn ich an Bella denke. Wegen nichts. Bella war immer die Kleine, die mit dem überbordenden, völlig unkontrollierten Temperament. Sie hatte keinen Plan, nur unbändige Energie. Ihre Liebesgeschichten waren allesamt beispiellose Dramen, ihre Studienfächer wechselte sie wie ihre Trink-, Ess- und Kleidungsgewohnheiten. Das Chaos auf zwei hübschen Beinen. Ohne uns war sie völlig aufgeschmissen. Alle Experten für Familienaufstellung hätten ihre helle Freude gehabt. Ohne es zu merken, hatte ich die Vertretung für Bellas Mutter angenommen, Michael die für Bellas Vater, während sie sich nach Lust und Laune wie ein ungezogenes Kind austobte. Die Erste, die das registrierte, war ausgerechnet Bella, und wie im wirklichen Leben durchlief sie auf unsere Kosten im Schnelldurchlauf die Pubertät, um uns dann deutlich zu machen, dass sie sehr wohl erwachsen war, erwachsener als wir alle zusammen. In Windeseile zog sie ihr Studium durch, verliebte sich endlich in den richtigen Mann, mit dem sie heute noch glücklich zusammenlebt, wie Paul mir erzählt hat. Wir haben sie maßlos unterschätzt und sie hat es uns allen gezeigt. Heute ist der Chaosbolzen erfolgreiche Professorin. Brauche ich das? Ja, offenbar. Ich werde Paul zeigen, dass man über seinen Schatten springen kann, und ihn bitten, Bella anzurufen.

Als Nächstes melde ich mich bei Susanne. Unser Gespräch ist etwas verdruckst, aber sie will gerne kommen, obwohl sie ein bisschen Schiss davor hat, den ganzen alten Freunden wieder zu begegnen.

Tom wird bei meinem Anruf richtig sauer. Ich habe gar keine Gelegenheit, ihm zu erklären, weshalb ich anrufe. Er hört nur Gorleben und ist auf Hundertachtzig.

»Werdet ihr denn nie erwachsen? Lass mich bloß mit so einem Scheiß zufrieden. Es gibt Leute, die wirklich arbeiten müssen, Nora, auch wenn du dir das natürlich nicht vorstellen kannst.«

Tom war, ist und bleibt eben ein komischer Kauz. Aber so komisch? Davon lasse ich mich allerdings keineswegs abschrecken. Wenn klar ist, wer alles kommt, werde ich ihm auf jeden Fall eine E-Mail schicken.

Nach dem Frust, den mir das letzte Telefonat eingebracht hat, brauche ich dringend eine Aufmunterung. Ob sich Frank noch an unsere lustigen Flugblattaktionen erinnert?

»Frank wäre ganz bestimmt sehr gerne gekommen«, sagt seine Frau, aber er habe das Leben einfach nicht mehr aushalten können.

Ich sitze vor dem Telefon und starre das Display an. Frank hat sich umgebracht? Warum?

Sein Tod gibt mir einen Stich. Keinen, der auf einer engen Verbindung zwischen uns basiert, die gab es nicht, auch keinen, der von Schuld herrührt, etwas versäumt zu haben. Ich kannte ihn nicht mal gut genug, um mir etwas vorzuwerfen, aber einer aus unserer alten Clique ist tot. Er hatte weder einen Unfall, noch ist er an einer Krankheit gestorben, er hat selbst entschieden, dass das Leben zu viel für ihn ist. Ich kenne seine Gründe nicht und kann mir keinen Reim darauf machen, was ihn zu diesem Schritt getrieben hat.

Mir läuft es kalt den Rücken hinunter. Diese unglaubliche Willkür des Lebens, die es den einen schaffen lässt, den anderen nicht. Wir sind die erste Generation, die für sich den Anspruch auf permanentes Glück reklamiert. Die Bürde, die wir uns damit aufgeladen haben, kann nicht jeder tragen. Kann ich das? Bisher ja, und der Wille, glücklich zu sein, ist nach wie vor ungebrochen. Was ist mit den anderen? Muss ich mich darauf gefasst machen, dass unser Wiedersehen kein freudiges wird, oder werde ich angesichts des versammelten Glücks vor Neid erblassen? Vielleicht ist es diese Frage, die mich so lange zögern ließ, Charlies Bitte nachzukommen, in meine Vergangenheit abzutauchen.

Diesen Gedanken will ich nicht nachhängen. Ich möchte mich auf einen schönen Abend einstimmen, und da ist es immer eine gute Strategie, Malou anzurufen.

»Wieso gehst du mit dieser Flachpfeife überhaupt noch mal aus?«

Liebe Malou, das habe ich mir anders gedacht. Dein Job ist es, mir immer zu sagen, dass alles, was ich mache, genau richtig ist. Du bist meine beste Freundin, du musst mir Mut zusprechen, mich bestärken, mir sagen, wie toll ich bin.

»Nur weil er mich nicht gleich ins Bett gezerrt hat, muss er doch nicht doof sein?«

»Doch.« Malou ist beinhart. »Dann sag ihm wenigstens ganz klar, was du von ihm willst. Du bist zu alt für blöde Spielchen.«

Ein großartiger Tipp. Ich sehe schon, wie ich Christian im Restaurant begrüße.

»›Tag, mein Lieber, um eins gleich klar zu sagen, ich will dich, und zwar nicht als Autor, sondern als Mann. Also lass uns schnell eine Suppe essen und dann geht's zur Sache, Schätzchen.‹ So?«

»Im Prinzip ja, aber das machst du sowieso nicht. Ich kenne dich doch.«

Das stimmt. Wenn mich jemand kennt, dann Malou. Als Michael mich verlassen hatte, gehörte sie zu dem Schutzwall von Leuten, die sich um mich versammelten, damit mein gebrochenes Herz in aller Ruhe heilen konnte.

»Hier ist Liz.«

»Wer ist da?«

»Liz.«

»Tut mir leid, ich kenne keine Liz.«

»Das kann schon sein, aber ich muss mit dir reden.«

Was war das denn für eine komische Tante, wunderte sich Nora und wollte den Hörer schon wieder auflegen und zurück in die Küche gehen, wo sie gerade Wasser für die Nudeln aufgesetzt hatte. Sie würde den Abend alleine verbringen, weil Michael auf irgendeiner Dienstreise war, aber dafür gönnte sie sich ihre derzeitigen Lieblingsnudeln, Spaghetti all'arrabbiata, ganz, ganz scharf.

»Ich bin seit einem halben Jahr die neue Freundin von Michael.«

Nora musste lachen. Da hatte eine wildfremde Frau doch gerade am Telefon gesagt, dass sie seit einem halben Jahr … – und als der Gedanke zu einem Verstehen wurde, blieb ihr Herz einfach stehen, und Nora legte wortlos auf.

Kurze Zeit später klingelte das Telefon erneut.

Michael weinte.

»Dann stimmt es also«, sagte Nora.

Dann machte sie nichts. Sie weinte nicht. Sie saß einfach nur da.

»Das halte ich nicht aus. Das kann ich nicht«, dachte sie in immer schnelleren Schleifen. Als dichter Nebel sie umhüllte, nahm sie den Wassertopf vom Herd, dessen Boden schon ganz schwarz war. »Ich kann das nicht«, dachte sie im Bett und wollte schlafen, für immer.

Am nächsten Morgen wurde die Agonie mit Tränen davongespült, und kurze Zeit später wandelte sich die Heulerei in unbändige Enttäuschung und Wut. Nora nahm sich das Mobiliar vor. Sie kippte Michaels Bücherregal auf den Boden, schlitzte seinen Lesesessel auf, und dann fiel ihr seine heiß geliebte Schallplattensammlung ins Auge. Sie stapelte die Platten zu kleinen Türmen und verteilte sie in der Wohnung. Dann nahm sie Anlauf und sprang auf den ersten Stapel, der unter ihren Füßen laut knackte. Sie sprang gerade auf den nächsten Haufen, als Malou vor der Tür stand.

»Das passt nicht zu dir«, sagte sie traurig, zog Nora aus der Wohnung und nahm die größte Heulsuse des Jahrhunderts mit zu sich nach Hause.

Es wird dringend Zeit, dass ich Malous Tirade gut gemeinter Ratschläge unterbreche, und so berichte ich ihr davon, dass ich tatsächlich angefangen habe, das Treffen der alten Politrabauken zu organisieren.

»Hilfst du mir?«

»Aber sicher. Ich habe doch gesagt, dass ich dabei bin.«

Nachdem ich ihr erzählt habe, wer alles auf meiner Liste ist, schlage ich vor, dass wir uns in den nächsten Tagen treffen, um das Ganze konkret anzugehen.

»Nix da«, kommt umgehend von Malou, »wir sehen uns morgen. Ich will doch wissen, wie es mit der Flachpfeife war.«

Ich muss lachen und freue mich, meine alte, beste Freundin morgen Abend zum Essen zu Gast zu haben.

Der Rest des Tages verfliegt damit, ein bisschen zu lesen, ein bisschen zu schreiben, jeden Gedanken an Hubert zu verdrängen, und dann ist es auch schon Zeit, mich angemessen aufzubrezeln. Ich beschließe, den Weg ins Restaurant zu Fuß anzutreten, und warne mich während des gesamten Weges davor, übertriebene Erwartungen an den Abend zu haben. Den Umständen entsprechend gelassen, betrete ich das Restaurant und freue mich, dass Christian mich schon erwartet.

»Bin ich etwa zu spät?«, frage ich, obwohl ich genau weiß, dass ich auf die Minute pünktlich bin.

Während er mir den Mantel abnimmt, versichert mir Christian, dass ich genau zur richtigen Zeit gekommen sei, dass er aber extra ein bisschen früher dagewesen sei, weil er auf keinen Fall wollte, dass ich auf ihn warten müsse. Mein Gott, ist dieser Mann charmant. Eine bessere Eröffnung des Abends hätte ich mir nicht wünschen können. Das Restaurant ist sehr stilvoll, keiner dieser hippen Mitteschuppen, eher alter Westberliner Charme, aber auf hohem Niveau. Genau der richtige Ort, wenn man keine Lust dazu hat, Kreti und Pleti über den Weg zu laufen, und wenn man das intime Gespräch der öffentlichen Schreierei vorzieht.

Die Karte ist wunderbar, schnell haben wir ausgesucht und uns gegenseitig berichtet, was wir essen wollen. Bevor ich dazu komme der Kellnerin meine Wünsche mitzuteilen, übernimmt Christian: »Bleibst du bei der Suppe als Vorspeise?«

Ich nicke, er bestellt.

»Und dann das Curry?«

Er bestellt auch den Wein und Mineralwasser fürsorglich dazu. Ich freue mich über seine Zugewandtheit. Noch mehr als über diese selten gewordene männliche Aufmerksamkeit freue ich mich allerdings über Christians eigene Begeisterung darüber. Bei jedem Glas, das er mir nachschenkt, führt er sich ein kleines bisschen auf, als hätte er ein Mammut erlegt und in die Höhle geschleppt, damit wir satt und sorglos über den Winter kommen. Was ist mit mir los? Ich bin doch eine emanzipierte Frau. Da werde ich mir doch wohl ein Gläschen Wasser einschenken können? In der Liebe, zumindest in der sich anbahnenden, fallen wir alle gerne in längst überwundene Rollenklischees zurück. Was soll das auch mit dieser Emanzipation? Wir haben immer noch nur zwei Prozent der Vorstandsposten, müssen unsere Koffer aber selbst schleppen. So war das nicht gemeint von der Frauenbewegung. Da verliebt man sich dann schon mal in einen Mann, der die Emanzipation nicht zum Anlass nimmt, Charme und Höflichkeit über Bord zu werfen. Die Vorspeise verplaudern wir fröhlich mit Geschichten aus der Fernsehwelt. Wir erzählen uns, was wir gerne sehen. Dass Christian »Breaking Bad« als eins seiner Serien-Highlights ausgibt, belegt seinen guten Geschmack. Von der Gegenwart wandern wir geistig Hand in Hand in die Vergangenheit. Ich erzähle begeistert von einem für mich prägenden Fernseherlebnis.

»Jede Woche haben wir uns vor dem WG-Fernseher versammelt und keine Folge von ›Heimat‹ verpasst.«

Da trennt sich unser Weg abrupt.

»Davon habe ich gehört, aber damals habe ich mich noch nicht für Fernsehen interessiert. Ich glaube, da war ich gerade im Zivildienst. Mitte der Achtziger? Ja, könnte hinkommen.«

Wenn Christian genauso gut im Kopfrechnen ist wie ich, weiß er jetzt, dass ich Trillionen von Jahren älter bin als er. Ich jedenfalls weiß, dass er deutlich jünger ist als ich, und das ist schlimm. Wahrscheinlich überlegt er sich gerade, ob er wirklich eine Zukunft will, in der er mir und meinem Rollator über die

Straße hilft. Für mich ist der Abend gelaufen. Aber zum Glück entpuppt sich Christian nicht als Anwärter auf den Mathenobelpreis.

Als der Hauptgang serviert wird, will Christian wissen, was es Neues von Charlie gebe.

Ich berichte kurz und passe höllisch auf, dass ich bei meinen Ausführungen zur Anti-AKW-Bewegung nicht wieder in das vergangene Jahrhundert rutsche.

Zum Dessert kommen wir kurz auf das Drehbuch und Huberts erboste Reaktion zu sprechen, aber damit will Christian uns nicht den wunderbaren Abend versauen.

Bei Begegnungen zwischen Männern und Frauen, die mehr voneinander wollen, als sie preiszugeben bereit sind, gibt es diesen Moment, ab dem beide wissen, dass das gesprochene Wort nur noch die lautmalerische Kulisse für den wirklichen Text darstellt. Das ist der Moment, ab dem man sich gegenseitig das Telefonbuch vorlesen könnte, weil es sowieso nur noch darum geht, einander zu versichern, dass man da ist.

Diese Momente sind der Anfang jeder Liebesgeschichte und der Moment, den man braucht, um zu begreifen, was sowieso klar ist. Meistens geht diese Phase mit dem unabsichtlichen Berühren des anderen einher. Christian beherrscht das bis zur Perfektion. Der Salzstreuer, den ich ihm reiche, bietet Gelegenheit, meine Hand festzuhalten, die heruntergefallene Serviette ermöglicht das elektrisierende Streifen meines Arms. Dieser Abend wird nicht enden wie unser letztes Rendezvous.

»Gehen wir oder möchtest du noch etwas?«

Ich schüttele den Kopf, und Christian bezahlt die happige Rechnung. Es ist so selbstverständlich, dass er mich nach Hause begleitet, dass ich keine Sekunde darüber nachdenke, wo unsere Wege sich heute trennen könnten. Der erste Kuss verkündet es offiziell.

Vor meiner Haustür gibt es kein »Sollen wir noch einen Absacker trinken« oder ein peinliches »Willst du noch auf einen Kaffee mit hochkommen?«. Es ist einfach klar, dass diese Nacht unsere Nacht sein wird.

Christian hilft mir erneut charmant aus dem Mantel und aus dem Pullover und aus dem Rock. Ich revanchiere mich ohne jedes Gefühl von Fremdheit, erwidere jeden Kuss mit leidenschaftlicher Selbstverständlichkeit, und Sekunden später finden wir uns auf dem Sofa wieder. Ein kleiner Moment der Irritation entfernt mich von seiner Haut, als ich bemerke, dass alle Vorhänge offen sind und die eingeschalteten Lampen unser Liebesspiel auch für die Nachbarn zum Ereignis werden lassen.

»Mach das Licht aus«, flüstere ich, aber Christian will sehen, was er tut, was wir tun. Widerstrebend und unsere Berührung so lange aufrechterhaltend, wie die Anatomie es zulässt, steht er auf und zieht die Vorhänge zu.

Männer, die küssen können, und das kann Christian, können auch alles andere. Wenn ich nicht genau in dieser Sekunde aufspringe, dann werde ich das leidige Thema Präservative nicht mehr ansprechen, denke ich und vergesse im selben Moment, was ich gedacht habe. Scheiß drauf, könnte es gewesen sein. Und dann denke ich gar nichts mehr.

Wenn Sex auf technische Perfektion reduziert wird, kann er noch so unterhaltsam sein, aber dann interessiert er mich nur sehr kurzfristig. Sex wird erst richtig toll, wenn das Gehirn berührt wird. Mein Gehirn ist sehr berührt, merke ich lachend, als ich wieder aus dem Nirgendwo auftauche.

»Worüber lachst du?«, fragt der neben mir liegende wunderbare Liebhaber und Experte für erotische Kommunikation.

»Über uns. Warum haben wir das nicht schon viel früher gemacht?«

»Weil wir da noch zusammengearbeitet haben, und da gehört

sich das nicht, aber jetzt«, flirtet Christian zurück und fängt sofort wieder mit diesen anfeuernden Küssen an.

Als ob wir jetzt nicht mehr zusammenarbeiten würden. Da ich meinen Mund kurz zum Sprechen öffnen kann, will ich ihm erklären, dass Brecht gesagt hat, Liebe sei eine Produktionsgemeinschaft, aber dazu reicht die kurze Atempause nicht. Ich verzichte auf den literarischen Exkurs und stürze mich in die dargebotene Alternative.

»Was ist das für ein Gerumpel?« Mit dem langsamen Öffnen der Augen kann ich die Geräusche, die mich geweckt haben, sortieren, und nun erkenne ich auch den Duft von Kaffee, der bis an mein Bett zieht. Soll ich aufstehen und ihm helfen? Nein, die Vorstellung, mit einer Tasse Kaffee und der Aussicht auf mehr als ein Frühstück geweckt zu werden, koste ich aus und beschließe, sofort wieder einzuschlafen. Was mich daran hindert, ist die Tatsache, dass ich nicht nur das Geklapper des Geschirrs, sondern auch Stimmen höre. Eine Stimme ist mir seltsam vertraut, so als würde ich sie schon ewig kennen. Scheiße, wie peinlich, was macht Charlie denn hier?

Meine Tochter ist alt genug, um zu wissen, dass auch ihre Mutter ein Liebesleben haben könnte, aber dass sie dem dazu gehörigen Liebhaber unvorbereitet in der Küche begegnet, ist bei aller Toleranz nicht vorgesehen. Hoffentlich hat sich Christian wenigstens angezogen. Auf dem Weg in die Küche ziehe ich kurz in Erwägung zu behaupten, dass Christian im Gästezimmer übernachtet habe, aber der schnelle Seitenblick ins Wohnzimmer führt den Gedankenblitz ad absurdum. In der Küche stirbt die letzte Hoffnung, mich aus der Affäre ziehen zu können, als Christian mich halb bekleidet begrüßt.

»Du bist ja wach. Ich wollte dir gerade Kaffee ans Bett bringen.«

Ich glaube, dass ich im Angesicht meiner Tochter ungefähr die Farbe der Tomaten im Gemüsekorb angenommen habe. Charlie macht ganz auf lässig, grinst mich breit an und signalisiert mit spürbarem Vergnügen, dass sie keineswegs die Absicht hat, mich durch einen schnellen Abschied aus der Peinlichkeit dieser Frühstücksrunde zu entlassen.

»Gut geschlafen, Mama?«, fragt dieses Biest, und das Grinsen verbreitert sich. »Ich hatte mir schon Sorgen gemacht, weil ich gar nichts von dir gehört habe. Ich konnte ja nicht wissen, dass du was Besseres zu tun hattest, als mir auf die Nerven zu gehen.«

Schön, dass Christian so fröhlich mitlachen kann.

»Charlie hat mir erzählt, dass du dir so wahnsinnige Sorgen wegen ihrer Verhaftung machst, und ich habe ihr erklärt, dass du in Wirklichkeit total stolz auf sie bist. Da habe ich doch nicht zu viel verraten?«

Da sich der Boden nicht unter mir öffnet, setze ich mich einfach in die Runde und versuche das Kunststück zu vollbringen, unbefangen und souverän meinen Kaffee zu trinken.

»Was machst du überhaupt hier?«, nehme ich das Gespräch wieder auf, und Charlie ist tatsächlich so gnädig, nicht weiter darauf einzugehen, dass ein halb nackter Mann mit uns am Tisch sitzt.

Es dauert nur ein paar Sekunden, bis Christian merkt, dass bei uns ein vertrauliches Mutter-Tochter-Gespräch ansteht. Er verabschiedet sich aus unserer kleinen Runde.

»Ich finde allein raus und rufe dich nachher an. Okay?«, und weg ist er.

»Der geht doch nicht so?«

»Nein, ich bin sicher, dass er sich noch anziehen wird.«

Wir lachen zusammen, bis die Wohnungstür ins Schloss fällt.

»Willst du mir was erzählen, Mama?«

»Christian ist ein Autor, mit dem ich zusammenarbeite.«

»Nach Arbeit sieht das hier aber nicht aus.«

Ich lasse mich von diesen kleinen Spitzen nicht von meinem pädagogisch einwandfreien Kurs abbringen.

»Ja, er gefällt mir, aber ob wir eine Chance haben, weiß der Himmel.«

Meine Tochter schaut mich fragend an.

»Aber du fändest das schon gut, oder?«

Ein zartes Nicken als Antwort muss reichen.

»Papa wird sich bestimmt für dich freuen.«

Ich bin eigentlich nicht der Meinung, dass Robert der Nächste sein sollte, der die guten Nachrichten erfährt, aber wenn ich Charlie bitten würde, das für sich zu behalten, käme ich mir schäbig vor. So eine schöne Nacht, warum sollte ich sie verleugnen?

»Keine Sorge, Mama, ich bin so was von verschwiegen.«

Da macht sich ein bisschen Erleichterung breit.

»Ich habe übrigens auch Neuigkeiten.«

»Malte? Das weiß ich doch sowieso schon. Mütter haben Antennen für so was.«

»Ich habe eine Vorladung bekommen, aber Klaus hat gesagt, da muss ich nicht hin.«

Dann mal runter von der rosaroten Wolke und zurück in mein kleines Leben.

»Das kriegen wir schon hin, meine Kleine.«

Ich ziehe Charlie in meine Arme, wo sie ein zartes »Ich bin nicht klein« brummelt.

Eine Vorladung muss noch nichts bedeuten, aber sie deutet zumindest darauf hin, dass die Sache nicht so einfach im Sande verlaufen wird. Was soll denn der Mist? Hat die Polizei nichts anderes zu tun, als meine kleine Tochter zu verfolgen? Es gibt doch genug richtige Verbrecher.

Den Tag verbringe ich wie auf Watte. Die Nacht war kurz, und ich spüre Christian noch auf jedem Zentimeter meiner Haut.

Ich bin ganz schön durcheinander. Gut, dass Malou heute Abend kommt. Was koche ich uns eigentlich? Nudeln fallen aus, schade, keine Kohlehydrate am Abend. Das ist eisernes Gesetz, vor allem, wenn man frisch verliebt ist und aus gutem Grund auf die Figur achten sollte. Andererseits gibt es Ausnahmen von jeder Regel. Gehört Verliebtsein dazu? Bestimmt. Ein schwerwiegender Konflikt, wenn Regel und Ausnahme denselben Grund haben.

Ich bin schon die halbe Treppe runter, als ich mein Telefon klingeln höre. Wer auch immer mich erreichen will, wird es sicher später noch mal versuchen. Das könnte allerdings auch Christian sein, also lege ich einen Aufwärtssprint hin. Als Robert sich meldet, kann ich nur schnaufen.

»Was ist denn mit dir los?«

»Nichts, bin nur die Treppe hochgerannt.«

»Aha.«

Dieses »Aha« hat in unserer Familie eine besondere Bedeutung. Es ist sicher das komplizierteste Wort in unserem gemeinsamen Sprachschatz. Manchmal heißt es gar nichts außer »Aha«. Es kann aber auch genauso gut ausdrücken, dass der Hörende kein Wort von dem glaubt, was der Sprechende sagt. Meistens sagen wir mit den drei Buchstaben: »Mir kannst du nichts vormachen, ich habe dich durchschaut.«

Dann gibt es aber auch noch den strategischen Einsatz des Wortes – der ist perfide. Der Hörende weiß in Wirklichkeit gar nichts, blufft aber mithilfe von »Aha«, sodass der Sprechende denken muss, weiteres Schweigen sei sinnlos, um dann Dinge preiszugeben, die er lieber für sich behalten hätte. Egal, welche Variante Robert gerade gewählt hat: Ich falle nicht darauf rein.

»Hat Charlie schon mit dir gesprochen?«

Das hat sie. Robert ist genauso schockiert wie ich, dass die Wahrscheinlichkeit eines Gerichtsverfahrens größer wird, aber er klingt nicht besorgt, eher traurig. Hat Charlie womöglich noch mehr erzählt? Aber selbst dann hätte Robert eigentlich keinen Grund, traurig zu sein. Christian ist nicht der erste Mann, mit dem ich seit unserer Trennung eine Nacht verbracht habe. Wie auch immer, für zeitraubende Spekulationen ist die Zeit zu knapp.

Als ich vom Einkaufen zurückkomme, steht Malou schon vor der Tür.

»Du brauchst gar nichts zu sagen, man sieht dir an, was gelaufen ist.«

Komisch, dass sie trotzdem alles wissen will, und zwar so ausführlich, wie ich es auf keinen Fall erzählen werde.

»Hatte er Kondome mit?«

Warum muss Malou das wissen, frage ich erst mich und dann sie.

»Wenn er welche dabei hatte, dann hat er es entweder von langer Hand geplant oder er ist ein professioneller Stecher.«

Das macht sie extra, weil sie genau weiß, dass ich eine poetischere Sprechweise vorziehe.

»Nee, hatte er nicht«, antworte ich und drücke Malou eine Flasche Wein in die Hand, damit ihr Interesse einen anderen Fokus bekommt.

Frauen sind multifunktional und in bestimmten Situationen multimultifunktional. Eine Flasche Wein zu öffnen und mich weiter auszuquetschen, ist für Malou noch nicht mal ansatzweise eine Herausforderung. Ich gebe vor, dass das Aufsetzen des Nudelwassers meine volle Aufmerksamkeit erfordere. Sinnloserweise.

»Aber hast du denn Präser im Haus?«

Ich sage nichts, und das reicht als Antwort vollkommen aus,

um eine detaillierte Zusammenfassung des letzten Gesprächs zwischen Malou und unserer gemeinsamen Frauenärztin serviert zu bekommen. Die Kurzfassung: Wenn die Wechseljahre beginnen, sammelt der weibliche Körper noch ein letztes Mal alle Kräfte, um seiner biologischen Pflicht nachzukommen. Malou ist aber natürlich bereit, die Patentante des Babys zu werden.

»Das ist doch Blödsinn«, sage ich überzeugt und hoffe es inständig.

Nein, das Aidsreferat will ich nicht auch noch hören. Ich weiß es, aber manchmal nutzt Wissen eben wenig. Während wir die Nudeln essen, klingelt das Telefon wieder.

»Geh ruhig ran, das ist er bestimmt«, ermuntert mich Malou.

Ist er nicht, es ist Hubert, den könnte ich zwar abwimmeln, aber wegdrücken sollte ich ihn angesichts unserer angespannten Gesamtwetterlage besser nicht.

»Sorry, dass ich so spät noch anrufe, aber es ist wichtig.«

»Kein Problem, aber ich habe Besuch, können wir's kurz machen?«

»Klar. Kannst du morgen ins Büro kommen? Da kommt ein Autor, mit dem ich unbedingt was machen will. Ich hätte dich gerne dabei.«

An sich sind das gute Nachrichten, weil ich offensichtlich nicht gefeuert bin, aber kann es wirklich sein, dass Hubert überhaupt nicht sauer auf mich ist? Ich frage ihn einfach.

»Quatsch, bin ich nicht. Ist doch alles geklärt.«

»Wie geklärt?«

Hubert ist hörbar irritiert.

»Hat Christian nicht mit dir gesprochen?«

Doch, hat er, aber das werde ich Hubert sicher nicht auf die Nase binden.

»Nee, den habe ich schon ein paar Tage nicht mehr gesehen.«

»Komisch.«

»Wieso?«

»Na ja, also, ich war gestern kurz mit ihm beim Thai, weißt du, der am Fasanenplatz, da waren wir auch schon mal. Ich meine, Christian hätte mir gesagt, dass er dich später noch sehen würde.«

Hubert teilt mir seine große Freude darüber mit, dass Christian sein Buch nun doch umarbeite. »Wäre doch zu schade, das einfach in die Schublade zu packen. Hat Svenja übrigens auch sofort gesagt. Na, ist ja auch egal, die beiden werden das schon schaukeln, was? Und wir sehen uns dann morgen, ja?«

Was ist die Steigerung von: »Ich bin platt«?

Nachdem ich aufgelegt habe, wanke ich mehr in die Küche, als dass ich gehe. Als Malou mein Gesicht sieht, gießt sie sofort mein Glas wieder voll.

»Das war hoffentlich nicht Christian?«

Nein, das war nicht Christian, es war viel schlimmer. Malou hört konzentriert zu, als ich ihr wiedergebe, was Hubert mir gerade berichtet hat. Er war mit Christian bei »unserem« Thai. Von wegen Christian wollte auf keinen Fall, dass ich auf ihn warten muss. Er ist einfach sitzen geblieben, als seine Besprechung mit Hubert vorbei war. Die beiden haben sich problemlos darauf geeinigt, dass Christian sein Buch umschreibt. Hubert wird das Projekt als Chefsache selbst betreuen, und meinen Job macht die blöde Kuh Svenja. Ich bin raus.

»Und Christian hat kein Wort davon gesagt?«

»Nicht ein Sterbenswort.«

Die folgenden Flaschen Wein enden alle mit demselben Fazit.

»Was für ein Arschloch!«

Da selbst Malous grobe Promilleberechnung ergibt, dass Autofahren keine gute Idee ist, biete ich ihr das Gästebett an. Mein Bett beziehen wir neu, weil ich in Christians Geruch kein

Auge zutun würde. Und obwohl wir beide sternhagelvoll sind, ist Malou noch so weit bei Sinnen, dass sie verhindert, dass ich mein Sofa vom Balkon auf die Straße werfe.

Todmüde und bitter enttäuscht, dass ich mich so in Christian irren konnte, falle ich ins Bett. Warum hat er nichts gesagt? Warum hat er das gemacht? Es nutzt nichts, dass wir die Bettwäsche gewechselt haben, ich kann in meinem Bett einfach nicht schlafen. Das Herz voller Fragen, wandere ich in Charlies altes Bett und kuschele mit ihrem Esel, bis ich endlich einschlafe.

Nach einer unruhigen Nacht erwarten mich Malou und ihr bereits ausgearbeiteter Schlachtplan mit einem großartigen Frühstück in der Küche. Auch wenn ich lustlos in dem liebevoll vorbereiteten Obstteller herumstochere, schafft es Malou nach und nach, meine Lebens- und Kampfgeister zu wecken. Erstens: Ich werde nie, nie wieder mit Christan sprechen. Wenn er anruft, lege ich auf. Wenn ich ihm zufällig begegne, werde ich lässige Contenance bewahren. Wenn er fragt, was los sei, werde ich antworten: »Ich stehe nicht auf Medienhuren.« Zweitens: Sollte ich zufällig den Redakteur treffen, für den er sein Drehbuch vermurkst, werde ich unauffällig zitieren, was Christian so alles über ihn zum Besten gegeben hat. Drittens: Mit Hubert werde ich weiter zusammenarbeiten, als sei nichts gewesen. Und im Übrigen werde ich mich auf das konzentrieren, was wichtig ist, und das ist Charlie.

»Kann ich dich alleine lassen?«

»Klar, danke, dass du hier warst.«

Nachdem Malou gegangen ist, löst sich der schöne Schlachtplan in Luft auf. Ich fühle mich alt und grau und krank, und eigentlich will ich nichts anderes tun, als mir die Decke über den Kopf ziehen. Und das mache ich auch. Vor Selbstmitleid zerfließend, gehe ich zurück ins Bett, bis das Telefon mich zwingt, wieder aufzustehen.

»Der Arsch ist es nicht wert, sich im Bett zu verkriechen. Los, steh auf! Kümmere dich um unsere Oldie-Party.«

Eigentlich hätte ich mir denken können, dass Malou meinem gefassten Frühstücksauftritt nicht traut. Erst nachdem ich ihr hoch und heilig versprochen habe, keine Träne mehr zu vergießen und mich sofort an die Arbeit zu machen, entlässt sie mich aus ihren fürsorglichen Fängen. Wo ist eigentlich mein blödes Handy? Mir fällt auf, dass es noch gar nicht geklingelt hat, also mache ich mich auf die Suche. Das Ding liegt noch im Schlafzimmer, und Christian hat mir eine Nachricht hinterlassen. »Schade, dass ich nur die Box dranhabe. Nora, das war wunderschön mit dir, das wollte ich dir sagen, und dann wollte ich dir noch erzählen, was es Neues wegen unseres Projekts gibt. Hatte ich eigentlich schon bei unserem Frühstück vor, aber dann kam deine Tochter. Ruf mich doch zurück. Auf ganz bald, meine Schöne.«

Das kann er aber so was von vergessen. Der ist doch nicht bei Trost. Wahrscheinlich weiß er inzwischen, dass Hubert mit mir gesprochen hat – und da hat der trotzdem die Nerven, meine Mailbox vollzuquatschen. Der Arsch. Von wegen »unser Projekt«, der hat sie doch nicht alle!

Wut ist eigentlich ein guter Motor, um Schwung in meinen Tag zu bringen. So schnell wie heute habe ich noch nie einen Text geschrieben. Ich schildere, was Charlie in Gorleben passiert ist, dass nun ein Prozess droht und dass ich gerne Unterstützung hätte von denjenigen, mit denen ich mich schon vor Jahrzehnten den Atomplänen der Bundesregierung widersetzt habe.

»Es kann doch nicht sein, dass wir vor dreißig Jahren völlig umsonst demonstriert haben? Wenn unsere Kinder das fortsetzen, dann dürfen wir sie nicht alleine lassen.« Ein bisschen pathetisch, aber das kann nicht schaden. »Abgesehen vom Ernst des Anlasses freue ich mich, möglichst viele von euch wiederzusehen. Für den 11. März habe ich einen Tisch in der Osteria Ribaltone reserviert.«

Die E-Mail-Adressen von Berthold, Christina und Bella hat Paul mir geschickt. Tom kann am Telefon rumwüten, wie er will, er kriegt Post von mir. Michael, Susanne und Johanna, fertig, abschicken. Wenn alle zusagen, wird das eine ganz schön explosive Mischung. Aber ich setze drauf, dass die langen Jahre die Sprengkraft reduziert haben. Das Ganze geht in Kopie an Charlie und natürlich an Robert.

Langsam muss ich mich auf den Weg zu Hubert machen, ich will meinen Brötchengeber nicht warten lassen.

Der Autor, den Hubert mir vorstellt, entpuppt sich als Autorin. Ich mag sie sofort. Ihre Idee, eine Geschichte über ihre alternden Eltern zu machen, macht mir etwas Angst, ist aber mit Sicherheit ein relevantes Thema, dem wir uns alle stellen müssen. Mich interessiert das, und ich will gerne dabei helfen, das schwierige Thema so zu überarbeiten, dass wir einen Auftraggeber dafür finden.

»Also los, wir gehen das an.«

Hubert überrascht mich. Eigentlich liegen ihm düstere und ernste Geschichten nicht so, aber vielleicht ist ihm gar nicht klar, wie schwer es werden wird, einen solchen Stoff unterzubringen. Ich verabrede einen Termin mit der Autorin, und mit großer Zuversicht verabschieden wir uns voneinander.

»Hast du noch einen Moment, Nora?«

Bitte, welche Macht auch immer, mach, dass Hubert nicht mit mir über Christian reden will.

»Es tut mir leid, dass ich dich neulich am Telefon so angeblafft habe. Das wollte ich nur noch loswerden.«

»Schon vergessen, aber danke, dass du das sagst.«

Nachdem wir uns unserer gegenseitigen Wertschätzung versichert haben, mache ich mich wieder auf den Weg nach Hause. Ich bin sehr gespannt, ob schon jemand auf meine E-Mail reagiert hat.

Das einzig Gute an Liebeskummer ist, dass man nichts essen muss, also auch nichts einkaufen und nichts kochen. Das spart Zeit, und deshalb kann ich mich ohne jeden Umweg an meinen Computer setzen. Wow, so schnell so viele Antworten. Und fast alles Zusagen. Robert gratuliert mir zu meinem politischen Comeback und hat mir eine Musikdatei angehängt. Als ich sie öffne, singt Rio Reiser: »Macht kaputt, was euch kaputt macht«. Ich staune, dass ich den Text immer noch kann, und singe mit, während ich die nächste Mail öffne.

»Ich komme auf jeden Fall«, schreibt Michael, sachlich wie immer.

Unsachlich wie immer ist Pauls Mail.

»Ich hatte ja schon gesagt, dass ich nur komme, wenn Michael nicht kommt. Halt mich auf dem Laufenden. Schön, dass du Bella eingeladen hast.«

»Klar. Kannst du nicht auch endlich mal über deinen Schatten springen?«, lautet meine schnelle Antwort an Paul.

»Könnte ich, will ich aber nicht. Dein Paul.«

So ist er, so war er immer und so wird er auch immer bleiben. Berthold und Christina haben auch zugesagt. Berthold schreibt, dass er irgendwo noch Flugblätter vom Aktionsbündnis Südliches Münsterland hat.

»Wenn ich die finde, bringe ich sie zum Klassentreffen mit.«

Das wäre lustig. Johanna freut sich, Susanne nicht so, aber sie kommt, und so geht es munter weiter.

Wenn die es wirklich alle ernst meinen, werden wir mindestens zehn Leute. Da habe ich mich auf was eingelassen. Von Svenni habe ich keine E-Mail-Adresse gefunden, den rufe ich einfach an.

»Hallo, hier Svenni, wer da?«

Stimmt, das fand man in den Achtzigern lustig, sich so am Telefon zu melden, aber heute?

»Hallo, Svenni, hier ist Nora. Nora Bergenhaus, erinnerst du dich?«

»Bergenhaus, du altes Haus, klar erinnere ich mich.«

Ich bin sprachlos, dass Svenni ganz genauso ist wie früher. Zumindest hört er sich so an. Immer zu einem Scherz aufgelegt, den in erster Linie er lustig findet, und immer volle Fahrt wohin auch immer, voran. Ich erzähle ihm kurz von meinen Plänen und lege ihm deutlich nahe, dass ich sehr gut verstehe, wenn es ihm zu aufwendig ist, deshalb extra nach Berlin zu kommen.

»Null Problemo, alles paletti. Ist doch jovel, euch alle wiederzusehen. Ich schmeiße mein Moppett an und dann ab auf die Piste.«

Motorrad fährt er also auch immer noch. Früher war ich lange geschmeichelt, dass er mich so gerne mitnahm, bis ich bei der achten Runde durch das Autobahnkreuz Münster endlich kapiert hatte, dass es nicht um mich, sondern um mein Gewicht ging. Mit mir hintendrauf lag die BMW tiefer und ließ sich problemlos auf die Zylinder legen. Svenni konnte dann bei seinen Kumpels angeben, wie doll die Dinger abgeschliffen waren.

»Ich brauche nur noch was zu pofen. Da rufe ich Albert an, den kann ich doch mitbringen?«

Albert? Oh, ob das eine gute Idee ist? Immerhin ist Bella eingeladen, und ich bin ja auch da.

»Wenn er Lust hat zu kommen, natürlich gerne.«

Bella und ich haben uns Albert gegenüber unmöglich aufgeführt. Wir hatten die Weisheit mit Löffeln gefressen und waren beseelt davon, ihm seine Defizite aufzuzeigen. Das ist so peinlich. Hoffentlich hat er es vergessen.

Als ich gerade Svenni und Albert auf die Gästeliste schreibe, ruft Robert an. Er will wissen, ob ich seinen Solidaritätsbeitrag bekommen habe. Statt zu antworten, spiele ich die Datei noch einmal ab und lasse ihn mithören. Gegen Ton, Steine, Scherben schreit er an, dass er gerne den Soundtrack der Zeit zu unserem Abend beisteuern wird.

»Wieso? Kommst du denn nicht?«

»Du weißt doch, dass ich für so etwas nicht geschaffen bin. Außerdem kenne ich keinen und was soll ich dann da?«

Charlie ist immerhin auch seine Tochter, aber er hat recht. Robert würde sich wahrscheinlich den ganzen Abend unwohl fühlen, und ich hätte das Gefühl, dass ich mich um ihn kümmern muss.

»Sag mal, was machst du heute Abend?«, will er wissen, als ich unser Gespräch eigentlich schon für beendet halte.

»Nichts. Wieso?«

»Ich bin zu einer Premiere eingeladen und kann eine Begleitung mitnehmen. Hast du Lust?«

Das ist allemal besser, als hier Trübsal zu blasen. Der Film interessiert mich zwar nicht, aber wahrscheinlich sind eine ganze Menge netter Leute da. Warum eigentlich nicht?

»Gerne. Wann und wo?«

»Acht Uhr. Potsdamer Platz. Ich habe direkt vorher einen Termin im Büro, sonst würde ich dich abholen. Kannst du dir ein Taxi nehmen? Ach, und Charlie kommt wahrscheinlich auch.«

Dafür, dass ich so am Boden zerstört bin, ist meine Laune eigentlich überraschend gut, als ich fünf Stunden später im Taxi sitze. Es gefällt mir, dass ich dermaßen cool darüber hinweggehe, dass

Christian mich so verarscht hat. Du schaffst mich nicht, du Depp!

Robert erwartet mich vor dem Kino. Gemeinsam gehen wir über den roten Teppich, grüßen hier und plaudern dort, und dann geht es auch schon los. In der Sekunde, in der das Licht ausgeht, sehe ich noch, dass sich Charlie und Malte in den Saal reinschlängeln. Wir gucken einen dieser Filme, die weder gut noch schlecht sind. Er wird keine Chance an der Kinokasse haben, aber alle Mitwirkenden sind rasend stolz auf das, was sie in liebe- und mühevoller Arbeit und mit großem Engagement geleistet haben. Das Problem ist nicht dieser Film, sondern die Tatsache, dass es davon Hunderte gibt, die sich gegenseitig den Weg auf die Kinoleinwand versperren. Während der Abspann läuft, überlege ich mir, was ich dem Regisseur Nettes sagen kann, dem ich draußen mit Sicherheit über den Weg laufen werde.

»Nora, das freut mich aber, dass du meinen Film angeschaut hast.«

Der Regisseur zeigt das professionelle Lächeln, das er heute Abend noch viele Male auf sein Gesicht zaubern wird.

»Die Freude ist ganz auf meiner Seite. Danke für den Film, ich drücke euch ganz doll die Daumen für den Kinostart.«

Robert staunt, wie ich es schaffe, derart liebevoll nichts zu sagen. Bevor ich dem Nichts ein Irgendetwas hinzufügen muss, kommen schon die nächsten Gratulanten, und wir können uns aus dem Staub machen.

»Was war das denn für ein Scheiß? Ich wäre fast eingepennt«, höre ich Charlie hinter mir meckern, der ich wohl hundert Mal eingebläut habe, dass sie sich bei Gelegenheiten wie dieser etwas zurückhalten soll.

Sinnlos, an meiner Tochter ist die gute Erziehung spurlos vorbeigegangen.

»Oh, meine Mutter und mein Vater und dann auch noch zusammen«, begrüßt sie Robert und mich, als sie uns eingeholt hat.

»Mama, guck' mal, da ist …«

Ich habe durchaus registriert, wer da ist und vor allem mit wem er da ist, und sage so scharf »Nein«, dass meine Familie mich erstaunt ansieht.

»Doch, da ist Christian«, insistiert Charlie und fängt hektisch an zu winken.

Robert, den mein Tonfall sichtlich irritiert hat, der die Schärfe darin aber entschlüsseln kann, bremst Charlie.

»Lass mal. Ich glaube, Nora hat gerade keine Lust auf Jobkontakte.«

Verwundert gibt meine Tochter Ruhe.

»Wollt ihr noch auf die Party oder gehen wir woanders was trinken?«

Als ich schon auf dem Weg vor die Tür bin, höre ich Robert unserer Tochter zuraunen: »Das heißt wohl keine Party.«

Die Bar des Hyatt scheint mir die Christian-freieste Zone des Potsdamer Platzes zu sein. Wir finden ohne Probleme einen schönen Tisch, und Charlie erinnert sich, wie gut die Hamburger hier sind. Ich mag nichts essen und begnüge mich mit einem Wasser. Auf dem Weg zur Toilette kommen mir auch noch die Tränen. Ach, verdammt noch mal, was soll denn der Scheiß jetzt? Schlimm genug, mir so in den Rücken zu fallen, aber das mit einem Kinobesuch zu feiern und dann mit dieser blöden Svenja, ist das Allerletzte. Dass ich selbst im Kino war, ist noch lange keine Entschuldigung. Als ich aus der Kabine komme, steht Charlie besorgt vor mir.

»Was hast du denn?«

»Ach, nichts, lass mal.«

»Dafür, dass du nichts hast, siehst du aber ganz schön verheult aus.«

Dieses mangelnde Feingefühl hat sie nicht von mir, aber irgendwie rührt es mich, dass sie sich Sorgen um mich macht.

»Ist schon gut, Charlie, nur das mit Christian, das war ein Fehler. Ich will aber nicht drüber reden.«

Charlie guckt mich zwar zweifelnd an, begleitet mich jedoch ohne weitere Nachfrage zurück zu unserem Tisch, auf dem schon die Hamburger warten. Während Charlie und Malte munter drauflosmampfen, erzähle ich Robert, wer schon alles zugesagt hat. Zwischen zwei Bissen lobt mich Charlie, und Malte fragt nach, ob schon alle seinen Aufruf unterschrieben hätten.

»Das will ich erst mit denen besprechen, und dann machen wir das vor Ort. Den Text haben sie.«

Beide finden das blöd, aber ich kann Menschen, die ich seit über zwanzig Jahren nicht gesehen habe, schließlich nicht einfach so überfallen.

»Guck mal, Mama, da ist …«

Ich gucke streng den Text »Nicht schon wieder, Charlie«, aber da sagt Robert bereits: »Hallo, Malou, dich habe ich aber lange nicht gesehen.«

»Störe ich das traute Familienglück?«

»Du doch nicht«, begrüßt Charlie ihre heiß geliebte Wahltante und küsst Malou herzlich auf beide Wangen.

Ich bin mir sicher, dass Malou Ketchup-Küsse nicht für den größten Genuss aller Zeiten hält, aber dafür bewahrt sie erstaunlich liebevoll Haltung.

»Und das ist dein neuer Freund. Toll, dass ich dich endlich auch mal kennenlerne. Ich darf doch du sagen?«

»Klar, ich bin Malte.«

Und damit haben dann auch Robert und ich offiziell erfahren, dass Charlie und Malte ein Paar sind.

»Hast du gesehen, mit wem die Flachpfeife da war?«, empört sich Malou, noch bevor sie Platz genommen hat.

»Ist ja wohl das Letzte. Na, dem hätte ich was erzählt, aber in dem Gewühl habe ich ihn leider aus den Augen verloren.«

Robert schaut mich fragend an, ist aber zu diskret, um sich zu erkundigen, worüber Malou redet. Nun gibt Charlie meine Retterin.

»Kommst du auch zu Mamas revolutionärem Treffen?«

»Was ist das denn für eine Frage? Aber sicher. Du doch wohl auch, du bist immerhin die Hauptperson.«

Darüber habe ich überhaupt noch nicht nachgedacht. Ich hatte Charlie nicht als Gast auf dem Zettel. Natürlich hat Malou recht, aber irgendwie ist es komisch, mir Charlie im Kreise meiner alten Freunde vorzustellen. Es fühlt sich an, als würde man die Chronologie der Zeit auf den Kopf stellen. Die einen sind meine Vergangenheit, und Charlie ist meine Gegenwart und meine Zukunft. Einige der zu erwartenden Gäste kennt sie zwar, teilweise sogar gut, aber von Begegnungen, die mit unserem jetzigen Leben zu tun haben. Wenn ich Charlie mit auf meine Zeitreise nehme, dann sieht sie mich ein bisschen so, wie ich in ihrem Alter war. Will ich das?

»Aber klar will sie das.«

Offensichtlich hat Charlie Malou gesagt, dass sie nur kommt, wenn ich das will.

»Oder, Nora?«

»Aber sicher.«

Nur Robert merkt, dass ich mir dessen gar nicht so sicher bin.

Nach der dann doch noch fröhlichen Runde fährt Robert mich nach Hause. Heute bin ich tatsächlich zu müde, um noch zu laufen.

»Ist alles okay bei dir?«

Ich hatte schon darauf gewartet, dass er fragt, und denke einen Moment darüber nach, ihm zu erzählen, was passiert ist.

»Alles bestens, warum fragst du?«

Er sieht mich mit diesem Mir-kannst-du-nichts-vormachen-Blick an und sagt: »Wenn du nicht drüber reden willst, auch gut, aber du weißt schon, dass ich für dich da bin?«

Ja, das weiß ich und bin froh darüber, aber über Sex mit dem Falschen kann man nun mal nicht mit dem Exmann sprechen.

»Danke, aber es ist alles gut. Ich habe nur zu wenig geschlafen.«

»Dann schlaf gut«, antwortet er und macht sich auf den Weg nach Hause.

Wo war Hasi eigentlich heute, frage ich mich, als ich meine Wohnungstür aufschließe und meine unfassbar leere Wohnung betrete. Hatte wahrscheinlich wieder mal Kopfschmerzen. Ein tröstlicher Gedanke, der mich sanft in den Schlaf wiegt.

8.

Sport fällt heute aus. Ich habe wunderbar geschlafen und bin nicht bereit, die so erlangte Erholung durch übermäßige Aktivität sofort wieder aufs Spiel zu setzen. Außerdem bin ich so neugierig, ob mich noch weitere Rückmeldungen erreicht haben, dass ich sofort meinen Rechner hochfahre: Christian, und das auf nüchternen Magen.

»Nora, Nora, Nora, sprich mit mir. Habe ich dich gestern gesehen? Du bist sauer auf mich, ich weiß. Hubert hat mir schon gesagt, dass du sehr überrascht warst, dass ich mein Buch nun doch ändern will. Wirf einen Blick auf meine Kontoauszüge und du wirst mich verstehen. Wie gerne hätte ich mit dir darüber gesprochen, aber unser Abend war so wunderbar, du warst so wunderbar, wir waren so wunderbar. So bist du, du hast den Mist einfach aus meinem Kopf gezaubert. Haben wir nicht etwas viel Schöneres gefunden als dieses blöde Drehbuch?«

Löschen. Sofort löschen. Die Sonne scheint, ich werde augenblicklich zum Winterfeldtmarkt gehen und dort frühstücken. Ich werde keine Sekunde über Christian nachdenken, ich werde mich nicht grämen, ich werde mir den Tag nicht vermiesen lassen.

Als ich im Honeypenny Milchkaffee serviert bekomme, habe ich keine Sekunde nicht über Christian nachgedacht. Sex gegen Drehbuch? Was denkt er sich eigentlich? Ich habe immerhin meinen Job riskiert, weil ich ihn davor bewahren wollte, seinen Ruf zu verlieren. So toll war der Sex dann auch wieder nicht. Immer, wenn ich in Gedanken gemein werde, wird meine Laune besser, aber sie ist noch nicht gut genug, um mich vor dramatischen Selbstzweifeln zu schützen. Warum bin ich ihm noch nicht mal ein läppisches Drehbuchhonorar wert? Das Mindeste wäre doch gewesen, dass er mit mir darüber spricht. Er kann doch nicht hinter meinem Rücken einen Deal mit Hubert einfädeln! Warum muss ich mich immer in diese miesen Typen verlieben, die zwar eine Riesenwelle machen, aber beim kleinsten Gegenwind den Schwanz einziehen?

»Liebe Nora, immer? Wann hast du dich denn das letzte Mal auf einen Mann eingelassen? War das noch vor dem Fall der Mauer?«

»Jaha, ist ja gut.«

»Ein einziges Mal, seit Robert weg ist.«

»Ja, aber …«

»Ruhe. Ich rede. Da ist das Risiko dann eben hoch. Wer weiß, wie viele tolle Männer dir in den ganzen Jahren entgangen sind.«

»Was ist das denn für eine abenteuerliche Theorie?«

»Das ist keine Theorie, das ist Mathematik! Jeder einzelne Mann birgt ein Fifty-Fifty-Risiko. Es kann gut oder schlecht gehen.«

»Klar.«

»Bei zwei Männern ist es nur noch zweimal 25:25 und bei vieren …«

»Sag mal, hast du was geraucht?«

»Nee, wieso? Ist doch klar, mehr als hundert Prozent Risiko gibt's doch nicht.«

»Du hast bei Malou rechnen gelernt.«

»Und du dich einmal in den Falschen verliebt.«

»Und nun soll ich tausend Frösche küssen?«

»Das macht jedenfalls mehr Spaß, als sich wie eine Auster zu verschließen.«

»Was nicht die schlechteste Strategie war, wie sich gerade wieder mal gezeigt hat.«

»Nun lass aber mal die Kirche im Dorf. Das war doch wohl nichts Ernstes, doch nicht so wie Robert …«

»Was auch schiefgegangen ist.«

»So ist das nun mal mit der Liebe, sie kann auch schiefgehen, aber waren es nicht wunderbare Jahre?«

»Schon.«

»Siehst du.«

»Ich hasse Frösche.«

»Hat's Spaß gemacht mit Christian?«

»Ja.«

»Na, bitte, dann behalt den Spaß in Erinnerung und vergiss den Rest.«

»So einfach?«

»Genau so einfach, je mehr Frösche, desto größer die Chance auf einen Prinz.«

»Kann ich nicht.«

»Wieso? Ich kann das doch auch.«

»Ja, du.«

»Was soll das nun wieder heißen, Nora?«

»Ich bin nicht wie du.«

»Stimmt, viel besser, Nora, du bist ich.«

Mein Alter Ego hat mich aus dem Stimmungstief befreit. Wenn ich schon mal hier bin, kann ich auch gleich auf dem Markt einkaufen, dann habe ich das erledigt, und den Rest des Tages beschäftige ich mich nur mit wichtigen Dingen.

Malou, Michael, Berthold, Christina, Svenni, Albert, Johanna und Susanne kommen. Bella hat inzwischen auch zugesagt, Paul kommt nicht, Robert auch nicht. Klaus' Mail klingt ein kleines bisschen beleidigt, weil er nur von Charlie von dem Treffen erfahren hat, aber er kommt und er bringt seine Freundin mit. Tom hat auf meine Mail natürlich nicht reagiert, aber ich hab's versucht, wenn er nicht will, ist es vielleicht auch besser so. Berthold wird noch Shortie mitbringen. Welchen Shortie? In seiner Mail steht »Shortie kann sich noch gut an dich erinnern. Du dich auch an ihn? Ihr seid euch in deiner Münsteraner WG begegnet, er war mit Max-Eric befreundet.«

Shortie? Der bestaussehende Medizinstudent der Stadt? Seinetwegen hätte ich um ein Haar mein Germanistikstudium geschmissen und auf Medizin umgesattelt. Was ziemlich blöd gewesen wäre, da ich bis heute kein Blut sehen kann.

Nora packte schnell noch ein paar Socken ein. Eine Hausbesetzung im Winter war wirklich das Dämlichste, was sich die linke Szene einfallen lassen konnte. Michael und Paul waren schon vor Ort, und Nora konnte sich einfach nicht drücken. Versucht hatte sie es, aber das schlechte Gewissen war stärker als die Angst vor Wetterunbill.

Als Nora vor dem besetzten Haus stand, fragte sie sich, wer da wohl wohnen wollte. Die Lage war gut, zentral, direkt an der Uniklinik, aber sonst? Der Putz bröckelte von der grauen Fassade, einige Fenster waren notdürftig mit Pappe verschlossen, ein mieser Nachkriegsbau, der einem schicken Neubau weichen sollte. Warum eigentlich nicht? Nora wischte den Gedanken schnell beiseite und nahm den Häuserkampf entschlossen auf.

»Wir lassen uns den billigen Wohnraum nicht länger unter dem Hintern wegreißen«, tönte ausgerechnet der Typ vollmundig, in dessen schicker Dreizimmerwohnung im Kreuzviertel Nora kürzlich noch einen sehr lustigen Abend verbracht hatte.

Die würde er für dieses Loch wohl kaum aufgeben. Das Plenum war eine bunte Mischung aus Studenten, Vertretern der umliegenden Land-WGs, ein paar älteren Männern mit einem ausgewachsenen Alkoholproblem und einigen bunten Typen, die Nora nicht zuordnen konnte.

»Verhandeln kommt gar nicht in Frage«, erklärte eine Frau resolut, die Nora aus der Szenekneipe kannte. »Die sollen ihr Angebot auf den Tisch legen. Wir bleiben hier.«

»Die« waren die Besitzer dieser zum Sehnsuchtsobjekt einiger offensichtlich Blinder mutierten Ruine. Und »die« legten niemals ein Angebot auf den Tisch, sondern setzten darauf, dass die Besetzer hier ein paar Stunden froren und dann wieder abzögen. Nora wäre dazu sofort bereit gewesen, aber jetzt war Kreativität im Häuserkampf gefragt.

»Gibt es nicht ein schöneres Haus, das wir besetzen könnten?«

Kollektives Aufstöhnen ließ Noras Umzugspläne durch die zugigen Fenster entweichen. Nach dieser wirklich blöden Bemerkung musste sie sich dringend als tatkräftige Kämpferin profilieren, sonst würde sie unter Yuppie-Verdacht geraten. Paul und Michael guckten schon so, als sähen sie Nora heute zum allerersten Mal in ihrem Leben.

»Dann müssen wir aber auch auf uns aufmerksam machen. Lasst uns Transparente malen und unsere Forderungen auf die Fassade sprühen.«

Positives Gemurmel signalisierte, dass Nora wieder in den Kreis der Aktivisten aufgenommen war. Nach unermüdlichen Diskussionen über den richtigen Text hatte sich das Plenum endlich festgelegt. Das Ergebnis war der kleinste gemeinsame Nenner, auf den man sich einigen konnte, bevor Blut floss:

»Das ist unser Haus!«

Während sich eine Reihe von Leuten mit Farbe und Pinseln

über ein Betttuch hermachte, schnappte sich Nora ein paar Spraydosen, um die Hausfassade zu politisieren. Als sie, ordentlich wie sie war, die Abstände der einzelnen Buchstaben ausgemessen hatte, kam Shortie um die Ecke. Nora kannte ihn nicht gut. Er war ein Freund von Max-Eric, und Nora hatte gehört, dass er es geschafft hatte, den ehemaligen Mitbewohner davon zu überzeugen, das Bogenschießen in die freie Wildbahn zu verlegen. Nora wollte nicht wissen, wie viele Enten schon hatten dran glauben müssen.

Nachdem sie Shortie begrüßt hatte, fragte sie besorgt: »Du hast hoffentlich nicht Max-Eric im Schlepptau?«

»Nee, der hatte was Wichtiges zu tun.«

Von wegen, der war nur zu faul, Flagge zu zeigen, aber egal, Hauptsache, er tauchte nicht auf.

»Soll ich dir helfen?«

Was konnte Nora Besseres passieren, als mit dem zukünftigen Arzt ihres Vertrauens eine Hauswand vollzusprühen? Dank Noras guter Vorarbeit waren die Helden der Spraydose schnell mit der Arbeit fertig. Nun wusste es auch die Öffentlichkeit: »Das ist unser Haus!«

»Und nun?«, wollte Shortie wissen, »wir sind gerade so gut in Fahrt.«

»Anti-AKW-Sonne?«

»Wir haben kein Gelb.«

Tja, dann wurde es wohl nichts mit der Verhinderung der Atomkraftwerke. Auf Frauen- und Männerzeichen hatten Nora und Shortie keine Lust, beides lag deutlich zu tief unter ihren kreativen Möglichkeiten, genauso wie das Anarcho-A.

»Ich hab's«, sagte Shortie und wandte sich einem Fenster im Erdgeschoss zu. »Mach die Augen zu.«

Folgsam wie sonst selten schloss Nora die Augen.

»Fertig, das ist für dich.«

Shortie strahlte so stolz, als hätte er die Mona Lisa gemalt, und Nora schaute auf den Hintern von Kleiner Onkel, den Shortie mit einem gemalten Strick sehr schön am Fensterholm angebunden hatte.

»Das Pferd von Pippi Langstrumpf?«

»Japp.«

Der Zusammenhang zum Häuserkampf drängte sich nicht unmittelbar auf, aber hatte Nora schon mal ein Pferd geschenkt bekommen? Noch nie, also war dies nicht der Moment, um rumzuzicken. Blöd war nur, dass die Spraydosen nun alle waren, bis auf die grüne.

»Jetzt du, Augen zu!«

Shortie blinzelte tatsächlich nicht, und als er die Augen wieder öffnen durfte, erblickte er staunend eine grüne Schnecke, die sich auf Kleiner Onkel zu bewegte.

»Weil ich so langsam bin?«

»Du doch nicht, das ist die Revolution.«

»So kommt die aber garantiert zu spät«, lachte Shortie.

Leider wollte ausgerechnet in diesem Moment einer der Hausbesetzer der Revolution mal Beine machen, und dazu brauchte er dringend die Spraydosen.

»Seid ihr bescheuert?«, meckerte er angesichts der Tatsche, dass sein Kampfmittel leer war. »Was soll denn der Scheiß?«

Nora war wirklich nicht auf den Mund gefallen, aber in Ermangelung einer politisch auch nur halbwegs haltbaren Erklärung überließ sie es Shortie, dem spraywilligen Hausbesetzer den Zusammenhang zwischen spontaner Kunst und Politik zu erläutern. Das sich anschließende Plenum missbilligte das Verschwenden der Spraydosen scharf, aber da Shortie vollmundig verkündete, dass Nora und er die Nachtwache übernehmen würden, kehrte schnell wieder Frieden ein.

In dieser Nacht fand Nora heraus, dass man auf einem Dach

prima schlafen konnte. Die Bullen ließen sich nicht blicken, zum Glück, sonst hätte Nora die Räumung glatt verpennt. Zu Eis gefroren, begab sie sich am nächsten Morgen direkt in die heimische Badewanne, was ihr die unausweichliche Blasenentzündung aber nicht ersparte.

Ob Shortie sich noch an unsere gemeinsame Nacht erinnert? Das werde ich ja bald erfahren. Meine Liste kann sich blicken lassen. Die schicke ich mal direkt an Charlie. Ich bin gespannt, was sie sagen wird.

»Mama, du hast Alex vergessen«, mailt sie nach nicht mal einer Minute empört zurück. »Macht aber nichts, ich habe ihn eingeladen und er kommt. Ist das nicht toll?«

Ganz toll.

Als ich mir meine Gästeliste noch mal ansehe, wird mir schlagartig klar, dass ich mit vier von sieben Männern geschlafen habe. Ich fange besser gar nicht damit an, das auch für die anderen durchzurechnen. Wenn jeder einen Faden von sich zu demjenigen spinnen würde, mit dem er oder sie mal eine Nacht verbracht hat, hätten wir ein unentwirrbares Knäuel auf dem Tisch. So gesehen ist es gut, wenn Paul und Robert nicht kommen, die würden das Zahlenverhältnis zu Ungunsten meiner moralischen Standfestigkeit verschlechtern. Der Begriff »Ehemaligentreff« bekommt eine ganz neue Dimension. Ich stelle mir vor, wie Charlie in unsere Runde fragt, was wir eigentlich damals wollten. Mathematisch gesehen, läge die Antwort klar auf der Hand: Sex und Liebe. Und doch war es ganz anders.

Es war einfacher, mit jemandem die Nacht zu verbringen, als es heute ist. Die Freiheit, die wir uns alle so sehr wünschten, fing damit an, dass wir unseren Gefühlen freien Lauf ließen. Wenn der Mann, den man liebte, mit irgendeiner Eisprinzessin nach dem Schlittschuhlaufen, einer Polittusse nach dem Plenum zur Volksuni oder einer Schlaubergerin nach dem Blockseminar geschlafen hatte, sind Tränen ohne Ende geflossen. Wenn die Frau, die man liebte, mit dem besten Freund durchbrannte, sich während des Praktikums in einen Rockstar verknallte oder eine durchfeierte Nacht in den Armen des größten Kiffers aller Zeiten beendete, wurde gebrüllt und geflucht, aber wir haben versucht, uns alle Freiheiten zu nehmen und zu geben. Das war schwer, schwerer, als wir gedacht hatten, und vielleicht mussten wir es deshalb immer wieder versuchen. Es hat nicht weniger bedeutet, im Gegenteil, manchmal bedeutete eine einzige Nacht so viel wie das ganze Leben, aber der Sex und die Liebe waren unschuldiger. Sie sollten keine Opfer hinterlassen und haben das auch nur selten getan. Die meisten Tränen waren schnell getrocknet.

Aber auf einmal und ohne dass irgendjemand »Jetzt« gerufen hätte, waren wir erwachsen, und die Unschuld, mit der wir uns gegenseitig immer und immer wieder glücklich und unglücklich gemacht hatten, war perdu.

Meine Unschuld habe ich in Moskau verloren.

»Ich fahre auf gar keinen Fall nach Moskau, wenn nur Idioten mitkommen.«

»Dann nimm Michael mit«, schlug ihr Kollege vor.

Nora würde auf keinen Fall ihre Beziehung mit ihrem Job verquicken. Das tat man einfach nicht, wenn man seriös seine Arbeit machen wollte. Schließlich war der Besuch der Filmleute in Moskau eine richtig offizielle Angelegenheit, die die Kulturbehörde eingefädelt hatte, um den Austausch zwischen den

Kreativen zu fördern. Außerdem hatte Michael sowieso keine Zeit. Seitdem er in dieser bescheuerten Werbefirma jobbte, war er andauernd unterwegs, und Nora bekam ihn kaum noch zu Gesicht.

Sie sah sich schon mit einem Haufen marodierender Dokumentarfilmer in die Hauptstadt der UdSSR reisen.

»Was ist mit Tobias?«

Gute Idee. Nora kannte ihn zwar nur wenig, aber sie mochte ihn sehr. Außerdem hatte er einen ganz wunderbaren Kinderfilm gemacht. Darauf warteten die Russen, da war sie sich in derselben Sekunde sicher.

Ein paar Tage später stand die Reisegruppe aus Regisseuren, angehenden Produzenten, Drehbuchexperten und Dokumentarfilmern voller Erwartungen am Flughafen Moskau und wurde von einer Delegation der Gastgeber in Empfang genommen. Die russischen Filmschaffenden schienen nichts sehnlicher erwartet zu haben als den Austausch mit unbedeutenden Filmemachern aus Deutschland. Da die Sowjetunion unter Gorbatschow einen Strudel weltumgreifender Veränderungen ausgelöst hatte, fehlten den Gastgebern die erforderlichen Devisen, um die Gäste in einem der schicken Interhotels unterzubringen. Das Problem war schnell gelöst, im »Dom Kino Veterano«, dem Altersheim der Filmschaffenden der Sowjetunion, waren gerade genug Betten frei, um die deutschen Gäste aufzunehmen. Nora war trotz der sehr schmalen Betten in den sehr kleinen Zimmern begeistert. Die Heimbewohner waren es ebenfalls. Viele der alten Herrschaften sprachen Französisch und luden die Gäste jeden Nachmittag zu Tee und Diskussionen ein, wobei Nora schnell an die Grenzen ihrer Französischkenntnisse stieß. Zum Glück hatte die Delegation einen Dolmetscher dabei, der immer einsprang, wenn es zu anspruchsvoll wurde. Ein Termin jagte den nächsten und einer war aufregender als der andere. Die russischen Gastgeber kümmerten sich rührend um die Reisegruppe, was Nora anfangs als Fürsorge, später als Kontrolle wahrnahm. Vor allem versuchten sie um jeden Preis zu verhindern, dass die deutschen Gäste etwas davon mitbekamen, was auf Moskaus Straßen passierte. Anfangs funktionierte das gut, weil das, was sich in Moskaus Häusern tat, spannend genug war. Nora freute sich auf jede Begegnung, allerdings musste sie bei allen abendlichen Treffen dieselbe Herausforderung meistern. Es gab immer nur Wodka zu trinken, und Nora blieb jeden Abend durstig zurück. Die Gastgeber reagierten ausgesprochen empfindlich darauf, wenn das Glas nicht regelmäßig geleert wurde, aber zum Glück hatte Nora den tapferen Wodka-Ritter Tobias an ihrer Seite. Nachdem sie ihn in ein ernsthaftes Gespräch mit seinem Spiegelbild vertieft vor den Toiletten vorgefunden hatte, mussten die Zimmerpflanzen den dargebotenen Wodka trinken. Deshalb strahlte Nora ganz besonders, als sie das Restaurant des Clubs der Filmschaffenden betrat. Es standen Wasserflaschen auf dem Tisch! Endlich ein Tag ohne Durst, jubilierte Nora begeistert – bis zum ersten Schluck. Wodka.

»Warum in Wasserflaschen?«, fragte Nora tief enttäuscht einen der russischen Filmleute, der ihr mit großer Begeisterung antwortete, dass Gorbatschow Alkohol vor vier Uhr am Nachmittag verboten hatte, um dem Alkoholismus Einhalt zu gebieten.

»Das ist wichtig, damit sich unsere Männer nicht totsaufen.«

Sicher, der Plan war gut, Nora hätte das Staatsoberhaupt gerne unterstützt, aber als um Punkt sechzehn Uhr die mit Wodka gefüllten Wasserflaschen durch mit Wodka gefüllte Wodkaflaschen ersetzt wurden, begriff sie, dass Gorbatschow einen steinigen Weg vor sich hatte.

Die Unabhängigkeitsbestrebungen der Baltischen Staaten hatten lange vor der Reise der Filmemacherdelegation begonnen. Inzwischen war der Wunsch nach Unabhängigkeit auch in Moskau angekommen, und viele Russen brachten ihren Unmut über die sowjetische Politik auf den Straßen lautstark zum Ausdruck. Täglich gab es Demonstrationen, und die Teilnehmerzahlen wurden immer größer. Die deutsche Delegation reagierte gespalten. Die mitgereisten DKP-Sympathisanten ertränkten ihren Kummer über den drohenden Untergang des Sowjetreiches in Wodka, was Nora peinlich war und empörte. Sie beschloss, sich den Moskauer Demonstranten anzuschließen, die das Agieren der sowjetischen Armee im Baltikum verurteilten und Glasnost und Perestroika forderten. Tobias hatte sowieso die Nase voll vom Wodka und den Delegationsmitgliedern und ging mit.

Die Spannung auf den Straßen und die unbestimmte Ahnung, dass die Welt gerade aus den Angeln gehoben wurde, erforderte irgendetwas, woran man sich festhalten konnte. Nora hielt sich an Tobias fest und er sich an ihr.

In demselben Tempo, in dem die Republiken der Sowjetunion auseinanderflogen, flogen Nora und Tobias aufeinander zu, nur die schmalen Betten im Altersheim verhinderten die Bildung ihrer privaten Union.

Die Zeit in Moskau verging wie im Flug. Nora und Tobias wurden in einer riesigen Tschaika zum Flughafen gefahren. Der Fahrer spielte Beatles, und dicke Schneeflocken fielen vom Himmel. Romantik in Russland, das es so, wie Nora es gerade kennengelernt hatte, nie mehr geben würde.

Beim Start ihres Flugzeugs kam der Pilot von der Startbahn ab, und kurz darauf steckte das Flugzeug in einer Schneewehe fest. Kein Wunder, der arme Mann hatte wahrscheinlich auch nirgendwo Wasser zu trinken bekommen. Fast alle Fluggäste reagierten entsetzt auf die Ankündigung, dass man die Nacht in Moskau verbringen müsse, zwei strahlten.

Der kleine Moskauer Seitensprung war nicht geplant, es hatte sich so ergeben. Der Umschwung, die Beatles, das Schneetreiben, und außerdem hatte man Tobias und Nora ganz selbstverständlich ein Doppelzimmer zugewiesen.

In dieser Nacht ging nicht nur die alte Sowjetunion ein weiteres Stückchen unter. Ausgerechnet in einer Zeit, in der die Welt aus den Angeln gehoben wurde, lag sie in den Armen eines anderen Mannes. Den Wandel der UdSSR hatte sie mit ihren eigenen Augen gesehen. Es war ein großes Erlebnis, das sich nie wiederholen würde. Die Ereignisse hatten Nora tief beeindruckt, aber sie würde das nicht mit Michael teilen können. Was hätte sie ihm erzählen können?

Als Michael sie zu Hause in die Arme schloss, war er ganz still, umso lauter meldeten sich Noras schlechtes Gewissen und die Angst, dass sie die Liebe zerbrochen hatte. Zum ersten Mal hatte sie das Gefühl, einen richtigen Fehler gemacht zu haben. Da wusste sie noch nicht, dass Michael denselben Fehler gemacht hatte. Während Michael und Nora noch eine Weile alles dafür taten, nicht zu bemerken, dass sich ihre Wege getrennt hatten, löste sich die Sowjetunion auf.

Nora war erwachsen geworden.

Mit meinem Solidaritätskomitee werden nun unweigerlich diese alten Geschichten in Berlin zusammentreffen, und wenn Charlie dabei sein will, wird sie eben erfahren, dass ihre Mutter nicht immer Mutter war. Das Kind ist alt genug für diese simple Wahrheit. Fragt sich nur noch, ob ich alt genug dafür bin.

Wer hätte gedacht, dass es so kompliziert sein kann, eine Gruppe mehr oder weniger lebenserfahrener, kosmopolitischer, dynamischer Menschen zu einer festgelegten Uhrzeit an einem verabredeten Tag in einer Stadt mit einer funktionierenden Infrastruktur an einen Tisch in einem Restaurant zu bekommen?

»Freitag um sieben, zehn bis zwölf Personen, kein Problem, Tisch ist reserviert«, sagt Luigi.

Schnell schreibe ich die Mail mit den wichtigen Daten an alle Beteiligten und will mich dann meinem Job widmen. Fehler. Eine gefühlte Sekunde, nachdem ich auf »senden« geklickt habe, klingelt schon das Telefon.

»Nora, ich komme doch nicht«, lässt Johanna mich wissen.

»Wieso denn nicht?«

Ich wundere mich, weil sie so begeistert war, als wir uns in Frankfurt getroffen haben.

»Sei nicht böse, aber ich finde das doch albern.«

Was bitte ist denn albern daran, meiner Tochter unter die Arme zu greifen? Bevor ich dazu komme, meinen Unmut über Johannas Absage auszusprechen, erläutert sie, was ihr im Kopf herumspukt.

»Weißt du, irgendwie sind wir doch alle erwachsen geworden und haben mit unserem Leben genug zu tun. Ich habe eigentlich gar keine Zeit und dann die lange Fahrt und außerdem weiß ich auch gar nicht, wo ich übernachten soll. Nora, sei nicht böse, aber ich habe im Moment wirklich nicht den Kopf für solche Kinkerlitzchen. Das verstehst du doch?«

»Nein, verstehe ich nicht«, will ich nur kurz antworten, aber stattdessen lasse ich mich in ein Gespräch verwickeln, das nicht enden will. Als ich endlich sauer aufgelegt habe, klingelt mein Telefon sofort wieder und Berthold moniert, dass sieben viel zu früh sei und dass er und Christina frühestens um halb acht da sein könnten. Worauf habe ich mich bloß eingelassen? Bella braucht dringend ein paar Hoteltipps und findet es schade, dass wir uns nicht in Mitte treffen, und Malou hat doch schon x-mal gesagt, dass das Ribaltone in der letzten Zeit wirklich sehr nachgelassen habe. Charlie kündigt an, dass sie natürlich auch Malte mitbringen werde, weigert sich aber, Luigi mitzuteilen, dass wir vielleicht sogar vierzehn Leute werden. Bella ruft noch mal an und will wissen, ob ich die Pension in der Güntzelstraße empfehlen könne, und versteht nicht, dass ich die nicht kenne, sie sei doch bei mir um die Ecke.

Richtig, und genau deshalb ergibt es für mich auch überhaupt keinen Sinn, dort zu schlafen. Schon wieder Telefon.

»Hallo, bist du das, Nora?«

Nein, falsch verbunden. Nora hat das Land verlassen, weil sie doch lieber nicht in die Gesichter ihrer Vergangenheit blicken will.

»Aber ja, hallo, Alex, wie geht es dir? Bist du schon in Berlin?«, höre ich mich sagen und bewundere die Souveränität, die ich am Telefon zeige.

»Nee, ich stecke noch in Paris und werde es vor Freitag auch nicht nach Berlin schaffen. Ich wollte auch nur kurz sagen, dass ich mich schon auf den Abend freue. Wird bestimmt lustig.«

»Ja, bestimmt.«

»Du, sorry, aber hier will schon wieder jemand was von mir, wollte nur mal Hallo sagen. Wir sehen uns ja Freitag. Ich bin sehr gespannt auf dich.«

Bevor ich etwas mehr oder weniger Schlaues erwidern kann, hat er schon aufgelegt, und ich ahne, dass mir der Abend einiges abverlangen wird. Was tut man nicht alles für sein Kind.

Und nun? Will ich wirklich, dass Charlie einen Abend im bunten Kreis meiner alten Freunde und Bekannten verbringt? Nein, das will ich definitiv nicht, aber ich sehe auch keinen Weg, aus der Nummer rauszukommen. Außerdem – aber das ist wirklich nur ein schwacher Trost – wird es bei unserem Treffen nicht um irgendwelche amourösen Verwicklungen gehen, sondern um Politik! Und deshalb werde ich mich nicht verrückt machen, sondern gelassen dem Abend entgegensehen.

Ein paar Stunden später könnte ich bei der Berliner Tourismuszentrale oder bei der BVG anheuern. Ich kann die öffentlichen Verkehrsmittel zum Viktoria-Luise-Platz aus allen Teilen der Stadt runterbeten und kenne sämtliche Hotels und Pensionen in der näheren Umgebung. Alle Gäste sind mit den nötigen Informationen versorgt, ich kann mich meiner Arbeit zuwenden. Der Blick in meine E-Mails offenbart, dass es tatsächlich noch andere Dinge gibt als die Organisation meines Ehemaligentreffs, aber ich habe keine Lust, mich mit Exposés und Drehbüchern zu befassen. Ich habe mir einen freien Tag redlich verdient. Warum oder wodurch, weiß ich zwar nicht, aber genießen werde ich ihn trotzdem. Als ich mich gerade auf den Weg zum Schwimmen machen will, steht Charlie vor der Tür.

»Wo willst du denn hin?«, fragt sie, während sie sich an mir vorbei in die Wohnung drängelt.

»Zum Schwimmen. Willst du mit?«

»Jetzt?«

Da ich fertig angezogen mit der Sporttasche in der Hand vor Charlie stehe, kann ich ihre das Offensichtliche ignorierende Frage nur als Unverständnis interpretieren.

»Ich habe mir heute frei gegeben und wollte ein bisschen die Seele baumeln lassen.«

»‚Seele baumeln lassen', wie hört sich das denn an? Der Ausdruck ist seit mindestens zwanzig Jahren auf dem Index.«

Charlies Vorwurf ist nicht zu überhören, ich weiß nur noch nicht, woher er kommt. Also ziehe ich die Jacke wieder aus, stelle die Sporttasche in den Flur und folge meiner Tochter in die Küche.

»Kaffee?«

Charlie möchte gerne welchen und dazu die hervorragenden Kekse, die sie in meiner Vorratskammer sucht.

»Hier sind ja gar keine Schweinereien mehr. Isst du nur noch gesundes Zeug?«

»Hinten links, neben den Nudeln.«

»Ah, habe sie. Hat Klaus dich schon angerufen?«, fragt sie, als sie mit der Kekstüte in der Hand aus der Kammer wieder auftaucht.

Ich schüttele den Kopf und ahne, dass ich gleich die Lust auf das Schwimmbad verlieren werde.

»Reg dich aber nicht gleich wieder auf.«

Dann muss es ziemlich schlimm sein, was Charlie mir berichten wird, denn ich habe noch kein Sterbenswörtchen gesagt, das auf irgendeine Form von sich anbahnender Aufregung hindeuten könnte.

»Klaus hat die Ermittlungsakten eingesehen. Die wollen wohl wirklich auf Landfriedensbruch hinaus.«

»Ach du Scheiße, und was heißt das?«

»Erst mal nichts, die werden damit nie im Leben durchkommen, aber offensichtlich wollen die das nicht einfach so einschlafen lassen. Malte sagt …«

»Entschuldige Charlie, aber was Malte sagt, ist mir gerade wirklich wurscht!«

»Ich verstehe dich nicht, Mama. Du tust irgendwie so, als hätte Malte mich gezwungen, zur Castordemo zu fahren, und mich dann auf die Gleise gezerrt.«

Es könnte sein, dass sich ein klitzekleines Schulterzucken in mein demonstratives Schweigen eingeschlichen hat, das meiner Tochter natürlich nicht verborgen bleibt.

»Auf die Gefahr hin, dass es dir schwerfallen wird, es zu glauben, aber ich habe meinen eigenen Kopf, und mit dem denke ich eigene Gedanken, mache mir ein eigenes Bild, bilde mir eine eigene Meinung und ziehe daraus eigene Schlüsse. Malte ist mein Freund, aber nicht mein Guru.«

Das weiß ich natürlich. Robert und ich haben immer Wert darauf gelegt, Charlie zu Selbstständigkeit zu erziehen. Das ist nun das Ergebnis.

»Es tut mir leid, Charlie, entschuldige. Ich weiß natürlich, dass Malte dich nicht so beeinflussen kann, schließlich …«, und da muss ich selbst lachen, »… bist du ja meine Tochter«, sage ich mit einem ganz kleinen schlechten Gewissen und dekliniere im Kopf den Quatsch durch, den ich in meinem bisherigen Leben wegen der dazugehörigen Männer gemacht habe.

So einfach ist Charlie nicht zu versöhnen, es nervt sie, dass ich mich nicht umstandslos auf ihre Seite stelle.

»Aber das tu ich doch.«

»Nein, tust du nicht, du gibst mir immer wieder das Gefühl, ich hätte was falsch gemacht. Dabei habe ich verdammt noch mal nichts anderes getan als das, was alle hier tun müssten.«

Charlie weiß, dass wir da keine inhaltlichen Differenzen haben, umso lieber bohrt sie immer wieder in der Wunde rum, dass ich meine Verantwortung gegenüber der nachfolgenden Generation nicht so wahrnehme, wie meine heldenhafte Tochter es gerne hätte.

»Ich tue wenigstens was!«

Damit ist ausgesprochen, was ich mir selbst zum Vorwurf machen sollte. Charlie tut was, und dabei ist es dann auch unerheblich, wie gut oder schwachsinnig ich das finde, denn ich tue nichts.

Charlie hat mich in Grübelstimmung zurückgelassen. Es wäre der denkbar schlechteste Moment gewesen, ihr nahezulegen, darüber nachzudenken, ob sie wirklich bei unserem Treffen dabei sein will.

Warum mache ich immer alles ohne Not so kompliziert? Ein paar alte Freunde versammeln sich um einen Tisch und mittendrin meine Tochter. Ist doch herrlich, dass so etwas geht. Erstaunlicherweise keimt wirklich so etwas wie freudige Erwartung in mir auf. Es könnte doch ein lustiger Abend werden.

Ich kann nicht behaupten, dass ich mich überarbeite. Insofern gibt es keinen Grund, Huberts Bitte, ihn kurz im Büro zu treffen, nicht zu folgen. Außer der Tatsache, dass ich keine Lust habe. Eigentlich wollte ich mich in aller Seelenruhe auf den morgigen Abend einstimmen. Ein bisschen einkaufen, damit ich das fürs Wochenende schon mal erledigt habe, ein bisschen den Kleiderschrank durchwühlen, um festzustellen, dass ich immer noch nichts anzuziehen habe, und am Nachmittag die Runde Schwimmen nachholen, die gestern ausgefallen ist. Malou hat beschlossen, mitzugehen.

Angesichts des schönen Wetters nehme ich das Fahrrad. Ich staune wieder mal darüber, wie schön Berlin ist. Sobald die Sonne rauskommt, strahlt die Stadt und alles Graue und Unnahbare verschwindet. Die hässlichsten Straßenzüge werden hübsch, wo auch immer man einen Stuhl vor die Tür stellen kann, wird draußen gesessen, auch wenn die Temperaturen das eigentlich noch nicht zulassen. Das Rauchverbot in Kneipen hat das Frischluftbedürfnis der Berlinerinnen und Berliner extrem gesteigert. Selbst bei Minusgraden steigen Rauchschwaden vor Restaurants, Cafés und Bars auf, und zitternde Menschen unterhalten sich bestens. Seitdem ich das Rauchen aufgegeben habe, gehöre ich leider zu der Gruppe von Langweilern, die im Restaurant sitzen bleiben und darauf warten, dass die lustigen Raucher endlich wiederkommen. Erst nachdem ich herausgefunden habe, dass man nicht rauchen muss, wenn man vor die Tür geht, sind meine Außer-Haus-Abende wieder lustiger. Ich rege mich allerdings über die Heizpilze auf, die mit dem Nichtraucherschutzgesetz Einzug in den Winter gehalten haben. Was ist das für eine bescheuerte Idee, draußen zu heizen? In der Regel genießen das vor allem diejenigen, die ansonsten lautstark gegen jede Form von Energieverschwendung und Zerstörung der Ozonschicht wettern. Mir meine alten Glühbirnen madig machen und selbst die Erderwärmung herbeirauchen.

Als ich mein Fahrrad in der Sophienstraße anschließe, nehme ich aus dem Augenwinkel wahr, dass Christian den Eingang zum Büro betritt. Hubert wird nicht den Friedensengel spielen wollen? Ich könnte mich einfach wieder auf mein Fahrrad setzen und durchbrennen, aber ich habe meinen sehr coolen Tag, und den werde ich mir durch keinen One-Night-Stand-Autor vermiesen lassen. Also, zieh dich warm an, Christian! Als ich im Büro ankomme, ist da kein Christian weit und breit. Aber Hubert freut sich sehr, mich zu sehen, und kommt ohne Umschweife zur Sache.

»Ich habe hier ein Projekt, bei dem der Autor dich unbedingt dabeihaben will.«

Was für eine bescheuerte Finte von Christian ist das denn?

»Da kann er lange wollen, mit dem arbeite ich garantiert nicht mehr.«

Hubert ist sichtlich irritiert und legt zur Verbesserung seiner Position ein kleines bisschen Beleidigtsein in seinen Tonfall.

»Du weißt doch noch gar nicht, um wen es geht.«

Als ob ich mir das nicht denken könnte.

»Dass das mit Christian und der Dings …«, ich weiß genau, wie sie heißt, »… nicht lange gut gehen würde, war doch klar.«

»Christian und Svenja verstehen sich richtig gut«, lässt mein Chef mich wissen und grinst dabei so was von blöd. »Vielleicht liegt es dran, dass sie mehr oder weniger ein Jahrgang sind.«

Danke, Hubert, weißt du etwa etwas, was du ganz und gar nicht wissen solltest, oder bist du einfach mit deiner uncharmanten Art in das nächstbeste Fettnäpfchen gehüpft? Christian wäre es zuzutrauen, dass er Hubert direkt von seiner Eroberung erzählt hat. Oder? Nein, das würde er nicht tun. Oder doch? Natürlich nicht. Was hätte er denn davon? Ich werde jedenfalls zügig die Gefahrenzone verlassen.

»Das freut mich. Um wen geht es denn dann?«

»Munster.«

»Echt, Stefan? Der will uns ein Projekt anbieten?«

»Hat er schon, allerdings mit einem Pferdefuß …«

Wie charmant von Hubert, der Pferdefuß bin ich. Über diese Beleidigung muss ich allerdings hinwegsehen, weil Stefan zurzeit einer der heißesten Autoren ist, und wenn er was schreibt, dann ist das gut.

»Er will auch Regie machen.«

»Echt?«

Meine Frage ist nicht besonders originell, aber was bringt einen erfolgreichen Autor dazu, das Risiko einzugehen, sich möglicherweise als schlechter Regisseur zu erweisen? Hubert zuckt nur mit den Schultern.

»Keine Ahnung – Eitelkeit?«

Das ist die naheliegendste Antwort, aber in Bezug auf Stefan Munster wahrscheinlich nicht die ganze Wahrheit. Also lasse ich mir das Drehbuch geben und mache mich aus dem Staub, nachdem ich Hubert versprochen habe, es sofort zu lesen und ihn heute noch anzurufen. Je schneller ich weg bin, desto geringer das Risiko, Christian über den Weg zu laufen. Als der sichere Ausgang schon naht, höre ich die Stimme, die ich nicht hören will. Nein, ich werde keineswegs so albern sein, mich ins nächstbeste Büro zu verdrücken, sondern erhobenen Hauptes meines Weges gehen. Und schon stehe ich vor dem Schreibtisch der

Chefbuchhalterin, die nie freiwilligen Besuch bekommt und von mir schon gar nicht.

»Was für eine Überraschung. Was führt Sie denn zu mir, Frau Bergenhaus?«

Ein echter Mistkerl, der den Weg nach draußen versperrt. Wäre sehr cool, wenn ich das sagen würde.

»Ich wollte nur mal schauen, wie es Ihnen geht.«

Mir schlägt das blanke Misstrauen entgegen, das nicht gerade entkräftet wird, als Christian seinen Kopf ins Büro der Chefbuchhalterin steckt.

»Habe ich mich doch nicht geirrt. Ich sah dich nämlich gerade hier reinhuschen.«

Mit sichtbarem Interesse, was als Nächstes passieren wird, legt die Chefbuchhalterin ihren Stift aus der Hand und lehnt sich bequem im Schreibtischstuhl zurück.

»Versteckst du dich vor mir?«

»Blödsinn, wir haben hier etwas zu besprechen, und du störst.«

Den fragenden Blick, den Christian der Chefbuchhalterin zuwirft, nehme ich nur aus dem Augenwinkel wahr, ihr indiskretes Kopfschütteln umso deutlicher.

»Was soll denn das? Wieso rennst du weg vor mir?«

»Da nimmst du dich leider etwas zu wichtig, ich verstecke mich nicht vor dir, ich renne nicht vor dir weg, ich arbeite hier.«

»In der Buchhaltung?«

Bevor ich eine Antwort finde, schüttelt die Chefbuchhalterin erheitert den Kopf. Ich hätte ihr den Beleg, auf den ich geschrieben hatte, mit Tom Cruise gespeist zu haben, nicht unterjubeln sollen. Und dabei dachte ich, es sei eine richtig gute Retourkutsche von ihr, als ich ihn mit dem Vermerk zurückbekommen habe, ich möge Herrn Cruise ausrichten, dass er bei seinem Einkommen die Bewirtungskosten bitte selbst übernehmen möge.

Jetzt bin ich mir nicht mehr so sicher, ob sie den Scherz verstanden hat.

»Können wir das bitte irgendwann und vor allem irgendwo anders besprechen?«

»Von mir aus nicht nötig«, kommt aus dem Sessel hinter dem Schreibtisch, aber da ich mich genug zum Affen gemacht habe, verderbe ich der Chefbuchhalterin die Show und ziehe Christian aus ihrem Büro heraus.

Wütend strampele ich durch den Tiergarten. Ein Beziehungs- beziehungsweise Nichtbeziehungsstreit auf dem Büroflur, wie stillos. Von wegen, ich könne Berufliches und Privates nicht trennen. Wer hat denn damit angefangen, beides zu vermischen? Ich hatte mir fest vorgenommen, mich nicht auf Christian einzulassen. Er musste ja unbedingt unter Beweis stellen, was für ein toller Hengst er ist. Und dann hinter meinem Rücken so einzuknicken und sich nun von seiner Dramaturgenimitation den letzten Scheiß in sein Drehbuch reinquatschen zu lassen. Nur wegen des Geldes. Fragt der mich tatsächlich, wieso ich das nicht voneinander trennen könne? Es sei doch so schön gewesen, er würde mich so gerne wiedersehen, das sei ihm doch auch nicht angenehm, aber ich solle mal eine Sekunde an seine Situation denken, bla, bla, bla. Vielleicht hätte ich nicht sagen sollen, dass er in Bett und Buch gleich lausig ist, das war unter meinem Niveau und außerdem gelogen, hat aber Spaß gemacht.

Wenn ich ein bisschen in die Pedale trete, kann ich vielleicht doch noch zum Schwimmen gehen. Mein Handy klingelt. Dass ich es trotz des holprigen Wegs und fast Lichtgeschwindigkeit schaffe, es unverletzt aus der Jeans zu fummeln, ist ein Wunder.

Malou fährt gerade im Auto durch die Stadt und beschwert sich lautstark über einen dieser Typen, die glauben, dass ihnen die Straße ganz alleine gehöre. Ich steige vom Rad und setze mich auf die nächste Parkbank. Während ich Malou erzähle, dass ich gerade Christian über den Weg gelaufen bin, spüre ich den Frühling. Überall spazieren Paare Hand in Hand durch den Park und alle sind glücklich. Ach, das ist so schade. Wie gerne hätte ich mich bei unserem morgigen Treffen als frisch Verliebte präsentiert, nun bleibt nur die Rolle der alten Jungfer.

»Kannst du mir das nicht gleich erzählen?«, unterbricht Malou mein Lamento. »Ich parke nämlich schon ein und warte dann drinnen auf dich.«

Auch das noch. Die Lust aufs Schwimmen ist mir nämlich vergangen.

9.

Der große Tag. Yesterday meets tomorrow und ich mittendrin. Mit diesem Gedanken wache ich auf. Zwei große Milchkaffee später habe ich alle Angst vor dem heutigen Abend abgeschüttelt und schalte um auf Eventmanagerin, Politikexpertin und engagierte Mutter einer engagierten Tochter. Als ich meinen Rechner hochfahre, entdecke ich eine E-Mail von Michael. Er hat alte Fotos gescannt und stimmt mich damit auf unser Wiedersehen ein. Er in Brokdorf, wir alle an der Startbahn West, ich in Gorleben. Die Fotos erinnern an Schnappschüsse von lustigen Ausflügen fröhlicher junger Menschen. Sie ähneln verdammt den Fotos, die ich von der Castorblockade gesehen habe, bei der Charlie mitgemacht hat. Hat sich doch nicht so viel geändert in den vergangenen dreißig Jahren? Aber klar doch. Wir haben ein Bundesumweltministerium als Folge des Reaktorunglücks in Tschernobyl. Kein Gegner der Atomenergie muss sich heute noch fragen lassen, ob er denn wieder in der Höhle leben wolle. Wir haben keine Glühbirnen mehr und alle unsere Elektrogeräte weisen ihre Energieeffizienz aus. Das haben sich die jungen Menschen auf den alten Fotos anders vorgestellt, aber die alten Menschen, die aus ihnen geworden sind, haben damit ihren Frieden gemacht. Besser Energiesparlampen als gar nichts. Wenigstens das Bewusstsein hat sich geändert. Das sind die Trostsätze, die wir uns heute Abend sicher in unterschiedlichen Formulierungen gegenseitig sagen werden.

Der Tag vergeht wie im Flug damit, nichts zu tun, außer mich diverse Male an-, aus- und umzuziehen, nur um am Abend bei der Jeans und dem T-Shirt zu landen, die ich bereits am Morgen anhatte. Heute ist nicht der Tag, um mit irgendetwas Neuem, Wichtigem anzufangen, aber als das Drehbuch, das auf meinem Schreibtisch liegt, mich anlacht, fällt mir ein, dass ich vergessen habe, Hubert anzurufen. Mist, ich habe gerade keine Lust, ihm zu erklären, warum ich das Buch noch nicht gelesen habe, aber ich kann ihn auch nicht länger warten lassen. Keine Ahnung, was mich reitet, aber ich schicke Hubert eine SMS – »Ich mach's. N.«

Keine drei Sekunden später ist seine Antwort da.

»Wusste ich.«

Mag sein, aber dass ich das Buch nicht mal gelesen habe, das weiß er nicht, und das würde er auch nicht im Entferntesten für möglich halten. Ich denke immer über alles nach, und zwar gründlich. Bevor ich etwas entscheide, informiere ich mich, und zwar genau. Aber wenn ich darüber nachdenke, waren meine besten Entscheidungen immer die, über die ich gar nicht nachgedacht habe und die mein Leben auf den Kopf gestellt haben. Und wie zum Beweis dieser Erkenntnis ruft Charlie an, und die ist definitiv nicht durch Nachdenken entstanden.

»Wollte nur mal hören, ob alles klar ist oder ob ich noch irgendwas tun soll?«

Nachdem ich ihr versichert habe, dass ich nicht kneifen werde, dass ich mich auf den Abend freue und dass ich pünktlich im Restaurant erscheinen werde, »ja, auch wenn du mich nicht abholst«, ist sie hörbar beruhigt.

»Ich habe nämlich keine Lust, da womöglich alleine mit den alten Säcken zu sitzen.«

»Hast du alte Säcke gesagt?«, frage ich empört.

»Quatsch, Recken, alte Recken habe ich gesagt.«

Sie hat Säcke gesagt, ich weiß es genau, aber immerhin, meine Tochter ist schnell im Kopf.

Als ich mich gerade auf den Weg machen will, steht Robert vor der Tür.

»Hier, die hatte ich dir versprochen.«

Er drückt mir eine CD in die Hand und freut sich, als hätte er mir ein ganzes Symphonieorchester überreicht.

»Der passende Soundtrack für euer Revival-Treffen.«

Ton Steine Scherben, Bots und sogar Schneewittchen, nur das Lesen der Titel spielt mir Melodien und Texte ins Gehirn, die ich dreißig Jahre nicht gehört habe.

»Danke, aber du weißt schon, dass es heute um Charlie geht und nicht um alte Zeiten?«

»Klar, komm, ich fahre dich.«

Ist Robert einfach nur nett, oder hat Charlie ihren Vater auf Trab gebracht, weil sie es immer noch für möglich hält, dass ich mich drücke? Das braucht sie nicht. Ich bin zwar aufgeregt, aber mittlerweile hat sich eher eine freudige Anspannung, eine muntere Neugier durchgesetzt. Ich bin gespannt, was mich erwartet.

Nachdem Robert mich mit gereckter linker Faust und einem fröhlichen »Venceremos« aus seinem neuen Q7 verabschiedet hat, betrete ich das Ribaltone. Luigi präsentiert mir stolz den Tisch, den er für uns vorbereitet hat, und während ich mich zum tausendsten Mal frage, wie er das eigentlich macht, dass er jedem Gast das Gefühl gibt, er sei der wichtigste Mensch auf Erden, treffen Berthold und Christina ein. Christina mit einem großen Blumenstrauß in der Hand, den sie mir feierlich überreicht, als hätte ich Geburtstag. Berthold ist stürmischer, als ich ihn in Erinnerung habe. Er umarmt mich herzlich und sprudelt sofort los:

»Super, dass wir uns endlich wiedersehen. Paul hat ja manchmal von dir erzählt, aber Mensch, wann haben wir uns das letzte Mal gesehen?«

Christina steht lächelnd daneben und wartet darauf, dass er sich etwas beruhigt. Bevor ich ihr die Blumen abnehmen kann, ist Luigi schon mit einer Vase und Prosecco zur Stelle, und ich bin mir sicher, dass der Abend nichts mit den Versammlungen in unserer WG-Küche zu tun haben wird, bei denen wir früher mit ernsten Gesichtern unsere Aktionen geplant haben. Der nächste auf der politischen Bühne ist Michael, die Ruhe selbst. Natürlich. Er hat sich in einen Anzug geworfen, was ihn viel seriöser erscheinen lässt, als ich ihn kenne. Während ich ihn begrüße, stürmt Malou das Restaurant, und ich bin froh über ein Gesicht aus meinem heutigen Leben. Michael stellt Malou Christina und Berthold vor. Der Star des Abends lässt auf sich warten, aber das ist ganz gut so, dann kann ich meinen kleinen Heimvorteil noch ein bisschen ausbauen. Während ich nun doch wieder ein bisschen mit meiner Aufregung kämpfe, wird am Tisch bereits munter geplaudert, Prosecco nachgegossen und sich gegenseitig versichert, wie gut man es findet, dass ich zu diesem Treffen eingeladen habe. Ich zucke ein bisschen zusammen und hoffe, dass der Begriff »eingeladen« nicht zu wörtlich genommen wird.

Da betritt ein kleiner angeregt plaudernder Pulk die Osteria, in dem ich mittendrin meine Tochter ausmache. Sie hat sich offenbar schon vorgestellt. Schnell scanne ich die Leute um sie herum, mache Klaus und seine Freundin aus, aber zwei aus der Gruppe erkenne ich beim besten Willen nicht. Hilfe suchend wende ich mich an Michael, der auch nur mit den Schultern zuckt. Klar, wir sind alle nicht jünger geworden, aber man kann sich doch nicht vollkommen verändern. Schon werde ich von den beiden Unbekannten begrüßt, die ich tatsächlich nicht kenne und die auch mich nicht kennen, die aber vor der Tür so nett von Charlie begrüßt worden sind, dass sie einfach mal Guten Tag sagen wollten. Lachend lassen sie sich vom Kellner an ihren Tisch führen, nachdem sie uns einen schönen Abend gewünscht haben. Shortie strahlt, als er sich aus der Gruppe löst, und bei seinem Anblick bekomme ich den ersten, aber sicher nicht letzten Schock des Abends. Während Berthold wahrscheinlich schon in der Pubertät die ersten Haare verloren hatte und damit quasi alterslos wurde, war Shortie mit Mitte Zwanzig im Besitz eines prachtvollen Lockenkopfes gewesen, und davon ist nun leider nichts mehr übrig. Ob sein Schreck über mein Aussehen mit meinem Schreck über seins vergleichbar ist?

Ich dirigiere alle zum Tisch, stelle diejenigen einander vor, die sich nicht kennen. Charlie hampelt ein bisschen herum. Mit Aufregung hat das nichts zu tun, es dauert ihr alles zu lange. Sie hasst es »rumzustehen«, und noch mehr hasst sie es, »präsentiert« zu werden.

»Ja, meine Kleine, das hättest du dir mal früher überlegen sollen.«

»Mama!«, werde ich ermahnt.

»Darf ich euch kurz Charlie vorstellen? Das ist sie. Das ist meine Tochter, die es bewerkstelligt hat, dass wir heute hier sind.«

Alle Blicke liegen auf Charlie. Sie hat viel Ähnlichkeit mit mir, aber vor allem hat sie viel Ähnlichkeit mit der Nora, die die Gäste aus der Runde kennen.

»Das ist nicht zu übersehen«, mischt sich eine Stimme hinter mir ein.

Bella sieht blendend aus. Tatsächlich, bei ihr zeigt sich die Ungerechtigkeit des Lebens voll und ganz. Kaum eine Falte, kein graues Haar, dieselbe frische Ausstrahlung wie in unserer WG.

Charlie macht sich aus meiner Umarmung frei und zieht Malte zu sich heran.

»Das ist Malte, mein Freund. Wir waren zusammen bei der

Blockade in Gorleben. War von euch – ich darf doch einfach ›du‹ sagen? – eigentlich jemand da?«

Kopfnicken und Kopfschütteln von allen Seiten. Natürlich darf Charlie ›du‹ sagen und nein, keiner der bisher Anwesenden war bei der Castorblockade.

»Nora, Wahnsinn, du hast dich kein bisschen verändert.«

Mit diesem Satz zieht Bella meine Aufmerksamkeit wieder auf sich. Bella ist Professorin für Germanistik, sie weiß um die Bedeutung der Worte. Sie hat ihren Brecht gelesen und sie weiß, dass Herr Keuner bei dieser Begrüßung vor Schreck erbleicht ist. Gemein, aber richtig gemein wird es durch ihre offensichtliche Lüge.

Ok, damit sind die kleinen Zickereien eröffnet, von denen ich noch einige erwarte. Das kann ich auch.

»Magst du dich zu Christina setzen?«

Mit halbem Ohr habe ich mitbekommen, dass Christina bereits munter von ihren Kindern erzählt, und wenn die Welt und Bella sich nicht komplett geändert haben, dann wird ihr das richtig auf die Nerven gehen.

Die Welt hat sich geändert, und Bella ergänzt die mütterliche Gesprächsrunde perfekt. Voller Stolz schwärmt sie von ihrem Nachwuchs, und zu meinem Erstaunen zieht sie ohne jeden Anflug von Peinlichkeit Fotos ihrer Familie aus der Brieftasche hervor. Nur Charlie ist bereits nach wenigen Sekunden genervt.

Ich fange ihren deutlich Hilfe suchenden Blick auf, den ich mit einem tonlosen »Du hast es so gewollt« pariere. Charlie, nicht faul, nutzt das Kinderthema für ihre Zwecke.

»Waren eure Kinder denn in Gorleben?«, schnappe ich noch auf, bevor Alex meine Aufmerksamkeit erobert.

Ich habe ihn gar nicht bemerkt, aber er muss schon eine ganze Weile im Restaurant sein. Schicker Anzug, schlank, sein prüfend überheblicher Blick ruht auf mir.

»Ich dachte schon, du bemerkst mich nie.«

Seinem Grinsen schließt sich eine Umarmung an, die erschreckend vertraut ist.

»Alex, das freut mich aber sehr.«

Geistreich ist anders, aber was soll man sagen, wenn man eigentlich sprachlos ist?

»Ist das der Star des Abends?«, fragt er mit Blick auf Charlie, die sich aus der Mutterrunde verkrümelt hat und zu Malou hingerückt ist. Offensichtlich spürt sie, dass über sie gesprochen wird, denn sofort wandert ihr neugieriger Blick zu uns. Alex ist meiner Einschätzung nach der einzige Gast, der sie heute interessiert.

»Hallo«, gibt sie sich sichtlich erfreut zu erkennen und setzt sich auf einen der beiden leeren Stühle am Kopf des Tisches.

»Na, dann stelle ich mich doch mal vor«, und weg ist er.

Alex nimmt völlig selbstverständlich den Platz am Kopf des Tisches neben Charlie ein, auf dem bis vor wenigen Minuten noch Malte gesessen hat. Der kommt etwas indigniert zurück an den Tisch, und nach einer auffällig förmlichen Begrüßung zieht er sich auf den Platz neben Berthold zurück.

Bisher ist alles spannungsfrei verlaufen. Bella und ich machen einfach einen kleinen Bogen umeinander, und mehr Sprengstoff ist noch nicht am Tisch versammelt. Eine kleine explosive Mischung könnte sich nun ergeben, da Susanne das Ribaltone betritt.

»Hey, da bist du ja«, begrüße ich sie, »schön, dass du gekommen bist.«

Ich weiß, dass sie sich ein bisschen schwergetan hat mit der Entscheidung, zu uns zu stoßen, und nehme mir vor, mich heute Abend besonders um sie zu kümmern. Michael ist aufgestanden und begrüßt Susanne mit einer eigenwilligen Mischung aus Herzlichkeit und Fremdheit. Vielleicht wird

Susanne Spaß haben heute Abend. Wenn nicht, kann ich es auch nicht ändern.

Ich stelle fest, dass sich alle bereits Angekommenen bestens unterhalten. Die Speisekarten werden verteilt, und das laute Geplapper übertönt meine Nervosität. Die Erleichterung, dass ich mich einfach völlig unnötig verrückt gemacht habe, verschwindet sofort wieder, als Paul entgegen seiner Ankündigungen erscheint. Betont fröhlich, betont lässig und betont Michael ignorierend, begrüßt er mich mit Kuss, Malou mit Umarmung, Charlie mit Winken, alle anderen mit charmant witzigem Geplänkel und dann Michael mit einem Handschlag, der mich an die vermeintlich faire Geste zwischen zwei Duellanten erinnert, die sich morgens um sechs an der alten Mühle begegnen. Der Platz rechts von mir ist noch frei, aber das wäre der Platz genau gegenüber von Michael. Ich sehe, dass Paul ihn in Erwägung zieht, aber das kaum sichtbare Überprüfen seiner Platzhirschkräfte lässt Vernunft und Unterhaltungsbedürfnis siegen und ihn zwischen Bella und Christina Platz nehmen.

»Mama«, Charlie reißt mich aus meinen Überlegungen, was sich wohl noch zwischen Michael und Paul abspielen wird. »Sollen wir nicht mal anfangen?«

Haben wir das nicht schon längst? Die Gespräche am Tisch sind verstummt und alle warten darauf, dass ich irgendetwas sage.

»Ihr wollt doch nicht, dass ich eine Rede halte?«

»Genau das wollen wir.« Typisch Malou.

Ich hätte wissen müssen, dass sie diese Steilvorlage verwandeln würde. Ich ziere mich noch einen angemessenen Moment, und dann verwandele ich mich von einem aufgeregten Huhn in die Frau von Welt, die aus dem Stegreif und jederzeit Ansprachen an die Nation halten kann.

»Ich weiß überhaupt nicht, was ich sagen soll«, stammele ich vor mich hin.

»Das wäre ja mal ganz was Neues«, höre ich Malou einen Ball in die Runde werfen, den die Gäste lachend auffangen.

»Es ist ja auch was Neues, wenn man alte Freunde plötzlich offiziell begrüßen soll.«

»Als ob du jemals Angst vor etwas Neuem gehabt hättest«, unterbricht mich Michael, und ich weiß genau, worauf er anspielt.

»Ich gehe auf jeden Fall nach Hamburg«, verkündete Nora ihrem sichtbar überraschten Freund. Am Tag zuvor hatte sie sich bei den Grünen beworben. Die Welt zu retten und dafür auch noch bezahlt zu werden, das ist doch der Traum aller Träume. Bisher hatte sie sich nicht für Parteien interessiert, ihr politisches Engagement hatte mehr mit außerparlamentarischen Aktivitäten zu tun, die erstens radikal und zweitens unterhaltsam zu sein hatten. Als Michael die Sprache wiedergefunden hatte, setzte er Noras Überraschung die Krone auf.

»Gut, dann suche ich uns da mal eine Wohnung.«

Dafür liebte Nora diesen Mann. Ein paar Stunden später war der Umzug theoretisch schon so gut wie gemacht. Wenn da nicht noch die mündlichen Examensprüfungen gewesen wären! Aber lernen konnte Nora in Hamburg genauso gut wie in Münster. Mit dem Unterschied, dass sie es in Münster einfach nicht mehr aushalten konnte. Die Trennung von Paul war immer noch frisch, und je größer die Liebe zu Michael wurde, desto mehr plagte Nora das schlechte Gewissen. In Münster waren einfach zu viele Erinnerungen, zu viele Begegnungen auf viel zu kleinem Raum, während Hamburg mit einem Versprechen auf die große weite Welt wartete.

Ihr neues Zuhause war in der Sternstraße, genau auf der Grenze zwischen dem Schanzen- und dem Karoviertel. Michael und Nora bezogen eine nicht unbedingt schöne, aber sehr lustige Wohnung. Architektonisch unerklärlich, wickelte sie sich um das Treppenhaus. Nora hatte ein kleines, aber wunderbares Zimmer, und immer wenn Dom war, fuhr das Riesenrad genau an ihrem Bett vorbei. Vom gegenüberliegenden Schlachthof stank es so unfassbar, dass man das Viertel schon sehr lieben musste, um das auszuhalten. Dafür war der nahe gelegene Schanzenpark ideal dazu geeignet, die für das Examen nötigen Informationen von den Karteikarten in den Kopf zu bekommen. Das Freibad war nicht weit, und wenn es zu heiß oder zu stickig in der Wohnung wurde, zog Nora mit ihren Karteikästen dorthin um. An einem dieser heißen Tage leistete sie Michael einen idiotischen Eid: »Bis zur Prüfung mache ich einen Köpper vom Fünfer!«

»Und hast du es geschafft?«, mischt sich Alex ein, nachdem Michael seine Anekdote zum Besten gegeben hat.

»Und du willst Nora kennen?«, pflaumt Malou ihn scherzhaft von der Seite an.

Ich halte mich da raus und fürchte mich stattdessen davor, was heute sonst noch alles lustig-launig auf den Tisch kommen könnte.

»Das ist übrigens Alex«, stelle ich ihn denjenigen aus unserer Runde vor, die gerade nicht in Zwiegespräche vertieft sind.

»Wir waren zusammen in der Schule …«

»Sekundarstufe II«, erläutert Alex und setzt neckisch hinzu, »und nicht nur da waren wir zusammen.«

Ich werde nicht rot, auch nicht als Malou es für alle, die es noch nicht kapiert haben, auf den Punkt bringt: »Verstehe, der gute, alte Freund entpuppt sich als Liebhaber, den du mir verschwiegen hast. Hallo, Alex, ich bin Malou, Noras beste Freundin, die bis gerade eben dachte, dass sie alles über Nora weiß.«

Das der richtige Moment, um mit meiner kleinen Begrüßungsrede von weiteren Spekulationen abzulenken.

»Ich freue mich wirklich sehr, dass ihr meiner Einladung alle gefolgt seid. Den Anstoß dazu hat meine Tochter Charlie gegeben. Für diejenigen, die sie noch nicht kennengelernt haben, das ist die junge Dame ganz hinten am Tisch.«

Charlie winkt, und es wird geraunt, dass sie mir wie aus dem Gesicht geschnitten sei. Da meine Tochter eine schöne junge Frau ist, nehme ich das so lange als Kompliment, bis Paul brummelt: »Sie sieht genauso aus wie du früher, nur dünner!«

»Charlie hat bei der letzten Blockade der Castorbehälter mitgemacht, und es sieht so aus, als würde ihr nun ein Verfahren wegen Landfriedensbruch drohen. Ich habe Klaus gebeten, ihre Verteidigung zu übernehmen. Klaus, den kennen einige von euch …«

Klaus steht kurz auf und nickt in die Runde.

»… und andere kennen ihn besser …«, dabei schaue ich Malou an, die völlig ungerührt zurückschaut.

Im selben Moment wird mir bewusst, dass wir beide eine Affäre mit Klaus hatten, ich kurz, sie heftig. Mir wird aber auch klar, dass Klaus' Freundin, die schon immer seine Lebensgefährtin war, mit uns am Tisch sitzt und dass sie diese doofen Andeutungen vielleicht nicht witzig findet. Aber weit gefehlt, sie mischt sich munter ein.

»Also, um das gleich mal aufzuklären, ich kenne Klaus am besten, Malou kannte ihn gut, und dass er auch dir, liebe Nora, zwischendurch mal ganz gut bekannt war, das ist kein Geheimnis. Aber Charlie, mach dir keine Sorgen, Anwalt kann er noch besser!«

Alle lachen, am lautesten Charlie.

Ich wusste, dass es keine gute Idee ist, die eigene Tochter mit der eigenen Vergangenheit in Berührung zu bringen. Nach der Devise »Augen zu und durch« fahre ich einfach mit meiner kleinen Begrüßungsrede fort.

»Also, wie gesagt, Charlie hatte die Idee, euch alle zusammenzutrommeln, weil ich ihr erzählt habe, dass wir, also die meisten von uns, früher zusammen Politik gemacht haben.«

»Es lebe das Aktionsbündnis Südliches Münsterland!«

Das war Berthold, und damit sorgt er für große Heiterkeit am Tisch. »Auch wenn das verdammt lange her ist und die meisten von uns sich und wahrscheinlich auch das, was wir früher so getrieben haben, aus den Augen verloren haben, vielleicht fällt uns gemeinsam etwas ein, wie wir Charlie unterstützen können. Aber bevor es ernst wird: Ich freue mich, dass ihr alle da seid, und ich würde gerne auf einen ideenreichen und fröhlichen Abend mit euch anstoßen.«

Nachdem sich alle mit Wein und Wasser versorgt haben, berichtet Charlie, was in Gorleben passiert ist. Ich kenne das schon und kann meinen Blick über den Tisch wandern lassen.

Susanne sieht abgespannt aus. Ihre Augen erzählen von schlaflosen Nächten, ihre Falten von Sorgen, ihre Blässe von Enttäuschung. Christina ist ganz die Alte. Zugewandt, interessiert und interessant ruht sie sichtlich in sich selbst und in ihrem sicher nicht immer einfachen Leben. Zwei Kinder mit einem Mann großzuziehen, der von einer Theaterbühne zur nächsten wandert, und immer zu arbeiten, und zwar engagiert zu arbeiten, das fordert Kraft. Aber abgesehen von den wenigen grauen Haaren sieht man Christina das nicht an. Berthold und sie sind ein schönes Paar, das waren sie immer schon. Meine Güte, ich kenne die beiden nur zusammen. Was ist bloß das Geheimnis ihrer Liebe? Alex wahrt Distanz. Ich merke, dass er seinen Platz noch nicht gefunden hat. Er wartet darauf, dass sich eine Bühne bietet, die er lässig betreten kann.

»Ihr wisst um die Gefahren der Atomenergie«, beendet Charlie ihren kleinen Bericht aus Gorleben, »schließlich habt ihr alle schon dagegen protestiert. Geändert hat sich bisher nichts, außer zum Schlechteren, was sich an der Laufzeitverlängerung der AKWs zeigt, aber deshalb muss man gerade heute wieder was machen.«

»Wo ist eigentlich Svenni? Den hast du doch auch eingeladen, oder?«, flüstert Michael über den Vortrag von Charlie hinweg.

»Keine Ahnung, kommen wollte er.«

»Aufhören dürfen wir erst, wenn die AKWs abgeschaltet sind.«

Charlie erntet Applaus, aber mir ist das Ganze irgendwie peinlich. Ich merke doch, dass sich fast alle am Tisch so winden, wie man das von Hochzeiten kennt, wenn der Brautvater vom ersten Bäuerchen an die gesamte Lebensgeschichte der Braut zum Besten gibt.

Als sich alle Gäste angemessen empört gezeigt haben, kommt Malte mit seiner Unterschriftenliste, die alle ohne große Umstände unterschreiben.

»Haben wir was verpasst?«

Svenni und Albert sind doch noch gekommen und werden nun fröhlich von allen begrüßt. Zwei weitere Stühle werden an den Tisch gequetscht, während Svenni sofort die altbekannte Clownsrolle übernimmt und Albert den zurückhaltenden Unsichtbaren gibt, was bei seiner Figur gar nicht so einfach ist. Er findet seinen Platz neben Berthold, was gut passt. Ein bisschen heikel könnte sein, dass er Bella gegenübersitzt, aber vielleicht hat er vergessen, was mich noch quält, wenn ich an Albert denke.

Svenni hatte Albert als neuen Mitbewohner für den Kaiserhof vorgeschlagen. Tom war das egal, Hauptsache die Miete kam rein, Bella war dagegen, und Nora wusste nicht so genau.

»Albert ist irgendwie komisch, echt nicht politisch und überhaupt nicht alternativ, eher ein bisschen spießig.«

»Und total verklemmt«, ergänzte Bella.

»Aber ihr kennt ihn doch gar nicht«, versuchte Svenni seinen Freund zu verteidigen.

»Doch«, tröteten beide wie aus einem Mund, und Bella beharrte darauf, dass sie so was irgendwie sofort spüre.

»Ihr spinnt doch beide.« Tom stand auf und holte sich eine Flasche Bier aus dem Kühlschrank. »Du auch?«, wandte er sich an Svenni.

»Klar doch.«

»Wie redest du denn mit uns?«, Nora wurde langsam sauer.

»Wie soll ich denn mit euch reden?«, fragte Tom und stellte Svenni die Bierflasche hin. »Albert ist nett, kann die Miete bezahlen, fertig.«

Als Tom sah, dass Svenni nach einem Flaschenöffner suchte, nahm er ihm die Flasche ab und schlug sie so an die Tischkante, dass der Deckel absprang. Von Svenni erntete er anerkennende Blicke.

»Mann, davon geht der Tisch kaputt«, moserte Bella und fühlte nach, ob eine Delle entstanden war.

Tom ignorierte sie und sagte zu Svenni: »Wir brauchen hier unbedingt noch einen Kerl.«

Bella und Nora jaulten auf. Noch mehr Machoallüren im Haus, darauf konnten sie echt verzichten.

Am Ende eines zermürbenden Abends hatten sie sich mühselig darauf geeinigt, dass man wenigstens gemeinsam mit Albert zur Demo gegen das geplante Zwischenlager in Lingen fahren könnte. Da würde man einander ein bisschen besser kennenlernen, und danach könnte man dann weitersehen. Also wurde Albert eingeladen, die Nacht vor der Demo in der WG zu verbringen, um am nächsten Morgen gemeinsam aufzubrechen.

»Das ist unser Schlafzimmer«, verkündete Bella von oben herab, als sie und Nora mit Albert durchs Haus gingen, um ihm zu zeigen, wo er schlafen konnte.

»Wir machen das nicht mehr, dass jeder sein eigenes Zimmer hat. Wir haben nur noch Funktionsräume und hier schlafen wir alle zusammen.«

»Alle?«, fragte Albert mit erkennbarem Entsetzen.

»Du natürlich nicht«, ergänzte Nora eher überheblich als beruhigend und verschwieg, dass die Neuerung erst ein paar Tage alt war, ihr aber schon auf die Nerven ging.

»Uns ist das schon total wichtig, dass wir hier richtig zusammenleben, also nicht nur wohnen und so, sondern alles«, erklärte Bella und behielt für sich, dass sie sich schon zweimal mitten in der Nacht aus dem gemeinsamen Bett geschlichen hatte.

Albert nickte, aber richtige Begeisterung zeigte er nicht. Worüber auch?

»Kannst du das denn? Ich meine, bist du offen für so was? Du kommst schon ziemlich zu rüber«, versuchte Nora, Albert aus der Reserve zu locken. »Kannst du dir das denn vorstellen, so Funktionsräume und so?«

»Nee, ich brauch schon meine Ruhe«, provozierte Albert die WG-Bewohner und erntete Aufstöhnen im Duett.

»Siehst du«, setzt Bella noch eine große Portion Überheblichkeit drauf, »genau das meine ich, ich glaube, du bist irgendwie noch nicht so weit.«

Als wir mit Albert wieder in die Küche zurückkehrten, standen neue Bierflaschen auf dem Tisch.

»Davon kann ich gut eins brauchen«, verkündete Albert und griff beherzt zu.

Nachdem die Jungs noch ein paar Flaschen geleert hatten, beendete Svenni den peinlichen Abend: »Lasst uns morgen weiterreden, wir müssen früh raus.«

Am nächsten Morgen fuhr nur einer zur Demo nach Lingen. Albert. Kein Wunder, total unflexibel der Mann.

Albert lacht herzlich. Als er meinen Blick erwidert, frage ich mich, ob er sich wohl noch an unseren Auftritt erinnert? Albert wendet sich wieder Bella zu, und ich versuche, ihrem Gespräch zu folgen.

»Dass du das noch weißt. Ich war damals wirklich stinksauer auf euch. Ihr seid so ein arrogantes Pack gewesen.«

Es ist komisch, aber Bella und Albert reden über genau den Abend, an den ich gerade denken musste. Keine Spur von peinlicher Verdruckstheit, keine späte Wut. Albert zieht Bella mit ihrer damaligen postpubertären Wichtigtuerei auf, und Bella kontert damit, dass sich Albert damals wie ein Spießer aufgeführt habe. Beide lachen sich schlapp darüber, wie sie sich gegenseitig wahrgenommen haben und wie rührend doof wir allesamt gewesen sind.

Eine weitere Runde Wein macht die Zungen locker und die Stimmung heiter. Ich frage mich für einen Moment, ob Charlie vielleicht von dem bisherigen Verlauf des Abends enttäuscht ist, und sehe sie vertieft ins Gespräch mit Alex. Sie scheint wirklich interessiert zu sein und lauscht ihm gespannt. Mir schimmert ein bisschen zu viel Bewunderung durch. Auch Malte registriert mit Skepsis, dass Charlie geradezu an Alex' Lippen hängt. Ich nehme den Hilfe suchenden Blick wahr, den er mir schickt, und muss lächeln. Nach einer Sekunde erbarme ich mich, stehe auf, nehme mir einen Stuhl und quetsche ihn zwischen Alex und Charlie. Alex bricht das Gespräch mit Charlie sofort ab, und es ist mir peinlich, dass ich das als kleinen Triumph wahrnehme.

»Ich dachte schon, du würdest mich überhaupt nicht mehr beachten.«

Wenige Minuten später hänge ich an seinen Lippen, sehr zur Belustigung von Malte. Nachdem Alex mir von seinem Leben in Ruanda erzählt hat und wie sie es organisiert haben, dass sich quasi jeder die Sonnenkollektoren, die seine Firma herstellt, auch leisten kann, verstehe ich die Bewunderung, die Charlie ihm offensichtlich zollt. Das hört sich großartig an und lässt den Weg, den er gehen musste, um dort anzukommen, fast vergessen.

»Und deine Kinder?«

»Ein Sohn studiert, zu den anderen habe ich keinen Kontakt mehr.«

So, wenigstens das habe ich besser gemacht als Alex. Charlie sitzt bei uns am Tisch, und nirgendwo anders möchte ich sie im Moment lieber haben. Ein billiger Triumph von mir, der ein schales Gefühl hinterlässt. Wieso fange ich schon wieder damit an, mich an Alex zu messen? War das gar nicht sein Spiel all die Jahre, sondern meins?

Charlie nimmt ihre verbale Anhimmelung wieder auf, und ich weiß schon genau, was ich mir morgen von ihr anhören muss: Der ist so klasse, der macht ganz tolle Sachen, der ist total politisch, und so weiter, und so weiter.

Michael versucht ein Gespräch mit Susanne zu beginnen, die sein Bemühen mit angestrengter Einsilbigkeit scheitern lässt. Das war schon vor dreißig Jahren so und scheint heute nahtlos wieder aufzuleben. Susanne ist immer noch die Ernsthafte, der die Last des Weltschmerzes keinen Raum für harmlose Plauderei lässt. Zwischen damals und heute liegen allerdings zwei Leben. Susanne erzählt gerade, dass sie einen Sohn habe, sechzehn Jahre alt, dessen Vater sie schon lange verlassen habe.

»Jetzt lebe ich mit einem anderen Mann und dessen Tochter zusammen. Patchwork-Familie, aber in Wirklichkeit sind wir eine richtig spießige Kleinfamilie mit Reihenhaus und Zaun drum rum.«

Susanne sorgt für den größten Teil des Familieneinkommens. Sie ist Anwältin, immer noch engagiert, aber sie zweifelt mehr und mehr an ihrem Engagement.

»Im Gerichtssaal habe ich es doch nur noch mit irgendwelchen kessen Bienen zu tun, die so taff und ausgefuchst sind, dass ihnen ganz egal ist, wen sie wegen was verteidigen, denen geht es nur ums Gewinnen.«

»Aber das machen wir doch genauso«, mischt Klaus sich ein, der geradezu berüchtigt dafür ist, keinen Winkelzug auszulassen, um für seine Mandanten das Beste rauszuholen. Aber die Fälle, die er übernimmt, sucht er sich sehr genau aus.

»Stimmt, klar, aber kennst du diese Anwaltszicken denn nicht, die jedes Engagement für Recht und Gerechtigkeit irgendwie rührend, aber keineswegs nachahmenswert finden?«

Ich sehe, wie genau Berthold Susanne zuhört. Er nimmt ernst, dass sie darunter leidet, für ihr Engagement so wenig Anerkennung zu ernten. Vielleicht ist das das Geheimnis der langen Liebe zwischen Christina und ihm. Berthold kann gut zuhören, und er fühlt mit. Vielleicht gehört es aber auch zu seinem Rüstzeug als Theaterregisseur, sich ein Bild von Menschen zu machen.

»Sag mal, Berthold, hast du eigentlich Tom noch mal gesehen?«

Berthold wird auf einmal ziemlich ernst.

»Hast du ihn nicht eingeladen?«

»Doch, aber das hat ihn nicht gefreut, sondern eher wütend gemacht.«

»Das wundert mich nicht.«

»Was ist denn mit ihm los?«

»Ach, das ist eine blöde Geschichte …«

Berthold will nicht richtig erzählen, also muss ich nachbohren. Am Ende habe ich folgendes Bild gewonnen: Tom hat sich als Finanzberater versucht. Erstaunlicherweise hat das ziemlich gut funktioniert. Sogar Berthold hat Geld bei ihm angelegt. Aber nur ein Jahr, dann ist die Blase geplatzt. Tom hatte seine Geschäfte wie ein Pilotenspiel organisiert und die Rendite des einen Anlegers mit der Investition des nächsten finanziert. Solange er mit immer neuen Investoren die Gewinne der vorherigen bedienen konnte, lief alles gut, aber als das vorbei war, waren ihm an die hundert Anleger auf den Fersen, die ihr Geld wiederhaben wollten. Als Berthold wegen einer Theaterproduktion in Münster war, hat er ihn manchmal barfuß mit einer Gitarre durch die Stadt ziehen sehen. Heute singt er Protestsongs gegen die marodierende Finanzwelt.

»Verstehe, da hatte er keine Lust, sich die Erfolgsgeschichten seiner alten Freunde anzuhören.«

Berthold schüttelt den Kopf.

»Ich fürchte, es ist viel banaler. Wie hätte er die Fahrt hierher bezahlen sollen?«

Eigentlich ist das eine recht illustre Runde, die sich um den Tisch versammelt hat. Alle bis auf Tom haben ihren Weg gemacht. Zwei Anwälte, ein Arzt, ein Theaterregisseur, zwei Professoren, eine Journalistin, ein Moderator, ein preisgekrönter Grafiker und ein erfolgreicher Unternehmer. Wer hätte das gedacht. Keine schlechte Bilanz.

Endlich hat Michael es geschafft, ein Gespräch mit Susanne in

Gang zu bringen. Man sieht es an seinem Strahlen, aber Susannes Ausdruck bleibt merklich streng. Ich kann nicht hören, worüber die beiden sprechen, aber das, was ich in Susannes Augen sehe, lässt auf etwas Ernsthaftes schließen. Unwillkürlich tut Susanne mir ein bisschen leid. Ich vermute, dass ihr ein unbeschwerter Abend guttäte.

Wenn ich mich so umschaue, sehe ich auf jedem Stuhl zwei Personen: Die von heute und die von früher. So wird es nicht nur mir gehen, und ich frage mich, wie die Gäste meiner Tafelrunde mich wohl heute wahrnehmen.

Shortie tippt mir auf die Schulter und reißt mich aus meinen Gedanken.

»Schöne Grüße von Max-Eric.«

Wenn ich etwas nicht glaube, dann das.

»Doch, doch«, versichert Shortie mir, »das war ihm ganz wichtig, dass ich dir die ausrichte. Er denkt immer mal wieder an eure Küchenschlacht und erzählt auch gerne davon. Die Geschichte kommt immer gut an.«

»Und wie geht's ihm? Was macht er heute?«

Shortie zieht sich einen Stuhl heran und berichtet: »Die Psychologie hat er an den Nagel gehängt.«

Das wundert mich nicht. Wahrscheinlich hat er alle seine Patienten so drangsaliert wie mich damals, und das ist alles andere als vertrauensfördernd.

»Unternehmenscoaching. Er ist verheiratet und lebt mit seiner Frau und drei Kindern auf einem Bauernhof im Sauerland. Er hat sich auf Managertraining spezialisiert, und das macht er mit großem Erfolg.«

»Aha«, antworte ich mäßig interessiert, »und du, wie geht es dir?«

Shortie weiß es nicht so genau. Er schaut mich an, als ob er fragen wollte, ob mich das wirklich interessiert. Ich nicke.

»Ehrlich gesagt, im Moment nicht so gut. Ich bin ja damals in Münster geblieben und habe mich im Krankenhaus hochgearbeitet. Inzwischen bin ich Oberarzt in der Kardiologie, schufte wie ein Irrer und habe nichts davon.«

»Und, lebst du mit jemandem zusammen?«

»Na ja, das ist ein trauriges Thema. Meine Frau hat mich mit unserem Sohn vergangenes Jahr verlassen. Seitdem bin ich allein.«

Bevor unser Gespräch zu ernst werden kann, stößt Svenni zu uns. Er haut mir auf die Schulter und trötet: »Na, Bergenhaus, altes Haus!«

Diesen wahnsinnig geistreichen Scherz hat er schon damals so lange gebracht, bis ich es nicht mehr ertragen konnte. Auch jetzt habe ich den spontanen Impuls zur Flucht.

»Da hast du aber ein tolles Kind produziert. Mensch, wer hätte das gedacht.«

Gutwillig interpretiert, könnte das einfach nur ein misslungenes Kompliment sein.

»Wie geht's deinen Kindern?«

»Alles paletti, wenn nur die Mutter nicht wäre.«

Fröhlich und immer wieder über seine eigenen Witze lachend, berichtet Svenni, dass er mit der Mutter seiner beiden Kinder schon lange nichts mehr »am Hut« habe, dass seine Kinder ihn nur selten besuchten, dass er mit einer neuen Frau zusammenlebe, die wirklich spitze sei und »einen Stall voll Gören«, nämlich fünf, mit in die Beziehung gebracht habe, dass er die aber nicht heiraten werde, »das wird ja echt teuer auf Dauer«, und das bisschen Geld, das er habe, das stecke er lieber in sein »Moppett« als in noch eine Frau. Und während er sein Elend herunterbetet, strahlt er die ganze Zeit, als hätte er den Jackpot gewonnen. Shortie ist genauso irritiert wie ich und ergreift die erstbeste Gelegenheit zur Flucht. Mich rettet Berthold, der am anderen

Ende des Tisches mit Michael unsere herrliche Zeit als Kampfgruppe Südliches Münsterland heraufbeschwört. Michael zückt die mitgebrachten Fotos, Berthold die Flugblätter aus der damaligen Zeit, und diejenigen, die um die beiden herum sitzen, amüsieren sich prächtig. Ein Foto wandert von Hand zu Hand über den Tisch, und bevor es von großem Gelächter begleitet endlich bei mir ankommt, schnappe ich ein ironisches »ach, das war legal?« von Charlie auf, und dann erkenne ich den Schnappschuss, auf dem ich mit Paul und Michael in unserer Land-Wohngemeinschaft Farbeier herstelle.

»Keine Sorge, das ist verjährt«, meldet sich der Anwalt am Tisch zu Wort, und alle Anwesenden interessieren sich mehr dafür, wie wir damals aussahen, als dafür, dass ich mich unter Rechtfertigungsdruck gegenüber meiner Tochter befinde.

»Das ist so lange her«, mehr fällt mir nicht ein.

»Hast du die etwa auch geworfen?«, will Charlie wissen, und bevor ich »natürlich nicht«, antworten kann, kommt Michael mir zuvor.

»Ja, was glaubst du denn? Meinst du, wir hätten die nur produziert, um sie in der Küche aufzustellen?« Heldentaten von gestern werden ins Heute gezerrt. Es ist ein bisschen wie »Opa erzählt vom Krieg«. Nur dass die Schlacht nicht in Stalingrad, sondern in Brokdorf, Gorleben und an der Startbahn West stattfand. Während die allgemeine Beweihräucherung rund um den Tisch weitergeht, rücke ich zu Paul.

»Weißt du, dass sich Frank umgebracht hat?«, wende ich mich an Paul.

Er nickt. Als Einziger von uns war er bei Franks Beerdigung.

»Warum hast du denn nichts gesagt?«

»Wärst du denn gekommen?«

Ich kann nur traurig den Kopf schütteln.

»Wahrscheinlich nicht. Warum bist du hingefahren?«

»Zu der Beerdigung?«

Ich nicke. Paul sieht mich sehr ernst an.

»Damit es mir nicht irgendwann genauso geht, vielleicht.«

Was soll das denn heißen? Paul hat sich doch gefangen. Gut, früher, da hatte er einen selbstzerstörerischen Zug, aber der ist doch lange überwunden – oder etwa nicht?

»Klar, aber können wir uns wirklich sicher sein? Der Grad zwischen Glück und Unglück ist so schmal.«

Paul zeigt mir zwischen Daumen und Zeigefinger eine kaum wahrnehmbare Lücke.

»Hast du Angst?«, will ich von ihm wissen.

»Immer«, antwortet er und erschreckt mich damit bis ins Mark.

»Erinnert ihr euch noch an Bertha?«, höre ich Michael in die Runde fragen. Klar, alle, die damals in Krefeld dabei waren, erinnern sich, und dass sie wegen des blöden Brandsatzes, den sie angeblich auf das Auto von George Bush Senior geworfen hatte, angeklagt worden war.

»Die hat doch richtig im Knast gesessen. Weiß jemand, wie lange?«, will Susanne wissen.

»Zwei Jahre mindestens«, weiß Shortie zu berichten, der als Einziger von uns allen noch in Münster lebt.

»Das war so eine Sauerei damals«, erinnert sich Susanne.

»An die Demo kann ich mich noch total gut erinnern. Nora und ich sind durch ganz Krefeld gerannt und die Bullen immer hinterher. Das schaffe ich heute nicht mehr.«

Berthold grinst.

»Hat einer von euch Bertha mal im Knast besucht?«, will Christina wissen.

Keiner von uns. Nicht mal geschrieben hat irgendjemand.

Klaus zieht laut Luft durch die Zähne.

»Das ist hart. Gerade im Knast sind die Leute auf Kontakte angewiesen.«

Danke, Klaus, diese Art Vorhaltungen brauchen wir wie Pickel am Hintern.

Solange wir uns toll dabei fühlen konnten, uns bei ihrem Prozess wichtig zu machen, sind wir nach Krefeld gepilgert, und als sie dann verurteilt wurde, haben wir sie einfach vergessen. Charlie sieht mich vorwurfsvoll an, und ich senke schuldbewusst den Blick.

»Immerhin haben wir ein paar Aktionen gemacht, die sich gegen ihre Kriminalisierung richteten«, versuche ich mein schlechtes Gewissen zu verscheuchen.

»Da kamen die Farbeier zum Einsatz«, klärt Michael Charlie auf und bestellt eine neue Runde Wein.

Keiner derjenigen, die am Tisch sitzen, ist heute noch so entschlossen wie vor dreißig Jahren, weder im Kopf noch in seinen Handlungen, aber auf den ersten Blick sind wir auch nicht wirklich angepasst. Wir sind nicht richtig drin im System, richtig draußen sind wir aber auch nicht. Das unterscheidet uns von vielen, die Ernst gemacht haben, die heute von Hartz IV leben, immer noch im Knast sind oder tot.

Wir sind Professoren, arbeiten in den Medien, sind Anwälte oder Ärzte. Wir haben unsere Ideale nicht verraten, wir mussten aber auch keine Konsequenzen für ihre Durchsetzung in Kauf nehmen. Wir können uns den Luxus erlauben, sie mit dem ein oder anderen Abstrich zu leben. Wir haben unsere Kinder zu aufgeklärten und selbstbewussten Menschen erzogen, unsere Männer schlagen ihre Frauen nicht, wir fahren spritsparende Autos und ernähren uns biologisch und neuerdings sogar klimabewusst. Damit haben wir uns prima eingerichtet. Wir sind eine Generation von Nichts-Verkehrt-Machern, aber deshalb machen wir noch lange nichts richtig.

»Mama, wir machen uns auf den Weg.«

Charlie und Malte verabschieden sich. Ich glaube, dass sie inzwischen genug alte Geschichten gehört haben und sich lieber wieder der Zukunft zuwenden wollen.

»Es war echt lustig, ich wusste ja gar nicht, was für ein Feger du gewesen bist.«

Charlie lacht so schelmisch, dass ich einfach mitlachen muss.

»Da haben wir morgen aber einiges zu besprechen.«

Sie küsst mich auf beide Wangen, winkt noch einmal fröhlich in die Runde und rauscht von dannen.

»Du hast wirklich eine wunderbare Tochter. Auf die kannst du stolz sein.«

Danke, Christina, das bin ich auch, aber es ist wunderbar, das von jemandem zu hören, der das Kind nicht jeden Tag um sich hat.

»Wenn Charlie wirklich angeklagt wird, kommen wir alle zum Prozess. Oder?«, fragt Christina in die Runde, und mehr oder weniger weinselig und euphorisch stimmen alle zu. Dann vertiefen sie sich wieder in ihre Gespräche über das, was wir alles zusammen erlebt haben, und das, was unser heutiges Leben ausmacht.

»Macht eigentlich noch einer von euch irgendwas Politisches?«, will Albert wissen und erntet lautes Schweigen.

Bella arbeitet daran, den Autorinnen des 18. Jahrhunderts Gehör zu verschaffen. Shortie hat vor Kurzem einen Aufruf zur Verbesserung der Arbeitsbedingungen des Pflegepersonals unterschrieben. Das ist die magere Bilanz.

Nur Alex lebt dafür, wofür wir alle vor vielen Jahren angetreten sind – die Welt jeden Tag ein kleines bisschen besser zu machen.

»Das war total naiv damals.«

Wieso sagt das ausgerechnet Bella?

»Ja, das war naiv. Aber es war allemal mehr als das, was wir heute in unserer grenzenlosen Abgeklärtheit zustande bringen«, gebe ich ihr recht und unrecht zugleich.

Hier findet gerade ein merkwürdiger Rollentausch zwischen Bella und mir statt. Sie, die früher ach so Naive, gibt die abgebrühte Kennerin der politischen Lage, während ich mir den naiven Standpunkt zu eigen mache.

Wir rempeln einander an, wir machen uns einander madig. Haben wir das nötig? Natürlich nicht. Sind wir der Beweis für die Stichhaltigkeit der Krabbeneimer-Theorie? Frisch gefangene Krabben versuchen alle den Rand des Eimers zu erreichen, der ihr Gefängnis ist. Schafft es eine, hören alle anderen sofort damit auf, es auch zu versuchen. Stattdessen konzentrieren sie ihre Kräfte darauf, die um ein Haar erfolgreiche Krabbe zurück in den Eimer zu ziehen. Fies, oder? Viele Frauen sagen, dass das Bild bestens die Verhältnisse zwischen Frauen beschreibe. Meistens hoffe ich, dass das nicht stimmt, manchmal denke ich, dass es leider doch so ist.

Entweder hat Alex ein gutes Gespür für drohenden Zickenalarm oder ihm ist langweilig, wenn er nicht im Zentrum des Interesses steht.

»Wenn wir Strom in ein Dorf bringen, ändert sich alles. Wo es bisher keine medizinische Versorgung gab, wird es plötzlich möglich, Medikamente zu lagern, weil wir da Strom für einen Kühlschrank hinbringen. Eine einzige Lampe kann Basis der Alphabetisierung sein, weil die Kinder, die tagsüber auf den Feldern arbeiten, abends Lesen lernen können.«

Damit verdient er sein Geld und offensichtlich nicht schlecht. Er lebt in einem großen Haus in Kigali. Angestellte versorgen Haus und Hof, während der Chef durch die Welt fliegt, um sein Produkt zu vermarkten. Ich male mir aus, wie seine persönliche Bilanz zwischen verbrauchter und gelieferter Energie aussehen mag, und schiebe den Gedanken weg, weil er doch nur Neid darauf ausdrückt, dass Alex alles richtig macht. Dass es ihm dabei gut geht, hat er verdient.

»Mit den Afrikanern ist das echt schwierig, bis die was kapieren, das dauert.«

Meine Ohren haben diesen deutlichen Kolonialherrenton gehört, mein Gehirn will das unbedingt überhören, was nicht gelingt, weil Susanne sofort nachhakt.

»Das ist nicht dein Ernst, oder? Du willst nicht den ganzen afrikanischen Kontinent über einen Kamm scheren?«

Doch, genau das will er, mit Chauvinismus hat das nichts zu tun.

»Ich rede nicht aus Lehrbüchern, das ist Erfahrung, was ich hier erzähle.«

Und damit hat er Susanne abgebügelt. Das kann er also immer noch, seine »Warte-mal-ab-bis-du-groß-bist-Attitüde« hat mein Held nicht abgelegt. Keiner am Tisch hat Lust auf einen Streit, und so wechseln wir von allgemeinen Weltanschauungen zu einem anderen, offensichtlich bei allen beliebten Thema.

»Man müsste mal wieder …«, wird an verschiedenen Ecken des Tisches geäußert.

»Man müsste mal wieder, angesichts der immer weiter aufgehenden Schere in unserer Gesellschaft …«

»Man müsste mal wieder, angesichts der zunehmenden Klimaerwärmung …«

»Man müsste mal wieder, angesichts des wachsenden Misstrauens in die Politik …«

»Man müsste mal wieder gegen die AKWs …«

»Ich müsste mal wieder zum Friseur«, wirft Malou mit einem kritischen Griff in ihre blond gefärbte Mähne ein, und das ist wahrscheinlich das Einzige an diesem Abend Gesagte, das in Kürze in die Tat umgesetzt werden wird.

»Und ich muss jetzt eine rauchen«, verkündet Paul und führt eine kleine Karawane vor die Tür.

»Komm, wir gehen auch«, fordert Susanne mich auf.

»Rauchst du etwa noch?«

»Nein, natürlich nicht, nur heute. Komm schon.«

Also, wenn sogar Susanne raucht, darf ich das ja wohl auch.

Draußen ist es richtig lustig. Malou hat eine Flasche Prosecco mit rausgenommen, und Berthold organisiert gerade Gläser für uns alle. Paul schäkert mit Bella, Malou mit Alex, und Susanne und ich stehen etwas abseits.

»Das tut gut, so ein Abend.«

Susanne strahlt mich an.

»Kein Streit, kein Ärger, keine Sorgen. Kann ich nicht für immer hierbleiben?«

Soll ich nachfragen? Lieber nicht. Ich lächele sie nur an und tue so, als würde ich verstehen. Zum Glück kommt Berthold mit den Gläsern.

Stunden immer größer werdender Fröhlichkeit später kommt ein sehr müder Luigi an unseren Tisch und verkündet, dass er nun wirklich gerne ins Bett gehen würde. Nach erschrockenen Blicken auf die Uhren sehr unterschiedlicher Preisklassen und der allgemeinen Versicherung, dass der Abend wie im Flug vergangen sei, zücken alle ihre Brieftaschen.

»Das war ein wunderbarer Abend, lasst uns das bald wieder machen«, fordert ausgerechnet Susanne uns auf. Wir versprechen uns gegenseitig, dass wir das tun werden, und natürlich werden alle zum Prozess erscheinen und Charlie unter die Arme greifen, und natürlich hoffen alle, dass es dazu nicht kommen wird.

»Es war schön, dich wiederzusehen«, lügt Bella mir charmant ins Gesicht und zieht Paul hinter sich her aus dem Restaurant. Wo die beiden noch landen werden, will ich lieber nicht wissen.

»Und was machen wir jetzt?«, fragt Alex in das kleine Trüppchen hartnäckiger Nachtschwärmer, die unschlüssig vor der Tür stehen.

Eigentlich will ich ins Bett, aber da bin ich offensichtlich die Einzige.

»Wir gehen zu Nora und trinken noch einen allerletzten Absacker«, verkündet Malou fröhlich.

Begeistert schließen sich Berthold und Christina, Michael, Susanne und Alex an.

Malou versteckt sich in der Küche und heult wie ein Schlosshund. Sie hat das Kiffen noch nie vertragen, und nun verzweifelt sie gerade an der Erkenntnis, dass die Kühlschranktür nur von links, aber nicht von rechts zu öffnen ist.

»Das ist es doch, die Rechten bleiben immer, wie sie sind, nur wir Linken, wir öffnen uns.« Mit dieser großartigen Erkenntnis klappt sie meinen Kühlschrank zu und ruckelt an der rechten Seite der Tür. »Siehst du«, heult sie, »nichts, es bewegt sich einfach nichts.«

Als sie die Kühlschranktür wieder aufmacht, fährt sie mit ihrem philosophischen Vortrag über den Zustand der Linken fort.

»Und jetzt – offen. Da kannst du alles reinpacken, die Linke nimmt alles auf, aber nichts kommt dabei raus.«

Frustriert klappt Malou meinen Kühlschrank wieder zu.

»Warte«, fange ich an sie zu trösten, »guck doch mal, was da alles rauskommt.«

Ich stelle meine gesamten Käsevorräte auf den Tisch und bereite einen kleinen nächtlichen Snack zu.

»Alles Käse«, stellt Malou fest, und wir kugeln uns vor Lachen über ihr wahnsinnig witziges Wortspiel. Ich verliere fast die Kontrolle über mein Käsemesser und muss mich erst mal setzen, bis unser Lachanfall langsam abklingt. Angelockt durch die gute Stimmung kommen auch die anderen dazu. Alex beginnt, den nächsten Joint zu bauen, als Michael mit glasigen Augen das Zauberwort sagt: Schokoladenpudding. Es gibt kein Halten mehr. Wir wissen alle, dass wir sterben werden, wenn wir nicht sofort Schokoladenpudding bekommen, und Berthold und Christina machen sich in meiner Vorratskammer auf die Suche nach Puddingpulver. Zum Glück habe ich gerade einen kurzen Lichtblick, sodass ich Susanne, der Bertholds und Christinas Suche zu lange dauert, davon abhalten kann, um drei Uhr morgens bei den Nachbarn zu klingeln. Endlich taucht Christina triumphierend mit zwei Päckchen 1a-Schokopudding aus der Kammer auf, in der Berthold, ins Zwiegespräch mit einer Dose Kokosmilch vertieft, noch verharrt. Ich versichere Berthold, dass er die Dose ruhig alleine lassen kann, und nachdem er sich ausführlich von seiner immer noch stummen Gesprächspartnerin verabschiedet hat, schaffe ich es, ihn wieder zu uns in die Küche zu bugsieren. Malou hat in der Zwischenzeit Milch zum Kochen gebracht, und kurze Zeit später löffeln wir glücklich aus einem großen Topf die größte Köstlichkeit, die es auf dieser Erde gibt.

Berthold steht völlig unvermittelt auf und verkündet, dass er sofort gehen müsse. Christina schließt sich an, während Susanne Malou unbedingt noch erklären will, wie wichtig es sei, Ethik und Moral als juristisch relevante Größen ins deutsche Strafrecht zu integrieren. Völlig fasziniert lauscht Malou dem Vortrag.

»Wo schlafen wir eigentlich?«, fragt Alex und meint damit nicht: Wo ist eigentlich dein Gästezimmer?

Malou schlägt Susanne vor, gemeinsam ein Taxi zu nehmen,

damit sie noch mehr über Ethik und Moral erfahren kann. Ich verdonnere Malou dazu, den mittlerweile am Tisch eingeschlafenen Michael mitzunehmen.

»Komm doch mal her«, sagt Alex, nachdem ich die Wohnungstür endlich geschlossen habe, und zieht mich zu sich und dann hinter sich her in mein Bett.

»Küche ist mir einfach zu unbequem«, lässt er mich wissen und fängt völlig selbstverständlich an, mich zu küssen.

Erschreckend vertraut und gleichzeitig fremd ist mir das. Wir knüpfen gerade an etwas an, das wir vor Jahrzehnten beendet haben. Die durch Haschisch gestützte Verlockung ist groß, aber nicht groß genug, merken wir beide und liegen in enger Umarmung nebeneinander.

»Hast du Präser?«

Warum will er das wissen? Wir haben doch gerade festgestellt, dass wir die nicht brauchen werden.

»Komm, ich habe eine großartige Idee.«

Er springt aus dem Bett, und ich folge ihm neugierig in die Küche.

»Was nervt dich am meisten? Also politisch.«

»Dass Charlie vielleicht verknackt wird«, antworte ich wie aus der Pistole geschossen.

»Dann tun wir was dagegen.«

»Und was?«

Alex kramt das Foto raus, auf dem ich Farbeier baue, und legt es vor mir auf den Tisch. Es ist zwar nicht okay, aber irgendwie süß, dass er es im Restaurant offensichtlich an sich genommen und behalten hat.

»Kannst du das noch?«

Aber sicher kann ich das noch und bin schon auf der Suche nach alten Kerzen und allem an Farbe, was ich auf die Schnelle in der Wohnung finde.

»Präser nicht vergessen«, schallt es aus der Küche, und ich mache einen Abstecher ins Badezimmer.

Während ich die Kerzen im Wasserbad schmelze, studiert Alex unsere Baumaterialien. »Die sind längst abgelaufen. Muss ich mir Sorgen um dich machen?«, fragt er und hält mir die Präservative vor die Nase.

Ich stammele »musst du nicht« und versuche, das Schmelzen des Wachses durch konzentrierte Blicke ins Wasserbad zu beschleunigen. Alex nutzt die Zeit, um einen weiteren Joint zu bauen und mich über mein Liebesleben auszuquetschen. Möglichst abgeklärt versuche ich, den Ausrutscher mit Christian zu beichten, aber statt mich zu bedauern, lacht Alex nur.

»Ey, du bist erwachsen. Warum machst du immer noch so einen Mist?«

Sehr lustig. Aber es hat keinen Sinn, das zu vertiefen, also bringe ich das Thema zurück auf unsere revolutionäre Mission.

»Was machen wir, wenn wir die Dinger fertig haben?«

»Kanzleramt«, lautet die knappe Antwort, während er den Joint anzündet.

Nachdem ich ein weiteres Mal gezogen habe, bin ich felsenfest davon überzeugt, dass wir Charlie damit ein für alle Mal retten werden.

»Mann, du Idiot!«, meckere ich lachend. Das erste Farbei ist leider kaputt gegangen, als Alex mich euphorisch umarmt hat. Nun habe ich einen hässlichen Farbfleck in der Küche.

Einen Joint später machen wir uns extrem heiter auf unseren revolutionären Weg.

»Taxi?«

»Geht's noch?«, weist Alex meinen Vorschlag empört zurück. »Farbeier werfen wollen, aber mit dem Taxi fahren! Typisch Nora Bergenhaus. Du Snob!«

Mist, das Kanzleramt ist verdammt weit von meiner Wohnung entfernt.

»Weißt du, wie lange Che Guevara durch den bolivianischen Dschungel laufen musste?«

»Keine Ahnung«, ich vermute sehr lange, » aber was haben wir damit zu tun?«

»Das verstehst du nur deshalb nicht, weil du bekifft bist.«

»Ach so, dann latschen wir hier durch die Nacht, weil Che Guevara so lange durch den Dschungel laufen musste?«

»Genau.«

Wenn Alex das sagt, dann wird das schon irgendeinen Sinn haben.

»Ich kann aber nicht mehr«, maule ich nach ein paar Metern. Mir ist klar geworden, dass die Erklärung meines Begleiters nicht wirklich stichhaltig ist.

Offensichtlich hat auch der Revolutionär an meiner Seite erste Ermüdungserscheinungen, denn er fragt gnädig, was denn das für ein Gebäude da vor uns sei.

»Das ist die ehemalige Post, die aber leider geschlossen wurde«, kläre ich ihn auf und finde das wahnsinnig komisch.

»Post?«

Ich kann vor Lachen zwar kaum reden, aber irgendwie bringe ich raus: »Ja, Post, du weißt, die transportieren Briefe und so.«

Bis zu dem Moment, in dem Alex unser erstes Farbei wirft, war mir gar nicht klar, dass unsere alte Postfiliale das Schweinesystem repräsentiert, das Charlie an den Kragen will. Aber angesichts meiner rasant wachsenden Müdigkeit scheint mir das wesentlich einleuchtender, als mich bis zum Kanzleramt zu schleppen. Also werfe ich beherzt ein Farbei gegen die Kriminalisierung aller AKW-Gegner weltweit und insbesondere die meiner Tochter gegen die Wand des leer stehenden Gebäudes.

»Rosa? Das ist nicht dein Ernst.«

Alex schüttet sich aus vor Lachen, aber der alte Nagellack, der musste nun mal weg. Während wir selig in die Betrachtung unserer Heldentat versunken sind, nähert sich ein Streifenwagen, den wir in unserem revolutionären Überschwang erst bemerken, als er unmittelbar hinter uns steht und jeden Gedanken an Flucht sinnlos erscheinen lässt.

»Kann Sie jemand abholen? Wir würden Sie in Ihrem Zustand ungern alleine auf die Straße lassen«, fragt der eigentlich sehr nette Polizeibeamte, als er mir einen Kaffee reicht. »Wohl reichlich einen über den Durst getrunken, was?«

Ich schaue mich suchend nach Alex um, der auf der Holzbank im Flur der Wache einfach eingepennt ist.

»Vielleicht haben Sie ja Glück und der Besitzer des Hauses verzichtet auf eine Anzeige wegen Sachbeschädigung, dann kommen auf Sie nur die Reinigungskosten zu.«

Da ich im Verlauf der letzten Stunden auf der Polizeiwache wieder einigermaßen zu Verstand gekommen bin, möchte ich mich sehr gerne unsichtbar machen. Ich habe doch nicht wirklich ein Farbei auf unsere alte Post geworfen, oder? Doch, habe ich, die Spuren an meiner Kleidung sind unübersehbar.

»Haben Sie mal daran gedacht, in einem Chor zu singen?«

Warum will der Beamte das denn wissen?

»Na ja, meine Kollegen und mich hat das ganz gut unterhalten, wie Sie und Ihr Begleiter die alten Kampflieder aus den Siebzigern und den Achtzigern dargeboten haben. Bei ›Keine Macht für Niemand‹ konnten die meisten von uns mitsingen. War lustig.«

Die Polizisten von heute sind auch nicht mehr das, was sie mal waren, denke ich kleinlaut und beschließe, dass ich hier ganz schnell wegmuss.

»Wir würden Sie ja nach Hause bringen, dürfen wir aber nicht. Ist Ihnen jemand eingefallen, der Sie abholen kann?«

Ich kann unmöglich Robert anrufen. Malou ist mit Sicherheit noch nicht wieder tageslichttauglich, bleibt eigentlich nur Charlie.

»Können Sie meine Tochter anrufen?«

Der Beamte kann, und kurze Zeit später weckt mich meine Tochter mit vorwurfvollem Blick.

»Das ist wirklich unfassbar peinlich, Mama.«

Charlie verfrachtet Alex ins Gästezimmer und mich ins Bett.

»Wenn du wieder klar im Kopf bist, dann schau mal Nachrichten.«

Damit verabschiedet sie sich irgendwie herzlos, und ich schlafe ein.

10.

Als ich wieder aufwache, ist die Welt eine andere, aber das weiß ich noch nicht. Mich beschäftigt in erster Linie die Frage, ob ich wirklich die Augen öffnen soll. Ich bin sicher, dass das eine Explosion in meinem Kopf auslösen wird. Soll ich es trotzdem riskieren? Nein. Ich drehe mich um und schlafe einfach weiter.

Am Nachmittag trudelt ein verkaterter Alex mit einer Tasse Kaffee in mein Schlafzimmer. »Bist du wach?«

»Nein«, brummele ich, und wenn nicht dieser Kaffeeduft meine Lebensgeister neugierig gemacht hätte, zöge ich auch nicht in Erwägung, meine Augen probeweise aufzuschlagen. Alex zieht mir eins der Kissen weg und setzt sich neben mich.

»Gut geschlafen?«

Ich weiß es nicht, weil sich mein Körper eher so anfühlt, als würde er mühselig aus einem mehrmonatigen Koma erwachen, aber mit dem Kaffee in der Hand bin ich wenigstens halbwegs sicher, dass ich noch lebe. Je wacher ich werde, desto deutlicher erscheint die vergangene Nacht vor meinem geistigen Auge. Die Hoffnung, dass das, was sich in meinem Hirn gerade wie ein Puzzle zusammensetzt, ein Albtraum ist, schwindet schlagartig, als ich auf dem Küchenboden einen großen Farbfleck entdecke. Betreten schleiche ich mich ins Schlafzimmer zurück, wo Alex es sich in meinem Bett gemütlich gemacht hat. Egal, dann gehe ich eben duschen.

Aber selbst wenn ich noch Stunden unter der Brause stehen bleibe: Das Wasser kann nicht ungeschehen machen, dass ich einen Teil der Nacht in Polizeigewahrsam zugebracht habe.

Nachdem die Dusche mir aber zu einem halbwegs klaren Kopf verholfen hat, beschließe ich, mir sofort die Telefonnummer des Hausbesitzers geben zu lassen, dessen Fassade ich mit Farbeiern verschandelt habe. Ich würde mich gerne bei ihm entschuldigen.

Angezogen und fast schon wieder Mensch, finde ich Alex vor dem Fernseher vor. »Kritisch ist die Lage vor allem auch in zwei Atomkraftwerken in Fukushima. Dort hatten nach dem Beben die Kühlsysteme versagt. Einige Experten befürchten eine Kernschmelze in der Anlage. Diese kann zu einer unkontrollierten Kettenreaktion und zum Austritt von Radioaktivität führen.«

Die Bilder, die ich sehe, sind grauenhaft. Menschen in Notunterkünften, zerstörte Städte und Dörfer, niemand weiß, wie viele Tote es gibt.

»Was ist da los?«

»Es hat ein Erdbeben gegeben, und das hat einen Tsunami ausgelöst. Wahnsinn, der hat ganze Landstriche zerstört.«

Alex starrt entsetzt auf die Bilder.

»Wenn denen auch noch ihre AKWs um die Ohren fliegen, dann …«

Er sieht mich ratlos an. Dass Alex die Worte fehlen, lässt mich das Ausmaß der Katastrophe ahnen. Ich starre auf den Fernseher, dann stapfe ich kopf- und gedankenlos in die Küche.

An Essen ist nicht zu denken, aber ich könnte mal mit einem Orangensaft versuchen, meinen Magen gnädig zu stimmen. Während ich Orangen aufschneide, ertappe ich mich bei dem völlig bescheuerten Gedanken, dass ein hoch technologisiertes Land wie Japan die AKWs sicher in den Griff kriegen wird. Ich schiebe das darauf, dass mein Gehirn immer noch nicht auf Betriebstemperatur ist. Eigentlich müsste ich Charlie anrufen, aber da ich eine Vorstellung davon habe, welche Vorhaltungen sie mir machen wird, verschiebe ich das auf später. Aus meinem Wohnzimmer höre ich Alex laut fluchen.

»Verdammt, so ein Mist. Nora, kannst du mir ganz schnell ein Taxi bestellen?«

Im selben Moment rast er an mir vorbei ins Gästezimmer, um eine Sekunde später vollständig angezogen in der Küche zu erscheinen.

»Kommt das Taxi?«, fragt er schon, als ich gerade mal die Nummer gewählt habe.

»Was ist denn los?«

Während Alex seine Schuhe sucht, gebe ich der Taxizentrale meine Adresse durch und höre aus verschiedenen Räumen meiner Wohnung, dass Alex ein wichtiges Meeting vergessen hat, bei dem es um ein neues Projekt gehen soll. Er hat ein weiteres Land an der Angel, das er mit Sonnenkollektoren versorgen will.

»Joint Venture, wenn ich das hinkriege, habe ich ausgesorgt.«

Er hat offensichtlich seine Schuhe gefunden, denn die hektischen Schritte sind sehr viel lauter. Aus dem Bad höre ich zwischen dem Geräusch meiner elektrischen Zahnbürste und Zahnpastaschaum etwas, das ich als kleine Danksagung für den gestrigen Abend entschlüssele. »Koller Aben gechtern.«

Sekunden später kommt er in die Küche gerast und gibt mir einen Kuss. »Ich komme bald wieder, und wenn was mit Charlie ist, sag Bescheid. Das Taxi müsste doch da sein, oder? Mach keinen Scheiß, Sweety!«

Und weg ist er. Ich stehe ein wenig verdattert da, bevor ich mich über die plötzliche Ruhe um mich herum erschrecke. Nur der Fernseher macht Geräusche. Ich schalte ihn aus und gehe einfach wieder ins Bett.

Alle Freunde, mit denen ich gestern lachend zusammensaß, rennen schreiend zwischen völlig zerstörten Häusern hin- und her. Robert versucht verzweifelt, mich aus dem Chaos zu zerren.

Aus dem Albtraum wache ich erst auf, als das Telefon klingelt. Ich bringe nur ein schwächliches »Hallo« zustande.

»Wie hörst du dich denn an?«, fragt Charlie argwöhnisch.

Ich erkläre ihr kurz, dass sie mich geweckt hat, und stelle mich auf ihre Vorwürfe ein.

»Hast du Nachrichten gesehen?«

»Du meinst das Erdbeben? Habe ich gesehen, schrecklich.«

»Der erste Reaktor ist explodiert. Das ist ein GAU, was da passiert.«

Das habe ich verschlafen. Während Charlie mir von zehntausend Toten, überfüllten Notunterkünften und weiträumigen Evakuierungen berichtet, schalte ich den Fernseher an und sehe die Bilder zu den Worten, die ich von Charlie höre. Ich bin gleichzeitig hellwach und vor Entsetzen gelähmt.

Ich kann mich der Bilderflut nicht entziehen und sehe immer wieder unendlich viele zerstörte Häuser, weinende Menschen, die alles verloren haben, und eine schwarze Wasserwelle, die ein Schiff mitten in einem Dorf zerschellen lässt.

Nervös tigere ich durch meine Wohnung und warte darauf, dass irgendetwas passiert. Ich starte meinen Computer, aber es ist nur ein kleiner Trost, dass viele E-Mails meiner Freunde in meinem elektronischen Briefkasten gelandet sind.

»Was für ein beschissenes Timing«, bringt Berthold es auf den Punkt. »Da sitzen wir so nett zusammen, und dann das!«

Michael hat direkt ein paar Internetlinks zusammengestellt und an alle verschickt, die mit uns den Abend im Ribaltone verbracht haben.

»Und nun?«, fragt Shortie.

Susanne lässt uns wissen, dass sie den Abend sehr genossen habe, aber dass sie, seit sie die Nachrichten aus Japan gehört habe, immer weinen müsse. Es sind hilflose Botschaften, die mich erreichen, sinnlose Versuche, sich mithilfe einer E-Mail an einer Welt festzuhalten, die gerade aus den Angeln gehoben wird. Während ich mich in diesem Gefühl verliere, suggerieren mir die Nachrichten, dass die Katastrophe zwar verheerend ist, aber dass japanische Techniker das in den Griff bekommen werden. Ich frage mich, wie die Worte »verheerend« und in den »Griff bekommen« zusammenpassen.

Mich wundert, dass ich noch nichts von Malou gehört habe, und ich beschließe, sie anzurufen. Ich brauche ihre Art, die Welt apodiktisch erklären zu können, resolut in Gut und Böse zu unterscheiden und unsentimental diejenigen zu verteufeln, die die Welt zu dem gemacht haben, was sie ist. Stattdessen ertönt nur Malous Mailboxstimme, die mir die Möglichkeit eröffnet, eine Nachricht zu hinterlassen. Aber was soll ich sagen? Zehntausend Menschen sind gestorben, aus mindestens einem Reaktor tritt Radioaktivität aus, hundertvierzigtausend Menschen müssen evakuiert werden, und niemand weiß, was noch passieren wird. Das kann keine Mailbox fassen.

Ich will raus aus der lähmenden Stille meiner Wohnung und mache mich auf den Weg durch die Stadt. Zwei Stunden und geschätzte zehn Kilometer später stehe ich vor Charlies Wohnung und bin erleichtert, als meine Tochter die Tür öffnet. Malte verfolgt die Nachrichten im Fernsehen, während Charlie das Abendessen vorbereitet.

»Isst du mit? Papa kommt auch gleich.«

»Hasi auch?«

Normalerweise habe ich kein Problem damit, dass Robert die Frau an seiner Seite mit zu unserer Tochter schleppt. Heute aber schon.

»Du kannst dich entspannen. Ich glaube nicht«, erlöst mich Charlie, und ich bin froh über die Aussicht auf einen ruhigen Abend im engsten Familienkreis.

Als ich Robert die Tür öffne, begrüßt er mich sichtlich belustigt.

»Schön, dich zu sehen. Ich dachte, du wärst schon abgetaucht.«

Ich finde das nicht komisch, aber da ich mich eindeutig in der Defensive befinde, übergehe ich seinen mauen Scherz und begrüße ihn mit Küsschen links und Küsschen rechts. Ich mache das sonst nie, weil ich halbherzige Küsserei blöd finde. Die Steigerung dieser weit verbreiteten Unsitte sind Küsse in die Luft links und rechts. Was soll das?

»Was ist denn mit dir los?«, will Robert auch prompt wissen.

Charlie umarmt ihren Vater stürmisch, als wir in die Küche kommen, und ich habe das Gefühl, dass sie mir damit zeigen will, wie froh sie darüber ist, dass sie noch einen Elternteil hat, der bei Verstand ist.

»Wie war's?«, fragt Robert, als er eine Flasche Wein öffnet.

Im ersten Moment weiß ich gar nicht, was er meint.

»Euer Abend«, ergänzt er und stellt mir ein Glas Wein vor die Nase. Als er sieht, wie ich mein Gesicht verziehe, tauscht er es wortlos gegen Wasser.

»Hat Charlie noch nichts erzählt?«

»Nur den Höhepunkt«, antwortet mein Exmann mit breitem Grinsen.

»Ihr findet das vielleicht lustig, aber ich kann da gar nicht drüber lachen«, mosert Charlie, als sie das Abendessen auf den Tisch stellt.

»Malte, kommst du? Essen steht auf dem Tisch.«

Ich höre, dass der Fernsehton im Nebenraum verstummt, und im selben Moment erscheint auch schon Malte in der Küche.

»Der japanische Ministerpräsident spricht von einer ›alarmierenden‹ Lage, so schlimm wie nach der Atombombe.«

Malte begrüßt Robert freundlich und mich mit unausgesprochenem Vorwurf. Warum eigentlich? Ich habe brav alles gemacht, was meine Tochter und ihr Freund von mir erwartet haben. Alte Freunde wurden wie bestellt von mir zusammengetrommelt, alle haben Maltes Unterschriftenliste unterschrieben, und dass wir dann noch ein bisschen gefeiert haben, ist ja wohl nicht verboten.

»Das nennst du feiern? Ich hätte ja gern mal erlebt, wie du mich sternhagelvoll von den Bullen abholen musst.«

»Ich war nicht betrunken«, entgegne ich und weiß im selben Moment, dass das eine saublöde Verteidigungsstrategie ist.

»Dann eben bekifft, entschuldige bitte, dass ich mich nicht präzise ausgedrückt habe.« Meine Tochter ist sauer auf mich, aber so ganz habe ich noch immer nicht verstanden, warum eigentlich. Ich schaue Robert Hilfe suchend an, aber er ist keineswegs bereit, mir zu helfen.

»Weshalb bist du eigentlich so sauer?«

»Das fragst du nicht im Ernst, oder?«

Charlie schaut mich provozierend an, während Malte resigniert den Kopf schüttelt.

»Abgesehen davon, dass ich es nicht normal finde, dass ich meine Mutter bei den Bullen abholen muss …«

»Meine Güte, wenn ich gewusst hätte, dass ausgerechnet du so ein Theater machst, wäre ich mit dem Taxi gefahren«, unterbreche ich Charlie.

»Wieso ausgerechnet ich? Meinst du, weil du mich aus Gorleben abgeholt hast?«

Genau das meine ich und deshalb nicke ich auch.

»Siehste. Du hast echt nix kapiert. Da ging's um was, Mama,

da haben nicht ein paar Bekiffte die Post vollgeschmiert, weil sie sich noch mal jung fühlen wollten.«

»Wie seid ihr denn überhaupt auf die Idee gekommen?«, will Robert wissen.

»Weiß ich nicht, so halt«, bügele ich ihn ab.

Wenn er mich schon nicht verteidigen will, kann er sich wenigstens raushalten.

»Der ganze Abend war schräg«, kommt unerwartet von Malte.

Ergreift er überraschend für mich Partei?

»Das mit den Farbeiern finde ich echt nicht schlimm …«, fährt der Goldjunge fort. »Der Abend war doch viel schlimmer. Ich habe da echt was kapiert. Ihr habt nie was wirklich ernst genommen und so seid ihr bis heute.«

Der Verräter.

»Was soll das denn heißen?«

Malte holt zum Rundumschlag aus: »Wenn du ehrlich bist, haben wir euch gestern nur gestört.«

»So ein Quatsch«, werfe ich ein, »um euch ging's doch.«

»Ja, vielleicht mal gerade zehn Minuten. In Wirklichkeit ging's nur um euch.«

»Macht doch mal eins nach dem anderen. Wer war denn überhaupt da?«, mischt Robert sich wieder ein.

»Jedenfalls kein einziger Typ, mit dem Mama nicht ge…«

»Charlie!«, unterbreche ich meine Tochter scharf.

»Ist doch wahr«, mault sie, traut sich aber nicht auszusprechen, was ich nicht hören will. »Malte hat doch recht. Was habt ihr denn schon erreicht? Mal ein bisschen rumprotestiert und dann ab in die tollen Jobs. Schön auf Familie gemacht und Schluss mit Engagement. Mensch, wenn ihr das durchgezogen hättet, wäre Fukushima gar nicht passiert.«

Erdbeben, Tsunami, Tausende von Toten und havarierte Atomkraftwerke, und ich bin schuld? Meine Tochter tickt doch nicht richtig! Robert wird auch langsam ungemütlich, und er weist seine Tochter darauf hin, dass sie bitte nicht so maßlos übertreiben solle. Unser Kind fängt hemmungslos an zu weinen, und ganz langsam dämmert mir, wie hilflos sie das Unglück in Japan macht. Mir geht es nicht anders, aber der große Vorsprung an Lebensjahren hat mich vergessen lassen, dass es gute Gründe gibt, über den Zustand der Welt einfach mal in Tränen auszubrechen. Ich bin so glücklich über meine Tochter, dass ich auch noch anfange zu heulen. Malte sitzt reglos da und sucht Rettung bei einem Brotkrümel, den er sinnlos über den Tisch schubst. Robert nimmt uns einfach in den Arm, eine Dramaqueen links und eine rechts.

Hat Charlie etwa recht? Ging es uns immer nur um uns? Nein, sicher nicht, aber es ging uns um alles und um alles gleichzeitig. Das war vielleicht ein bisschen viel auf einmal. Wir haben alle Beziehungen neu definiert. Die zu unseren Eltern, die auf dem streitbaren Weg die Schuld an überhaupt allem aufgeladen bekamen. Wenn sie zu jung waren, um an den Verbrechen der Nazis beteiligt gewesen zu sein, haben wir sie mindestens der kollektiven Verdrängung bezichtigt. Statt die Vergangenheit zu reflektieren, haben sie sich kopfüber in das Wirtschaftswunder gestürzt und uns neben der Sicherheit und dem Wohlstand, den wir gerne und völlig selbstverständlich mitgenommen haben, einen Berg von Problemen beschert. Das und die grundsätzliche, manchmal grundlose Auflehnung gegen unsere Eltern haben uns in eine muntere Ablehnung von allem und jedem getrieben. Unsere Lehrer haben wir genauso wenig respektiert wie unsere Eltern. Sie mussten sich unseren Respekt erst mal verdienen, wenn sie nicht wollten, dass wir kollektiv im nächstgelegenen Café verschwanden, was wir, Respekt hin oder her, sowieso gerne und häufig gemacht haben. Die, die der Anstrengung, unser Interesse zu gewinnen, aus dem Weg gehen wollten, indem sie uns das »Du« angeboten haben, hatten als Erste verloren. Als wir mit den Lehrern durch waren, haben wir flugs alle anderen Autoritäten in Frage gestellt. Polizisten wurden zu Bullen, egal, ob sie uns wegen eines fehlenden Fahrradlichts ermahnten, ob sie unsere Autos auf der Suche nach Drogen auf den Kopf stellten oder uns bei Demos in Tränengas einnebelten. Schwarzfahren war Ehrensache, und Bücher, die man für die Uni brauchte, durfte man natürlich klauen. Genauso wie Klamotten, die man gerne anziehen wollte. Nebenbei haben wir auch das Verhältnis zu unserer Umwelt neu definiert. Da galt es, das ökologische Gleichgewicht wiederherzustellen, das die Generationen vor uns aus dem Lot gebracht hatten. Wir haben makrobiotisch gegessen, weil wir die Welt retten wollten und nicht etwa, weil es uns geschmeckt hätte. Dass daraus das Bionade-Biedermeier wurde, an dem Charlie partizipiert, ist nur ein kleiner Nebeneffekt des Ganzen, für das wir leidenschaftlich angetreten sind. Wir haben Strom gespart, weil wir gegen Atomenergie waren. Und den kalten Krieg haben wir verteufelt, weil wir die Welt vor der atomaren Zerstörung bewahren wollten und weil wir an ein friedliches und gerechtes Miteinander geglaubt haben. Einige von uns haben in Nicaragua Hütten gebaut, um der Ausbeutung der sogenannten Dritten Welt wenigstens Hammer und Nagel entgegenzusetzen. Wer nicht nach Nicaragua fahren konnte, hat wenigstens streng darauf geachtet, nur fair gehandelten Kaffee, an dem nicht das Blut der Ausbeutung klebte, zu trinken. Wir sind unzählige Demonstrationskilometer gelaufen, haben Tausende von Flugblättern verteilt, uns und unsere Geschlechtsgenossinnen aus festgelegten Rollen emanzipiert.

»Da habe ich ein einziges Mal über die Stränge geschlagen, und du schiebst mir gleich das ganze Elend der Welt in die Schuhe? Das kann ja wohl nicht wahr sein.«

»So meine ich das doch gar nicht«, schluchzt Charlie auf.

Nachdem die Tränen dem Lachen gewichen sind, machen Robert und ich uns auf den Heimweg. Wie selbstverständlich, wie ein altes Ehepaar, das wir über das gemeinsame Trösten unserer Tochter für wenige Stunden wieder geworden sind. Als das Autoradio davon berichtet, dass es in einem der Reaktoren von Fukushima zu einer weiteren Explosion gekommen sein könnte, schaltet Robert den CD-Player ein, und dafür bin ich ihm dankbar. Es ist genug für heute. Wir wollen beide nichts mehr hören. Mahler begleitet uns durch die traurige Berliner Nacht.

11.

Mit einer klitzekleinen Verspätung komme ich zur Montagsrunde. Alle Kollegen sind bereits um den Tisch versammelt.

»Guten Morgen, Nora. Schön, dass du da bist.«

Huberts vorwurfslose und ironiefreie Freundlichkeit macht mich misstrauisch.

»Wir haben schon mal angefangen und wollen jetzt die Projekte durchgehen. Fang du einfach an. Was hältst du von dem Drehbuch von Stefan Munster?«

Zu meiner Schande, aber das werde ich nicht gestehen, habe ich es in dem Trubel der letzten Tage einfach vergessen.

»Spannend.«

»Ja und? Hast du dich mit Stefan in Verbindung gesetzt?«

»Ich warte auf seinen Rückruf.«

Zum Glück insistiert Hubert nicht weiter und geht zum nächsten Projekt, zu Christians Buch. Svenja berichtet gramgebeugt, dass es »schwierig« werde. »Der Redakteur hat so viele Änderungswünsche, dass man eigentlich ein neues Buch schreiben muss.«

Ich verbiete mir, »siehst du« in Richtung Hubert zu denken, und muss fast gnädig schmunzeln, als Svenja von dem tollen Autor schwärmt, dem gerade seine Geschichte um die Ohren fliegt, der aber absolut bereit ist, alles Erdenkliche zum Gelingen des Projektes beizutragen. Das kann Svenja den strohblonden Kopf kosten, aber das scheint ihr nicht klar zu sein, denn lächelnd beteuert sie, alles zu tun, was nötig sei.

Hubert spielt den Chef: »Diese ewige Jammerei geht mir auf

die Nerven. Das Projekt von Christian ist für dieses Jahr eingeplant und muss gedreht werden. Punkt.«

Mein Kopf will gerade damit anfangen, sich der Frage zu widmen, ob sie und Christian auch schon …, da wendet sich Hubert wieder an mich.

»Kann der Film von Stefan die drohende Lücke in der Produktionsplanung schließen?«

»Das kann ich dir sagen, wenn ich ihn getroffen habe«, versuche ich elegant auszuweichen.

»Also, Leute, bitte. Ihr wisst doch alle, dass es dieses Jahr eng wird. Da kann ich doch wohl ein bisschen mehr Engagement von meinem Team erwarten. Und du, Nora, triffst dich am besten mit ihm zum Mittagessen, damit wir da mal einen Schritt weiterkommen.«

Bevor ich intervenieren kann, hat er schon das Telefon in der Hand und seine Sekretärin dazu verdonnert, einen Termin zu vereinbaren. Er setzt ein »zack, zack« hinterher, um uns allen vor Augen zu führen, dass wir schlicht zu langsam für seine hohen Ansprüche sind. Ich sehe beunruhigt einem Termin mit einem hochgeschätzten Autor entgegen, dessen Buch ich nicht mal gelesen habe.

»Tut mir leid, aber ich habe dein Buch noch gar nicht gelesen.«

Wir sitzen im Einstein, wo Hubert uns verabredet hat, und lassen uns den Salat schmecken, den Hubert bezahlen wird. Ich bin lange genug im Geschäft, um mich aus solchen Situationen herauswurschteln zu können, aber ich schätze Stefan zu sehr, um ihm etwas vorzumachen.

Amüsiert schaut er mich an.

»Schade, es ist wirklich gut.«

Normalerweise bin ich zurückhaltend mit persönlichen Dingen, aber sturzbachartig berichte ich von den Ereignissen der vergangenen Wochen. Wir lachen viel, Nachdenklichkeit, Heiterkeit und bittere Ironie bestimmen unser Gespräch. Eine SMS von Charlie unterbricht uns: »Heute, 16 Uhr, Mahnwache vor dem Kanzleramt.«

»Da müsste ich eigentlich hin.«

»Warum?«

Ich verstehe die Frage nicht, und erst als ich versuche, eine Antwort zu finden, merke ich, dass das gar nicht so leicht ist.

»Das ist das Mindeste, was ich tun kann«, sage ich, obwohl ich das Gefühl habe, dass das irgendwie billig klingt.

»Findest du das nicht zynisch?«

»Wieso zynisch?«

»In Japan sind wahrscheinlich 10 000 Menschen gestorben, und hier gehen Menschen auf die Straße, um die Abschaltung unserer AKWs zu fordern.«

»Ja, wann, wenn nicht jetzt?«

»Das meine ich. Das ist zynisch.«

Auf dem Weg zum Kanzleramt denke ich darüber nach, was Stefan gesagt hat. Er hat recht und unrecht zugleich. Ist es zynisch, das Sterben der Menschen in Japan zum Anlass zu nehmen, um zum ich weiß nicht wievielten Mal den Ausstieg aus der Atomenergie zu fordern, oder ist es zynisch, die Menschheit dieser nicht kontrollierbaren Technik weiter auszusetzen? Wäre es nicht noch zynischer, einfach alles weiter geschehen zu lassen?

Ich nähere mich zum ersten Mal seit über zwanzig Jahren einer demonstrierenden bunten Schar von Menschen, die sich, mit Transparenten bestückt, vor dem Kanzleramt aufgebaut hat. Es fühlt sich komisch an, und ich weiß nicht recht, wohin mit mir. Ich rufe Charlie an und erfahre, dass sie noch auf dem Weg ist. Als ich aufgelegt habe, klingelt mein Handy.

»Wo bist du?«, fragt Malou ohne Begrüßung.

Sie sitzt im Taxi und ist ebenfalls auf dem Weg zur Mahnwache. Ich schlendere ein wenig umher und fühle mich fehl am Platz. Die Menschen in meinem Alter stehen in Grüppchen herum und sehen alle ein bisschen so aus, als würden sie sich fragen, was sie hier tun. Die jungen Demonstranten wirken entspannter, plaudern mit ihren Freunden, verteilen offensichtlich im Schnelldruck hergestellte Papiertransparente mit der Aufschrift »Abschalten – jetzt!«. Ich will keins haben, was den jungen Mann, der es mir in die Hand drücken will, sichtlich irritiert. Eine der zahlreichen anwesenden Mütter mit Kind im Buggy will wissen, wo es die Luftballons gibt, die überall zu sehen sind. Kurze Zeit später treffe ich sie wieder. Der Buggy ist stilvoll dekoriert mit fröhlichen roten und grünen Luftballons. Das Kind im Buggy ist quietschvergnügt.

Wie bescheuert, dass mir durch den Kopf geht: »Das sieht zu gut aus.«

Eigentlich müsste Malous Taxi mittlerweile eingetroffen sein. Meine Güte, früher ging's mit dem Bus zur Demo, heute mit dem Taxi. Die Zeiten ändern sich.

»Da bist du ja!«

Malou steht in einem Pulk junger Menschen und hält völlig selbstverständlich das Transparent vor der Brust, das ich Minuten vorher dankend abgelehnt habe.

»Wenn wir hier fertig sind, gehen wir dann was essen? Wir müssen unbedingt noch unseren Revival-Abend durchsprechen.«

Spaghetti vongole sind angesichts des Grunds für unser Zusammentreffen genauso unangemessen wie bunte Luftballons, aber ich kriege langsam schon wieder Hunger und stimme zu.

»Ist eigentlich sonst noch jemand da?«

Malou guckt mich irritiert an.

»Ja, so an die tausend Leute.«

»Ach, du bist doof. Ich meine vom Revival-Treffen. Michael vielleicht?«

»Ich habe noch niemanden gesehen.«

Mittlerweile haben die Veranstalter ihre Lautsprecher aufgebaut, und die Mahnwache beginnt mit einer Gedenkminute für die Erdbebenopfer.

Sechzig Sekunden Stille für die Gestorbenen. Das Schweigen der Anwesenden umhüllt mich wie dichter Nebel. In der plötzlichen Ruhe liegen Trauer und Mitgefühl, und ich bin froh, dass ich ein Teil davon bin. Für eine Minute bleibt die Zeit stehen, und unsere Gedanken wandern nach Fukushima.

»Abschalten, Abschalten, Abschalten«, rufen ein paar Hundert Menschen, als die Minute um ist, und ich verstehe beim ersten Ton, warum Stefan Zynismus witterte.

Die ersten Redner treten ans Mikrofon und machen mir meine Anwesenheit schwer. Heute wollen die roten und die grünen Politiker die AKWs sofort abschalten, die vor Kurzem noch deren angeblich enorm hohen und absolut ausreichenden Sicherheitsstandard gepredigt haben. Während ihrer Regierungszeit ist kein einziges AKW vom Netz gegangen.

»Hast du Charlie gesehen?«, frage ich Malou und nehme ihr damit die Chance, Sigmar Gabriel auszupfeifen, der gerade das Wort ergriffen hat.

»Ja, vorhin stand sie mit ein paar Leuten da hinten«, sie weist in eine undefinierte Richtung, »und hat mir dieses zauberhafte Transparent in die Hand gedrückt. Also, da haben wir uns früher mehr Mühe gegeben.«

Ich merke, dass Malou wieder gern pfeifen würde, aber schon tritt ein neuer Redner ans Mikrofon.

»Ich geh sie mal suchen.«

»Ich bleibe genau hier stehen und warte auf dich.«

Zur Bekräftigung weist Malou auf ein unsichtbares Quadrat

um sie herum. Ich nicke und mache mich auf die Suche nach meiner Tochter. Mittlerweile stehen die Menschen dicht gedrängt vorm Kanzleramt, und ich muss schieben und schubsen, um durchzukommen. Die allermeisten sind zwanzig, wenn nicht dreißig Jahre jünger als ich. Die Cafés im Prenzlauer Berg werden verwaist sein. Ich bin zu alt, um hier zu sein, zu jung, um es nicht zu tun. Lange her, dass ich mich so fremd und fehl am Platz gefühlt habe.

»Meinst du, die Frau springt?«

Nora schaute die beiden höchstens achtjährigen Knirpse, die hinter ihr auf dem Fünfmeterturm des Freibads standen, verächtlich an. Sie würde springen. Schließlich war sie unter den belustigten Blicken aller versammelten Hamburger Freibadhelden unter fünfzehn die Leiter hochgeklettert, begleitet von dem mitleidigen Blick des Bademeisters, der wahrscheinlich vermutete, dass sie oben ihren missratenen Sohn oder ihre ängstliche Tochter zur Ordnung rufen wollte. Falsch, Nora löste einen Eid ein, der ihr sicherte, dass sie ihr Examen schaffte. Michael hatte die Ankündigung, dass sie vor ihrer mündlichen Prüfung einen Kopfsprung vom Fünfer machen werde, mit heiterer Gelassenheit zur Kenntnis genommen, aber nicht geglaubt, dass es wirklich dazu kommen würde. Für Nora war es eine Frage der Ehre und eine Versicherung: Wenn sie das schaffte, dann könnte sie alles, auch das Examen meistern. Nun stand sie auf dem Sprungturm und versuchte sich auszumalen, wie sehr es wehtun würde, wenn sie im Flug die Spannung verlöre und mit einem Bauchklatscher auf dem Wasser landete.

»Sie können sich ruhig trauen«, trötete ein kleiner, dicker Junge mit viel zu großer Badehose neben ihr.

»Soll ich Ihnen zeigen, wie's geht?«

Der Kleine trat ein paar Meter zurück, nahm Anlauf, und schon im Flug rief er: »Sie dürfen nur nicht nach unten sehen.«

Nora bewegte sich vorsichtig zum äußersten Rand und stellte das Denken ein. Dann sprang sie. Kopfüber trat sie den Flug nach unten an und nahm noch ein kurzes, bewunderndes »Wow« von der Plattform wahr. Ein Zurück gab es nicht mehr. Die Schwerkraft hatte das Regiment übernommen.

»Schade, dass Michael nicht da ist«, dachte Nora, »ich werde noch mal springen müssen, um ihm zu zeigen, dass ich es kann.«

Im selben Moment schloss sich das Wasser um Nora und ließ sie für einen Moment vergessen, wo oben und wo unten ist. Das Licht brach sich an der Wasseroberfläche, und Nora tauchte überglücklich von dem Sprung ihres Lebens wieder auf.

»Mama! Hey, Mama! Hier sind wir!«

Charlie fuchtelt mit den Armen herum, sie steht in einer Gruppe von Gleichaltrigen, in der ich außer ihr noch Malte und ein paar der Gesichter ausmache, die ich bei der Auswertung der Castorblockade zum ersten Mal gesehen habe.

»Du bist ja tatsächlich da.«

Charlie umarmt mich stürmisch, was mir ein bisschen wie eine Belohnung für eine Heldentat erscheint, der ich mir gar nicht bewusst bin.

»Irre, dass so schnell so viele Leute zusammengekommen sind.«

»Und total gemischt, alte und junge«, ergänzt Malte, und mir passt der Blick nicht, mit dem er mich streift.

»Ich hatte übrigens heute Morgen Post im Briefkasten.«

Ich schaue Charlie an und ahne schon: Das verheißt nichts Gutes.

»Die erheben tatsächlich Anklage. Beschissenes Timing.«

Angesichts der Katastrophe von Fukushima ausgerechnet ein Verfahren gegen die Castorblockierer zu eröffnen, verdient keine andere Bezeichnung. Ohne es gewollt zu haben, bin ich in der neuen Anti-AKW-Bewegung angekommen. Zynismus hin oder her.

Ein Sprung ins kalte Wasser.

Malou zieht mich hinter sich her zu einem Italiener in der Münzstraße. Ich berichte ihr kurz, dass Charlie tatsächlich vor Gericht muss.

»Da kommen wir ja aus dem Politikmachen gar nicht mehr raus. Wer hätte das gedacht, auf unsere alten Tage? Hast du schon mit Klaus gesprochen?«

Stimmt, das sollte ich unbedingt tun. Während ich frei von jedem juristischen Sachverstand darüber nachgrübele, ob es nicht vielleicht doch noch irgendeine Form von Deal zwischen Klaus und der Staatsanwaltschaft geben könnte, schwärmt Malou bereits aus vollen Zügen von unserem »wunderbaren Abend«. Ich erinnere sie an die politische Analyse, die sie mir vor meinem Kühlschrank unterbreitet hat. Malou streitet rundweg ab, jemals einen derartigen Blödsinn von sich gegeben zu haben, und lenkt dann das Gespräch wenig geschickt, aber umso resoluter auf Alex.

»Toller Typ«, stellt sie mit prüfendem Blick auf mich fest.

Ich weiß, dass Schweigen sinnlos ist, also offenbare ich ihr, wie der Rest der Nacht mit Alex verlaufen ist. Malou schüttet sich aus vor Lachen, findet es überhaupt nicht schlimm, dass wir die olle Postfassade ein bisschen bunter gemacht haben.

»Meine Güte, wieso ist Charlie denn so spießig?«

Ja, wieso eigentlich?

»Also von mir hat sie das nicht.«

Malou zieht ein kleines bisschen zu offensichtlich die Augenbrauen hoch.

Da ich nun wirklich das Drehbuch von Stefan lesen muss, beende ich unser frühes Abendessen. Malou und ich verabreden, dass wir uns bald wiedersehen, um zu beraten, was wir für Charlie tun können. Spätestens bei der großen Anti-AKW-Demo sehen wir uns sowieso.

Zu Hause angekommen, koche ich Kräutertee, nehme Stefans Drehbuch und verkrümele mich damit aufs Sofa. Das Telefon habe ich leise gestellt und mich so weit es geht von meinem Computer und den eingetroffenen E-Mails entfernt. Die Geschichte ist wirklich lustig. Es geht es um einen klassischen Mutter-Sohn-Konflikt. Dagegen ist der Dauerstreit zwischen Charlie und mir geradezu ein Spaziergang, versichere ich mir selbst und lache über die Stelle im Drehbuch, wo der Sohn erfährt, dass die Frau, in die er sich verliebt hat, von seiner Mutter auf ihn angesetzt wurde.

Während ich die Küchenschränke nach versteckten Lakritzreserven absuche, erschrecke ich über die Erkenntnis, dass Stefans Hauptfigur und Charlie vielleicht dasselbe Leid quält. In der Absicht, immer nur das Beste für unsere Kinder zu tun, mischen wir uns in alles ein, sind überall und vor allem immer schon dort, wo unsere Kinder erst noch hinwollen. In unserer stets beschworenen Aufgeklärtheit und Freiheit können wir alles, vor allem besser, haben alles schon gemacht und viel zu wenig übrig gelassen, was unsere Kinder als eigenes Terrain erobern könnten.

Wogegen kann Charlie sich schon auflehnen? Gegen eine stets verständnisvolle Mutter? Das kleine bisschen Provokation, das ihr bleibt, liegt in der Auflehnung gegen das, was mir heilig ist. Und vor lauter Verständnis für alles ist mir wenig heilig, außer, dass man irgendwie für alles Verständnis haben muss. Muss ich intolerant und blöd werden, damit meine Tochter glücklich werden kann?

Bevor ich Hubert anrufe, gratuliere ich Stefan zu dem tollen Drehbuch. Wir beratschlagen, welchem Sender man es anbieten könnte und wer die Hauptrollen spielen sollte, und malen uns dabei das Paradies im Fernsehhimmel aus. Als ich Hubert erreiche, ziehen sofort dunkle Wolken im Paradies auf. Der Sender hat Christians Buch endgültig abgesagt und Hubert braucht Stefans Film noch im laufenden Geschäftsjahr, damit er seinen prognostizierten Umsatz erfüllen kann. Das ist der Grund, warum Filme gemacht werden?

»Hör auf, mir Vorträge zu halten. Deine Rechnungen soll ich ja auch bezahlen oder etwa nicht?«

Hubert hat schon besser argumentiert, aber selten überzeugender. Ich verbiete mir den schäbigen Triumph, dass Christian sich besser an mich als an Blondie Svenja gehalten hätte, und ziehe sogar für einen klitzekleinen Moment in Erwägung, ihm eine E-Mail des Bedauerns zu schicken. Der Moment verfliegt, weil mein Handy leise brummt und ein Blick auf das Display mich meine selbst verordnete Funkstille abbrechen lässt.

»Hallo, Nora, hier ist Klaus.«

Klaus bringt mich kurz auf den Stand der Dinge. Der Staatsanwalt will Anklage erheben, das Gericht hat die Klage zugelassen. Offensichtlich ist die Beweislage so, dass das Gericht davon ausgeht, dass es zu einer Verurteilung kommen wird, sonst hätten sie das Verfahren eingestellt.

»Sind die bescheuert? Gucken die keine Nachrichten?«

»Sei nicht so naiv, Nora. Hier geht es um juristische Abläufe, die nichts damit zu tun haben, was in Japan oder sonst auf der Welt geschieht.«

»Und jetzt?«.

»Jetzt bereiten wir uns auf den Prozess vor. Charlie will keinen Deal, ich kann mir also sparen, das zu versuchen.«

Ich höre nur Deal und hake sofort nach.

»Nora, das ist völlig theoretisch. Deine Tochter will das nicht.«

»Aber nur mal theoretisch.«

»Gut, also wirklich nur theoretisch. Theoretisch könnte ich versuchen, mit dem Staatsanwalt und dann mit dem Gericht darin übereinzukommen, dass der angebliche Landfriedensbruch angesichts der Ereignisse in Fukushima und angesichts des Wiederauflebens der Anti-AKW-Bewegung so geringfügig und die Erhebung einer Anklage politisch so kontraproduktiv ist, dass ich vorschlage, das Verfahren gegen irgendeine kleine Auflage einzustellen.«

»Super, mach das.«

»Nein.«

»Wieso nein?«

»Nora, ich habe es bereits mehrfach gesagt, Charlie will das nicht.«

»Aber ich will das!«

»Mag sein, aber du bist nicht meine Mandantin, du bist nur die Mutter meiner Mandantin.«

Im Stefans Drehbuch fand ich die komplizierte Eltern-Kind-Beziehung irgendwie witziger.

Am nächsten Morgen wache ich mit einem Plan auf, von dem ich als Erstes den Vater meiner Tochter überzeugen werde, bevor ich die Betroffene davon in Kenntnis setze.

»Nora, du bist nicht angeklagt, sondern unsere Tochter!«

Ich hätte mir ja denken können, dass von dem Rabenvater keine vernünftige Reaktion zu erwarten ist.

»Willst du einfach die Hände in den Schoß legen?«

»Das hatten wir doch alles schon. Natürlich will ich das nicht, aber ganz sicher werde ich Charlie nicht in den Rücken fallen. Ich mache nur, was Charlie will.«

Mit meinen Ausführungen, dass unsere Tochter viel zu jung sei, die Konsequenzen ihres Handelns zu überschauen, beiße ich genauso auf Granit wie mit den Vorhaltungen, dass Robert dann die Verantwortung dafür zu tragen habe, dass Charlie ihrer Zukunft beraubt werde. Robert schlägt vor, dass wir uns mit Charlie treffen, um uns anzuhören, was ihr Plan ist. Aus irgendeiner Ecke meines Gehirn sagt mir eine Stimme, dass das vernünftig wäre, aber eine andere Stimme sagt sehr viel lauter, dass es noch vernünftiger wäre, herauszufinden, wer denn überhaupt der Schwachkopf von Staatsanwalt ist, der dieses unsägliche Verfahren gegen meine Tochter durchziehen will.

Dass Lautstärke kein Garant dafür ist, dass man recht hat, weiß ich, nachdem ich es tatsächlich geschafft habe, Staatsanwalt Dr. Meyerhofer an die Strippe zu bekommen. So aufgeschlossen er in unserem fast einstündigen Gespräch auch ist, so interessiert er sich meine Sicht der Dinge auch anhört, so offen er sich auch für meine Theorie gezeigt hat, dass Charlie sich vielleicht nur ein bisschen vor ihrem Freund produzieren wollte, auf der Rechtmäßigkeit seiner Anklage beharrt er, aber da er als Vater durchaus Verständnis für meine Gefühlslage hat, verzichtet er darauf, aus den Beschimpfungen, die er sich von mir anhören musste, juristische Konsequenzen abzuleiten.

Einen Versuch war es wert, tröste ich mich und stelle, untröstlich darüber, dass meiner Tochter das Gerichtsverfahren nicht erspart bleiben wird, den Fernseher an. In einem der Reaktoren in Fukushima ist das Kühlsystem ausgefallen. Führt das nicht zum GAU?

Ich beantworte alle E-Mails, die meine alten Freunde geschickt haben, und informiere sie darüber, dass gegen Charlie tatsächlich Anklage erhoben wird.

»Sobald ich Näheres weiß, melde ich mich wieder«, verspreche ich und will meinen Rechner gerade herunterfahren, als das vertraute Pling eine neu eingegangene E-Mail ankündigt.

»Nora, es ist alles schiefgegangen. Kannst du nicht helfen? Dein Christian.«

Zum Glück habe ich zu viele andere Sorgen, um mich über einen gescheiterten Drehbuchautor und längst verflossenen Liebhaber aufzuregen.

Ich bin früh schlafen gegangen, und trotzdem wache ich erst um zehn Uhr wie gerädert auf. Man kann zu viel schlafen. Das ist genauso schädlich wie zu wenig schlafen. Ich halte das zwar für totalen Blödsinn, aber angeblich ist es wissenschaftlich belegt. Sieben Stunden sind der deutsche Schlafdurchschnitt. Aus meinem Bekanntenkreis hat niemand an der Untersuchung teilgenommen. Meine ganz private Statistik ergibt bedauerlicherweise einen unheilvollen Zusammenhang zwischen Intelligenz und nicht schlafen können. Die Nichtschläfer sind schlauer als die Schläfer. Und es ist nicht etwa einfach so, dass sich Erstere mit schlauen Büchern die Nacht um die Ohren schlagen würden. Die lesen nicht in ihren durchwachten Nächten, die denken. Dann gibt es natürlich auch noch diejenigen, die weder schlau noch doof sind, sondern ängstlich. Sie fürchten, in der dunklen Unkontrollierbarkeit verloren zu gehen, und können deshalb schlecht einschlafen. Ich stoppe weitere Überlegungen zu diesem Thema – es gibt einiges zu tun heute.

»Stefan, hallo, hier ist Nora. Können wir uns heute treffen? Ruf mich bitte zurück.«

Das ist die erste Mailbox des Tages, die meinen Aktionismus bremst. Im Kopf habe ich einen kleinen gelben Klebezettel, auf dem ich notiert habe, was ich heute alles schaffen will.

Punkt zwei: Christians E-Mail beantworten. In ganz kleinen Buchstaben steht sogar der Antworttext auf meinem Kopfzettel: »Fick dich, du Arsch.« Ich beginne zu tippen. Offensichtlich haben meine Finger beschlossen, den Text leicht zu redigieren.

»Lieber Christian, tut mir leid, was mit deinem Buch passiert ist, aber ich weiß nicht, wie ich helfen könnte. Außerdem habe ich im Moment so viel um die Ohren, dass mir einfach die Zeit fehlt. Gruß, Nora.«

Während ich entsetzt lese, was meine Finger da geschrieben haben, flüstert der linke Zeigefinger bewundernd: »Wow, was bist du souverän.«

»Cool«, mischt sich der rechte ein, während ich ihm den linken Mittelfinger entgegenstrecke.

»Ihr sabbelt, ich sende«, konstatiert der rechte Zeigefinger und tut, was er sagt.

Was soll's? Weg ist weg, und Christian ist wirklich nicht so wichtig, dass er die Wahrheit wert wäre.

Ich verordne mir einen radio- und fernsehfreien Tag, weil ich befürchte, dass mir die furchtbaren Bilder den Kopf vernebeln. Vom Einkaufen kann ich mir eine Zeitung mitbringen. Lesen ist besser für meine Seele als sehen.

Im Biomarkt steht eine Frau vor dem Teeregal und studiert jede einzelne Packung. Offensichtlich habe ich sie einen Moment zu lange angesehen, sie fühlt sich aufgefordert, ihr Verhalten zu erläutern.

»Den grünen Tee aus Japan kann man ja jetzt vergessen.«

Ich starre sie fassungslos an und würdige sie kopfschüttelnd keiner Antwort. Als ob der Tee, der nach dem Unglück gepflückt wurde, schon im Handel wäre. Mir fällt auf, dass ich überhaupt noch nicht darüber nachgedacht habe, ob wir von dem japanischen Reaktorunglück auch direkt betroffen sein werden. Geht das Gleiche los wie nach dem GAU in Tschernobyl?

Wochenlang haben wir keine Milch getrunken, kein frisches Gemüse gegessen, und wenn wir bei Regen draußen unterwegs waren, haben wir unsere Schuhe vor der Haustür stehen lassen. »Mairegen macht schön«. Mit dieser jahrhundertealten Weisheit war es vorbei, als der radioaktive Fallout aus Tschernobyl Deutschland erreichte.

Japan ist zu weit weg für eine radioaktive Wolke, die bis nach Berlin kommt, verscheuche ich die Gedanken. Außerdem wären dann hier schon entsprechende Warnungen veröffentlicht worden. Wären doch? Oder? Heute kaufe ich die »taz« und lasse den »Tagesspiegel« im Regal liegen. Acht Sonderseiten zur Atomkatastrophe und ein Sticker, der mich rührt.

»Aus Trauer wird Power, aus Wut wird Mut!«

Das hätte ich vor fünfundzwanzig Jahren dichten und sehr gut sprayen können, heute erscheint es mir zu süß für das, was passiert ist.

Ich habe alles, was ich brauche, und trage die kleine Tasche nach Hause, für deren Inhalt ich der netten Kassiererin satte 26,30 € in die Hand gedrückt habe. Wenn ich etwas zu teuer finde, dann ertappe ich mich dabei, dass ich immer noch in DM umrechne. 52,60 DM für quasi nichts, Wahnsinn. Wenn Hubert eine meiner Rechnungen begleicht, rechne ich nie um.

Es war ja klar, dass Christian meine E-Mail nicht einfach so stehen lassen würde. »Wenigstens antwortest du mir. Was ist nur passiert, Nora, ich vermisse dich«, lese ich auf meinem Monitor. »Können wir nicht einfach mal einen Kaffee trinken und über alles reden?«

»Du mich auch«, denke ich und lösche traurig die Nachricht.

Ob Alex mich heute erwachsen genug findet?

Ich beschließe, eine befreundete Fernsehredakteurin anzurufen und ihr das Drehbuch von Stefan zu pitchen. Obwohl ich eigentlich ganz gut pitchen kann, merke ich, dass sie skeptisch ist.

»Viel zu schwarz, viel zu aufwendig, wo sollen wir das denn senden?«

Als ich ihr einen bestimmten Schauspieler für die Hauptrolle vorschlage, wird sie schlagartig hellhörig. Der Kollege arbeitet eigentlich für den Konkurrenzsender. Er spricht vor allem ein jüngeres Publikum an, und das will der Sender doch? Scheinheilig komme ich mir vor. Abgesehen davon, dass ich den Schauspieler noch nicht mal gefragt habe, ob er so eine Rolle überhaupt spielen möchte, finde ich, dass eine Reihe anderer Schauspieler mindestens genauso gut für die Rolle geeignet wäre. Dann wird der Film aber wahrscheinlich nicht gemacht und schon gar nicht mehr in diesem Jahr, was Hubert unbedingt will, damit er weiter meine Rechnungen bezahlen kann und ich genügend Geld habe, um im Bioladen einkaufen zu können.

Ich kann noch nicht mal behaupten, dass irgendjemand versuchen würde, mich zu korrumpieren, ich tue es selbst und habe erschreckenderweise noch nicht mal ein schlechtes Gewissen dabei. Stattdessen komme ich mir ziemlich gerissen vor, ganz die gute Produzentin, die Gespür für den Zeitgeist hat und weiß, was das Publikum will. Noch besser weiß ich allerdings, dass das völliger Quatsch ist. Niemand weiß, was das Publikum will. Aber manche werden irre gut dafür bezahlt, dass sie behaupten, sie wüssten es.

Kurze Rückmeldung an Hubert, der in dem Moment, in dem ich so zurückhaltend wie möglich von einem eventuellen Interesse des Senders berichte, bereits feuchte Tinte unter dem Produktionsvertrag wittert.

Endlich ruft Stefan zurück. Für ein Treffen hat er keine Zeit – leider, wie er betont –, sein Sohn ist heute bei ihm und der hält wenig von Arbeitstreffen, dafür viel von Spielplätzen. Hat Robert eigentlich jemals irgendeinen Arbeitstermin abgesagt, weil er mit seiner Tochter auf den Spielplatz wollte? Da taucht nichts in meiner Erinnerung auf. Sehr wohl erinnere ich mich aber, dass Charlie bei zahlreichen meiner Besprechungen und Konferenzen zwischen den Beinen der Teilnehmer herumkrabbelte. Die Zeiten ändern sich, am Verhältnis der Väter zu den Kindern merkt man es am deutlichsten.

Stefan findet es gut, dass ich eine befreundete Redakteurin auf seinen Stoff angesprochen habe. Wir beschließen, uns zu treffen, wenn ich eine erste offizielle Reaktion habe. Dass ich ihm schon einen Hauptdarsteller eingehandelt habe, lasse ich unter den Tisch fallen.

Das sieht nach einem freien Abend aus, den ich wirklich gut brauchen kann. Ich will einfach auf meinem Sofa rumliegen, mehr oder weniger gesunde Sachen essen und Fernsehen gucken. Irgendein Quatsch läuft bestimmt.

Ich könnte auch mein Leben sortieren, aber bei dem ganzen Chaos um mich rum hat das keinen Zweck.

Marc Bator bringt mir einen neuen Ausdruck bei, als ich um acht die Tagesschau einschalte: In Fukushima droht eine »partielle Kernschmelze.«

Ein bisschen Kernschmelze sozusagen? Wer schreibt eigentlich diese Nachrichten? Nachdem die Versuche, die Reaktoren aus der Luft mit Meerwasser zu kühlen, gescheitert sind, haben die Betreiber von Fukushima beschlossen, Wasserwerfer einzusetzen. Wasserwerfer? Zu meiner Zeit wurden die noch gegen Demonstranten eingesetzt. Dass die Zeiten sich ändern, merkt man nicht nur am Verhältnis der Väter zu ihren Kindern. Im Anschluss an die Tagesschau berichtet Robert Hetkämper live aus Tokio: »Das Kernkraftwerk in Fukushima ist außer Kontrolle.«

Mir reicht es für heute, ich gehe ins Bett.

Mitten in der Nacht werde ich wach. Ich schwimme. Aber ich liege doch in meinem Bett. Wie kann ich in meinem Bett schwimmen? Während ich meine Haut abtaste, stelle ich fest, dass ich überall nass bin. Auf meinem Bauch ist eine Pfütze. Im Halbschlaf analysiere ich, dass die ganzen Nachrichten über ungekühlte Brennstäbe bei mir zu Schweißausbrüchen geführt haben müssen. Bevor ich mich entscheiden kann, die Bettwäsche zu wechseln, bin ich wieder eingeschlafen.

12.

»Quatsch, du kommst in die Wechseljahre«, lässt Malou meine Erkenntnis, dass ich körperlich auf die Katastrophe in Fukushima reagiere, brutal in sich zusammenbrechen.

»Hast du zugenommen in letzter Zeit? Aufsteigende Hitze? Depressionen?«

Nein. Nein. Nein. Habe ich alles nicht, will ich auch nicht haben, und ich habe wirklich genug Sorgen und muss mich von Malou nicht auch noch in den Verlust meiner Weiblichkeit reinquatschen lassen.

»Wir sehen uns ja nachher, dann bringe ich dir ein ganz tolles Buch mit. Wenn du das gelesen hast, wünschst du dir die Wechseljahre! Ich schwöre es.«

Das wird ein schöner Blödsinn sein, den Malou flugs zu einer wissenschaftlich unumstößlichen Studie umdefiniert, aber statt mich auf eine Diskussion einzulassen, frage ich nach, wieso wir uns nachher sehen werden.

»Guck mal in deine E-Mails. Charlie lädt zu einem kurzen Update ins Jules Vernes.«

»Und wieso bist du eingeladen?«

Ich höre mich viel unfreundlicher an als beabsichtigt, aber Malou ist ziemlich robust im Überhören von Zwischentönen.

»Ich bin immerhin ihre Lieblingstante, und irgendwas wird sie sich schon dabei gedacht haben.«

Auf jeden Fall spekuliert mein kluges Kind auf ein warmes Mittagessen, das irgendeiner der Erwachsenen bezahlen soll.

Das Jules Vernes mag ich wirklich gerne. Hier versammeln sich die bunten Gestalten, die sich ganz bewusst nicht im Borchardt zum Mittagessen treffen. Es ist lange nicht so anstrengend wie die angesagten Orte in der Stadt. Der Service ist einfach nett und das Essen gut.

Tatsächlich haben sich die üblichen Verdächtigen eingefunden. Der ein oder andere Schauspieler sitzt auffällig unsichtbar in der Ecke, die Autorin an der Bar kenne ich, aber peinlicherweise habe ich ihren Namen vergessen. Ich grüße freundlich die Produzentin, für die das Jules Vernes die private Kantine ist. Wann immer ich hier bin, hat sie das gleiche Essen vor sich – Caesar's Salad mit Hähnchenbrust und Kürbiskernen –, und wenn ich grüßend an ihr vorbeigehe, versichern wir uns unserer gegenseitigen Wertschätzung und erneuern das Versprechen, dass wir uns unbedingt mal verabreden müssten. Hinten links am Fenster entdecke ich Robert und Malou intensiv ins Gespräch vertieft. Die Hauptperson lässt auf sich warten, was mir ganz recht ist. Ein bisschen reden unter Erwachsenen, einfach so zum Mittagessen verabredet zu sein, das wäre zu schön. Zu schön, um wahr zu sein, wie das Erscheinen von Charlie klarmacht.

»Hui, ihr seid ja alle schon da. Bin ich etwa zu spät?«

Ist sie nicht, versichern wir, während wir uns setzen. Malou beginnt sofort, in ihrer Tasche zu wühlen.

»Hier«, sagt sie und knallt einen dicken roten Wälzer mit dem unsäglichen Titel »Zeitenwende« vor mir auf den Tisch.

»Ich sage dir, das musst du lesen. Da steht alles drin, wie du durch die Wechseljahre kommst und trotzdem gute Laune und straffe Haut behältst.«

Es wäre sinnlos, mit Malou eine Diskussion darüber anzufangen, dass ich erstens nicht in den Wechseljahren bin, und zweitens, dass sie vielleicht mal etwas diskreter damit umgehen könnte. Malou liebt Gespräche über alles Körperliche, besonders über Sex, und auch in Bezug auf das Thema Wechseljahre wird sie nicht zimperlich sein. Bevor ich mir einen Vortrag über Sex im Alter anhören muss, versuche ich, das blöde Buch diskret in meiner Handtasche verschwinden zu lassen, und setze auf Ablenkung.

»Was ist der Grund für deine Einladung, Charlie?«

Robert verfolgt meinen scheiternden Versuch, das Buch zu verstecken, mit fragendem Blick, den ich mit einem Kopfschütteln beantworte. Er hat tiefe Ränder unter den Augen, offensichtlich war seine Nacht kurz. Ich kann auf Details verzichten und frage nicht, ob es ihm nicht gut geht. Charlie hat meinen Gesprächsköder aufgenommen und legt ein offizielles Schreiben in unsere Mitte. Ihr Prozess vor dem Landgericht Berlin beginnt direkt vor Ostern, am 18. April. Das sind noch knappe fünf Wochen.

»Reichlich Zeit, um sich richtig gut vorzubereiten«, lässt Charlie uns wissen.

Soll ich noch mal damit kommen, dass Klaus immer noch versuchen könnte, einen Vergleich herbeizuführen? Ich lasse es lieber. Charlie hat sich in den Kopf gesetzt, den Prozess durchzuziehen, keinen ihrer Ansicht nach faulen Kompromiss einzugehen.

»Den Prozess nutzen wir, um den ganzen Schwach- und Wahnsinn, der hier passiert, sichtbar zu machen. Wir haben schon angefangen, eine richtig gute …«

»Moment mal, Charlie«, fahre ich ihr in die Parade, »wer ist ›wir‹?«

»Mein Anwalt, meine Prozessgruppe und ich! Und ihr – hoffe ich, deshalb habe ich euch ja zusammengetrommelt.«

Robert ist es nicht ganz wohl in seiner Haut, das kann ich sehen. Ob es an der vergangenen Nacht oder an den Eröffnungen seiner Tochter liegt, ist schwer einzuschätzen. Aufrichtig begeistert ist allerdings Malou: »Ich bin dabei. Sag mir, was ich machen soll, dann lege ich los. Denen zeigen wir's!«

Wenn Malou mit einem lauten »Venceremos« die bedingungslose Unterstützung Charlies bekräftigt hätte, wäre ich auch nicht weiter verwundert gewesen.

»Hast du mit Klaus gesprochen?«

»Ja klar, der ist absolut auf meiner Seite.«

Langsam werde ich ungeduldig. Ich will endlich wissen, was damit konkret gemeint ist.

»Also, wir werden meinen Prozess richtig politisch aufziehen. Ich werde haarklein auseinanderfieseln, was alles mit der Atomkraft einhergeht, besonders werde ich denen natürlich die ganze Müllproblematik um die Ohren hauen …«

Vor meinem inneren Auge sehe ich einen hochgradig interessierten Richter, der gebannt Charlies Worten lauscht.

»… Fukushima hat ein für alle Mal deutlich gemacht, was das Gerede von sicheren AKWs für ein Quatsch ist, und dann seid ihr ja alle da und die ganzen Leute aus der Prozessgruppe, da wird schon ordentlich was los sein. Klaus wird eine Reihe von Zeugen laden …«

»An wen denkt er so?«, fragt Robert dazwischen.

»Unter anderem an Mama.«

»Bitte?«

Wieso immer ich? Das Kind hat doch auch einen Vater, dem deutlich sichtbar ein Stein vom Herzen fällt. Die Gefahr, sich zum Affen zu machen, ist an ihm wieder mal vorübergezogen.

»Du wolltest Klaus!«, triumphiert sein wortloser Blick, während ich versuche, meinen Kopf mit Ironie aus der Schlinge zu ziehen.

»Das ist ja wirklich eine originelle Idee, besonders, wo ihr so wahnsinnig begeistert von dem Revival-Treffen wart.«

»Ach, genau deswegen wollen wir dich ja, wegen deines Engagements früher, wegen des schlechten Gewissens heute, weil du so tatenlos zugesehen hast, wie eure Ziele alle über den Haufen geworfen wurden, und wegen deines zukünftigen Engagements. Außerdem bist du meine Mutter und damit die beste Leumundszeugin, die es gibt.«

Meine Tochter strahlt mich an. Damit ist aus ihrer Sicht alles gesagt. Eine Kleinigkeit gäbe es da noch aus meiner Sicht. Das wäre genau der richtige Zeitpunkt, um zu erwähnen, dass ich ein völlig unbedeutendes Telefongespräch mit dem Staatsanwalt geführt habe. Ich lasse den Moment verstreichen und weiß, dass ich das irgendwann bitter bereuen werde.

»Habt ihr eigentlich mitgekriegt, was Merkel gesagt hat?«

Wir schütteln alle drei die Köpfe, was Charlie mit einem genervten Aufstöhnen kommentiert.

»Die Regierung hat doch beschlossen, die acht ältesten Atommeiler vom Netz zu nehmen – das habt ihr doch mitbekommen?«

Wir nicken und Malou sagt: »Vom Netz nehmen klingt nach mehr, als es ist. Die meisten von den alten Dingern laufen im Moment sowieso nicht.«

»Stimmt«, pflichtet Charlie ihr bei. »Ich bin kein Fan von Merkel, aber ist es nicht irre, dass sie sich trotz Fukushima dafür noch rechtfertigen muss?«

»Ich kann mir schon vorstellen, dass da Erklärungsbedarf besteht, immerhin hatte die Regierung gerade erst die Laufzeitverlängerung beschlossen«, mischt sich Robert ein.

»Ja, aber wie sie das erklärt, das ist ungewöhnlich. Sie sagt nämlich, wenn das absolut Unwahrscheinliche Realität werde, müsse man daraus Konsequenzen ziehen und den bisherigen Atomkurs verlassen.«

»Das klingt ja schon fast philosophisch«, wundere ich mich

über die Wortwahl der Kanzlerin, »so als hätte Fukushima sie wirklich erschüttert.«

»Soll ich euch mal sagen, was mich daran am meisten erschreckt?«

Wir nicken Charlie aufmunternd zu.

»Ich glaube das einfach nicht. Politik hat bei mir so sehr an Glaubwürdigkeit verloren, dass ich einfach nicht glauben kann, dass die wirklich kapiert haben, dass ihr ganzer Atomscheiß ein riesengroßer Irrtum mit tragischen Folgen ist.«

Leider kann keiner von uns Charlie widersprechen.

Die Sonne scheint durch das Küchenfenster und wirft lustige Schatten in meine Müslischale. Das war einer der herrlichen Nebeneffekte, als Robert unsere Wohnungen in seiner nächtlichen Abrissaktion zusammengelegt hatte – nicht die Schatten in der Müslischale, sondern dass die Küche morgens hell und bei entsprechendem Wetter lichtdurchflutet ist. Nach einer weiteren unruhigen Nacht hilft das Sonnenlicht, den für den Tag erforderlichen Mut zusammenzubekommen. Ich habe den Überblick verloren, was eigentlich alles ansteht. Laut Kalender gibt es nur einen Telefontermin mit meiner Redakteurin und am späten Nachmittag einen kurzen Zahnarzttermin. Kein Wunder, dass ich den verdrängt habe. Zahnarzt und ich, wir sind Planeten in verschiedenen Umlaufbahnen, die einander nicht begegnen sollten. Ich schlurfe im Pyjama durch die Wohnung, was ich wahnsinnig gerne mache, wenn ich nichts Offizielles zu erledigen habe. Seitdem ich eine große Sympathie fürs Skypen entwickelt habe, muss ich immer kurz einmal an mir runterschauen, bevor ich die Kamera freigebe. Der nachmittägliche Zahnarzttermin gibt mir alles Recht der Welt, es heute sehr gemütlich angehen zu lassen. Ist zwar nur eine Routineuntersuchung, aber auch dafür muss man sich schonen.

Mit einer weiteren Tasse Kaffee und dem Vorabdruck eines Romans, den mir der Lektor meines Lieblingsverlags als ideale Drehbuchgrundlage empfohlen hat, mache ich mich auf den Weg zum Sofa, das für heute vorerst mein Büro sein wird. Herrlich, ich versinke in den Sofakissen und der sehr amüsanten Geschichte. Während sich die Romanfiguren in einer Kölner Kaschemme gerade das siebte Kölsch bestellen, klingelt es Sturm. Das kann nur einer von diesen völlig bekloppten Kurieren sein, die davon ausgehen, dass man den Finger schon auf dem Türöffner hat, bevor sie ihren von der Klingel nehmen. Wenn man es nicht geschafft hat, nach spätestens zwei Sekunden die Tür zu öffnen, sind sie über alle Berge, nicht ohne einen unleserlichen Zettel im Briefkasten zu hinterlassen, dass sie das Paket, das sie – vorwurfsvoller Ton – nicht zustellen konnten, bei, und dann folgen irgendwelche Hieroglyphen, die man nicht lesen kann, abgegeben hätten. Für mich hat das unweigerlich zur Folge, dass ich jeden meiner Nachbarn abklappern muss. Um mir das alles zu ersparen, renne ich, so gut das in Lammfellpuschen geht, zur Tür und flöte dem Kurier durch die Gegensprechanlage zu: »Dritter Stock, Sie können den Fahrstuhl nehmen.«

Sobald der gute Mann sich in meine Richtung bewegt, habe ich immer noch Zeit genug, mir wenigstens einen Bademantel überzuwerfen. Damit kuriermäßig nichts mehr schiefgeht, rufe ich in Richtung Wohnungstür: »Kommen Sie rein, bin gleich bei Ihnen«, als ich höre, dass jemand auf meiner Etage angekommen ist.

Sobald ich den Bademantel anhabe, hoppele ich wieder Richtung Wohnungstür, aber da steht kein Kurier, sondern Christian.

»Was willst du denn hier?«, frage ich empört, ungeduscht und keineswegs angezogen.

»Du meldest dich ja nicht«, antwortet Christian und schaut an mir runter und rauf.

Als er wieder auf meiner Augenhöhe angekommen ist, setzt er mit besorgtem Tonfall nach: »Bist du krank?«

Ich schüttele unwirsch den Kopf und wiederhole mich: »Was willst du hier?«

»Kann ich vielleicht erst mal reinkommen?«

Blöde Frage, wo er doch schon mitten in der Wohnung steht. Ich muss ganz kurz meine Coolness- und Souveränitätsreserven überprüfen, um dann möglichst lässig zu sagen: »Aber bitte, ich habe allerdings gleich einen Termin. Du wirst dich kurz fassen müssen.«

»Im Bademantel?«

»Was im Bademantel?«

»Den Termin?«

»Willst du mit mir über Modefragen reden? Dafür fehlt mir leider wirklich die Muße im Moment.«

Christian hat sich in Bewegung gesetzt und steuert nun das Wohnzimmer an. Nicht das Sofa, nicht das Sofa, denke ich und meine, den Schatten eines Grinsens in seinem Gesicht gesehen zu haben, als er sich setzt. Hätte ich mich doch von Malou nicht davon abhalten lassen, das blöde Ding aus dem Fenster zu werfen.

»Ich würde lieber in die Küche gehen«, sage ich und gehe voran.

Da bleibt Christian nichts anderes übrig, als seinen Hintern wieder von meinem Sofa zu erheben und mir zu folgen.

»So, was führt dich her?«

Ich habe mich schon weniger pampig angehört, aber dieser Tonfall scheint mir für die Situation angemessen. Christian lässt demonstrativ einen sentimentalen Blick durch meine Küche schweifen.

»Hör mal, es tut mir wahnsinnig leid, auch wenn ich überhaupt nicht weiß, was ich gemacht habe.«

Ganz dünnes Eis, auf das er sich da begibt. Wenn ein Mann einen Satz mit »Hör mal« beginnt, dann ist Alarm angesagt. Wenn er sich dann auch noch traut, sich für etwas zu entschuldigen, von dem er angeblich nicht einmal weiß, was es denn sei, dann kann man, also frau, nur noch die Waffen ziehen und das Feuer eröffnen. Da wird das blasierteste Gesicht aufgesetzt, das sich im Sortiment findet, und dann anlegen – »Aber Christian« – feuern – »wenn du gar nicht weißt, was du möchtest …« – kurz Schulter zuckend zuckersüß lächeln – »willst du dann nicht lieber wiederkommen, wenn es dir wieder eingefallen ist?« – prüfen, ob es Verletzte oder Tote gibt – eventuell das Feuer einstellen.

»Kann ich einen Kaffee haben?«

»Nein.«

Natürlich nicht, spinnt der?

Wichtig ist in solch unerfreulichen Situationen das richtige Bühnenbild. Christian sitzt auf dem Stuhl, den ich ihm gestisch zugewiesen habe, ich stehe etwas schräg hinter ihm, lässig an die Küchenzeile gelehnt, sodass ich auf ihn hinabschauen kann – ganz wichtig – und er sich unbequem etwas drehen muss, wenn er mich anschauen will, was er natürlich will, denn wie sollte sich sonst die Wirkung seines Dackelblicks einstellen? Den lasse ich allerdings eiskalt an meinem Bademantel abprallen und frage mich, wann Christian wohl den strategischen Vorteil seiner vollständigen Bekleidung erkennen wird. Im selben Moment steht er auf und kommt wahnsinnig sensibel und extrem verletzlich auf mich zu. Mir schießt durch den Kopf, was Charlie als ganz kleines Mädchen in der Kita gelernt hat:

Wenn ihr irgendjemand zu nah auf die Pelle rückte, sollte sie ihm klar signalisieren, bis hierhin und nicht weiter. Die hierzu eingeübte Geste, nämlich den Arm nach vorne zu strecken und die Handinnenfläche wie ein Stoppschild zu präsentieren, hat Robert und mich wochenlang in den Irrsinn getrieben. Zähneputzen – Stoppschild. Hinlegen – Stoppschild. Das Gemüse kannst du ruhig essen – Stoppschild. Gut, dass ich es so oft gesehen habe. Ich kann es fast perfekt.

Fast, weil ich eine Millisekunde zu langsam war und nun meine Hand vor Christians Brust klebt. Er missinterpretiert das als Einladung, meine Hand zu umfassen, was mich wiederum dazu zwingt, mich wegzudrehen, wenn ich ohne offensichtliche Aggression meine Hand wieder freikriegen will. Mit dem Rücken zu ihm bin ich eindeutig in der Stellungsdefensive, Mist, und mir sind die Geschütze ausgegangen, und überhaupt, ich habe keine Lust mehr auf diesen Kindergarten, will endlich wissen, was er will, und dann soll er verschwinden.

»Kannst du mir nicht einfach sagen, womit ich dich so verletzt habe?«, säuselt es in meinen Nacken.

Gut, dass ich ihm den Rücken zuwende, sonst würde der Schleim auf meine Lammfellpuschen tropfen.

»Christian, was willst du?«, frage ich und drehe mich um.

»Na gut, ich versuch's zu erklären, aber du musst mich fünf Minuten reden lassen, okay?«

Ich nicke und lade ihn mit einer Handbewegung gönnerhaft ein, loszulegen.

»Die Arbeit mit dir war ein Traum, die Nacht mit dir der absolute Wahnsinn, und dann warst du plötzlich nicht mehr für mich zu sprechen, bist mir aus dem Weg gegangen. Ich verstehe das nicht. Da war plötzlich nur noch Svenja, die mir geholfen hat, aber wir haben nicht dieselbe Sprache, und dann ging mit dem Buch alles schief …«

Das ist der Text, den er spricht. Besser gesagt, das sind die Worte, die aus seinem Mund kullern. Was er allerdings wirklich sagt und was ich glockenhell höre, obwohl er sich darum bemüht, es hinter seinen wohlgesetzten Formulierungen zu verbergen, ist Folgendes: »Die Tatsache, dass ich nur deinetwegen ein halbwegs lesbares Drehbuch zustande bekommen habe, habe ich verdrängt, weil ich mir eingebildet habe, ich sei ein Megasuperwahnsinnsautor. Ich dachte, dass ich dich mal lieber flachlege, als mich mit dir darüber auseinanderzusetzen, dass ich mich, ohne auch nur eine Sekunde zu zögern, dem Sender wie eine x-beliebige Nutte dem erstbesten Freier an den Hals geworfen habe. Als dann Svenja, die fleischgewordene Verkörperung all meiner Fantasien, sehr jung, sehr blond, sehr bereit, sehr anhimmelnd – sehr doof, denke ich mal kurz dazwischen –, um die Ecke kam, habe ich gedacht, was soll ich mich weiter mit dieser Krawallschachtel abkaspern, wo ich meine Zeit mit diesem blonden Engel doch viel besser verbringen kann. Der Engelsex war super, aber mit dem Reden haperte es, vor allem mit dem, was erforderlich ist, um mein Wahnsinnsprojekt voranzubringen. Jetzt hat der Sender abgesagt und hey, da bin ich. Zurück bei Mutti, die nun alles wieder richten soll.«

Der hat doch nicht alle Tassen im Schrank.

Ich glaube, dass das Gespräch zwischen Christian und mir ein Lehrbuchbeispiel für die fehlgeleitete Kommunikation zwischen Männern und Frauen ist. Männer neigen dazu, die Wahrheit zu verschweigen, und kapieren einfach nicht, dass Frauen sie trotz all ihrer rhetorischen Verschleierungstaktik hören können.

Was Männer sagen und was Frauen hören, hat nur bedingt miteinander zu tun. Insofern ist ein ernstes Gespräch zwischen den Geschlechtern nach dem ersten Satz immer eine explosive Angelegenheit. Männer reden im weiteren Verlauf nämlich über das, was sie meinen, eingangs gesagt zu haben, aber Frauen über das, was sie gehört haben. Das hat insofern seine natürliche Berechtigung, als dass Frauen wissen, dass das einzig Relevante genau das ist, was Männer zu verschweigen versuchen. Deshalb ist es vollkommen sinnlos, wenn Männer im Fall einer verbalen Eskalation zu einer Frau sagen: »Das habe ich doch niemals so gesagt.«

Unter diesen Voraussetzungen auf den Punkt zu kommen, ist schwierig, aber dank meiner ungebrochenen Willensstärke habe ich es geschafft. Also, quasi geschafft. Das Ergebnis liegt vor mir. Ich fasse es nicht, ich habe doch tatsächlich zugesagt, die überarbeitete Fassung von Christians Drehbuch zu lesen und zu prüfen, ob man irgendetwas tun könnte, um zu reparieren, was Svenja und er angerichtet haben. Das ist exakt das Gegenteil dessen, was ich eigentlich wollte, aber dafür bin ich immerhin Christian wieder los. Schade, den wunderbaren Roman über die Jungs, die ihre Sehnsucht nach Frauen in Kölsch ertränken, muss ich erst mal auf die Seite legen.

Zwei Stunden später bin ich wirklich verzweifelt. Es ist eine einzige Katastrophe. Schlimmer, als ich in meinen schlimmsten Albträumen für möglich gehalten hätte. Christians Drehbuch ist gut, extrem lustig, wird an genau den richtigen Stellen emotional, zieht mit überraschenden Wendungen das Tempo an und bleibt bis zu seinem Happy End glaubwürdig in den Figuren. Es ist ein einziges Elend. Wie konnte das nur passieren? Das Buch ist prima, und es gibt überhaupt keinen Grund dafür, warum der Sender es nicht machen sollte. Mir bleibt nur ein letzter, winzig kleiner Hoffnungsschimmer – Svenja wird einfach zu doof gewesen sein, das Buch richtig zu verkaufen.

Der Nachmittag hält auch gute Nachrichten für mich bereit. Wir können den Film von Stefan machen. Der Sender ist dabei. Wir sollen den Hauptdarsteller festmachen, kalkulieren, und wenn alles gut geht, können wir tatsächlich noch in diesem Jahr drehen. Das ist sensationell! Als Erstes rufe ich Stefan an, der sich leider wieder von seiner Mailbox vertreten lässt, und dann gebe ich die gute Nachricht an Hubert weiter, dem hörbar ein Stein vom Herzen fällt. Seine Jahresplanung ist gerettet.

Angesichts der rundum positiven Entwicklung, die der Tag genommen hat, mache ich mich – inzwischen ordnungsgemäß angezogen – auf den Weg zum Zahnarzt.

Während ich im Behandlungszimmer warte, versuche ich mich daran zu erinnern, wann eigentlich Zähneputzen eine derart komplizierte und technisch komplexe Angelegenheit wurde. Heute hat man keine Zahnbürste mehr – höchstens mal, wenn man unterwegs ist –, sondern aufwendige Dentalsets. Die Munddusche ist schon wieder aus der Mode, weil irgendjemand festgestellt hat, dass sie mehr schadet als nutzt, und weil ein neues Heer aufgerüsteter dentaltechnischer Errungenschaften auf seinen Einsatz wartete. Zusätzlich zur häuslichen Zahnputztechnologie steht mindestens zweimal im Jahr »eine gründliche Zahnreinigung« an, die Gritt, die dafür zuständige Fachkraft, in diesem Moment mit strahlend weißem Lächeln beginnen will. Kurz vor Maulsperre und als mein Mund gerade ein Meer von Schaum ist, klingelt mein Handy. Ich gebe ein Geräusch von mir, mit dem ich mich bei Gritt entschuldigen möchte, dass ich das Handy nicht abgestellt habe.

»Kein Problem«, strahlt Gritt, »wollen Sie rangehen?«

Wie, bitte sehr, soll ich denn telefonieren, wenn ich statt eines einzigen Wortes nur kleine Seifenblasen formen kann? Und so klingelt mein Handy vor sich hin, bis sich die Mailbox des Anrufers erbarmt.

Nach Auskunft von Gritt kann das wunderbar blitzsaubere Gefühl in meinem Mund »gaaaaaanz lange anhalten«, wenn ich nicht rauche, keinen Kaffee und erst recht keinen Tee trinke und auf keinen Fall Orangensaft, der greift den Zahnschmelz an und bitte auch keinen Rotwein …

Ich vermute, dass Gritt immer noch Dinge aufzählt, die ich nicht trinken oder essen soll, als ich schon vor der Praxis stehe und meine Mailbox abhöre. Malou will wissen, ob sie mich abholen soll. Ich wusste gar nicht, dass wir verabredet sind.

»Aber klar doch«, erfahre ich, als ich sie zurückrufe, »sag nicht, dass du die Prozessvorbereitungsgruppe deiner Tochter vergessen hast.«

Habe ich natürlich nicht, nur dass sie schon heute ist. Malou holt mich um halb acht ab.

Als wir die Kreuzberger Kneipe erreicht haben, in der sich Charlies Prozessvorbereitungsgruppe trifft, ist Malou ganz aufgeregt. Wir sind etwas zu spät, alle anderen sind schon da und plaudern munter vor sich hin.

»Wo sind denn die Erwachsenen?«, flüstert Malou mir mit Blick über die Versammelten zu. Ich muss sehr lachen, unter anderem deshalb fällt die Begrüßung von Charlie und Malte sehr fröhlich aus. Malou steuert sofort den Platz neben Klaus an, der für sie offensichtlich der einzige Anwesende in einem annähernd akzeptablen Alterssegment ist.

Malte hat die Gesprächsleitung. Er klärt uns über alles auf, was wir schon wissen – Gorleben, Verhaftung, Fukushima, Sauerei –, wofür er sehr, sehr lange braucht, und als er endlich Klaus bittet, die juristische Seite zu erläutern, muss ich leider feststellen, dass ich auch das schon alles gehört habe. Ich kann mich also ganz entspannt den jungen Gesichtern rund um den Tisch widmen. Einige kenne ich bereits von meinem Auftritt bei der Gorlebenauswertung. Diejenigen, die sich beobachtet fühlen und mich erkennen, lächeln durch die Bank freundlich, die anderen tun so, als würden sie meinen Blick nicht bemerken, so wie kleine Kinder, die man bei irgendeinem Mist ertappt. Nun ist Charlie an der Reihe und meine Aufmerksamkeit gefragt.

Wenn ich zehn Minuten später Charlies Prozessstrategie zusammenfassen sollte: Sie hat keine.

Sie glaubt, und ich glaube, dass sie es wirklich glaubt, dass sie den Staatsanwalt und den Richter davon überzeugen kann, in Gorleben genau das Richtige getan zu haben. Meine Tochter ist eigentlich weder blöd noch naiv, wie kommt sie nur darauf, dass sie damit irgendeinen Erfolg haben könnte? Wieso bestärkt Klaus sie in diesem Unsinn? Und wieso hat sogar Malou vor Begeisterung feuchte Augen bekommen? Bin ich die Einzige hier, die nicht irre ist?

Ich blende diese an sich nicht unwichtige Frage einfach aus und versuche rauszubekommen, was Charlie im Rahmen des Prozesses konkret von mir will.

»Zwei Sachen. Einmal ein bunt gemischtes Publikum, nicht nur Leute aus der neuen Bewegung, auch die von damals. Junge und Alte.«

»Darum kümmere ich mich«, höre ich Malou begeistert in die Runde werfen. »Ich habe sowieso schon Kontakt zu den ganzen Leuten vom Revival-Treffen.«

Ich schaue Malou überrascht und vielleicht auch ein bisschen konsterniert an. Was tut sich da alles hinter meinem Rücken?

»Und weiter?«, frage ich in Charlies erwartungsvollen Blick hinein.

Ich rätsele nämlich immer noch, was das soll. Natürlich stelle ich mich an jeden beliebigen Ort der Welt und erkläre, dass meine Tochter die beste Tochter der Welt ist, aber welche juristische Relevanz soll das haben?

»Im strengen Sinn hat das natürlich keine juristi…«, versucht Klaus, zu einer Erläuterung anzusetzen, aber Charlie unterbricht ihn recht rüde.

»Stell dich doch nicht blöd, Mama, es geht um die politische

Seite, die mein Prozess haben wird. Die juristische Seite ist sowieso gelaufen, sagt sogar Klaus.«

»Na, hoffentlich hast du das auch bei deiner Rechnung im Auge«, funkele ich den Rechtsanwalt meiner Tochter an, die mich sofort scharf zur Ordnung ruft.

»Selbstverständlich wird Klaus alle juristischen Möglichkeiten ausschöpfen«, wirft sie mir entgegen.

»Alle eben nicht«, maule ich, worauf ich mir nicht nur Charlies Empörung einfange: »Fang nicht wieder mit diesem Vergleichsscheiß an. Bitte!«

Zu meiner großen Überraschung ergreift Malou das Wort: »Können wir diesen sinnlosen Streit bitte ein für alle mal beenden? Ich würde nämlich gerne mal ganz anders anfangen. Charlie. Ich bin stolz auf dich und das, was du gemacht hast, und das, was du vorhast. Während ich schön auf dem Sofa gesessen habe, habt ihr euch an den Gleisen den Allerwertesten abgefroren. Dass ihr recht habt, war den meisten schon vor Fukushima klar, dass ihr das Recht habt, euch mit allen Mitteln Gehör zu verschaffen und Entscheidungen herbeizuzwingen, hat Fukushima auf schrecklichste Weise gezeigt. Das ist eure Zukunft, die da in die Luft gejagt wird, und ich bin froh, dass ihr mir in den Hintern getreten habt, damit ich den vom Sofa hebe. Was willst du eigentlich, Nora? Deine Tochter ist dir eben nicht nur aus dem Gesicht geschnitten. Du hast immer einen politischen Kopf gehabt, auch wenn der in den letzten Jahren ein bisschen eingeschlafen ist. Charlie lässt sich eben nicht alles gefallen, sie verteidigt das, was ihr wichtig ist, genau wie du, genau wie wir – früher, muss ich leider sagen. Der wesentliche Unterschied ist allerdings, dass wir immer irgendeinen Weg gefunden haben, uns aus der Affäre zu ziehen, wenn es mal ernst und eng wurde. Aber Nora, wir wissen doch beide, dass das nicht bei allen geklappt hat. So, und Charlie wird das nicht tun. Sie wird nicht wegrennen, sie wird sich nicht drücken. Sie wird laut und deutlich sagen, mit welchem Scheiß wir uns hier rumzuärgern haben, und dabei hat sie ja wohl jede Unterstützung verdient. Meine hast du jedenfalls, Charlie. Soll ich Rad schlagen vorm Landgericht? Mir völlig egal, mach ich – also, wenn ich das noch hinbekomme.«

Wow, was für eine Rede! Langsam schwant mir, warum Charlie ihre Lieblingstante in letzter Zeit immer dabeihaben will. Neben ihren sowieso unbestrittenen Qualitäten soll Malou mir mit gutem Beispiel vorangehen. Aber allem Schwachsinn ihrer Ansprache zum Trotz: In einem Punkt hat sie recht. Ich bin stolz auf Charlie und bevor ich anfange zu heulen, frage ich: »Was muss ich machen?«

13.

Der Abend war noch lang, die Nacht entsprechend kurz. Den Umweg über die angesagte neue Bar, die Malou uns allen zeigen musste, hätte ich mir sparen sollen, aber sie war nicht zu bremsen.

Malou hat es im Taxi zwar vehement bestritten, aber ich schwöre, dass sie im prärevolutionären Überschwang heftigst mit diesem knapp zwanzigjährigen Typen rumgeflirtet hat, der ihr beim offiziellen Teil des Abends wegen seines kindischen Gehabes noch wahnsinnig auf den Geist gegangen ist. Malou ist wirklich unmöglich, denke ich und springe doch ziemlich munter aus dem Bett.

Wochenende, herrlich. Keine Verpflichtungen, fast keine, also mal abgesehen von dem Programm, das mir mein neues Leben als Leumundszeugin abfordert. Nach dem Frühstück werde ich auf jeden Fall mal den Vater meiner Tochter zur Rede stellen. Wieso sitze immer ich in so bekloppten Situationen wie gestern? Wieso ist er genau dann immer unsichtbar? Was macht er eigentlich zur Unterstützung seiner Tochter, während ich die ganze Geschichte der Anti-AKW-Bewegung auswendig lernen muss? Wie sie auf mich eingeredet haben: »Nein, du musst da schon auch detailliert argumentieren können.«

Nur ganz knapp konnte ich die Gründung einer Coachinggruppe abwenden, nachdem aufgeflogen war, dass ich nicht alle sechzehn deutschen AKWs runterbeten konnte. Die, vor denen ich schon demonstriert habe, hatte ich natürlich drauf! Grob ist mir klar, was ich zu sagen habe. Zur Beruhigung aller habe ich mich darauf eingelassen, dass Malte mich unterstützen wird.

Malou hat mich gestern überrascht. Ich wusste, dass sie an Charlie hängt und umgekehrt natürlich auch, aber dass die beiden offensichtlich auf einer unsichtbaren, tieferen Ebene miteinander verbunden sind, war mir nicht klar. Sie war richtig rührend bei ihrer flammenden Rede. Wenn ich daran denke, kommen mir schon wieder die Tränen, und plötzlich sehe ich ein Bild vor mir, das zwanzig Jahre in meinem Kopf geschlafen haben muss.

Charlie war erst ein paar Tage alt und hielt Robert und mich rund um die Uhr auf Trab. Entweder hatte sie Hunger, musste gewickelt werden oder schrie aus unerfindlichen Gründen. Dann waren wir wach. Wenn sie schlief, waren wir auch wach. Meistens, weil wir Charlie einfach bewundern mussten. Wir konnten stundenlang glückstrunken auf diesen kleinen Menschen glotzen, den wir gezeugt hatten. Ausgerechnet als Malou zu Besuch kam, um ihr zukünftiges Lieblingspatenkind in Augenschein zu nehmen, war ich tatsächlich kurz eingeschlafen, wurde aber recht bald davon geweckt, dass meine Tochter mich nicht weckte. Jungmütterlich in Aufruhr fand ich Charlie ganz friedlich schlafend auf dem Bauch von Malou vor. Während meine Tochter höchstens mal ein leises Grunzen von sich gab, hielt Malou ihr einen Vortrag darüber, was sie im Leben alles von ihr erwarten würde. Leider kamen nur Bruchstücke bis an mein Ohr.

»Ach, weißt du was, eigentlich ist alles scheißegal, was ich gerade in dein kleines Ohr gebrabbelt habe, aber zwei Sachen, die darfst du nie vergessen, sonst kriegst du wirklich Ärger mit mir: Erstens, mach ja nicht deine Mutter unglücklich, sie ist nämlich meine beste Freundin. Du kannst ihr ruhig ein bisschen Ärger machen, gerne auch ein bisschen mehr, das ist absolut in Ordnung, die muss sich aufregen, das braucht sie, aber, meine Kleine, wenn du sie unglücklich machst, dann kriegst du Ärger, und zwar mit mir. Und das Allerwichtigste, werde ja glücklich in deinem Leben, wehe wenn nicht, dann setzt es was, das kannst du mir glauben.«

Es war Malou damals unendlich peinlich, dass ich sie im Gespräch mit Charlie ertappt hatte, dabei war das eine der schönsten Ansprachen, die ich in meinem bisherigen Leben gehört habe – bis gestern.

»Guten Morgen, ich hoffe, dass ich nicht allzu sehr störe, kann ich Robert kurz sprechen?«

Hasi ist am Telefon, was ich überhaupt nicht gerne habe, aber ich weiß, dass Robert am Wochenende immer sein Handy ausgeschaltet hat, und da musste ich es halt auf dem Festnetz probieren.

»Wieso rufst du hier an? Hast du es auf dem Handy versucht?«

»Äh, nee …«

»Tja dann, tschüss Nora.«

Aufgelegt. Was war das denn für eine Nummer? Nicht, dass ich auf irgendeine Form längeren Austauschs mit Hasi erpicht wäre, aber ich habe zumindest immer darauf geachtet, höflich zu bleiben. Was findet Robert nur an dieser Pute? Versuche ich es halt auf dem Handy. War ja klar, Mobilbox.

»Robert, guten Morgen, ich bin's. Ruf mich bitte mal zurück. Ciao.«

Arg nett, aber ich will ja nicht, dass er ahnt, dass ich ihn zusammenpfeifen will, wegen grob fahrlässiger Vernachlässigung seiner väterlichen und exehelichen Pflichten.

Klar, dass er genau dann zurückruft, als ich unter der Dusche stehe. Ich habe zwar nicht die Absicht, nass und schaumig zum Telefon zu rennen, frage mich aber trotzdem, ob man wohl einen elektrischen Schlag kriegen könnte, wenn man nass ein Telefon anfasst. Robert muss in jedem Fall mit der Mailbox vorliebnehmen.

Ich treffe meinen Exmann auf dem Winterfeldtmarkt. Für einen Wochenendeinkauf hat er entschieden zu wenig Taschen bei sich, genau genommen gar keine. Offensichtlich hat auch Hasi es nicht geschafft, ihm diese pathologische Ablehnung von Rucksäcken, Körben oder Einkaufstaschen abzugewöhnen. Mich hat das immer – also nicht immer, sondern erst nachdem der Alltag Einzug in unser Leben gehalten hatte – zur Weißglut getrieben. Wenn Robert mit unendlich vielen, unendlich unnützen Plastiktüten oder überdimensionierten Kartons vom Einkaufen zurückkam, erwachte mein pädagogischer Kampfgeist. Ich habe seine Schuhe in Einkaufstaschen gesteckt, seine Brieftasche in einen Rucksack, den Einkaufszettel in einen Korb. Ich habe ihm alles genau vor die Wohnungstür gestellt, und er hat sich rausgenommen, was er brauchte. Meine Tascheninstallation blieb immer stehen. Ich war unermüdlich. Warum? Das frage ich mich heute, genauso wie Robert sich wahrscheinlich fragt, warum nicht? Warum konnte er nicht einmal – und wenn er es nur mir zuliebe getan hätte – die Scheißtasche nehmen? Wahrscheinlich haben alle Paare irgendeinen ähnlich idiotischen Punkt, an dem sie sich im schlechtesten Fall aufreiben, im besten Fall einfach dran gewöhnen und vergessen, dass sie sich »früher« über so einen Blödsinn gestritten haben.

»Lust auf Kaffee?«

»Gerne.«

»Ich brauche zehn Minuten, dann bin ich durch«, lasse ich Robert mit Verweis auf meine leere Einkaufstasche wissen.

»Okay, ich gehe schon vor.«

»Honeypenny?«

»Klar, wie immer.«

Wie immer – das letzte Mal waren wir vor gefühlt tausend Jahren alleine zusammen Kaffee trinken. Früher sind wir nach dem Markt immer ins Honeypenny oder ins M. gegangen. Ist aber wirklich eine Weile her. Da saßen wir am liebsten draußen und schauten, wer noch so alles unterwegs war. In kinderlosen Zeiten war das meistens zwischen zwei und drei Uhr nachmittags, davon sind wir heute gefühlt Lichtjahre und tatsächlich vier Stunden entfernt.

Während ich schnell die erforderlichen Lebensmittel erbeute, fällt mir auf, dass Robert weder eine Tasche, das ist klar, noch eine einzige Plastiktüte mit sich herumgetragen hat. Was macht er auf dem Markt, wenn er nicht einkauft? Irgendwas stimmt da nicht. Er sah auch ziemlich grau aus, oder täusche ich mich? Ich schleppe meine Einkäufe rüber ins Café, wo Robert in der schwächelnden Frühlingssonne auf mich wartet. Er hat bereits einen Latte macchiato vor sich stehen, seine Beine hat er in eine rote Fleecedecke gewickelt.

Männer und Milchkaffee sind schon eine heikle Angelegenheit, aber gut, da will ich mich der aktuellen Kaffeemode nicht entgegenstemmen. Aber Männer und Fleecedecken, Entschuldigung, das geht gar nicht. Frauen und Fleecedecken – kein Problem, gerne auch zwei, die, die über dem eigenen Stuhl lag und die von seinem Stuhl, denn er braucht ja keine. Niemand will frieren, stimmt, aber dann geht doch rein ins Café. Da ist es muckelig warm, und da kann man sogar Caro-Milchkaffee trinken.

»Da bist du ja. Du auch Latte macchiato?«

Während ich noch meine Einkäufe so verstaue, dass sie möglichst wenig im Weg stehen, hat Robert schon bestellt.

»Warte, ich besorge dir auch eine Decke, es ist kalt.«

»Ist irgendwas mit dir?«, steige ich schnörkellos ins Gespräch ein.

»Nein. Hast du was von Charlie gehört?«

Billig, Robert glaubt doch nicht wirklich, dass ich darauf einsteige? Wer ist denn hier die Meisterin des Ausweichmanövers?

»Sag schon.«

»Nein, es ist nichts. Ich musste ziemlich viel arbeiten, aber sonst alles okay, und nun lass uns über was anderes reden.«

Aha, da ist also sehr wohl was, aber ich kenne ihn gut genug, um zu wissen, dass jede weitere Nachfrage auf Beton stoßen wird.

»Wie du willst. Charlie habe ich übrigens gestern gesehen.«

Herrlich, mit ein bisschen Übung kriegt man so einen ganz leicht vorwurfsvollen Unterton in die Stimme rein. Der führt dann dazu, dass der Gesprächspartner sofort auf den unausgesprochenen Vorwurf reagiert. Man selbst kann die Reaktion dann als maßlose Unterstellung weit von sich weisen. Oder noch besser, aber das ist dann schon die Kür, man decouvriert die Wahrnehmung eines angeblichen Vorwurfs als reine Projektion des schlechten Gewissens, was natürlich der schlüssige Beweis dafür ist, dass man alles Recht hätte, einen Vorwurf zu unterbreiten. Robert kennt das und folgt der geplanten Gesprächsdramaturgie nicht.

»Ach ja, die Prozessgruppe. Es tut mir leid, aber für mich ist das einfach nichts. Gut, dass du da so engagiert bist.«

Eins zu null für ihn, und ich stehe ohne meine Trümpfe da.

»Es wäre aber schon gut gewesen, wenn du dir das mal angehört hättest.«

Schwacher Versuch, ich weiß. Ich berichte kurz vom offiziellen Teil des gestrigen Abends. Robert hört erstaunlich gelassen zu, lacht auch nur sehr verhalten, als ich von meiner zukünftigen Karriere als Leumundszeugin berichte.

Mir wird mittlerweile wirklich kalt, und außerdem wartet mein Sofa auf mich. Robert ist das recht.

»Wenn was ist, ruf mich an. Ich bin immer für dich da.«

Und er umarmt mich fest.

Was ist nur mit ihm los heute? Ich beschließe Charlie anzurufen, vielleicht weiß sie was.

My home is my castle is my sofa. Ich liebe es. Dickes Kissen, warme Decke, Kekse – auch wenn die eigentlich verboten sind, heute sind sie erlaubt. Ich trinke ja schließlich statt Kaffee ayurvedischen Detox-Tea, der macht die Kekse wieder wett.

Den amüsanten Kölsch-Roman vorgekramt, und schon ist meine Welt wieder in Ordnung. Ach, wenn es doch immer so einfach wäre.

So was Blödes. Ich kann mich nicht konzentrieren. An dem Roman liegt es nicht, der macht großen Spaß. Es liegt an mir. Irgendwas macht mich unruhig. Christian? Phh. Charlie? Ein bisschen vielleicht. Robert? Ich ärgere mich, dass ich nicht genauer nachgefragt habe. Aber das ist es nicht. Auf dem Sofa halte ich es jedenfalls nicht länger aus, aber auch sonst weiß ich nicht so recht, wohin mit mir. Laufen wäre gut, aber ich bin zu faul. Kino wäre gut, aber dazu muss man aus dem Haus, wozu ich keine Lust habe. Kochen, Backen, Stricken – nein, nein, nein. Mit jeder Idee, die ich verwerfe, wird meine Stimmung düsterer. Ich will, dass ein Wunder vom Himmel fällt und mich aus meinem heftig über mich hereinbrechenden Elend rettet. Je länger ich in mich hineinschaue, desto erfolgreicher verdränge ich die unbedarft fröhliche Stimmung, mit der ich in den Tag gestartet bin, und verfalle in eine wütende Traurigkeit. Bei nüchterner Betrachtung muss ich mir eingestehen, dass alles schiefgegangen ist in meinem verpfuschten Leben. Ausnahmslos alles. Alle Karrierechancen verpasst, sogar die politischen, und dabei schaffen es in der Politik sogar die größten Trottel. Stattdessen frei und selbstbestimmt in die Katastrophe. Wenn Hubert das Interesse an der Zusammenarbeit mit mir verliert, stehe ich vor dem Nichts.

Und alles nur wegen Christian? Seine Schuld? Ja! Kann ich ihn wirklich für mein ganzes versautes Leben verantwortlich machen? Aber ja. In der kurzen Zeit, die ich ihn kenne, hat er es geschafft, mir mein gesamtes Elend vor Augen zu führen. Im Job bin ich eine Null und in der Liebe nicht mal das.

Ich hätte mich niemals auf ihn einlassen dürfen. Oh Gott, vielleicht war Christian der letzte Mann, mit dem ich geschlafen habe. Wenn Malou recht hat und ich in die Wechseljahre komme – wo habe ich eigentlich dieses blöde Buch gelassen? –, dann kann das doch sein? Das wäre grauenhaft. Der letzte Mann in meinem Leben ein solcher Idiot?

Die Bedeutung des ersten Mannes ist unbestritten, die Bedeutung des letzten Mannes weder wissenschaftlich untersucht noch literarisch verarbeitet. Warum eigentlich? Wahrscheinlich, weil der Tod dem letzten Sex zu nah auf den Fersen ist. Da schafft man es dann einfach nicht mehr, noch ein ganzes Buch zu schreiben. Aber ein Essay, oder wenigstens ein Gedicht, das müsste doch wohl drin sein.

Sehr bedauerlich, dass ich nie allein Alkohol trinke. Dem emotionalen Tiefpunkt entsprechend, auf den ich mich erfolgreich gebracht habe, müsste eigentlich eine Flasche Absinth her.

Schokolade hilft immer, nicht der Figur, aber mir. Ich beschließe, die Depression zu beenden und mich ins virtuelle Leben zu werfen, wo mich etliche E-Mails vom Revival-Team erwarten. Malou hat offensichtlich schon ganze Arbeit geleistet. Bis auf Alex haben sich alle empört darüber geäußert, dass Charlie vor Gericht muss, haben den Termin notiert und werden versuchen, wenigstens am ersten Verhandlungstag zu kommen. Natürlich hat Malou auch verbreitet, dass ich als Zeugin auftreten werde, und das will keiner verpassen. Michael schreibt mal wieder vorneweg: »Das will ich sehen, wie Nora das Schweinesystem fertigmacht.«

Sehr witzig, aber was dann kommt, ist nett und klug von ihm. So wie er eben ist. »Die klitzekleine Chance, die die furchtbaren Ereignisse in Fukushima für uns bedeuten, ist, dass wir zeigen können, ob wir es jemals ernst gemeint haben mit unseren ökologischen, politischen und menschlichen Visionen.«

Vielleicht eine Spur zu viel Pathos, aber falsch ist es deshalb nicht.

Ich schicke Malou eine kurze Nachricht, in der ich mich beschwere, dass sie sich immer noch nicht gemeldet hat, um mit mir den gestrigen Abend durchzukauen, und überhaupt gäbe es da einiges zu besprechen. Dann stürze ich mich in die Lektüre eines der zahlreichen Artikel, die ich im Internet über die Anti-AKW-Bewegung finde.

So spannend es auch ist, irgendwann muss ich auf dem Sofa eingeschlafen sein. Mühsam rappele ich mich auf und ziehe um in mein Bett.

Schon zehn Uhr? Ich bleibe einen weiteren Moment liegen und überlege, ob es mir heute besser geht als gestern Abend. Eindeutig. Draußen Sonne, drinnen Sonne. Ich kann unbesorgt aufstehen. Herrlich.

Zur Feier des Tages gehe ich eine Sonntagszeitung und Brötchen kaufen.

Als ich zurückkomme, hat Malou mir auf der Mailbox hinterlassen, dass sie mich gleich zu einem Spaziergang abholen werde – zur Lagebesprechung!

Gerne. Einmal um den Schlachtensee ist genau das richtige Programm.

Es ist Wahnsinn, am Sonntag an den Schlachtensee zu fahren.

Das wissen alle Berliner, und am besten wissen es die, die wöchentlich schwören, am nächsten Sonntag nun aber wirklich nicht mehr dort hinzufahren. Malou und ich schlängeln und schieben uns irgendwie durch die Wanderbewegung. Über weite Strecken können wir nicht miteinander reden, weil wir uns auf einem riesigen Gänsemarsch um ein überschaubar großes Berliner Gewässer befinden. Jeder einzelne an diesem wundersamen Wanderritual Beteiligte würde auf die Frage, ob er sich vorstellen könne, mit Hunderttausend ihm vollkommen fremden Menschen eine Polonaise zu machen, selbstverständlich und ohne jedes Zögern mit Nein antworten. Am nordöstlichen Ufer haben wir nach gut anderthalb Stunden die Fischerhütte erreicht, wir und die Hälfte der Spaziergänger, die sich ebenfalls eine Pause gönnen, während die andere Hälfte die Polonaise fortsetzt. Malou hat es ziemlich schnell geschafft, in dem Tohuwabohu aus Hunden, Kindern und Eltern zwei Plätze ausfindig zu machen, auf die gerade die Sonne scheint.

Im Gegenzug kümmere ich mich um Apfelschorle und Latte macchiato. Als ich nach einer halben Ewigkeit und um ein kleines Vermögen erleichtert wieder an unseren Tisch komme, zieht sich die Sonne langsam, aber bedenklich zurück.

»Und wie fandest du es?«

Malou schaut mich erwartungsvoll an, und es ist an mir, zu erraten oder zu erspüren, was sie meint. Ich entscheide mich für die dritte Option, fragen.

»Was?«

»Das Treffen mit diesen unsäglich vielen unsäglich jungen Menschen in Kreuzberg.«

»Eigentlich ganz gut, aber ehrlich gesagt, fühle ich mich ein bisschen überrumpelt ...«

Malou schnauft demonstrativ und signalisiert damit deutlich, dass ich sie nerve.

»Was denn?«

»Nora, ich sag's jetzt mal ganz direkt. Du gehst mir und nicht nur mir auf den Wecker. Du machst eine Riesenwelle um gar nichts. Charlie hat ihren Prozess, du sagst für deine Tochter aus, dann wird Charlie zu irgendwas verdonnert und Ende der Geschichte. Punkt.«

Ich gucke wahrscheinlich so, als wolle ich etwas entgegnen, denn Malou fällt direkt wieder über mich her.

»Du bist doch normalerweise nicht so zimperlich. Ich würde gerne mal wissen, was mit dir los ist.«

»Nichts. War vielleicht alles ein bisschen viel in letzter Zeit.«

»Was denn?«, fragt Malou in einem Ton, der klarstellt, dass ihrer Meinung nach gar nichts gewesen sei.

Ich muss also dramatischer auffahren, als eigentlich nötig, damit ich überhaupt das Leidensniveau erreiche, ab dem mitleidiges Verständnis gewährt wird.

»Ach, alles irgendwie, der Job und Christian und Charlie und Robert und überhaupt, es geht mir einfach nicht gut. Alles ist bleischwer …«

»Komm mir nicht mit Burn-out oder so einem Quatsch.« unterbricht Malou den Anfang meines Leidensberichts.

»Nein«, versuche ich sie zu beruhigen, aber zu spät.

»Bitte, du nicht auch noch! Jeder, der halbwegs was auf sich hält, hat einen Burn-out. Also vorausgesetzt, er hat das Geld und die Zeit dafür. Mann, Mann, Mann, das geht mir so was von auf die Nerven. Unsere Eltern, die hatten noch echte Probleme, die hatten nämlich Hunger. Wir, die keine haben, und zwar wirklich überhaupt keine, machen schlapp, und für unsere Kinder bleiben nur noch Allergien.«

Es wäre sicher kontraproduktiv, Malou darauf hinzuweisen, dass sie gar keine Kinder hat und dass ich kein Wort von Burn-out gesagt habe. Es geht mir halt nicht gut, das ist alles.

»Ja«, setzt Malou an, »weil du dir leider irgendwie angewöhnt hast, aus jeder Mücke einen Elefanten zu machen.«

Hey, wo hat die Trulla, die mir gegenübersitzt, meine beste, stets verständnisvolle Freundin versteckt?

»Dir geht es doch super!«

»Ach ja, und was ist das mit Christian? Der stand übrigens vorgestern bei mir vor der Tür.«

»Die du ihm hoffentlich vor der Nase zugeknallt hast?«

»Fast, also quasi.«

»Oh, nein, schlag dir endlich diesen Mann aus dem Kopf.«

»Mach ich doch, ich bin ganz eisern geblieben.«

Dass sein Drehbuch auf meinem Schreibtisch liegt, lasse ich besser mal weg.

»Weißt du, was dein Problem ist, Nora?«

Ich ahne es, und ich will es definitiv nicht hören, also wechsele ich den Ton ins Aggressive, obwohl ich wissen müsste, dass das bei Malou jede Wirkung verfehlt.

»Du wirst es mir bestimmt sagen …«

»Werde ich«, nimmt sie den Fehdehandschuh auf, »seitdem du nicht mehr mit Robert zusammen bist, bist du komplett untervögelt! Statt mal ein nettes, schönes, von mir aus unverbindliches Abenteuer auf dich zukommen zu lassen, steigerst du dich nur noch in irgendwelche Hirngespinste rein mit Männern, die nichts für dich sind. Die entweder vergeben sind, die dich nicht wollen oder die einfach knalldoof sind. Komm doch mal zurück ins wirkliche Leben!«

Ich glaube, dass ich irgendwie indigniert gucke, denn Malou setzt noch einmal nach. Ihr Ton ist nur ein klitzekleines bisschen sanfter.

»Sorry, aber ich musste das echt mal loswerden. Soll ich uns noch einen Kaffee holen?«

Ich will keinen Kaffee. Ich will, dass Malou unrecht hat.

Die doofe Trulla geht vom Tisch, und meine Freundin Malou kommt mit frischem Kaffee wieder.

»Ich weiß nicht, was mit mir los ist, tut mir leid, wenn ich zu hart war, aber irgendwie bin ich auch durch den Wind.«

Eigentlich bin ich noch ein bisschen beleidigt, aber andererseits auch neugierig. Versöhnlich wende ich mich Malou zu.

»Ach, vergiss es, du hast ja nicht ganz unrecht, aber egal. Was ist denn los mit dir?«

Sie windet sich.

»Du wirst es unmöglich finden …«

Meine Neugier ist voll da.

»Was denn?«

»Also gut, ich erzähle es, aber den Vortrag, den du mir dann halten willst, ersparst du mir, versprochen?«

Na, nicken kann ich ja mal, ob ich mich dran halte, sehen wir dann.

»Patrick!«

Was soll ich sagen? Das sagt mir nichts. Ich zucke also ratlos mit den Schultern.

»Prozessgruppe.«

Wenn Malou nicht bald mit diesem Einwortspiel aufhört … Dann fällt der Groschen. »Patrick? Du willst mir doch nicht etwa sagen …«

Ich muss die Frage gar nicht stellen, Malou nickt schon, meiner Wahrnehmung nach deutlich zu wenig beschämt.

»Der ist allerhöchstens fünfundzwanzig.«

»Sechsundzwanzig.«

»Du bist doppelt so alt!«

»Fast.«

»Nein, nicht fast, exakt.«

»Mein Gott, im Bett merkt man das doch überhaupt nicht.«

Nachdem ich ausführlich über Details informiert wurde, die

ich gar nicht wissen wollte, lässt sich folgendes Fazit ziehen: Es hat Spaß gemacht, schreit aber nicht nach Wiederholung. Hoffentlich sieht Patrick das genauso entspannt. Ich mache mir ein bisschen Sorgen um den jungen Kerl und sein Seelenheil in Liebesdingen.

»Ach komm, Nora, du spinnst doch. Meinst du, dass jeder so kompliziert ist wie du? Die meisten Menschen haben ein ganz gesundes, normales Verhältnis zu Sex. Die wittern nicht hinter jeder herrlichen Nacht eine Liebesgeschichte für den Rest ihres Lebens.«

Ist das so? Ist das wirklich so einfach? Egal. Ich bin nun mal anders. Mein Kopf weiß, dass es Blödsinn ist, nach dem ersten Kuss bereits zu fantasieren, wie der zukünftige Urlaub im Baltikum verlaufen wird, oder vor dem ersten Sex schon zu bedauern, dass er bestimmt viel lieber nach Italien will. Es nutzt nichts, wider besseren Wissens macht mein Kopf es trotzdem. Was habe ich deshalb schon alles verpasst? An schlechten Tagen denke ich: »alles«, an guten Tagen: »nichts«.

»Vielleicht solltest du mal ein paar Tage ausspannen. Fahr doch einfach in irgendeinen Wellness-Schuppen und lass dich verwöhnen. Vielleicht wirst du dann auch wieder etwas lockerer.«

Malou grinst breit und ich sehe ihr an, dass die schönsten Kurschatten durch ihr Hirn geistern.

»Ich frag Hubert. Vielleicht kann ich ein paar Tage in sein Wochenendhaus.«

»Aber das ist doch nicht das, was ich meine.«

»Ich weiß, Malou, aber das ist das, was ich mache.«

Wir müssen beide lachen, wir wissen um die Unterschiede zwischen uns und, wir wissen, was wir aneinander haben.

Hubert strahlt in die Runde seiner um ihn versammelten Schäfchen. Nachdem ich kurz über die Entwicklung berichtet habe, die Stefans Drehbuch genommen hat, und mit triumphalem Understatement mitgeteilt habe, dass wir voraussichtlich sogar noch in diesem Jahr drehen werden, setzt er diese paternalistische Miene auf, die ich ganz besonders hasse. Er vermittelt einem dann das Gefühl, dass er im Hintergrund die Fäden zieht und dass seine Hühner nur deshalb so schöne goldene Eier legen, weil er so ein guter Bauer ist. Ich will aber kein Huhn, ich will der Bauer sein. Als das nächste Huhn anfängt zu gackern, überlege ich, dass ich es, wenn ich der Bauer wäre, zum Suppenhuhn deklarieren könnte. Ja, das würde ich tun, gestehe ich mir grinsend ein und frage mich im selben Moment, warum ich so böse auf, über und zu Svenja bin. Sollte es etwa ganz banal sein? Sollte ich so einfach gestrickt sein? Ich fürchte, ja. Svenja sieht gut aus, sie ist jung und hat alles vor sich, was ich schon hinter mir habe. Mit ihrer Chuzpe, auf Herausforderungen zuzugehen, kommt sie mir nur großkotzig vor. Vermutlich ist sie mit Christians Buch genau aus diesem Grund gescheitert. Das Buch ist ja gut, eindeutig ein Beleg dafür, dass ein blindes Huhn auch mal ein Korn findet. Unser Job ist es aber, gute Projekte auch unter Dach und Fach zu kriegen. Es nutzt nichts, die gute Ernte auf dem Feld verrotten zu lassen. Um einfahren zu können, muss man einerseits wirklich gute Kenntnisse davon haben, was geht, andererseits braucht man auch gute Kontakte. Die Leute in den Sendern müssen einem vertrauen.

»Also«, legt Svenja unerklärlich munter los, »die hatten uns doch das Buch von Christian abgesagt. Der Redakteur kannte die Genese des Projekts und bei aller Wertschätzung deiner Person und Arbeit, sorry, Nora, fand er es eben etwas arg öffentlich-rechtlich. Ich wiederhole es nicht gerne, aber er hat es als ›irgendwie retro‹ bezeichnet.«

Wenn Blicke töten könnten, würde Svenja vom Stuhl rutschen, und ich könnte mich auf das Geräusch freuen, wenn ihr hirnloser Kopf auf dem Fußboden aufschlägt. Das Geräusch bleibt aus, stattdessen gackert das Huhn weiter.

»Ich glaube, er hatte die neue Fassung von Christian und mir überhaupt nicht mehr gelesen, was ja wirklich frech ist. Der hat wahrscheinlich gedacht, dass immer noch Nora an dem Projekt dran ist. Das kann man sich doch nicht gefallen lassen?«

Der fragende Blick, der irgendwo zwischen hilflosem Reh und kampferprobter Amazone liegt, gilt Hubert, aber diejenige, die sich hier ganz entschieden etwas nicht gefallen lassen kann, bin eindeutig ich.

»So, pass mal auf, Svenja«, erhebe ich sanft, aber bestimmt meine Stimme, »das Buch, das du mit Christian entwickelt hast, ist gut, wirklich gut und sogar deutlich besser als die Fassung, die ich mit ihm zustande gebracht habe. Aber ganz unabhängig davon solltest du dir eins ganz schnell für immer und ewig hinter die Ohren schreiben: Unter der Gürtellinie, da kommst du bei den Jungs vielleicht weiter, ich finde das nur peinlich. Das ist unwürdig, sogar für eine wie dich.«

Hubert, dessen Zickenalarm-Glocken laut schrillen, versucht die sich anbahnenden Wogen zu glätten. Indem er irgendwie mit dem Kopf nickt und ihn gleichzeitig schüttelt, will er mich besänftigen und Svenja ermutigen, ihren Sermon weiter über unsere Runde schwappen zu lassen. Sie schüttelt sich wie ein nasser Hund.

»Ja, also, ich habe dann jedenfalls den Chef unseres Redakteurs angerufen, der war an der Filmhochschule einer meiner Dozenten, und daher kenne ich den ganz gut, also wirklich ziemlich gut …«

Ich will's nicht wissen, wie gut.

»Na, was soll ich lange reden. Wir machen's! Wir können im Prinzip sofort loslegen«, strahlt Svenja uns alle an.

Ich bin so ungerecht, aber ich gönne Svenja den Erfolg null! Und nicht nur das, ich bin richtig neidisch. Ich will das geschafft haben. Ich will den Chef kennen, will ihn überredet haben, ich will Erfolg, Bewunderung, Lob einheimsen. Und wenn es schon mal so gelaufen ist, will ich, dass Hubert umgehend klarstellt, dass das alles ganz nett ist, aber dass unser Hauptaugenmerk natürlich auf dem Projekt von Stefan liegt. Erwartungsvoll schaue ich ihn an, um im selben Moment tief enttäuscht zu werden.

»Chapeau, Svenja, das ist eine wirklich reife Leistung. Ein Projekt, das bereits abgesagt ist, wieder auf die Beine zu kriegen – sehr, sehr gut.«

Svenja aalt sich in Glücksseligkeit. Ich kann das auf keinen Fall auch nur eine weitere Sekunde länger ertragen und signalisiere Hubert, dass ich gerne noch kurz etwas mit ihm besprechen würde. Auf dem Weg in sein Büro wird mir bewusst, dass ich mich wirklich mal ein paar Tage »auf Eis« legen muss. Ich gefalle mir nicht mehr, das muss sich ändern. Ich bin erwachsen und benehme mich wie ein pubertierender Teenager.

»Hubert, ich wollte dich fragen, ob ich für ein paar Tage dein Landhaus haben kann.«

»Ausgerechnet jetzt willst du Urlaub machen?«

Hubert ist konsterniert.

»Ich will nur mal für den Rest der Woche raus. Erstens bin ich nicht aus der Welt, und außerdem sind das gerade mal vier Tage.«

Hubert ist nicht überzeugt.

»Jetzt muss doch sowieso erst mal die Kalkulation gemacht werden, und bis die fertig ist, bin ich schon längst wieder da.«

Ich versuche es mal svenjamäßig mit einem Lächeln und tatsächlich, Hubert ist schon deutlich einsichtiger.

»Hast recht. Außerdem läuft es ja im Moment wirklich ganz

gut. Toll, wie die Kleine das hingekriegt hat, oder?«, sagt er und drückt mir den Schlüssel für sein Haus in die Hand. Er wird den Hausmeistern Bescheid sagen, damit sie mir das Gästeappartement fertig machen. Was für ein sensationeller Luxus! Ich werde durch den Wald wandern, mich auf Charlies Prozess vorbereiten, und vor allem werde ich einen Workshop mit mir selbst veranstalten: Wie werde ich wieder Ich?

Ich rufe Robert an, um Bescheid zu sagen, wo er mich erreichen kann, wenn irgendwas sein sollte. Er bietet an, mich zum Bahnhof zu bringen. Nett, aber nicht nötig, meine Ablehnung veranlasst ihn, noch netter zu werden.

»Du kannst auch mein Auto haben. Ich brauche es diese Woche nicht, und wenn ich doch eins brauche, kann ich ja eins der Firmenautos nehmen.«

Das wäre zwar auch nicht nötig, aber es ist schon super. Auf dem Land ein Auto zu haben, erleichtert alles enorm. Sofort ploppen Ausflugspläne in meinem Kopf auf, ich spüre schon die Wärme der See-Sauna, den wunderbaren Weg rund um den Stechlinsee und das Kopfsteinpflaster Neuruppins, das einen beim Flanieren so herrlich daran erinnert, dass man Füße hat. Mit dem Auto komme ich da überall hin, was zwar meinem Workshop ein wenig entgegensteht, aber nachdenken kann ich eigentlich auch gut in Bewegung.

»Das würdest du machen?«

»Sonst hätte ich es nicht angeboten.«

Wir verabreden, dass Robert mir sein Auto nach Feierabend vorbeibringen wird. Ich beschließe, mich mit einem Abendessen zu revanchieren, und gehe los, um die erforderlichen Zutaten einzukaufen.

Während ich die Nudeln ins Wasser werfe, gestehen die Manager der Betreiberfirma des japanischen Atomkraftwerks, dass Fukushima nicht ordnungsgemäß gewartet worden sei. Das stärkt nicht gerade das Vertrauen der Weltöffentlichkeit in die Fähigkeiten dieser Leute, die Lage am AKW unter Kontrolle zu bekommen. Selbst in Tokio wurden Spuren radioaktiven Jods im Trinkwasser und in Lebensmittelproben gefunden.

Robert freut sich über das Essen, das ich für ihn auf den Tisch stelle. Friedlich lassen wir es uns schmecken, verplaudern den Abend und freuen uns, dass es in diesen stürmischen Zeiten auch einfach mal banal und friedlich sein kann. Als Robert aufbrechen will, biete ich an, ihn zu fahren.

»Nein, nein, ich laufe lieber noch ein bisschen. Das tut meinem Kopf gut.«

Ich umarme ihn herzlich und hoffe, dass er weiß, wie weit es zu Fuß bis zu ihm nach Hause ist. Ich wundere mich ein wenig über ihn. Aber um mich zu beruhigen mache ich mir klar, dass er nicht durch die Wildnis wandern muss, sondern mitten in der Zivilisation der Großstadt bleibt. Da gibt es Taxis, die einsame nächtliche Wanderer vor übermäßiger Mühsal und Blasen an den Füßen retten.

14.

In Roberts Luxusschleuder throne ich über den anderen Autofahrern wie eine Prinzessin über ihrem Volk. Die Anlage im Auto ist eines Musikmanagers würdig, und Robert hat netterweise auch noch seinen iPod im Wagen gelassen. In der Ablage zwischen den beiden Vordersitzen klemmt eine Flasche Mineralwasser ohne Kohlensäure, obwohl Robert lieber mit trinkt. Wie konnte ich die Liebe eines solchen Manne verspielen? Ich bin so blöd.

Hinter Löwenberg fährt man in eine andere Welt. Ab hier ist man auf dem Land. Die Landschaft wird ein bisschen hügelig, aber ohne den weiten Blick auf den Horizont zu verstellen. Ich liebe das sehr, wenn man so weit schauen kann, dass einem fast die Augen aus dem Kopf fallen. Das sind die norddeutschen Gene, die da mit mir durchgehen. Das können nur diejenigen nachvollziehen, die in der Nähe der Küste aufgewachsen oder in ihrem tiefsten Inneren Seefahrer sind.

Michael lag auf der Wiese und starrte über einen der schier unendlichen Äcker in das weite Münsterland. Er drehte sich vom Bauch auf den Rücken und strapazierte Noras Nerven mit einer seiner atemberaubend abwegigen, aber schlüssig vorgetragenen Theorien.

»Auf dem platten Land zu leben macht dumm.«

Nora fragte nicht nach, weil sie wusste, dass Michael diesen

Blödsinn aus einer diffusen Lust an plumper Provokation in Verbindung mit Klugscheißerei vortrug. Ihrem Schweigen zum Trotz schwadronierte er weiter.

»Der Blick verliert sich im Nichts, dem Gehirn bietet sich nichts als diese unfassbare Leere. Die Leere ist alles, mehr gibt es nicht. Wo Nichts das Ganze ist, muss das Hirn verkümmern.«

Da Nora mit ganzem Herzen Norddeutsche war und die Unbegrenztheit der Landschaft das Einzige, was das Münsterland erträglich machte, fühlte sie sich aufgerufen, die Möglichkeiten ihres flachlandgestählten Hirns unter Beweis zu stellen.

»Das ist doch Blödsinn. Diese Weite und Unbegrenztheit offenbart doch den Raum, in dem sich das Hirn frei bewegen kann. Was soll das Hirn denn denken, wenn der Blick an der nächsten Bergwand abgeschmettert wird?«

Michael musste noch nicht mal eine Millisekunde überlegen.

»Es geht um die Imagination. Was ist hinter dem Bergmassiv? Was verbirgt sich hinter der Wand? Das fordert das Gehirn.«

Und für solch einen Unsinn mussten wir noch nicht mal bekifft sein, denke ich, während ich fröhlich an Schloss Marquart vorbeifahre. Diese Mischung aus Nabelschau und Weitsicht kommt mir inzwischen typisch vor für meine Generation.

Seebeck ist ein verschlafenes Dorf direkt am Vielitzsee. Ein kleines Paradies, eine knappe Stunde von Berlin entfernt.

Am Tor zum Hof begrüßen mich Huberts Hunde überschwänglich. Sie werden in seiner Abwesenheit von den Hausmeistern versorgt – oder eben von seinen Gästen. Ich frage mich, ob Hundebesitzer überhaupt Depressionen bekommen können, bei der Liebe, mit der sie von ihren Vierbeinern überschüttet werden. Meine Laune steigt jedenfalls sofort. Dass es den Hunden nur ums Fressen und Laufen geht, ist mir wurschtpiepegal.

Nachdem ich mich eingerichtet habe, gehe ich runter zum See und setze mich den Temperaturen zum Trotz auf den Steg. Die Hunde weichen nicht von meiner Seite, was mir auf angenehm unaufdringliche Weise ein Gefühl von Geborgenheit gibt. Ich fühle mich zu Hause, obwohl ich nur zu Gast bin. Die Sonne gibt sich Mühe. Sie wärmt noch nicht richtig, aber um kleine Lichtspiele auf den See zu zaubern, reicht ihre Kraft allemal. Ich folge dem Funkeln, und irgendwann wird mir bewusst, dass meine Gedanken vollkommen verschwunden waren und erst langsam wieder auftauchen. Herrlich, das ist wie Schlafen mit offenen Augen, Schweigen mit aufgesperrten Ohren, und Fühlen ohne die Begrenzung durch die eigene Haut. Wenn ich hier sitzen bliebe, würde ich mit Sicherheit unendlich glücklich werden, aber leider auch erfrieren. Ich entscheide mich gegen das Glück und kehre zurück ins Hier und Jetzt.

Nachdem ich die Hunde gefüttert habe, drehen wir noch eine kleine Runde durch das Dorf, in dem wir keiner Menschenseele begegnen.

Zum Abendbrot gönne ich mir geräucherte Forelle, und die Hunde und ich verbringen die Zeit damit, in die Flammen des Kaminfeuers zu schauen. Wieder verschwinden meine Gedanken in dem, was ich sehe, höre und rieche.

Ich habe nichts getan, aber das Landleben macht müde, und um zehn Uhr fallen meine Augen zu. Ich bringe die Hunde in ihre Hütte und mich selbst ins Bett. ›Es ist wunderbar hier‹, ist für heute mein letzter Gedanke. Hier bleibe ich. Ich werde brandenburgische Bäuerin, so stur wie die kann ich allemal sein.

Leider habe ich vergessen, mein Handy auszuschalten. Das rächt sich am nächsten Morgen.

»Nora Bergenhaus«, melde ich mich kaum hörbar verschlafen.

»Wo bist du?«, quäkt es aus meinem Telefon.

»Guten Morgen, mein liebes Kind. Ich bin bei Hubert auf dem Land.«

»Wieso das denn?«

»Nur so. Ich genieße das Landleben. Sonntagabend bin ich wieder da.«

»Mann, ihr seid wirklich unmöglich.«

»Wer ist denn ›ihr‹?«

»Wer wohl? Papa und du!«

Noch immer die Ruhe selbst, frage ich mein aufgebrachtes Kind, was ihre Rabeneltern denn nun schon wieder angestellt haben. Ihre Antwort ist ein Rätsel.

»Samstag?«

Außer Fragezeichen ist da nichts in meinem Kopf.

»Papa drückt sich natürlich wieder mal, aber du? Mann, das hätte ich echt nicht gedacht.«

Die Demo, Mist, am Samstag, klar, da ist die große Anti-AKW-Demo, auf die wir alle zusammen gehen wollten. Dass das aber auch schon diesen Samstag ist. Die Flucht nach vorne scheint mir der beste Weg aus der Misere.

»Und? Da komme ich natürlich.«

»Ach ja?«

Für das, was ich da höre, wäre die Bezeichnung Zweifel eine Verniedlichung ins Molekulare.

»Und wie willst du das bitte machen?«

»Habe ich mir noch nicht überlegt«, improvisiere ich. »Papa hat mir sein Auto geliehen, aber vielleicht komme ich besser mit dem Zug.«

»Und du willst dich wirklich nicht drücken?«

Tut mir leid, aber ich muss jetzt meinen Exmann in die Pfanne hauen.

»Ich bin doch nicht Papa«, wehre ich empört ab.

»Aber die Demovorbereitung heute?«

Ich merke ganz deutlich, dass Charlie unbedingt mit irgendeinem Vorwurf durchkommen will, den Gefallen kann ich ihr gerne tun.

»Ich kann schon demonstrieren; da musst du ohne mich klarkommen, meine Kleine.«

»Du sollst nicht …«

»Ja, schon klar, ich sag nie wieder Kleine zu dir.«

Nachdem wir festgelegt haben, spätestens am Freitag wieder zu telefonieren, um uns für die Demo zu verabreden, entlässt mich Charlie in meine Ferien.

»So, Hunde, Abmarsch!«

Beide sind begeistert und ziehen mich munter hinter sich her. Unser Weg führt uns zur Apfelplantage, von dort durch das Sumpfgebiet am Wildgehege vorbei und um den Kochsee herum. Dass ich hier im vergangenen Sommer gebadet habe, kann ich mir angesichts der aktuellen Temperaturen nicht vorstellen. Ich kann mir aber sowieso nicht vorstellen, dass es jemals wieder warm werden wird, genauso wie ich mir im Sommer absolut nicht vorstellen kann, dass es jemals wieder kalt werden wird. Wenn keine Blätter an den Bäumen sind, dann sind da keine. Wenn welche dran sind, dann sind sie dran. Natürlich habe ich nach einigen durchregneten Tagen auch schon mal gesagt, nun könnte mal wieder die Sonne kommen, aber eigentlich nehme ich in Bezug auf Vegetation, Wetter und Jahreszeiten tendenziell alles so, wie es ist. Sogar ohne zu meckern, ohne zu jammern, ohne mich aufzuregen.

Ich kann es also, ich kann Dinge nehmen, wie sie sind. Bevor ich mir eine fantasierte Siegerschärpe für mein unglaublich hohes Maß an Akzeptanz umhänge, mache ich mir zum Glück klar, dass Protest und Widerstand gegen den jahreszeitlichen Wandel auch tendenziell ein Grund wären, einschlägige Fachärzte aufzusuchen.

Der Nachmittag ist der Vorbereitung auf Charlies Prozess gewidmet. Ich bin auf den Internetseiten verschiedener Gruppen und Initiativen und schaue mir YouTube-Videos der Castorblockade an, bei der Charlie verhaftet wurde. Eigentlich sieht alles nett, fast harmlos aus. Eine der Bürgerinitiativen hat einen Demoleitfaden entwickelt. Wirklich sehr komisch. Jetzt, wo Charlie mich nicht sehen kann, darf ich getrost und herzlich drüber lachen. Manche Stellen lesen sich, als würde ein Rosenmontagszug organisiert, andere, als ob es um einen Militäreinsatz in einem Krisen- und Kriegsgebiet ginge. Bei vielen Hinweisen fühle ich mich an früher erinnert. Zur Demo soll man keine Adressen und Telefonnummern mitnehmen. Früher war das kein Problem, die Nummer vom Ermittlungsausschuss oder Rechtsanwalt hat man sich auf den Arm geschrieben, das Adressbuch blieb zu Hause. Handys gab es noch nicht, von Smartphones ganz zu schweigen. Wie macht man das heute, wo man im Handy sein ganzes Leben mit sich rumträgt? Ohne Telefon auf die Demo geht auch nicht. Wie soll man im Falle eines Falles irgendjemanden anrufen? Telefonzellen gibt es ja quasi nicht mehr. Tja, darüber schweigt der Demoguide. Ich amüsiere mich köstlich, bis ich zu einem Nachruf komme. Der junge Mann ist bei einer Castorblockade in Frankreich umgekommen. Er und seine Gruppe hatten das schnelle Verlassen der Gleise zwar trainiert, aber dann erfasste ihn der Luftsog der Lokomotive und zog ihn auf die Schienen zurück. Gerade eben habe ich über den »Kinderkram« noch gelacht, das bleibt mir nun im Halse stecken.

In den Auseinandersetzungen mit Charlie habe ich ganz aus den Augen verloren, wie schmal der Grad ist zwischen munterem, lustigem Rumprotestieren und dem im schlimmsten Fall tödlichen Ernst, der sich daraus ergeben kann. Keine Blockade eines Castortransports ist das Leben eines Menschen wert.

Für heute habe ich genug von jeglichem Widerstand. Draußen ist die Luft kalt und feucht. Im ersten Moment piekt sie auf der Haut, aber sie bläst mir die traurigen Gedanken aus dem Kopf.

Wie schön, dass Robert anruft, als ich gerade mein Handy wieder einschalte. So kann ich ausprobieren, ob mein Sprachvermögen nach zwei Tagen auf dem Land noch ausreichend groß für die Verständigung in der Zivilisation ist.

»Bist du noch bei Hubert?«

»Ja, aber ich bin ganz alleine hier. Hubert und seine Familie kommen erst zum Wochenende.«

»Und? Hast du heute Abend schon was vor?«

»Etwas essen und den Kamin anmachen. Mehr nicht.«

»Was dagegen, wenn ich dir Gesellschaft leiste? Ich bringe auch was zu essen mit.«

»Gerne, aber du musst schnell kommen. Ich sterbe vor Hunger.«

Was ist denn nun los? Mein Exmann will den Abend mit mir verbringen, ich habe keine einzige blöde Bemerkung gemacht und freue mich sogar darauf, dass er gleich kommen wird. Wer bin ich? Hat der Workshop mit mir selbst schon Früchte getragen?

Roberts Zitronenhuhn ist fantastisch. Es hat sich gelohnt, darauf zu warten. Satt sitzen wir vor dem Kamin, und Robert macht eine der Rotweinflaschen auf, die er mitgebracht hat. Wir kommen ins Plaudern, die eingeübte Distanz wird kleiner, die Vertrautheit bekannter Gesten schiebt sich in den Vordergrund. Wenn man sich einmal gekannt hat, kennt man sich eben. Wenn Berührungen unter die Haut gegangen sind, reichen unauffälligste Zeichen, um den anderen zu erkennen. Ich sehe, dass Robert irgendetwas mit sich herumträgt, worüber er nicht reden will. Mein Versuch, ihn zum Reden zu verführen, scheitert an seinem unausgesprochenen Wunsch nach einer Auszeit. Also gebe ich Ruhe im doppelten Sinn. Als Robert die zweite Flasche Rotwein öffnet, kassiere ich seinen Autoschlüssel ein und verdränge die Frage, wohin dieser Abend führen wird.

Irgendwann kann ich die Augen einfach nicht mehr aufhalten. Die Landluft, der Rotwein, der Kamin, die Lider sind schwer und werden mit jedem weiteren Wort, das wir reden, schwerer.

»Ich kann nicht mehr. Ich muss sofort schlafen.«

Die Idee, dass Robert auf dem Sofa übernachtet, verwerfen wir sofort. Wir waren so lange ein Paar, dass wir uns in- und auswendig kennen. Da werden wir ja wohl zusammen in einem Bett schlafen können. Sex mit dem Ex steht nicht zur Debatte. Dagegen sprechen Vernunft, Hasi und zwei Flaschen Rotwein, die Robert fast alleine getrunken hat. Also verbringen wir in aller Unschuld die Nacht miteinander, und ich erschrecke über die Vertrautheit der Haut, die meine berührt.

Ich werde wach, weil mir eine Hand über das Gesicht streicht.

»Ich muss los, tut mir leid, dass ich dich wecke, aber ich wollte nicht einfach so verschwinden.«

Reden will ich noch nicht, aber ich schaue zumindest so, dass Robert sehen kann, dass alles okay ist.

»Schlaf weiter. Ich rufe später noch mal an.«

Dann ist er weg, und ich kuschle mich wieder in meine Decke.

Hubert hat mich wissen lassen, dass er heute kommen wird. Da ich versprochen habe zu kochen, muss ich mehr übel als wohl aus meiner Höhle kriechen und einkaufen gehen.

Als ich bei Netto in der Schlange stehe, spiele ich eins meiner Lieblingsspiele. Ich versuche, vom Inhalt des Einkaufswagens auf das Leben des Einkaufenden zu schließen: Toastbrot, so etwas Ähnliches wie Nutella, Bananen und Brokkoli und – mein Hassobjekt Nummer eins – Fruchtzwerge, das ist ein ganz klarer Fall: überforderte Mutter, die ihre Familie eigentlich gesund ernähren möchte, aber Zeit, Geld und die Familie sprechen dagegen. Kranzkuchen, portionierte Dosenmilch, eine Dose Zigarettentabak, ebenfalls ein klarer Fall: arbeitsloser Singlemann, der nach langer Zeit zum ersten Mal wieder Damenbesuch erwartet. Chips, Chips und Chips: Kind, das seiner Mutter durchgebrannt ist, die aber jeden Moment schimpfend angerannt kommen wird. Da kommt sie auch schon. Ich packe mein BioBio-Gulasch zu den BioBio-Äpfeln. Die BioBio-Zwiebeln und der Knoblauch liegen auf den Tomaten und der Paprika, natürlich ebenfalls bio. Die BioBio-Sahne verstecke ich ein bisschen hinter dem BioBio-Joghurt, denn mir bleibt nicht verborgen, dass die Kassiererin mit ihren Gesichtszügen kämpft. Gekrönt wird mein ganzer Einkauf von dem BioBio-Rotwein, der ganz neu im Sortiment von Netto ist. Als die Kassiererin das Glas mit den Spreewaldgurken eintippen will, kann sie sich das Grinsen nicht länger verkneifen.

»Die gab's nicht in Bio, was?«, bringt sie noch irgendwie über die Lippen, bevor sie in schallendes Gelächter ausbricht.

Ha. Ha. Wahnsinnig lustig. Ja, bin ich denn die Einzige in diesem verdammten Supermarkt, die auf ihre Ernährung achtet? Nein, denn während ich noch mit dem Gelächter der Kassiererin hadere, tröstet mich der Herr, der nach mir in der

Schlange steht. Er zeigt auf die Flasche Schnaps, die er schon auf das Band gelegt hat.

»Auch Bio, reines Korn, sogar doppelt.«

Okay, jetzt kann ich auch nicht länger ernst bleiben. Für die Jeanne d'Arc der gesunden, ökologischen, leider wegen des Kaufs beim Discounter politisch nicht ganz so korrekten Ernährung ist ein Brandenburger Supermarkt einfach der falsche Ort.

Als ich draußen auf dem Parkplatz meine Einkäufe verstaue, klingelt mein Handy. Malou hat von Charlie den Auftrag bekommen, dafür zu sorgen, dass ich ordnungsgemäß zum Demonstrieren antrete.

»Die tun ein bisschen so, als würden wir in den Bürgerkrieg ziehen«, mosert Malou. »Egal, ich freue mich.«

Wir verabreden, dass wir uns um zwölf an den Wippen auf der hinteren Seite des Potsdamer Platzes treffen. Früher wäre es niemals möglich gewesen, sich derart lässig zu verabreden. Früher gab es auch noch keine Handys, mit denen man sich jederzeit gegenseitig über alles auf dem Laufenden halten konnte. Der Mann mit dem Doppelkorn tippt sich zum Gruß lächelnd an die Mütze, als er an mir vorbeigeht. Da stehe ich mit meinem iPhone in der Hand, lässig an Roberts SUV gelehnt, meine Biolebensmittel bereits im geräumigen Kofferraum verstaut und organisiere meinen morgigen Einsatz. Irgendwie muss ich über mich lachen.

»Komm ja nicht zu spät morgen!«, ermahnt mich Malou. »Alleine halte ich das Kindertheater nicht aus.«

Ich gebe ihr mein großes Indianerehrenwort.

Da ein großes Indianerehrenwort unter keinen Umständen gebrochen werden darf, stehe ich überpünktlich auf dem Bahnsteig von Gransee und warte auf meinen Regionalexpress, der mich in nur fünfundvierzig Minuten zum Potsdamer Platz bringen wird. Mit dem Auto ginge es auch nicht schneller, und einen Parkplatz würde ich sowieso niemals finden, zumal ich Parklegasthenikerin bin. Um Roberts riesiges Auto ordnungsgemäß abstellen zu können, bräuchte ich so viel Platz wie zwei Siebentonner.

10 Uhr 28. Der Zug ist auf die Minute pünktlich. Ich bin überrascht. Die Hälfte der Reisenden ist erkennbar auf dem Weg zur Demo. Alle sehr gut gelaunt und in fröhlicher Erwartung der Dinge, die da kommen. Neben mir sitzt ein Teenager, der ohne Unterbrechung auf seinem iPad herumtippt.

»Neu?«, starte ich den Versuch eines Gesprächs und ernte einen fast schon erschrockenen Blick.

Da hat sich kein Freund aus seiner Facebook-Gemeinde auf digitalem Weg an ihn gewandt, sondern ein Mensch, nämlich ich, einfach so, einfach analog. Kein Wunder, dass er da einen Schreck bekommt. Eigentlich rechne ich schon nicht mehr mit einer Antwort, da hebt sich doch sein Stimmchen.

»Echt praktisch, man kann alles checken, von überall, cool.«

»Was denn zum Beispiel?«, will ich durch seinen Redefluss angestachelt wissen.

Er schaut mich sehr ernst an, offensichtlich um einzuschätzen, ob es sich lohnt, mich in die Errungenschaften der digitalen Welt einzuführen. Ich bin kurz davor, ihm zu beteuern, dass ich mit Computern durchaus vertraut bin und sogar schon stolze Besitzerin eines iPads war, bis meine Tochter es einkassiert hat, da schiebt er mir sein iPad rüber.

»Hier zum Beispiel Wetterpro, da kann ich immer sehen, wie das Wetter ist.«

Ich schaue auf das iPad, dann auf den jungen Mann und dann aus dem Fenster. Das Wetter draußen ist genauso schön wie das bei Wetterpro.

Von Weitem sehe ich schon meine Bezugsgruppe. Charlie mit einem Trüppchen, das mir mittlerweile vertraut ist. Otto, Michaels Sohn, thront auf Malous Schultern, von hinten versucht Michael, Luftballons an ihm festzumachen, damit man ihn in dieser riesigen Menschenmasse jederzeit wiederfinden kann. Robert kann ich natürlich nirgendwo entdecken, der drückt sich doch tatsächlich.

Wir sind alle ein bisschen wie eine Herde junger Fohlen, wollen los, uns einreihen, mitmachen, dabei sein, endlich wieder etwas bewirken, und das möglichst schnell.

Michael will sich nicht hinter den Linken einreihen, Malou findet die Grünen todlangweilig, die Kinder sind sowieso einfach irgendwie losgerannt und wir müssen uns sputen, um sie nicht aus den Augen zu verlieren, aber Charlie will auf den Attac-Block warten.

Irgendwie reihen wir uns irgendwo ein, und ich staune, wie viele Leute gekommen sind. Es ist ideales Demowetter, der Himmel himmelblau, die Sonne strahlt, Gute-Laune-Energie wandert zigtausendfach vom Potsdamer Platz in Richtung Neue Nationalgalerie. Die gute alte Anti-AKW-Sonne lacht von diversen Transparenten, Fahnen, Luftballons, als Sticker von Jacken oder direkt aus den Gesichtern, in die sie kunstvoll gepinselt wurde. Otto hat sich ein eigenes Transparent gemalt. Seine Sonne hat viel zu viele Zacken, aber das tut dem Stolz, mit dem er sie vor sich herträgt, überhaupt keinen Abbruch.

»Was war eigentlich die letzte Demo, bei der du warst?«, will ich von Michael wissen.

»Keine Ahnung, irgendwas mit dir. Startbahn vielleicht?«

Ich suche in meinem Gehirn. Meine letzte Demo, glaube ich, war gegen die Räumung der Häuser in der Hafenstraße, das war noch in Hamburg.

»Da waren wir ja noch zusammen«, stellt er überrascht fest.

Die Überraschung ist nicht der Tatsache geschuldet, dass unsere Wege sich getrennt haben, sondern dem Erschrecken darüber, dass das locker fünfundzwanzig Jahre her ist. Hatten wir so lange nichts zu meckern? Wenn ich die Restaurant-, Kneipen-, Abendessengespräche zusammennehme, hatten wir viel zu beanstanden, sehr viel sogar. Die Grünen waren nicht mehr unsere Grünen, aber die SPD kam als politische Heimat auch nicht in Frage. Die Wiedervereinigung war zu sehr eine Übernahme, die Linke nur noch das Asyl für gescheiterte Kommunisten. Den Aktienboom fanden wir total überbewertet, auch wenn der ein oder andere trotzdem sein Glück versucht und die Versprechen auf sensationelle Renditen geglaubt hat, bis sie wie die Internetblase schmerzlich geplatzt sind. Die Entwicklung der Medien hat uns umgetrieben. Grauenhaft, was man uns als Kultur verkaufen wollte. Dann die Beteiligung Deutschlands am Krieg. Zum ersten Mal wieder deutsche Soldaten im Ausland, diesmal marschierten sie gegen den Völkermord in Jugoslawien ein. Da waren wir an den Küchentischen natürlich dagegen, aber so sehr dagegen, dass es uns auf die Straße getrieben hätte, waren wir dann doch nicht. Hatten wir einfach keine Lust mehr, nach einem anstrengenden Arbeitstag auf eine Demo zu latschen? Vielleicht waren unsere Füße einfach müde davon, dass wir die Kinder den ganzen Tag durch die halbe Stadt transportieren mussten? Vielleicht hat aber auch der Job seinen Tribut gefordert, sodass wir abends gar nichts mehr konnten, außer dämlich in die Glotze zu glotzen. Oder war es zu kompliziert geworden? War die Weltlage zu unübersichtlich, um sie auf ein Transparent schreiben zu können? Gab es vielleicht kein demotaugliches »Nein« im Gegensatz zu einem regierenden »Ja«? Oder ist es etwa noch viel banaler? Blöder? Peinlicher? Hatte Politik das Prickeln, die Aufregung, das Erotische verloren? Waren wir zur Ruhe gekommen und nicht mehr versessen hinter jedem Abenteuer her?

Jetzt sind wir ja wieder da.

Otto kann dank der Luftballons, die ihn wie Wetterfahnen markieren, nicht verloren gehen. Jedes Transparent will er lesen. Wenn er etwas nicht versteht, will er von den Trägern des Transparents wissen, was das, was da steht, bedeuten soll. Herrlich, so wäre ich auch gerne. Michael kann wenigstens immer seinen Sohn losschicken, um ihn Dinge erfragen zu lassen, die Michael selbst gerne wüsste. Mit Charlie kann man das nicht mehr machen, da muss man sich schon selbst anstrengen.

»Hat Polen eigentlich Atomkraftwerke?«

Michael wundert sich.

»Wie kommst du darauf?«

»Nur so, ich weiß es halt nicht.«

Michael seufzt kurz und hebt dann an.

»Noch nicht, aber die polnische Regierung verfolgt ein ehrgeiziges Atomenergiekonzept. 2020 soll das erste AKW ans Netz gehen. Trotz Fukushima bleiben sie bei ihrer Linie, das haben sie schon verkündet.«

So kenne ich Michael, er weiß viel und tut so, als wisse er alles. Dafür habe ich ihn geliebt. Nie, nicht ein einziges Mal, hat er auf eine Frage von mir geantwortet: »Ich weiß es nicht.« Dabei hatte ich immer schon viele Fragen.

»Wieso weißt du das?«

Er setzt diesen Blick auf, mit dem er sehr streng sagt, dass man so etwas gefälligst zu wissen habe, und macht dann aus Angst, man könne ihm Überheblichkeit vorwerfen, einen kleinen, versöhnlichen Rückzieher, um den Vorwurf schließlich in eine Form pädagogischer Fürsorglichkeit umzuwandeln, durch die man sich dann total verblödet vorkommt. Das alles kann er mit einem einzigen Blick, eine erstaunliche Leistung.

»Das steht im Moment wirklich in jeder Zeitung.«

»Kannst du alle deutschen AKWs aufzählen?«

Natürlich kann er, aber statt es zu tun, fragt Michael mich, was mit mir los sei.

»Charlie will doch, dass ich bei ihrem Prozess als Leumundszeugin für sie aussage.«

»Weiß ich doch. Gute Idee.«

»Und da will ich nicht ganz und gar blöd dastehen, falls irgendein Sachverhalt erörtert werden muss.«

»Nora …«, unterbricht er mich.

»Ja.«

»Dir ist aber schon klar, dass das kein Quiz ist, oder?«

Ich habe außer meiner Bezugsgruppe noch keinen Bekannten getroffen, aber die meisten Gesichter sind mir irgendwie vertraut. Freundliches Lächeln bei jedem Blickwechsel, egal, ob ich in ein junges oder altes Gesicht schaue. Mein Handy klingelt. Malou.

»Ich stehe hier mit Charlie kurz vorm Brandenburger Tor. Wo bist du?«

»Was? Wir sind erst bei der CDU-Zentrale. Wieso seid ihr denn schon da?«

»Abkürzung«, flötet Malou sehr heiter.

Ich würde mich nicht wundern, wenn sie zwischendurch ein Taxi genommen hätte.

»Hier stehen alle möglichen Buden. Auf der linken Seite, ich schätze mal auf der Mitte zwischen Gold-Else und Tor, gibt es hervorragenden Kaffee, da bleibe ich stehen, bis ihr hier seid.«

»Und Charlie?«

»Warte, ich gebe sie dir …«

»Hallo, Mama, in welchem Schneckentempo seid ihr denn unterwegs? Da sind die alten Knochen wohl ein bisschen aus der Übung, was?«

»Ha, ha, sehr witzig, Charlie, aber das ist hier ja nicht der Berlin-Marathon.«

Charlie will nicht warten, bis wir endlich da sind, sondern schon nach vorne zur Bühne gehen.

»Aber lass uns doch nachher zusammen essen. Ich kann auch was kochen.«

»Ich will wieder aufs Land. Da kannst du gerne mitkommen.«

Ich bin nicht überrascht, dass meine Tochter den Vorschlag ablehnt. Wir verabreden, dass ich Charlie anrufe, wenn wir am Brandenburger Tor angekommen sind.

»Ich bring dich dann zum Bahnhof, Mama.«

Michael hat inzwischen auf seinem iPhone gegoogelt, dass ungefähr fünfzigtausend Teilnehmer bei der Demo sind. Das erscheint mir viel zu wenig, wenn ich mir die Menschenmassen um mich herum anschaue, aber Michael beharrt darauf, dass Google es in jedem Fall besser weiß als mein Gefühl.

Es ist richtig, dass wir hier sind, es ist gut, dass wir hier sind, auf den Transparenten stehen die richtigen Forderungen, und trotzdem stellt sich bei mir kein richtiges Demonstrationsgefühl ein. Wir laufen fröhlich durch Berlin und sind uns einig: Die AKWs gehören abgeschaltet. Weit und breit niemand, der anderer Meinung wäre. Kein Mensch erbarmt sich und beschimpft uns vom Bürgersteig als naive Spinner, die wohl zurück auf die Bäume wollen. Die guten alten Demozeiten, in denen man wenigstens »nach drüben« geschickt wurde, sind ein für alle Mal vorbei. Sogar das Wetter spielt mit.

Langsam nähern wir uns dem Brandenburger Tor, was auch gut ist, weil es nicht nur Otto langweilig wird. Er hat aller Welt sein Transparent gezeigt, ist selbst gelaufen oder hat auf der Schulter seines Vaters thronend laufen lassen. Ihm reicht's, und er fragt seinen Vater: »Hat Frau Merkel denn jetzt abgeschaltet?«

Ich muss lachen, weil er so rührend im Recht ist mit seiner durch keinen Realismus getrübten Vorstellung von Politik. Wo wir doch alle auf der Straße sind und wo die Stimmung doch so nett ist, da könnte die Kanzlerin wirklich von ihrem Kanzleramtsbalkon herunter verkünden, dass sie es einsieht: »AKWs sind blöd. Danke, dass Sie mich noch mal darauf aufmerksam gemacht haben, liebe Demonstrantinnen und Demonstranten. Ich gehe jetzt in mein Büro und schalte ab.«

Trotz der Menschenmassen entdecken wir Malou tatsächlich an dem beschriebenen Kaffeestand. Sie sieht keineswegs so fröhlich aus, wie sie bei unserem Telefongespräch noch klang.

»Langsam habe ich die Nase voll«, meckert sie auch sofort los. »Ich habe Angst, dass mir hier gleich irgendeiner von diesen engagierten jungen Leuten die silberne Ehrennadel für fünfundzwanzig Jahre Straßenkampf ans Revers heftet. Es nervt mich, dass alle so jung sind.«

Ich schüttele verständnislos den Kopf und versuche, die Aufmerksamkeit des Kaffeeverkäufers zu gewinnen.

»Was willst du, Michael?«

»Kaffee ohne alles.«

»Und du, Malou?« Malou winkt ab.

Während ich bestelle, mosert sie weiter.

»Die bringen mich auf die Palme mit ihrer höflichen Lächelei. Die tun fast so, als ob es ein Wunder wäre, dass ich altes Reptil es ohne Zivi und ohne Rollator bis zum Brandenburger Tor geschafft habe.«

»Die gibt's nicht mehr«, korrigiert Michael.

»Rollatoren?«

»Zivildienstleistende.«

»Danke für die Information«, sagt Malou, und ich übergebe den Kaffee.

Während wir ihn trinken, verständigen wir uns darüber, dass das eine schöne Demo war. Otto ist immer noch ratlos, warum

Frau Merkel bisher nicht reagiert hat, und hat deshalb keine Lust mehr, weiterzudemonstrieren. Michael, der ebenfalls sichtlich keinen Nerv hat, den ganzen Rednern zu lauschen, die sich nun nach und nach auf der Bühne einfinden, nimmt seinen nörgelnden Sohn als Vorwand, um sich aus dem Staub machen zu können.

»Du und Michael, auch ein lange nicht gesehenes Bild. Und der Kleine mag dich. Geht da wieder was?«, fragt Malou, als Michael sehr knapp außer Hörweite ist.

»Sollen wir nicht mal Charlie suchen?«, wechsle ich das Thema, wofür ich mit einem vielsagenden Blick bedacht werde.

Dem Handy sei Dank finden wir Charlie schnell links von der Rednerbühne. Malte ist noch an ihrer Seite, alle anderen sind offensichtlich im Getümmel verloren gegangen.

»Habt ihr schon gehört? In Köln und Hamburg sind auch ganz viele Leute auf der Straße. Zusammen bestimmt zweihunderttausend. Echt super!«

»Also, jetzt wird sich was tun. An so einem breiten Protest können noch nicht mal die Hardliner in der Regierung vorbei«, ergänzt Charlie strahlend, und ich frage mich, ob der Unterschied zwischen Otto und ihr wirklich so groß ist.

Demonstrieren macht hungrig. Malte weiß einen netten Laden gleich um die Ecke. Ich will nicht mehr mit, zumal wir ganz in der Nähe vom Hauptbahnhof sind.

»Ich gehe ein Stück mit dir mit«, verkündet Charlie, nachdem sie ihr Bedauern darüber zum Ausdruck gebracht hat, dass ich nicht mehr mit zum Essen komme.

»Schön«, sage ich, aber leise frage ich mich, was sie wohl hat.

»Gar nichts«, lautet die Antwort, als ich meine Frage laut gestellt habe.

Charlie hakt sich unter, und so gehen wir über die kleine Brücke über die Spree.

»Ich finde es cool, dass du gekommen bist. Hätte ich nicht gedacht.«

»Wieso denn nicht? Ich habe doch gesagt, dass ich komme. Außerdem war das wichtig heute.«

»Papa ist nicht gekommen.«

»Er hat nicht gesagt, dass er kommt.«

»Ist ja auch wurscht«, fährt Charlie unbekümmert fort, »du bist ja da.«

Charlie legt ihren Arm um mich und macht einen kleinen Zwischenhopser, um unsere Schritte zu synchronisieren. Mutter und Tochter im Gleichschritt auf dem Weg zum Bahnhof. Hier stimmt was nicht. Braucht sie Geld? Nein. Erstens würde sie deswegen nicht die Kuschelkarte ziehen, und außerdem würde sie sich damit eher an Robert wenden.

»Mama?«

Aha, ich wusste doch, dass da was ist.

»Ich weiß, dass du das eigentlich alles gar nicht so toll findest mit dem Prozess und so, aber du machst das und du bist heute hier und bei der Mahnwache auch schon … Ich finde das ganz toll. Das wollte ich dir unbedingt sagen.«

Ich bin sprachlos vor Rührung. Eine Liebeserklärung meiner Tochter, und dabei ist sie aus dem Alter für Liebeserklärungen an die Verwandtschaft längst raus.

»Ich bin wirklich richtig stolz auf dich, Mama.«

Im Zug zurück nach Gransee lächele ich immer noch vor mich hin. Meine Tochter ist doch einfach wunderbar, und wenn hier jemand Grund dazu hat, stolz zu sein, dann ja wohl eindeutig ich. Mein Handy reißt mich aus dem wohligen Familienglück. Berthold hat eine SMS geschickt.

»Das habt ihr gut gemacht, ihr Berliner.«

»Ihr Kölner aber auch«, simse ich zurück.

Und das bestätigt dann auch die Tagesschau.

Wenn es nicht so einen tragischen Ausgangspunkt hätte, wäre es wirklich zum Lachen. Abgesehen von einigen wenigen Verirrten wollen alle raus aus dem Atomprogramm. Und es wollte auch nie einer rein. Man fragt sich, wieso in Deutschland dann sechzehn Meiler ans Netz gehen konnten. AKWs, die ich inzwischen übrigens alle aufzählen kann, nebst sämtlichen Störfällen. Atomenergie war immer schon nur als Brückentechnologie gedacht, werden die Politiker nicht müde zu betonen, und bis zu dem schrecklichen Unglück in Fukushima war die Brücke halt so lang, dass man das Ende nicht sehen konnte. Angesichts der wüsten Proteste, die die Ausstiegsnachrichten bei den Verirrten hervorrufen, könnte man meinen, morgen würden alle Meiler abgestellt, und wir müssten zusehen, wo wir unseren Strom herbekommen. Weit gefehlt. Die Brücke soll ein bisschen kürzer werden, mehr nicht. Dabei unterschlagen die Politiker, dass die laufenden Meiler weiterhin jeden Tag hoch radioaktiven Müll produzieren, der noch vielen Generationen zur Last fallen wird. Außerdem ist die Brücke immer noch lang genug, um jederzeit überdenken zu können, ob man nicht doch vorschnell gehandelt hat.

Die Energiekonzerne laufen Amok und sehr, sehr viele Anwälte prüfen, wie sie gegen die angekündigte Verkürzung der Laufzeit der Atomkraftwerke Sturm laufen können. Wahrscheinlich wird die Regierung mit einer Flut von Prozessen überzogen, wenn sie es wagen sollte, Politik zu machen, Entscheidungen zu treffen und womöglich gar Verantwortung zu übernehmen.

Während das Ausstiegswettrennen tobt, habe ich mich brav an meine Hausaufgaben gemacht. Ich werde eine gute Leumundszeugin für meine Tochter sein.

Malou hat die Organisation der Revival-Truppe bestens im Griff. Ich glaube, dass es ihr einen Riesenspaß macht, auch wenn sie sich immer wieder beschwert, was für eine Heidenarbeit es sei, die »Herrschaften« zu organisieren. Ich bin überrascht, wie viele tatsächlich zu Charlies Prozess kommen wollen. Robert macht sich nach wie vor rar. Natürlich wird er bei dem Prozess dabei sein, aber aus den Vorbereitungen hält er sich raus. Mich wundert, dass Charlie das so geschehen lässt, ohne auch nur ein einziges Mal über ihren Vater zu meckern.

Nebenbei habe ich die ein oder andere berufliche Baustelle aufzuräumen. Christians Film wird tatsächlich gedreht. Es ist mir ein Rätsel, wie Svenja das macht, aber alles läuft rund. Sie hat einen tollen Regisseur gefunden, dem Sender ein sattes Budget aus den Rippen geleiert und sogar eine Besetzung auf die Beine gestellt, die sich sehen lassen kann. Ich versuche, das neidlos anzuerkennen, und mein einziger Trost in den absolut überwiegenden Stunden, in denen ich das nicht kann, ist Malou. Sie ermuntert mich, Svenja einfach weiterhin doof zu finden. In Bezug auf Christian ist sie resoluter. Den solle ich nicht mal mehr doof, sondern einfach gar nichts mehr finden. Diese Trösterei hat einigen Flaschen Wein das Leben gekostet. Mein absolutes Highlight ist das Projekt mit Stefan. Es geht gut voran, wenn auch nicht so leichtfüßig wie bei Svenja, aber wir müssen eben manchmal ein bisschen nachdenken. Wenn Svenja mit ihrem Film gerade mal die Aufnahmeprüfung ins Fernsehgeschäft absolviert, legen wir mit unserem Film die Meisterprüfung hin. Hubert hat mich immer noch nicht rausgeschmissen, und es gibt auch keine Signale, dass er das in absehbarer Zeit tun will.

Nach wie vor bin ich fassungslos darüber, wie wenig aufgeregt Charlie ist. Der Prozess steht unmittelbar bevor, und meine Tochter ist immer noch die Ruhe selbst. Trotzdem wird sie heilfroh sein, wenn dieser blöde Mist überstanden ist und sie sich endlich wieder auf andere Dinge konzentrieren kann.

Klaus will mich noch einmal treffen, bevor in der nächsten Woche der Prozess beginnt. Heute Abend gehen wir zusammen essen, und ich freue mich darauf, mit ihm die letzten Lücken, die meine Prozessvorbereitung noch aufweist, zu schließen.

Ich war überrascht, als Robert anrief und mir sagte, dass er mitkäme. Nun stehe ich seit fünf Minuten vor meiner Haustür und warte darauf, dass er mich abholt. Schade, dass ich schon lange nicht mehr rauche. Für dummes Rumstehen auf der Straße ist eine Zigarette der ideale Zeitvertreib. Raucher sind wirklich selten geworden, denn statt Politik zu machen, sorgen unsere Politiker lieber dafür, dass wir nirgendwo mit Nikotin in Berührung kommen. Das soll uns das Gefühl geben, dass sie was tun. Als Nächstes werden sie regeln, dass wir nur noch mit Helm Fahrrad fahren dürfen, und wenn das so weitergeht, dann wird der Abgeordnete aus unserem Wahlbezirk uns bald jeden Morgen zum Frühsport abholen.

Da ist Robert. Lächelnd hilft er mir, den Sicherheitsgurt zu schließen. Er hat das immer gemacht, und ich habe das immer charmant gefunden. Irgendwie ist es der moderne Ersatz dafür, aus dem Auto zu springen, um der Dame seines Herzens die Wagentür zu öffnen.

Ich bin sehr erstaunt, als er den Wagen vor dem Grill Royal parkt.

»Hoppela, das hätte ich Klaus gar nicht zugetraut.«

»Ich habe das ausgesucht«, löst Robert meine Verwunderung auf, »auf Gyros-Teller hatte ich keine Lust.«

»Du bist gemein, auch Klaus hat seinen letzten Gyros-Teller vor zwanzig Jahren gegessen.«

»Sicher?«

Klaus erwartet uns schon.

Bereits bei der Begrüßung bemerke ich eine Spannung zwischen den beiden Männern, die ich nicht nachvollziehen kann.

Spräche ich das an, würden mich beide im Brustton der Überzeugung für überspannt erklären, aber ich weiß, was ich spüre. Ich weiß nur nicht, warum. Vielleicht ist Robert immer noch sauer, dass Klaus seine Tochter vertritt, und dass wir uns nicht für einen Anwalt seiner Wahl entschieden haben. Nein, das kann nicht sein. Er hat schon viel früher als ich akzeptiert, dass wir Charlie solche Entscheidungen überlassen müssen. Ist es, weil Klaus für einen anderen Lebensentwurf steht? Nach wie vor ist er politisch aktiv, und die meisten seiner Prozesse haben einen politischen Hintergrund. Robert ist in einer ganz anderen Welt unterwegs. Er hat Karriere gemacht, verdient viel Geld und leistet sich, was er sich leisten kann, tolle Wohnung, schickes Auto, Haus in Italien und einen bestens sortierten Weinkeller. Sein Auto fahre meist ich, in dem Haus in Italien sind neben Freunden sehr häufig brotlose Künstler zu Gast, die keinen Pfennig dafür bezahlen müssen, dass sie das Haus auf den Kopf stellen und den Pool verdrecken. Sein Team im Verlag liebt ihn, weil er ein Chef ist, der Allüren nicht nötig hat, und wenn irgendeiner unserer Freunde in Not war, ist er bei Robert in der Regel nicht nur auf offene Ohren, sondern auf praktische Hilfe gestoßen.

Wenn sich zwei Alpha-Männchen auf engem Raum – und auch ein Tisch im Grill Royal ist ein enger Raum – begegnen, ist das eben eine spannungsgeladene Angelegenheit. Da es sich um ein Restaurant handelt und die beiden Männer demzufolge ihr Revier nicht im animalischen Sinn markieren können – wofür ich der Zivilisation übrigens sehr dankbar bin –, weichen sie auf ein kulturell und kulinarisch akzeptables Schlachtfeld aus. Klaus referiert in hoch offiziellem Tonfall den voraussichtlichen Ablauf des Prozesses, und Robert stellt mit hartnäckigem Nachbohren seine Kompetenz in Frage. Ich genieße mein Steak und überlege, ob ich Robert unbemerkt einige seiner Pommes klauen kann, die einfach fantastisch aussehen, aber leider nicht in mein Am-Abend-keine-Kohlehydrate-Ernährungskonzept passen. Meine Theorie dazu ist, dass es – sofern es keiner merkt – auch nicht geschehen ist. Robert merkt es und schiebt die Schale mit den Pommes näher zu mir, sodass wir beide bequem zugreifen können. Unverschämt, diese Aufmerksamkeit. Er ahnt nicht mal, was er damit anrichtet.

»Charlie wird eine Erklärung zu dem Verfahren abgeben, die natürlich eine politische Stellungnahme sein wird …«

Robert unterbricht ihn: »Aber ihr glaubt doch nicht ernsthaft, dass der Richter das zulassen wird? Er wird darauf bestehen, dass Charlie sich ausschließlich zur Sache äußert.«

Klaus stimmt Robert zu, allerdings sei der Richter völlig unberechenbar.

»Soll das heißen, du kennst ihn gar nicht?«

»Das soll es natürlich nicht heißen«, erläutert Klaus meinem Exmann mit einer ausgestellten Geduld, die schon recht nah an Herablassung ranreicht. »Unberechenbar in dem Sinn, dass er einen sehr eigenwilligen Verhandlungsstil hat.«

Zwischen zwei Bissen von diesem fantastischen Steak mische ich mich ein: »Ist das gut oder schlecht für uns?«

»Das kann man nicht sagen. Ich glaube, eher gut.«

Während wir weiter das Essen genießen, bittet Klaus uns, pünktlich zu erscheinen.

»Es wird wahrscheinlich ziemlich voll werden, und ich will nicht riskieren, dass ihr nicht in den Gerichtssaal hineinkommt.«

»Sollen wir nicht einfach gemeinsam mit Charlie fahren?«, schlägt mir Robert vor.

»Tut mir leid, aber ich fahre mit Malte. Charlie hat mir erzählt, dass sie sich ganz früh noch mit dir zum Frühstück trifft«, wende ich mich wieder an Klaus.

»Stimmt. Falls sie wider Erwarten doch aufgeregt sein sollte, kann ich sie vielleicht noch ein bisschen beruhigen.«

»Gut, dann sehen wir uns eben im Gericht.«

Ein bisschen maulig hört sich Robert nun doch an.

Nachdem die Rechnung bezahlt ist, verabschieden wir uns von Klaus, der noch einen alten Freund in Mitte treffen will.

»Ich lass mein Auto stehen. Laufen wir ein Stück?«

So viel hat Robert doch gar nicht getrunken, wundere ich mich, aber ich laufe gern und sehr gerne an seiner Seite.

»Hat Charlie eigentlich was gesagt?«

»Wozu?«, will ich wissen.

»Ach, nichts.«

Auf dem Weg zu meiner Wohnung frage, bohre und quengele ich, um mit Halbwahrheiten und herbeizitierten Problemen abgespeist zu werden. Erst nachdem Robert mir glaubhaft versichert hat, dass er keine gesundheitlichen Probleme habe, gebe ich die letzten Meter Ruhe, sodass wir den Viktoria-Luise-Platz einigermaßen entspannt erreichen.

»Willst du noch auf ein Glas Wein mit hochkommen?«

Selten habe ich diese Frage unverfänglicher stellen können als in den Begegnungen mit Robert. Er will nicht, er will lieber nach Hause laufen.

»Sag mal, dir ist schon klar, dass du da noch ganz schön was vor dir hast?«

»Ach, die paar Meter«, winkt Robert ab.

Wir umarmen uns zum Abschied und versichern einander, dass am Montag schon alles gut gehen wird.

»Sei pünktlich«, rufe ich ihm nach.

»Du auch«, antwortet er, ohne sich noch einmal umzudrehen.

Während ich die Treppe hochsteige, wundere ich mich über Roberts Wanderfreude. Von wegen »die paar Meter«, das sind bestimmt fünf Kilometer bis zu ihm nach Hause.

Morgen werde ich Charlie anrufen. Offensichtlich weiß sie etwas, was ich nicht weiß, und das wird sie mir morgen erzählen.

Ich beginne den Sonntag scheinheilig.

»Charlie, hast du nicht Lust, mit mir um den Pudding zu gehen?«

Ich fürchte schon, dass Charlie einfach aufgelegt hat, weil ich nichts höre.

»Charlie?«

»Jaaa ... ich musste mal kurz nachdenken. Eigentlich würde ich gerne, aber nee, ich schaffe das nicht.«

»Würde es dir nicht guttun, wenn du einfach mal an ganz was anderes denkst?«

»Bestimmt, aber ich denke gar nicht an morgen, wenn du das meinst.«

Ja, das meinte ich, was denn sonst? Während ich noch überlege, wie ich das Thema auf Robert bringen kann, ohne mit der Tür ins Haus zu fallen, liefert Charlie mir eine echte Steilvorlage.

»Außerdem treffe ich Papa noch nachher.«

»Dem geht es nicht gut ...«, steige ich vorsichtig ein.

»Hat er dir was erzählt?«, will Charlie wissen.

»Nein, dir?«

»Ja.«

Ja. Wie ja? Geht das hier mal weiter? Freiwillig offensichtlich nicht, also muss ich nachsetzen.

»Ja, und?«

»Nix, ja und, wenn er dir nichts gesagt hat, will er es wohl für sich behalten.«

Was ist denn das für eine terroristische Foltermethode? In meiner Familie wissen alle, dass ich neugierig bin, und dass ich es nicht leiden kann, wenn man mir Informationen vorenthält. Charlie kostet es aus, dass sie die Vertraute ihres Vaters ist und nicht ich.

»Wenn du es weißt ...«

»Mama«, Charlie wird ungeduldig, »es ist nichts weiter, und Papa wird es dir bestimmt selbst sagen.«

Ich habe nur noch einen ganz schwachen Trumpf im Ärmel, den ich spielen muss, wenn ich hier noch irgendetwas erreichen will.

»Ach. Haben wir jetzt plötzlich Geheimnisse voreinander?«

Ich hatte es befürchtet, mein Trumpf sticht nicht.

»Wenn's um Papa geht, offensichtlich.«

Was ist denn das für ein komischer Unterton? Ich höre meine Tochter am anderen Ende der Leitung förmlich grinsen.

»Was soll das denn nun heißen?«

»Du erzählst doch auch nicht alles.«

Worauf will dieses Kind hinaus?

»Dass Papa dich auf dem Land besucht hat und dass er dageblieben ist, zum Beispiel, also von dir weiß ich das nicht.«

Meine Güte, da war doch gar nichts, und selbst das würde ich Charlie nicht erzählen, weil sie in Bezug auf ihre Eltern immer noch wie ein kleines Kind ist. Am liebsten hätte sie, dass wir wieder zusammen wären. Und das ist auch für mich immer wieder ein heikles Thema, weil ich Charlie so gut verstehen kann, manchmal zu gut. Eigentlich bin ich über unsere Trennung hinweg, aber die Momente, in denen ich unsere kleine Familie vermisse, die gibt es immer noch. Schluss aus, Feierabend, ich will da nicht weiter drüber nachdenken.

»Nur weil er nicht mehr fahren konnte.«

»Aha.«

»Nichts aha«, gebe ich zurück.

Am Ende unseres Telefonats bin ich genauso schlau wie zu Beginn. Charlie wird versuchen, sich noch ein bisschen auf morgen zu konzentrieren. Nein, ich brauche mir keine Sorgen zu machen, alles ist gut und alles wird gut. Ach, Charlie.

15.

Ich bin schon vor Sonnenaufgang aufgewacht, und statt mich unendlich oft um meine eigene Achse zu drehen, bin ich aufgestanden, habe in aller Unruhe gefrühstückt, und nun warte ich, so entspannt wie ich eben sein kann, darauf, dass Malte mich abholt. Ein letzter Blick in den Spiegel bestätigt mir, dass ich mich für die richtigen Klamotten entschieden habe. Ein bisschen zusätzlicher Halt kann heute nicht schaden, das bietet in großer Zuverlässigkeit ein eng geschnittener Hosenanzug. Die kleine Rüstung für den Hausgebrauch. Nein, ich werde Charlie nicht anrufen. Ich würde doch nur meine Nervosität auf sie übertragen. Robert kann ich aber anrufen. Ich hätte ihn gerne an meiner Seite. Malte und ich könnten ihn abholen, der kleine Umweg macht doch nichts. Genau, das machen wir. Mailbox. Warum hat man diesem Mann ein Handy gegeben, wenn er sowieso nie rangeht? Vielleicht steht er gerade unter der Dusche und hört sein Telefon einfach nicht. Egal, Malte wird den kleinen Umweg gerne fahren, und Robert wird ja wohl wenigstens seinen Anrufbeantworter abhören.

Ich hätte nie für möglich gehalten, dass das Klingeln an meiner Haustür wie eine Erlösung wirken kann, aber heute ist es genau so. Malte strahlt Zuversicht und sogar ein kleines bisschen gute Laune aus.

»Guten Morgen, Nora, alles klar? Gut geschlafen?«

»Nein, leider nicht, aber trotzdem Guten Morgen. Können wir bitte einen kleinen Umweg machen?«, überfalle ich ihn, noch bevor ich mich angeschnallt habe. »Lass uns kurz bei Robert vorbeifahren. Ich habe ihm gesagt, dass wir ihn abholen.«

Malte hat damit kein Problem und startet in die falsche Richtung. Nach ein paar Hundert Metern melde ich mich zu Wort, obwohl ich die Einmischung des Beifahrers in die Streckenplanung des Fahrers selbst hasse wie die Pest.

»Wo willst du denn hin? Wir wollten doch Robert abholen?«

Malte wirkt komischerweise plötzlich verunsichert.

»Ja, machen wir.«

»Und warum fährst du dann hier lang? Wir müssen Richtung Savignyplatz.«

»Scheiße.«

Malte bremst so abrupt, dass ich Angst habe, der nachfolgende Wagen könnte uns hintendrauf knallen.

»Du weißt es nicht.«

Nun sieht er mich auch noch so komisch mitleidig an.

»Ach, Mann, das ist doch Mist«, jammert Malte. »An mir bleibt es dann wieder hängen, dabei habe ich nun wirklich am allerwenigsten damit zu tun.«

Ich wusste ja, dass das heute ein etwas komplizierter Tag wird, aber dass das schon auf dem Weg zum Gericht beginnt, das habe ich nicht geahnt.

»Was denn?«

Malte schweigt.

»Malte!«

Da ist er wieder, der Gouvernantenton, den ich immer noch draufhabe. Malte windet sich, aber dann eröffnet er mir, dass das nun wirklich nicht seine Aufgabe sei, aber bitte, dann würde er es mir eben sagen.

»Robert wohnt schon eine ganze Weile nicht mehr am Savignyplatz.«

Als ich ihn ratlos anschaue, ergänzt Malte: »Er ist ausgezogen.«

»Wieso sagt mir das keiner?«, empöre ich mich, bevor ich die Nachricht von Malte auch nur halbwegs verstanden habe.

Während Malte immer noch ratlos mit den Schultern zuckt, klingelt mein Handy. Robert, sehe ich auf dem Display, und weil ich noch nicht wirklich wieder in der Welt der gegenwärtigen Tatsachen angekommen bin, frage ich ohne Begrüßung, dafür aber mit vorwurfsvollem Ton: »Warum sagst du denn nichts?«

»Guten Morgen, Nora, aber ich sage doch was. Danke für das Angebot, mich abzuholen, aber ich bin schon am Gericht. Wir sehen uns gleich hier, ja?«

»Okay.«

Bevor ich irgendetwas sagen oder gar fragen kann, hat Robert schon aufgelegt. Ich verstricke mich ein bisschen in den Fragezeichen, die durch meinen Kopf rauschen, und Malte hat das Feingefühl, mich einfach einen Moment lang vor mich hin brüten zu lassen. Kurz bevor wir die Turmstraße erreichen, habe ich mich wieder sortiert. Robert hin oder her, und warum auch immer er mir nichts gesagt hat, Charlie hat Priorität, alles andere muss warten.

Malou hat wirklich ganze Arbeit geleistet. Ein paar Kamerateams und einige Journalisten haben sich eingefunden. Ach, da ist auch Polizeiobermeister Thomke. Wir grüßen uns mit einem kurzen Nicken. Ich weiß nicht, ob man einen Zeugen der Gegenseite überhaupt begrüßt, wahrscheinlich eher nicht, aber es ist uns beiden einfach so rausgerutscht. Große Teile unseres Aktionsbündnisses Südliches Münsterland sind schon da und natürlich Charlies Mitstreiter. Die jungen Leute haben sich mit einem Transparent vor dem Landgericht aufgebaut, dessen Text rührend naiv ist.

»Wir strahlen lieber ohne Müll!«

Hinter dem Transparent entsteht plötzlich Unruhe, ich höre ein paar Charlie-Charlie-Rufe und erkenne unter dem Transparent die Beine meiner Tochter. Statt meine Freunde zu begrüßen, renne ich ihr hinterher. Als ich den Eingang erreiche, ist sie schon durch die Sicherheitskontrolle verschwunden. Robert packt gerade alles, was er bei sich trägt, in einen Plastikkasten. Eine Gerichtsangestellte, deren Gesicht so leer ist wie Roberts Taschen, winkt ihn genau in dem Moment durch die Sicherheitsschleuse, als ich hinter ihm auftauche und ihn begrüßen will. Für einen Moment ist er zwischen der Sicherheitsschleuse und mir hin- und hergerissen, entscheidet sich dann aber doch für mich, was uns einen waschechten Berliner Kommentar aus dem Gesicht einbringt, in das nun doch so langsam Leben einzieht.

»Öfters mal wat Neuet, wa, zum Knutschen ins Jericht is ooch nich schlecht. War's det nu, junge Frau, oder wollnse ooch mit rein?«

Ich fasse das als Aufforderung auf, meine Manteltaschen auszuleeren und meine Handtasche unter das dafür vorgesehene Röntgengerät zu schieben. Als ich durch die Sicherheitskontrolle bin, befällt mich exakt die Beklemmung, die die Architektur des imposanten Gebäudes bezweckt. Ich komme mir vor wie die allererbärmlichste Sünderin auf dem Weg zum höchsten Gericht. Sobald das hier vorbei ist, werde ich recherchieren, wer das Gebäude gebaut hat. Der Mann hat seine Sache gut gemacht.

Vor dem Verhandlungssaal kann ich Charlie endlich in den Arm nehmen. Sie hält sich tapfer, versucht ein Lachen, aber ich spüre ihre Angespanntheit. Klaus trägt seine Anwaltsrobe, und ich bin überrascht, wie seriös er darin wirkt.

»Geht am besten einfach schon rein«, fordert er Robert und mich auf, »und setzt euch so, dass Charlie Augenkontakt zu euch herstellen kann. Manchmal hilft das.«

Ich will Klaus' Aufforderung sofort brav folgen, als ich Charlies Hand auf meinem Arm spüre.

»Ich bin so froh, dass ihr hier seid.«

Mit der anderen Hand hält sie Roberts Arm, sodass wir für einen kurzen Moment einen geschlossenen Kreis bilden.

Malte hat uns zwei Plätze frei gehalten. Nach und nach trudeln die anderen Prozessbesucher ein. Susanne ist extra aus Hamburg angereist, Berthold und Christina aus Köln. Christina winkt mir herzlich und aufmunternd zu, während Berthold ein sehr ernstes Gesicht macht. Wo steckt eigentlich Malou? Ich muss mich unbedingt bei ihr bedanken, dass sie die ganze Revival-Truppe organisiert hat. Michael hat in der Reihe hinter uns Platz genommen.

»Hier, von Otto«, begrüßt er mich und drückt mir einen Pinguin in die Hand. »Bringt Glück, soll ich dir sagen.« Wie süß.

»Wie geht's Charlie?«

Bevor ich antworten kann, kommt Robert mir zuvor: »Im Gegensatz zu ihrer Mutter ist sie erstaunlich gelassen. Das kann nur daran liegen, dass sie genau weiß, was sie will.«

Es überrascht mich, aber ich höre deutlich die Bewunderung in Roberts Stimme. Michael nickt zustimmend und wendet sich dann Christina zu, die sich wundert, dass Paul noch nicht da ist.

»Er ist extra gestern schon gefahren, weil er sich noch mit Albert verabredet hatte. Die beiden wollten eigentlich zusammen kommen.«

Sie hat ihren Satz noch nicht zu Ende gesprochen, da tauchen Albert und Paul tatsächlich auf. Paul hibbelig und unkoordiniert wie immer. Gleichzeitig will er sich setzen, uns alle begrüßen und betont gelassen erscheinen. Das funktioniert nicht, und als er das selbst merkt, ruft er Charlie an die Begrenzung zwischen Zuschauer- und Gerichtsraum, umarmt sie herzlich, und dann setzt er sich grinsend auf den Platz, den Albert für ihn erobert hat. Charlie muss lachen, ich muss lachen, Robert lacht, und als ich den Blick zu Paul wende, setzt er noch ein schulterzuckendes »Was denn?« auf seinen Auftritt obendrauf.

Und immer noch fehlt Malou. Dass die Lieblingstante meiner Tochter nicht erscheint, kann ich mir beim allerbesten Willen nicht vorstellen. Ich versuche, die Aufmerksamkeit von Klaus zu ergattern, weil ich wissen will, ob noch Zeit genug ist, nach Malou zu schauen. Da kündigt mein Handy eine SMS an.

»Sitze in der letzten Reihe. M.«

Und zwar neben Patrick, wie ich feststelle, als ich suchend aufgestanden bin.

»Wusste, dass du das unmöglich findest«, entnehme ich der nächsten SMS.

»Würden Sie bitte die Handys ausschalten?«, ermahnt uns einer der Wachtmeister, und ich leiste seiner Aufforderung widerstandslos Folge.

Mittlerweile hat auch der Staatsanwalt seinen Platz eingenommen. Ich hatte ihn mir viel älter vorgestellt. Der ist allerhöchstens so alt wie ich. Am Telefon klang er wie ein alter Mann. Es kann aber sein, dass das an der kleinkarierten Spießigkeit lag, mit der er mich abserviert hat. Als der Richter erscheint, rutscht mir das Herz in die Hose. Ich taste nach Roberts Hand, weil ich etwas Verlässliches brauche, woran ich mich festhalten kann. Charlie wirkt eher neugierig als ängstlich, sie ist schon ein erstaunliches Kind.

Während der Richter die Hauptverhandlung offiziell eröffnet und der Staatsanwalt die Anklage verliest, macht sich ein blödsinniges Rauschen in meinem Kopf breit. Statt der Worte der Juristen höre ich Kinderlieder, die ich mit Charlie immer gesungen habe, zum Leidwesen aller Ohrenzeugen. Nur Charlie war ausnahmslos begeistert. Ich sehe mich an ihrem Bett sitzen, als sie krank ist, und zum fünfhundertsten Mal das Lied vom kranken weißen Kaninchen singen, das von den Tropfen, die der Fuchs seiner Mutter gegeben hat, wieder gesund wird. Eine Eigenkomposition des Vaters des kranken Kindes, der keinen Weg gesehen hat, die Tropfen ohne musikalische Begleitung in sein Kind hineinzubekommen. In mein Kopfbild gesellt sich nun der Staatsanwalt, der, in der Tür von Charlies Kinderzimmer stehend, irgendetwas von Landfriedensbruch redet, den er Charlie im Verlauf dieses Verfahrens anhand diverser Zeugen nachweisen wird.

Verdammt noch mal, ich muss mich auf das Hier und Jetzt konzentrieren.

Der Richter lauscht den Worten des Staatsanwalts völlig ungerührt. Ich könnte nicht sagen, ob ihn interessiert, was er hört, ob es ihn erfreut oder empört. Wenn der Mann mal einen neuen Job braucht, könnte er sofort professioneller Pokerspieler werden. Außerdem erinnert er mich an irgendjemanden, aber ich komme einfach nicht drauf, an wen. Der Richter trägt seine schwarze Robe so, als hätte er aus Versehen eine von seinem Kollegen angezogen. Er zuckt mit keiner Miene, während er hier am Ärmel, dort am Ausschnitt zubbelt, um dann kurz aufzustehen und den Gesamtsitz zurechtzuruckeln. Da er eindeutig nicht nervös ist, wirkt die unangemessene Fummelei an seiner Robe erstaunlicherweise souverän, als ob er signalisieren wolle, dass er sich erlauben könne, so unsouverän aufzutreten, wie er wolle.

»Komischer Vogel«, raune ich Robert zu.

Der raunt zurück: »Kann ich meine Hand wiederhaben? Die wird sonst gleich blau.«

Ich habe gar nicht gemerkt, dass ich seine Hand immer noch halte und offensichtlich mit jedem Satz des Staatsanwalts fester umschlossen habe. Als er endlich damit fertig ist, seine idiotische Anklage zu verlesen, stöhnt der ganze Saal laut auf.

»Na, na, na«, höre ich den Richter sofort dazwischengehen. »Das wollen wir gar nicht erst anfangen. Auf Kommentare aus dem Zuschauerraum kann ich sehr gut verzichten. Haben wir uns verstanden?«

Ich muss mich wirklich zusammenreißen. Um ein Haar hätte ich laut mit »Ja« geantwortet.

»Frau Bergenhaus, Sie haben gehört, was der Staatswalt Ihnen zur Last legt. Möchten Sie sich zur Sache äußern?«, wendet sich der Richter zum ersten Mal an Charlie.

»Aber sicher«, antwortet Charlie prompt, bevor Klaus etwas sagen kann: »Herr Vorsitzender, meine Mandantin hat eine Erklärung vorbereitet, die sie dem Gericht vortragen möchte.«

Obwohl der Richter durch eine Handbewegung bereits signalisiert, dass er hören möchte, was Charlie zu sagen hat, ergreift erneut der Staatsanwalt das Wort.

»Ich hoffe, dass Ihre Mandantin sich darüber im Klaren ist, dass das hier ein Gericht und keine Demonstration ist. Das ist nicht der Ort für politische Pamphlete.«

Für einen Moment bin ich irritiert, denn das höhnische Gelächter, das nun von lauten Kommentaren gefolgt zu hören ist, kommt von dem Platz direkt neben mir.

»Das würde Ihnen so passen, dass Sie hier Maulkörbe verhängen können.«

Robert erntet einen strafenden Blick vom Richter, einen erstaunten von mir und einen begeisterten von Charlie.

»So, mal langsam, Herr Kollege«, wendet sich der Richter an den Staatsanwalt. »Hören wir doch erst mal, was Frau Bergenhaus zu sagen hat. Sie wissen ja …«, richtet er das Wort direkt an Charlie, »dass Sie sich zur Sache äußern können, und zwar nur zur Sache. Wenn Sie sich nicht daran halten, dann kann ich Ihnen jederzeit das Wort entziehen.«

»Wagen Sie das ja nicht«, tobt es neben mir.

Was ist denn mit Robert los?

»Der Herr, da gleich vorne rechts, ja, Sie meine ich. Das ist mein Gerichtssaal, und das heißt, dass ich unliebsame Gäste auch nach draußen bitten darf. Wenn Sie das verstanden haben, würde ich gerne fortfahren.«

Ich sehe, dass Charlie um Fassung ringt, nicht aus Entsetzen, weil der Richter ihren Vater ermahnt hat, sondern weil sie ihr Kichern nicht unter Kontrolle kriegt.

»Können wir dann?«, fordert der Richter Charlie auf, mit ihrer Stellungnahme zu beginnen.

»Herr Staatsanwalt, was Sie da vorgetragen haben, ist eine Anklage, die vor dem 12. März dieses Jahres vielleicht der ein oder andere Atomkraftbefürworter irgendwie hätte verstehen können. Aber der GAU im AKW Fukushima, der bereits jetzt Menschenleben gefordert hat, und von dem wir nicht wissen, bis in wie viele zukünftige Generationen hinein er Tote fordern wird, hat die Welt verändert. Das scheint an Ihnen vorbeigegangen zu sein. Auch die größten Befürworter der Atomenergie haben inzwischen begriffen, dass es sich dabei um eine unbeherrschbare, menschenverachtende und mörderische Technologie handelt.«

Im Zuschauerraum wird verhalten applaudiert, bis sich der Richter das energisch verbittet.

»Hier im Saal sitzen einige Zuschauer, die schon die Katastrophe von Tschernobyl bewusst erlebt haben, und trotzdem konnte die Katastrophe von Fukushima nicht verhindert werden. Noch einmal darf das nicht passieren.«

»Herr Vorsitzender, bitte, ich bitte Sie …«, ruft der Staatsanwalt dazwischen.

»Entschuldigen Sie, Frau Bergenhaus, aber ich muss Sie unterbrechen …«, wendet sich der Richter an Charlie.

»Der Herr Staatsanwalt findet Ihre Ausführungen offensichtlich nicht interessant genug, um darüber hinwegzusehen, dass Sie sich nicht zu den Vorwürfen äußern, die gegen Sie erhoben worden sind. Ich darf Sie also bitten, zur Sache zu kommen oder von Ihrem Recht auf Aussageverweigerung Gebrauch zu machen.«

Ich bin natürlich empört, beschließe aber zu verhindern, dass Robert einen weiteren Kommentar abgibt und drücke schnell seine Hand, um jeder unüberlegten Äußerung zuvorzukommen. Darauf war er scheinbar nicht gefasst, offenbar habe ich auch deutlich fester zugedrückt, als ich wollte, auf denn Robert ruft laut »Aua« in Richtung des Richters, der das als Bewertung seiner Ausführungen interpretiert.

»Das war dann bitte die letzte Bemerkung, die ich heute von Ihnen höre«, weist der Richter Robert zurecht.

»Kann ich dann wieder …?«, nimmt Charlie ihren Faden auf.

»Bitte sehr.«

Der Richter ist irgendwie anders, als ich mir einen Richter vorstelle. Er kommt mir vor wie ein Richter aus einer Fernsehserie.

»Der Staatsanwalt hat mir Landfriedensbruch vorgeworfen. Mir, weil ich hier angeklagt bin. Er meint aber uns alle, die es gewagt haben, in Gorleben und an allen möglichen anderen Orten klipp und klar zu sagen, dass wir keine Atomtechnologie wollen. Wir sind friedlich, die Atomindustrie keineswegs. In Gorleben werden immer noch Probebohrungen durchgeführt, obwohl namhafte Wissenschaftler längst zu dem Schluss gekommen sind, dass der Salzstock als Endlager für radioaktiven Müll nicht geeignet ist. Wird ernsthaft nach einer Alternative gesucht? Nein, man hat sich auf Gorleben festgelegt, allem Protest der Menschen, die im Wendland leben, und der Gefahr, die von dem radioaktiven Müll ausgeht, zum Trotz. *Das* ist Landfriedensbruch – eine ganze Region in Unfrieden zu versetzen, um die Ziele der Atomwirtschaft durchzubringen. Wir warnen vor den Gefahren, lautstark und fantasievoll und friedlich. Das ist kein Landfriedensbruch. Das ist unser Recht und unsere Pflicht.« Diesmal genügt ein Blick des Richters in den Zuschauerraum, um Beifall gar nicht erst aufkeimen zu lassen.

»Liebe Frau Bergenhaus, ich darf doch kurz, Herr Vorsitzender?«

Der Staatsanwalt holt sich die Erlaubnis, Charlie zu unterbrechen, der Richter nickt, und schon fährt der Staatsanwalt fort.

»Niemand wird in diesem Land Ihre demokratischen Grundrechte einschränken, darum geht es hier auch nicht. Was Ihnen vorgeworfen wird, ist das unerlaubte Betreten des Gleiskörpers mit der erklärten Absicht, den Castortransport ins Zwischenlager nach Gorleben zu verhindern. In diesem Verfahren wird festzustellen sein, ob Sie sich darüber hinaus am sogenannten Schottern beteiligt haben. Darum geht es, nicht darum, dass hier im Gerichtssaal irgendjemand in Sachen Atomenergie indoktriniert werden möchte oder an Ihrer Position hierzu interessiert wäre. Herr Richter, wenn Sie bitte dafür sorgen könnten, dass die Angeklagte sich zur Sache äußert.«

»Ich tue mein Bestes, Herr Kollege.«

Ich kann mir nicht helfen, aber der Richter hat immer einen ironischen Unterton. Vielleicht bin ich gar nicht im Gericht, sondern immer noch in meinem Bett, das würde auch erklären, warum ich die ganze Zeit darauf warte, dass Ally McBeal den Saal betritt. »Frau Bergenhaus, wenn Sie sich nicht ausschließlich zur Sache äußern, werde ich Ihren kleinen Vortrag beenden. Ich werde mich nicht wiederholen. Sind wir uns da einig?«

Der Richter lässt keinen Hauch von Ironie durchscheinen, das fällt auch Robert auf, denn nun sitzt er nicht mehr, sondern steht neben mir.

»Wie reden Sie denn mit meiner Tochter? Sparen Sie sich gefälligst Ihre Herablassung. Meine Tochter ist doch nicht blöd.

Was bilden Sie sich eigentlich ein? Nur weil Sie hier in einem schicken schwarzen Umhang sitzen, sind Sie noch lange kein besserer Mensch als diejenigen, über die Sie sich anmaßen, ein Urteil zu sprechen. Lassen Sie sie doch endlich mal ihren Gedanken zu Ende führen.«

Der Richter hat noch nicht mal versucht, Robert zu unterbrechen.

»Ah, Sie sind der Vater der Angeklagten. Sind Sie fertig mit Ihrer Beschimpfung?«

»Vorerst ja.«

»Gut, denn ich bitte Sie höflich, den Saal zu verlassen. Sollten Sie meiner Bitte nicht nachkommen, werde ich die Wachtmeister bitten müssen, Sie zu entfernen. Also?«

»Was?«

»Auf Wiedersehen.«

»Ist das Ihr Ernst?«

»Allerdings.«

Mit diesem letzten Wort des Richters bricht Gezeter von allen Seiten los. Robert schimpft lauthals über die Beschneidung der Meinungsfreiheit, und im Saal wird ihm heftig zugestimmt. Auf einmal sind tatsächlich Wachmänner da. Wo kommen die denn so plötzlich her? Sie zerren Robert aus der Reihe und setzen ihn wortlos vor die Tür. Uns allen steht der Mund offen. So wütend hat Charlie ihren Vater noch nie gesehen, und auch ich bin mehr als erstaunt. Nach der kurzen Aufregung, die von Buhrufen, hauptsächlich aus der Revival-Truppe, gekennzeichnet ist, gelingt es dem Richter, wieder Ruhe zu schaffen.

»Das ist Ihr Vater?«

»Ja«, antwortet Charlie, »er ist großartig, oder?«

Die Geste, mit der der Richter antwortet, macht deutlich, dass er von Roberts Großartigkeit weniger überzeugt ist als dessen stolze Tochter.

Charlie ist erkennbar aus dem Konzept gekommen und muss erst mal tief durchatmen, bevor sie fortfahren kann.

»Soll ich dann wieder …?«

Der Staatsanwalt seufzt genervt, aber der Richter ermuntert Charlie, ihre Ausführungen fortzusetzen. Eine Weile folgt er Charlie auch recht aufmerksam, aber seine wachsende Ungeduld ist nicht zu übersehen. Charlie berichtet gerade darüber, wie sie zu ihrer Überzeugung gelangt ist.

»Ich bin in einer politisch interessierten Familie aufgewachsen. Es mag ein Weilchen her sein, aber meine Eltern waren aktive AKW-Gegner und auch ich engagiere mich seit Jahren gegen Atomkraft. Das mache ich nicht einfach mal so aus Spaß, ganz spontan, sondern weil ich mich mit Atomenergie beschäftigt habe und um ihre Gefahren für unsere und für folgende Generationen weiß. Wir werden sicher so lange keine Ruhe geben, bis das letzte AKW vom Netz genommen wurde …«

Schon wieder unterbricht der Staatsanwalt Charlie: »Ihre Aktionen sind also genau geplant? Gut überlegt?«

Was will er denn nun von Charlie? Auch der Richter schaut den Staatsanwalt fragend an.

»Die Angeklagte präsentiert sich hier als eine Person, die durchdacht handelt …«

»Ja und?«, fragt Charlie irritiert.

»Sie vermitteln uns den Eindruck, als wüssten Sie genau, was Sie tun. Ihnen ist wahrscheinlich gar nicht klar, dass der Vorsatz, eine Straftat zu begehen, das Strafmaß erheblich erhöhen kann …«

Charlie platzt der Kragen: »Wie stellen Sie sich das denn vor? Dass man einfach mal so, ohne Vorbereitung, ungeplant zu einer Demo fährt wie zu einem Kaffeekränzchen? Weil es lustig ist? Weil man mal wieder was erleben will? Ich weiß beim besten Willen nicht, worauf Sie hinauswollen.«

»Ich will auf gar nichts hinaus. Ich frage Sie das, um herauszufinden, ob man Ihnen Vorsatz unterstellen sollte, zumal Ihre Mutter es ja durchaus für möglich hält, dass Sie in Gorleben ein bisschen über die Stränge geschlagen sind, um Ihrem neuen Freund zu imponieren?«

»Was reden Sie denn da für einen Quatsch. Das habe ich doch so überhaupt nicht gesagt«, platzt es aus mir heraus.

Vielleicht hätte ich einfach den Mund halten sollen, denn nun sind alle Blicke auf mich geheftet, und das ist überhaupt kein schönes Gefühl.

»Mama, hast du mit dem Staatsanwalt gesprochen?«

Ich wäre gerne unsichtbar oder noch lieber würde ich in einem Loch versinken, das sich gnädig zu meinen Füßen auftut. Aber da ist kein Loch.

»Eigentlich stelle ja ich hier die Fragen, aber das würde mich durchaus auch interessieren?«, mischt sich der Richter ein.

»Nur einmal und nur am Telefon.«

Das ist fast so dämlich wie Bill Clintons »I did not inhale«. Klaus bittet um eine Unterbrechung der Verhandlung, weil er über den Inhalt des Gesprächs keine Informationen habe und erst abklären müsse, inwieweit eventuell verfahrensrelevante Dinge besprochen worden seien. Der Richter sieht keine Veranlassung, seiner Bitte nachzukommen. Man merkt, dass er zunehmend Spaß an der Verhandlung hat. Ich suche immer noch nach einem Loch, in dem ich mich für den Rest meiner Tage verkriechen kann. Und als ob mir eine höhere Macht gnädig wäre, wird es schlagartig dunkel im Gerichtssaal. Im gesamten Gebäude ist kein Fitzelchen Strom mehr. Alle Computer haben ihren Geist aufgegeben, keine Lampe brennt mehr, und offensichtlich sind auch die Sicherheitsgeräte in den Streik getreten.

Nach einer kurzen Zwiesprache mit dem Wachtmeister verkündet der Richter:

»So leid es mir tut, aber aus unerfindlichen Gründen haben wir mit einem Stromausfall im gesamten Gebäude zu kämpfen. Mir wurde versichert, dass der Schaden schnellstens behoben wird. Ich vertage die Fortsetzung der Verhandlung auf morgen. Die heutige Sitzung ist hiermit geschlossen.«

Ich bin erlöst. Klaus atmet ein, ich atme aus, und beides wird nur noch übertönt von dem Wutschnauben, das mich bereits vor der Tür, die aus dem Zuschauerraum hinausführt, erwartet.

»Sag mir bitte, dass das ein Missverständnis ist?«

»Charlie, das war ganz anders, als der Typ das darstellt …«

»Wie denn?«

Ich finde, dass Charlie die Schärfe aus ihrem Tonfall ruhig mal rausnehmen könnte. Da kommt auch noch Malou angesegelt.

»Du hast doch nicht wirklich mit diesem Idioten gesprochen?«

»Halt dich doch da einfach mal raus«, fauche ich sie an. »Erstens ist das schon eine Ewigkeit her und zweitens wollte ich nur versuchen, ihn davon zu überzeugen, das Verfahren gegen dich einfach einzustellen.«

Charlie dreht sich um und geht weg.

»Da hast du ja einen schönen Scheiß angerichtet.«

Danke, Malou, diese bahnbrechende Erkenntnis fehlte mir noch zu meinem Glück.

»Es tut mir wirklich leid, Charlie«, rufe ich meiner Tochter noch hinterher, aber die zieht stocksauer mit ihren Freunden ab.

»Robert wartet im Bajazzo auf uns, kommst du?«

Klaus hindert Malou daran, mich hinter sich her zu ziehen.

»Geh schon vor, ich muss noch etwas mit Nora besprechen.«

Malou dirigiert die gesamte Revival-Truppe, die mich alle mitleidig bis verständnislos ansehen, aus dem Gerichtsgebäude heraus, während Klaus mir damit auf die Nerven geht, dass er Wort für Wort wissen will, was ich mit dem Staatsanwalt besprochen habe.

»Nichts, ich habe versucht, ihm klarzumachen, dass die Klage gegen Charlie Blödsinn ist, mehr nicht.«

»Und wie kommt er darauf, dass Charlie mit ihrer Aktion ihrem Freund imponieren wollte?«

»Meine Güte, vielleicht ist mir das irgendwie so rausgerutscht, aber das weiß doch jeder, dass das so nicht gemeint war.«

Ich fühle mich so mies wie lange nicht mehr und finde, dass Klaus mich in Ruhe lassen könnte. Weit gefehlt.

»Ich dachte, du hättest begriffen, dass es Charlie vor allem darauf ankommt, den Widerstand gegen die AKWs, gegen Atomtransporte und gegen das Endlager in Gorleben als richtig, gut und dringend erforderlich deutlich zu machen …«

»Ja, verdammt, das weiß ich doch.«

»Und warum lässt du dann zu, dass der Staatsanwalt es als pubertäre Schwärmerei darstellt?«

Schon im Gehen lässt Klaus mich noch wissen, dass ich als Zeugin nicht mehr gebraucht werde. Ich stehe allein in diesem verdammten Gericht und kann nur mit Mühe verhindern, dass ich anfange zu heulen. Am liebsten würde ich sofort nach Hause gehen, mich im Bett verkriechen und die Decke über den Kopf ziehen. Stattdessen zücke ich mein Handy und versuche, Charlie zu erreichen.

»Charlie, ich weiß, dass du dein Handy nicht ausgestellt hast. Ich verstehe ja, dass du nicht mit mir reden willst, aber es tut mir wirklich wahnsinnig leid. Ruf mich zurück, ja?« Ich spreche ihr auf die Mailbox und weiß, dass sie sich nicht melden wird.

Im Bajazzo erwartet mich eine überraschend muntere Schar Prozessbesucher. Susanne kommt sofort auf mich zu und umarmt mich.

»Ich hätte das genau so gemacht. Ist doch verständlich, dass du Charlie den Prozess ersparen wolltest und dass dieser Staatsanwalt dir jedes Wort im Mund verdreht, das ist so unverschämt.«

»Ah, da ist ja unsere Renegatin.«

Sehr witzig, Malou, wirklich, sehr witzig.

»Ich frage lieber gar nicht, was du dir dabei gedacht hast.«

Robert dirigiert mich auf den freien Platz neben ihm.

»Warum hast du denn nichts gesagt?«

»Ich weiß nicht. Es war mir peinlich, außerdem wusste ich, dass Charlie ausflippen würde.«

»Das ist sie ja jetzt auch. Jeder andere Zeitpunkt wäre allerdings besser gewesen«, setzt Malou mir zu.

Robert sieht, dass ich wirklich geknickt bin.

»Ich habe schon mit ihr gesprochen. Sie konnte sogar wieder ein bisschen lachen.«

Ich lächele ihn dankbar an. »Gut, mit dir redet sie wenigstens noch.«

Robert grinst breit. »Klar, schließlich bin ich der Held! Geräumt vom Schweinesystem, weil ich mir nicht den Mund verbieten ließ.«

Tja, auf diesen Vater ist Charlie zu Recht stolz, vielleicht tröstet sie das über ihre Versagermutter hinweg. Robert wird wieder ernst.

»Du solltest nicht als Zeugin auftreten.«

»Ich weiß, Klaus hat es mir schon gesagt.«

Während unseres vertrauten Gesprächs wurde am Tisch der bisherige Prozessverlauf analysiert, aber vor allem wird wüst über den Stromausfall spekuliert.

»Genau zum richtigen Zeitpunkt«, stellt Michael fest, »eine tolle Aktion.«

»Meinst du, das war geplant?«, will Berthold wissen.

Christina schüttelt den Kopf und lacht ihn aus.

»Blödsinn, wer soll denn so was planen?«

Die klitzekleine Idee, wem ich so was zutrauen würde, verscheuche ich.

»Egal«, fährt Michael fort, »es war auf jeden Fall eindrucksvoll.«

»Eindrucksvoller, als nur stumm im Gericht rumzusitzen«, nimmt Berthold den Faden wieder auf.

»Es ist ja offensichtlich, dass der Richter uns jedes Wort verbieten wird, also wird uns nichts anderes übrig bleiben, als zu zeigen, was wir denken …«

Die rhetorische Pause ist stilsicher gesetzt, geht mir aber trotzdem auf die Nerven.

»Wir gehen morgen alle wieder ins Gericht, aber diesmal verkleidet und geschminkt – als Fässer für radioaktiven Abfall«, führt Berthold seine Idee aus.

Am Tisch wird riesig begeistert getan, nur Robert zögert erkennbar. Er hasst jede Form von Verkleidung, geht allen Kostümpartys aus dem Weg, würde sich nie im Leben zu Karneval eine Pappnase aufsetzen, und die Aussicht darauf, als radioaktives Fass durch die Gegend laufen zu müssen, dürfte ihn in Angst und Schrecken versetzen. Da ich einiges wiedergutzumachen habe, springe ich ihm zur Seite.

»So lassen die uns doch niemals ins Gericht.«

Die Euphorie bügelt meine Bedenken einfach ab. Da ich heute nicht diejenige bin, die das große Wort führen sollte, füge ich mich in die düstere Aussicht, morgen verkleidet im Gericht zu erscheinen. Malou hat schon eine Maskenbildnerin im Kopf, die uns perfekte Radioaktivsymbole ins Gesicht malen wird.

»Sollen wir's nicht dabei belassen, geschminkt ins Gericht zu gehen?«, versucht Christina ihr Glück. »Mit den Fässern, das bekommen wir bis morgen doch sowieso nicht hin.«

Da meldet sich ausgerechnet der zurückhaltende Albert zu Wort.

»Das kriegen wir hin. Bis morgen habe ich für uns alle Fässer gebaut, da träumt die Atomwirtschaft aber von.«

»Wenn wir uns schon zum Affen machen, dann auf höchstem Niveau«, freut sich Malou. Jeder, der noch Bedenken äußern möchte – und insgeheim möchte das jeder am Tisch –, wird von der vorgespiegelten Begeisterung der Mitstreiter überrollt, und so verabreden wir uns schließlich für morgen früh pünktlich um sieben Uhr bei mir zum Frühstück und zur Kostümprobe. Zwei Stunden müssen reichen, um uns von erwachsenen Menschen in Atommüllfässer zu verwandeln.

Ich verabschiede mich als Erste aus der Runde. Mir reicht es für heute. Als ich das Bajazzo verlasse, kommt mir Patrick entgegen. Er hat mit Charlie und den anderen zusammengesessen.

»Alles nicht so wild, Frau Bergenhaus. Bis morgen, dann.«

Eigentlich macht der Junge doch einen ziemlich erwachsenen Eindruck.

Als ich erschöpft mit den Einkäufen für das morgige Frühstück in meiner Wohnung ankomme, erwartet mich eine E-Mail von Alex. Mich überrascht, dass er über den Verlauf des heutigen Prozesstages bestens informiert ist, und habe sofort Malou in Verdacht.

»Typisch Nora, immer noch Plan B im Kopf. So wird das nie was mit der Revolution.«

Typisch Alex. Ich höre förmlich, wie er sich über mich lustig macht.

»Du hast gut lachen, in deiner heilen Welt ohne Widersprüche«, schreibe ich zurück.

»Sag das mal den Menschen, die hier leben«, kommt von ihm.

»Ich weiß«, bringe ich matt auf den elektronischen Weg, und Alex wünscht uns alles Gute für morgen.

»Du wirst bestimmt ein schönes Fass!«

Malou, du alte Petze!

Da kommt noch ein PS.

»Und? Hat dir mein kleiner Beitrag zum Geschehen denn gefallen?«

Nee, oder? Das kann doch nicht sein. Wie soll er das denn bewerkstelligt haben? Der blufft, oder? Da kann ich Fragezeichen ohne Ende schicken, mein E-Mail-Programm schweigt.

Als ich endlich im Bett liege, läuft der heutige Tag noch einmal an mir vorbei. Wie toll Charlie sich geschlagen hat! Es ist schade, dass ich von der Liste der Zeugen der Verteidigung gestrichen wurde. Ich hätte der Welt gerne erzählt, was für ein wunderbarer Mensch meine Tochter ist. Als mir langsam die Augen zufallen, höre ich das Piepen meines Handys und bin sofort wieder hellwach.

»Du wärst die beste Leumundszeugin der Welt für unsere Tochter. Das weiß ich und das weiß sie auch. Schlaf gut, Nora.«

Ich kann nicht anders, die Tränen laufen einfach so über mein Gesicht. Als mein Kissen schon pitschnass ist, beruhige ich mich langsam. Weinen macht sehr müde.

Als der Wecker klingelt, habe ich genau eine halbe Stunde, bis meine Frühstücksgäste eintreffen. Duschen, anziehen – heute reichen Jeans, ist ja ein Fass drüber –, Frühstück vorbereiten, und schon klingelt es das erste Mal. Albert.

»Kannst du mir helfen, Nora? Ich schaffe das nicht, das ganze Zeug alleine nach oben zu schleppen.«

Wo ist dieser verdammte Fahrstuhlschlüssel? Während ich die Treppe runterrase, höre ich, dass unten die nächsten Gäste eintreffen.

»Das kannst du vergessen. Auf gar keinen Fall werde ich in

dieses Fass schlüpfen. Das ist mindestens drei Nummern zu groß.«

Das ist unverkennbar Malou, die dem armen Albert die Hölle heiß macht. An der Eingangstür erwartet mich ein wunderbares Bild. Malou wühlt in einem Berg von Pappfässern wie auf dem Schnäppchentisch im KaDeWe, und Albert versucht seine Bauwerke vor ihrer unsachgemäßen Behandlung zu schützen. Malou hat endlich ein passendes Fass gefunden und hält es vor sich, als hätte sie den tollsten Designerfummel der Saison erbeutet. Paul hat sein Fass schon angezogen und bringt uns zum Lachen. Albert und ich packen die erste Ladung Fässer in den Fahrstuhl, in den dann leider nur noch Albert passt. Das Atommüllfass Paul wird mit der nächsten Ladung nachkommen. Malou und ich laufen die Treppen hoch.

»Hat sich Charlie gestern noch bei dir gemeldet?«, fragt Malou zwischen dem ersten und zweiten Stockwerk.

»Leider nein, ich fürchte, sie ist wirklich richtig sauer.«

»Zu Recht.«

Zum Glück geht Malou nach dem zweiten Stock die Puste aus.

Nach und nach trudeln alle Frühstücksgäste ein, und die Fassprobe artet zu einer Mischung aus Kindergeburtstag und Karnevalszug aus. Nachdem die Maskenbildnerin uns alle geschminkt hat, stehen wir kurz davor, eine ordentliche Polonaise Richtung Gericht zu machen. Albert vereitelt diese Albernheit, indem er unsere Fässer alle wieder einsammelt.

»Die kriegt ihr erst vor dem Gericht wieder. Sonst sind die doch kaputt, bis wir da sind.«

Die Maskerade hat mir gutgetan. Natürlich ist das albern, aber wir haben gelacht, und nun mache ich mich sogar ein bisschen erleichtert mit den anderen auf den Weg.

Vor dem Landgericht erwartet uns ein ähnliches Bild wie gestern. Ein paar Journalisten und etliche Prozessbesucher stehen vor dem Eingang und erwarten das Eintreffen der Hauptperson. Wir schlüpfen schnell in unsere Fässer und machen uns möglichst selbstverständlich auf den Weg durch die Phalanx der anderen Gäste. Die Kamerateams und Fotografen sind dankbar für das Motiv, das sich ihnen bietet. Ich schaue mich nach Charlie um, die ich nirgends entdecken kann. So stehen wir alle, immerhin neun radioaktive Fässer, vor der Sicherheitskontrolle, und die Beamtin von gestern mustert uns, ohne eine Miene zu verziehen. Die einzige Frage, die sich in ihrem Gesicht abzeichnet, ist, ob wir mit den Fässern, die unser jeweiliges Volumen erheblich vergrößern, wohl durch ihre Sicherheitsschleuse passen. Alle passen, und damit ist ihr Job erledigt. Das liebe ich an Berlin. Alles, was nicht ausdrücklich verboten ist, ist erlaubt, solange es niemandem wehtut.

Im Zuschauerraum zeigt sich ein Konstruktionsmangel unserer Fässer. Im Stehen sitzen sie perfekt, aber im Sitzen rutschen sie nach oben, sodass sie den meisten von uns bis zur Nasenspitze reichen. Das sieht so doof aus, dass es hinter den Fässern giggelt, weil alle den Anblick der anderen lustig finden. Albert muss noch mal schnell Hand anlegen und hinten am Po eine Art Sitzlücke in die Fässer knicken. Bevor er meine Tonne zurechtknicken kann, kommt Charlie in den Gerichtssaal. Sie ist sichtlich überrascht über das Bild, das sich ihr bietet. Da bei mir nur Nase und Augen aus dem Fass herausschauen, biete ich offensichtlich den absurdesten Anblick. Auf jeden Fall fängt Charlie lauthals an zu lachen.

»Ihr seht großartig aus!«, ruft sie uns zu.

Der Staatsanwalt tut so, als hätte er nicht gesehen, was ihn im Zuschauerraum erwartet, während der Richter so reagiert wie Charlie und sofort anfängt zu lachen.

»Hat jemand ein Foto gemacht?«, fragt er die Wachleute.

»Zur Beweissicherung?«, fragt der eilfertige Staatsanwalt, um seine Begeisterung über das zu erwartende harte Durchgreifen des Richters zu unterstreichen.

»Blödsinn. Für mich.«

Als er sein Grinsen wieder im Griff hat, wendet sich der Richter direkt an uns.

»Werte Damen und Herren. Falls Sie mich provozieren wollten, muss ich Sie enttäuschen. Von mir aus können Sie als Elementarteilchen verkleidet hier erscheinen. Solange Sie ruhig dem Prozessverlauf folgen, ist alles gut. Sollten Sie sich zu Kommentaren oder unsachgemäßen Bemerkungen hinreißen lassen, lasse ich Sie rausrollen.«

Der Richter lacht sich schlapp über seinen Witz, und der Staatsanwalt ist entsetzt.

»Ich sehe den Respekt vor dem Gericht gefährdet ...«

»Ich nicht«, wird er abgebügelt.

Nachdem allerlei Verfahrensfragen geklärt worden sind und der Richter begründet hat, warum er keine weiteren Einlassungen der Angeklagten zulassen wird, beginnen die Zeugenaussagen. Die Staatsanwaltschaft hat mehrere Polizisten benannt, die am Tag der Castorblockade im Wendland Dienst hatten. Sie berichten, dass die Demonstranten immer wieder die Polizeisperren durchbrochen oder umgangen haben, um auf die Gleise zu gelangen. Aber keiner von ihnen kann mit absoluter Sicherheit bezeugen, bei welcher konkreten Aktion und an welchem exakten Ort Charlie teilgenommen habe.

»Ich war aber da, da können Sie sicher sein.«

Klaus versucht Charlie dazu zu bewegen, den Mund zu halten, vergeblich. Als Polizeiobermeister Thomke in den Zeugenstand gerufen wird, habe ich die Nacht seines Anrufs schlagartig wieder vor Augen.

»Ihre Tochter befindet sich bei uns in Gewahrsam. Sie wurde bei der Castordemonstration in Gorleben festgenommen. Ihr wird Landfriedensbruch zur Last gelegt.«

Das ist schon so lange her, und es fühlt sich an, als wäre es gestern gewesen.

Herr Thomke hat nichts Erhellendes beizutragen und wird schnell wieder entlassen. Klaus hat auf Wunsch von Charlie eine Liste von Zeugen vorgelegt, die der Richter nach und nach abarbeitet.

»Die Kanzlerin! Lustig! Mit der würde ich zwar auch gerne mal reden, aber nicht heute. Ist gestrichen. Warum wollen Sie denn alle Fraktionsvorsitzenden hier sehen?«

Charlie erläutert, dass sie wissen will, wie der Widerspruch zwischen der Laufzeitverlängerung vor einem Jahr und dem jetzigen Bekunden des Ausstiegswillens zu bewerten sei.

»Wir müssen doch wissen, was wir überhaupt noch glauben können.«

»Auch das werden wir nicht in meinem Gerichtssaal klären. Alle Vorstandsmitglieder der vier Energieversorger? Würden die Vorsitzenden nicht reichen? Egal, wird sowieso abgelehnt.«

Klaus und Charlie sind nicht überrascht. Es ging ihnen um nichts anderes, als noch einmal deutlich werden zu lassen, wer hier eigentlich für das Atomprogramm verantwortlich ist und wer davon profitiert. Die Journalisten haben eifrig mitgeschrieben.

»Wissen Sie, was mich wirklich enttäuscht?«

Kopfschüttelnd bekunden Klaus und Charlie, dass sie das nicht wissen.

»Die einzige Zeugin, die mich interessiert hat, haben Sie gestrichen. Sehr bedauerlich, sehr bedauerlich. Also ehrlich gesagt, zu bedauerlich. Ich habe hier ja einiges über Ihre Mutter gehört«, wendet sich der Richter nun an Charlie, »aber sie selbst habe ich nicht gehört. Würde ich aber gerne.«

Klaus, der offensichtlich schon kapiert hat, worauf der Richter hinauswill, sammelt sich, um seinen Protest anzumelden.

Bevor er dazu kommt, verkündet der Richter: »Ach, wissen Sie was, ich bin das Gericht. Ich rufe mir die Zeugin selbst auf. Nora Bergenhaus, bitte.«

Hier war gestern kein Loch, in dem ich versinken konnte, und hier ist heute kein Loch. Unter gar keinen Umständen werde ich jetzt und dann auch noch in dieser Aufmachung vor den Richter treten. Nervös fummele ich an den Schnüren rum, die ich, statt sie zu lösen, nur immer weiter miteinander vertüddel, sodass ich schließlich nur noch mit einer Schere zu befreien wäre.

»Frau Bergenhaus, kommen Sie bitte zu mir.«

Es bleibt mir nichts anderes übrig, als aufzustehen und nach vorne zu gehen.

»Frau Bergenhaus, Sie sind die Mutter der Angeklagten?«

»Ja.«

»Das sieht man, wenn ich das sagen darf. Sie wissen, dass Sie als Angehörige die Aussage verweigern dürfen.«

»Ja, weiß ich.«

»Ich würde Ihnen gerne ein paar Fragen stellen, darf ich?«

»Gerne, aber eine Bitte hätte ich …«

»Ja?«

»Haben Sie mal eine Schere?«

Der Richter schaut amüsiert auf mich hinunter.

»Oh, ja, verstehe. Ich bin mir allerdings ziemlich sicher, dass wir aus Sicherheitsgründen hier im Saal keinerlei Schneide- oder Stichwerkzeuge haben.«

Bilde ich mir das ein, oder hat er dem Wachtmeister ein dezentes Zeichen gemacht, damit der nicht losrennt und eine Schere besorgt?

»Außerdem muss ich gestehen, dass ich noch nie ein Fass befragt habe. Das ist etwas Neues für mich.«

»Für mich auch«, stimme ich hilflos zu.

Tagelang habe ich für meinen Auftritt vor Gericht gebüffelt. Ich wollte mich meiner Tochter würdig erweisen, mit Sachwissen brillieren und ihr Anliegen kompetent unterstützen. Und nun blamiere ich mich bis auf die Knochen und meine Tochter gleich mit. Als Fass stehe ich hier. Mit dem Symbol für Radioaktivität im Gesicht.

»Mama, du bist echt ein Knaller«, höre ich Charlie hinter mir rufen, und alle im Saal müssen die Steine hören, die mir vom Herzen fallen. Ich kann nicht anders. Ich gehe zu Charlie und umarme sie.

»Kann ich die Familienvereinigung kurz unterbrechen?«

Der Richter hat seinen Spaß, das ist unüberhörbar, aber offensichtlich reicht es ihm noch nicht.

»Frau Bergenhaus, mich interessiert, was Sie von den Aktivitäten Ihrer Tochter halten.«

Hilfe suchend schaue ich erst Klaus, dann Charlie, dann Robert an, aber es ist keine Hilfe zu erwarten. Alle drei machen aufmunternde Gesten, aber die in Worte zu fassen, das scheint mein Job zu sein.

»Ich weiß nicht recht«, stammele ich los, »also besser gesagt, ich wusste nicht recht, anfangs. Als der Anruf kam, dass Charlie verhaftet worden war …«

»In Gewahrsam genommen«, verbessert mich der Staatsanwalt sofort.

»Dann eben das, da war ich wirklich sauer, weil ich Angst hatte, dass sie sich die Zukunft mit so was verbaut. Inzwischen hat sich das geändert.«

Die Umarmung von Charlie hat mir gutgetan und mir Sicherheit gegeben.

»Das genau interessiert mich«, setzt der Richter nach.

So, dann wollen wir mal. Ich baue mich zu voller Fassgröße auf und lege los.

»Ach, ja? Und warum geben Sie meiner Tochter dann nicht die Gelegenheit zu erklären, warum sie in Gorleben war? Ich habe keine Ahnung von Juristerei, aber ist es nicht so, dass bei jedem angeblichen Verbrechen auch das Motiv untersucht werden muss? Aber genau das wollen Sie hier nicht hören! Das wird ausgeblendet, verdrängt! Lieber verschanzen Sie sich hinter Ihren Paragrafen, als mal hinzusehen, was mit unserer Welt passiert …«

»Frau Bergenhaus …«

Der Richter versucht, das Wort zu erobern.

»Moment mal, Sie haben mich hierhin geholt, und nun werden Sie mir mal diesen kleinen Moment Ihrer Aufmerksamkeit schenken.«

Ich bin wirklich in Fahrt, und da ist es mir wurscht, dass der Staatsanwalt vor Wut schon rot anläuft und die Prozessordnung aus den Fugen gerät.

»Fukushima ist zwar in aller Munde, aber damit, was Charlie gemacht hat, hat das gar nichts zu tun. Trotzdem hat Fukushima uns allen auf die denkbar schmerzlichste Art deutlich gemacht, worum es hier eigentlich geht. Hunderte von Quadratkilometern verseuchter Lebensraum, Millionen von Litern verseuchten Meerwassers, eine Jahrtausende anhaltende Strahlenbelastung. Und wer weiß, was noch passieren wird? Die Situation ist keineswegs unter Kontrolle. Und Sie wollen mir mit Landfriedensbruch kommen? In Anbetracht der Dimension, die in Fukushima für jeden deutlich geworden ist, ist das doch nur ein Witz.«

»Das ist doch völlig naiv, Frau Bergenhaus«, ruft der Staatsanwalt mitten in mein flammendes Plädoyer.

»Mag sein, dass unser Protest schon immer ein bisschen naiv war …«

»Ist er immer noch, wenn ich Sie mir so anschaue«, kommentiert der Staatsanwalt, wofür er vom Richter doch tatsächlich getadelt wird.

»Aber er war trotzdem wichtig. Wir haben leider irgendwann aufgehört, weil wir uns anderen Dingen zugewandt haben. Dem Beruf, der Liebe und nicht zuletzt den Kindern. Fukushima war für uns alle ein riesiger Schock. Jetzt sind auch viele Leute aus meiner Generation wieder aufgewacht und haben begriffen, dass es einfach zu bequem ist, die Hände in den Schoß zu legen, solange die Welt in einem derart desolaten Zustand ist.«

Der Staatsanwalt traut sich kaum noch, aber so ganz still kann er einfach nicht über sich ergehen lassen, dass dieses Strafverfahren in gänzlich falsche Bahnen gerät: »Abgesehen davon, dass das ein naiver Standpunkt ist, haben Ihre Ausführungen absolut nichts mit dem Verfahren hier zu tun. Hier geht es um Landfriedensbruch und um nichts sonst.«

»Ruhe«, fährt der Richter ihn an, und ich kann fortfahren.

»Was ist denn Ihrer Meinung nach naiv? Der Protest oder der Glaube, man könne jede Technologie beherrschen? Auch wenn Landfriedensbruch nach dem Gesetz vielleicht der falsche Weg ist …«

»Ach, das überlassen Sie mal mir, das zu beurteilen«, mischt der Richter sich diesmal sanft lächelnd ein.

»Ich habe inzwischen begriffen, dass meine Tochter ihre Zukunft keineswegs aufs Spiel setzt, sondern für ihre, für unsere und die Zukunft ihrer Kinder kämpft, und darauf bin ich stolz.«

Während ich ein bisschen aufpassen muss, dass ich nicht anfange zu heulen, übernimmt der Richter.

»Das, verdammt noch mal, können Sie auch sein. Wissen Sie, ich habe auch eine Tochter, hoffentlich wird die irgendwann mal so wie Ihre. Im Moment ist sie ein Wahnsinn auf zwei Beinen, der sich den ganzen Tag die Nägel lackiert. Gestern habe ich sie halb ohnmächtig auf ihrem Bett gefunden, von den Ausdünstungen.«

»Das ist nicht ungefährlich, da müssen Sie aufpassen.«

»Ich weiß, ab jetzt gibt's klare Regeln. Pro Tag maximal drei Farbwechsel, und beim Farbeentfernen und beim Lackieren ist immer das Fenster auf.«

»Teenager?«

»Ja. Vater einer pubertierenden Tochter zu sein, das ist kein Spaziergang, das sage ich Ihnen.«

»Darf ich Ihnen mal ganz ehrlich was sagen?«

»Ich bitte darum. Sie wissen doch, wo wir hier sind.«

»Die Teenie-Jahre sind eine schwere Zeit, für Eltern und Kinder, aber ich weiß nicht, wer es schwerer hat. Leiden die Eltern mehr unter den Kindern, oder die Kinder mehr unter ihren Eltern?«

»Meinen Sie etwa mich damit?«

Ich schüttele schnell den Kopf, um nicht auf den letzten Metern noch irgendetwas falsch zu machen und den Richter zu verärgern.

»Aber das hat nichts mit der Pubertät zu tun«, sinniert nun der Richter.

»Was?«

»Wir sehen doch hier, dass die Frage, wer mehr unter wem leidet, Eltern wie Kinder bis ins hohe Alter verfolgt.«

Im Gerichtssaal breitet sich zunehmende Heiterkeit aus. Und ich muss ausnahmsweise dem Staatsanwalt zustimmen: Mit Charlies Verfahren hat das alles längst nichts mehr zu tun.

Nachdem der Staatsanwalt und Klaus die Plädoyers gehalten haben und der Richter Charlie das letzte Wort angeboten hat, was sie überraschend mit Verweis auf meine Ausführungen abgelehnt hat, zieht sich das Gericht zur Beratung zurück. Auf Charlies Bitte hin behalten wir alle unsere Kostüme an, damit wir, wenn alles überstanden ist, noch ein Erinnerungsfoto vor dem Gericht machen können. Während wir im Flur auf und ab tigern, hat Susanne schnell Getränke und ein paar Brötchen aus der Gerichtskantine besorgt, und als wir unser Picknick gerade abgeschlossen haben, werden wir auch schon wieder in den Verhandlungssaal gerufen. Die Stimmung ist aufgekratzt, nervös, auch wenn alle still sitzen, hat man das Gefühl, das ganze Gebäude würde zappeln. Als der Richter mir beim Reinkommen einen Blick zuwirft, steigt ein dumpfes Gefühl in mir auf.

»Das geht schief«, raune ich in Roberts Ohr, der mir nicht widerspricht, aber immerhin meine Hand nimmt und beruhigend streichelt.

»Das war ein sehr ungewöhnliches Verfahren«, beginnt der Richter, »für alle Beteiligten, möchte man meinen. Entsprechend ungewöhnlich werden Sie auch das Urteil finden, das kann ich Ihnen versprechen. Im Namen des Volkes ergeht folgendes Urteil: Die Angeklagte wird schuldig gesprochen. Ihrem eigenen, mehrfachen Bekunden nach hat sie sich wiederholt und unerlaubt am Gleiskörper auf der Strecke des Castortransportes aufgehalten und selbigen auch nach mehrmaliger Aufforderung durch die Polizei nicht verlassen. Das sogenannte ›Schottern‹, dessen der Staatsanwalt die Angeklagte für schuldig hält, konnte dagegen nicht nachgewiesen werden. Hierzu befragte Zeugen konnten keine oder nur unzureichende Angaben machen. Die Angeklagte hat überzeugend dargelegt, dass sie mit ihren Aktivitäten ihrem Gewissen folgte, um größeren Schaden abzuwenden. Der Grat zwischen wünschenswertem bürgerschaftlichen Engagement und Straftat ist hier sehr schmal. Ich hätte dieses Verfahren gerne wegen Geringfügigkeit eingestellt. Sie machen auf mich einen intelligenten, engagierten und integren Eindruck, aber leider ist es nicht mein Job, Ihr Verhalten zu bewerten, sondern zu beurteilen, ob es gesetzwidrig war, was Sie im Wendland gemacht haben. Sie konnten ja nicht genug davon bekommen, zu gestehen und zu betonen, dass Sie dafür einstehen, was Sie getan haben, und dass Sie es jederzeit wieder machen würden. Unter anderem das hat zur Folge, dass ich Sie nicht freisprechen kann. Ein Freispruch würde uns einen sofortigen Revisionsantrag des Staatsanwalts einbringen, und davon hätten weder Sie noch ich etwas. Sie werden also schuldig gesprochen und zu einer Jugendstrafe von zehn Tagessätzen à neunzig Euro verurteilt. Ich werde die Geldstrafe umwandeln in einen Sozialdienst in einer Einrichtung für alte Menschen …«

»Entschuldigung«, unterbricht Charlie den Richter.

»Es ist nicht üblich, dass ich bei der Urteilsverkündung unterbrochen werde, ich erteile Ihnen gerne anschließend noch einmal das Wort …«

»Ich will Sie gar nicht unterbrechen, ich habe nur eine Bitte …« Charlie ist und bleibt wirklich beharrlich.

»Was denn für eine Bitte?«

»Bitte kein Altenheim.«

»Was?«

»Na, bei der Strafe, ich liebe alte Menschen, aber bitte kein Altenheim. Das wäre ungerecht, wenn Sie da Verurteilte hinschicken würden.«

»Was ist denn das wieder für eine Argumentation? Was darf's denn dann sein? Der heiße Club in Mitte? Die Eisdiele um die Ecke?«

»Attac.«

»Steht nicht auf meiner Liste.«

»Sollten Sie unbedingt draufschreiben. Attac ist eine extrem wichtige Organisation, die sich gegen die Folgen der unkontrollierten Globali…«

»Frau Bergenhaus, es reicht«, langsam wird der Richter doch noch sauer. »Geld oder Altenheim, aus.«

»Greenpeace? Haben Sie nicht wenigstens die auf Ihrer Liste?«

Charlie schlägt diesen fast weinerlichen Mädchenton an, gegen den ich absolut resistent bin, dem ihr Vater aber völlig wehrlos ausgeliefert ist. Nicht nur er, wie sich zu meiner Überraschung herausstellt.

»Na gut, Greenpeace geht.«

Das Verfahren ist geschlossen, die Urteilsbegründung wird uns in den nächsten Tagen schriftlich zugehen.

Vor dem Gerichtsgebäude hat irgendjemand schon ein paar Sektflaschen geöffnet. Und in diesem Jemand erkenne ich Alex. Breit grinsend steht er da und verteilt Pappbecher, mit denen wir anstoßen können.

»Das war wirklich die absolut niedrigste Strafe, die der Richter verhängen konnte. Besser konnte es nicht laufen, Charlie. Gratuliere.«

Man kann sehen, dass Klaus wirklich erleichtert ist. Charlie ist zwar vorbestraft, aber da die Strafe so niedrig ist, wird das in keinem Führungszeugnis auftauchen. Nachdem wir alle miteinander angestoßen haben, besteht Charlie auf dem Erinnerungsfoto. Nein, der Richter, der gerade das Gerichtsgebäude verlässt, will nicht mit aufs Foto, aber er kann gerne die Aufnahme machen, wenn wir das möchten. Ich bedanke mich bei ihm, herzlich, auch für das Foto.

»Jetzt weiß ich's«, rutscht mir raus, als ich dem Richter mein Handy für das Foto in die Hand drücke.

»Herr Taschenbier, Sie erinnern mich total an Herrn Taschenbier.«

»Danke für das Kompliment.«

Er drängelt ein bisschen, damit ich mich zu den anderen stelle. Neben Alex ist noch eine Lücke.

»Das gibt's doch nicht«, flüstere ich ihm zu.

»Wieso? Wenn ich eingeladen werde, bin ich da«, und er grinst vielsagend vor sich hin.

Das Foto ist gemacht, und der Richter verabschiedet sich.

»Ich sage mal nicht Auf Wiedersehen.«

Charlie strahlt über das ganze Gesicht, so glücklich habe ich sie seit Wochen nicht gesehen. Albert schenkt jedem von uns sein Fass und besteht darauf, dass wir ihm das Foto schicken.

»Es hat mir so viel bedeutet, dass ihr die ganze Zeit zu mir gehalten habt.«

»Das Vergnügen war ganz auf unserer Seite«, meldet sich Michael zu Wort.

»Dein Weckruf hat uns allen gutgetan! Von mir aus kannst du gerne bald wieder Mist bauen.«

Charlie lacht und verspricht, das ganz bestimmt zu tun.

»Ich würde mich sehr freuen, wenn ihr heute Abend alle zu mir kommen würdet. Malte und ich haben ein Essen für euch vorbereitet. Das ist mein kleines Dankeschön. Sieben Uhr? Wir rauschen schnell los und machen die letzten Vorbereitungen.«

Malou verkündet, dass sie eine Kiste Champagner mitbringen werde, und durch das muntere Durcheinander arbeitet sich meine Tochter zu mir durch.

»Du bist wirklich unmöglich, Mama, aber damit muss ich wohl klarkommen, oder?«

»Ich fürchte, ja, es ist unwahrscheinlich, dass ich mich noch grundlegend ändern werde.«

»Na dann.«

Mit einem Kuss verabschiedet sie sich und geht zu ihrem Vater. Ich höre nicht, was die beiden besprechen, aber es scheint etwas Ernstes zu sein. Charlie umarmt Robert und macht sich auf den Weg.

Robert und ich stehen alleine vor dem Gerichtsgebäude. Mein Fass ist schon etwas zerknittert. Seins sieht noch aus wie neu.

»Trinken wir noch etwas?«

Ich habe da noch die ein oder andere Frage, und in dem Getümmel heute Abend werde ich die sicher nicht stellen können.

»Nee, tut mir leid. Ich muss los.«

Jetzt kommt er mir aber nicht wieder davon mit seinen Ausflüchten, dann werde ich ihn mir eben doch heute Abend vorknöpfen müssen.

»Ich werde nachher nicht kommen, das habe ich Charlie gerade schon erklärt.«

Das war also der Grund für die ernsten Gesichter, die die beiden aufgesetzt hatten.

»Mir gehen so viele Dinge durch den Kopf. Ich muss mich mal für ein paar Tage absetzen.«

»Italien?«

»Italien, ich fahre gleich los.«

»Nimmst du mich mit?«

Habe ich das wirklich gefragt? Und was ist mit meinen achtzig Millionen Verpflichtungen? Scheißegal.

»Ist das dein Ernst?«, fragt Robert, reicht mir die Hand und zieht mich hoch zu sich auf seinen strahlend weißen Schimmel.

Und dann reiten wir glücklich in den Sonnenuntergang – na ja, vielleicht auch erst mal nur bis nach Italien.

Dank

Ein Buch zu schreiben ist ein bisschen wie eine aufregende Reise – da sind gute Reisebegleiter das A und O.

Martin Hagemann war vom ersten bis zum letzten Buchstaben dabei, immer ermutigend und immer mit erfrischend kritischem Blick. Imre von der Heydt hat aus der Distanz manch ein Gedankenhindernis aus dem Weg geräumt, Bernd Vetter und Holger Jurisch haben mir den juristischen Dschungel gelichtet, meine Agentin Barbara Wenner hat Irrwege verhindert und mein Lektor Martin Breitfeld hat mit zartfühlendem Engagement dafür gesorgt, dass ich glücklich das Ziel erreicht habe. Danke!

Danke auch an den mir leider unbekannten Demonstranten, der diesem Buch den Titel gegeben hat!